俄罗斯玉

一个北京商人在俄罗斯的历险

马吝 著

北京日报出版社

一

广阔无垠海一般的水面，岸边或岩石嶙峋或森林覆盖或绿草如茵无边无际，远处还有山峦像幻影一样漂浮在半空。水至清通透，有着让人惊异的悦目的鲜艳的蓝色，发着像蓝宝石一样剔透的光泽。水面稍有细碎的波纹，看上去犹如摇动的切割好的水晶宝石一样晶光闪烁。此时是清晨，太阳刚刚升起，水里反映了天空和朝日的颜色。那细碎的波光中便有了不同色彩的跃动，流光溢彩又不浮华，水还是那么清纯剔透。

赵卫东是从北京到莫斯科的列车上看到这番景色的，此时列车正沿湖水的岸边行驶，他刚睡醒就被车窗外的美景吸引，他想起来了，这应该是著名的贝加尔湖。

赵卫东上车以后就开始沉睡。在北京站能避开追逐他的人群，不为人知地登上列车，他的心情就由紧张惶恐变得安稳。他太累了，几个月终日奔波忙碌，危机之下的应接不暇和精神压力已经让他心力交瘁。在稍事安顿，眼前没有了立即应对的事情时，头脑和身体随即罢工，把他拽入了休眠状态。生意上的无常风雨没能让他的精神更加皮实，反而添了风雨飘摇中的敏感多虑。有大一点儿的响动他还是会被惊醒，而且心慌乱跳。列车到二连浩特口岸，当边检人员上车来收护照查验，拍醒了还在沉睡的他时，吓了他一跳。直到看清是怎么回事，他才止住了心慌。

怎么弄得跟逃犯一样？他苦笑一下，这时他终于有了自嘲的心境，他不是逃犯但确实又像个逃犯。两三个月里讨债的厂家陆续上门，在上车之前的一周内，就有二十几个厂家的人上门。有几个拿不到钱坚决不肯离去的厂家派的人形影不离，已经困住了他。他把这些人请到饭馆吃饭，让女翻译李莉张罗着给他打掩护，他借故去厕所，这才得以脱身。他打车直奔北京站，弟弟在那里拿着车票、护照和随身提包等着他，送他上了火车。他的的确确是在出逃，而且逃得十分仓皇。

他又何尝不是罪犯呢？欠几十个厂家的债四五百万元之多，一大部分是加工费，那是多少人的血汗钱！来要债结账的人，无论哭泣乞求或气愤谴责，都让他颜面扫地，恨不能找个地缝钻进去。讨债人的每句话都如鞭子抽打他的躯体，像刀子扎他的五脏六腑。太难受了！太难受了！他这时想起来心里仍如刀绞般的疼痛，负罪感近期一直重重地压在他的心头！

“你可真是活菩萨，做买卖就这样，心可不能这么软。”

他又想起了李莉的话，李莉是看出他沉重的负罪感后说的这番话。自从他在兴奋忘形的一次冲动中拥抱亲吻了李莉，她说话时就把“赵总”换成了“你”。这李莉太厉害了，总能在紧要时刻说出关键的话，还直抵人的心坎。这次出国和及时处理货也是在她的点拨下赵卫东才如梦方醒，也基本上是按她的主意安排的，即在厂家还没了解生意的真实状况下发货并出走。否则再晚哪怕是一两天，等厂家了解了真相，赵卫东可就真走不了了。不仅如此，正如李莉所说：“你无法再做生意了，这账你永远还不上。你还会被这些死账烂账缠死困死，甚至还有可能被打死，再也翻不过身来，彻底完了。”她说得一点儿都没错，把以后的事推断得让人信服，说得赵卫东心惊肉跳脊背发凉。他无可奈何又毅然决然地做出了不仅是走人的决断。

其实，李莉到他这里工作满打满算也就两年时间。东北姑娘，在北京一所外语学院大专班学的俄语，毕业后就在北京雅宝路市场做翻译。她长得大眼长眉，嘴唇也性感，算得上漂亮。只是皮肤偏黑，脸庞大了点儿，给她的五官往下拉了分，漂亮打了折扣。两年，也就是她来这儿工作的两年里，赵卫东的生意跌宕起伏，就像过山车一样快得让人目不暇接。忽而把他推上顶端，忽而又把他甩坠谷底，让他来不及反应已在灾难中了。而在这之前，赵卫东还在巨大的成功中得意陶醉，他怎么也搞不明白，没几天的时间，生意怎么会垮了个稀里哗啦！

赵卫东是北京雅宝路市场的一个商人，原本他是国企的职工，有个同学在雅宝路经商，向他借过钱，之后这位同学出车祸去世了，家里把雅宝路日坛宾馆的一间经营房间的租用权转让给他抵了债。雅宝路日坛宾馆是专门对东欧独联体的批发市场，赵卫东没经过商，开始不知道如何处置，到雅宝路一看，老苏联现独联体的人还真多，生意火得比秀水街强，他立刻信心十足打消了顾虑，当即决定自己干。都是两个肩膀扛一个脑袋，别人能挣钱，相信自己也能挣着钱。正好当时他所在的工厂不景气，号召职工自谋出路，他就办了停薪留职，转行“下海”到雅宝路日坛宾馆开始经商。

赵卫东起初在经营上很简单，找关系从一些外贸公司和服装厂的库存货中拿些样品，挂在房间里；也有一些厂家和浙江人在木樨园开的服装小作坊主动送来一些样品；有客户订货就叫厂家来送货，交货售出当时结账，买卖上管这叫“拼缝”。一年下来货没少卖，赚了些钱但不多。赵卫东慢慢地发现，生意好的房间或摊位都有自己的独家款独家货，卖的批量大、利润还大，但这样做需要先期投入，自己设计或找来款式，在服装厂订制，在季节到来之前备好货。这意味着巨大的风险，他反复地思考做着艰难的抉择。那是赵卫东思想最焦灼的时期，是选择成王败寇还是谨小慎微？思考的结果他选择了前者。总不能眼看周围商户都发大货、挣大钱暴发崛起，而自己畏头畏尾地在地上慢慢地爬行吧？！于是他托人从外贸公司找来一件当年的外贸欧版风衣，进行款式改造，又征求几个俄罗斯客户的意见，并定好款式。可筹款方面不顺利，他把亲戚朋友同学借遍也只借到五万块钱，加上自己有的几万，不过才十几万块钱。这些钱能做什么呢？这让他有些气馁，但没有灰心，他开动脑筋想办法。他找关系请客吃饭，赊来了所需的全部辅料，用付百分之二十的钱延迟结账的方式拿到了面料，服装厂方面则发货时再结算加工费。赵卫东居然用这些钱不可思议地运作起来了。

他成功了！他用十来万块钱做了一万多件风衣，价值近百万元的货。上市不到一个月销售一空，净赚了二十几万元。这简直就是一个神话！

第一天发货就卖了两千多件，给赵卫东乐得就没合上嘴。那个喜悦、那个开心是无与伦比的，那真是身在天堂的感觉！就在那天他亲了李莉，那是激动的放任，那是幸福的宣泄。他紧紧地抱起李莉，不由分说地吻了她。李莉惊讶一下，没有挣脱也没有回应，但脸红了，嘴唇变烫了。这之后两个人的关系悄然发生变化，他们之间有了亲近感，还有了相互的默契，但赵卫东一直都没有向李莉表白，可能是忙得顾不上。再后来他更忙了，十几个服装厂加工，原、辅料厂的生产供应，质量检查，解决随时出现的问题。这些工厂又分布在北京郊区和天津、河北等广大的区域，他每天从早跑到晚，一天只睡三四个小时的觉。

赵卫东继续着他的神话。从入冬开始筹备第二年的风衣，每天从早忙到晚，只有春节因所有工厂都关门放假他才休息几天。有了第一次的成功，他已经轻车熟路；厂家有了第一次的经验，对他更加信任，更愿意跟他合作。这次他投入了全部的三十几万元资金，最后产出了八万件、价值七百万的风衣。太成功了！这是奇迹般的成果！

有道是天道酬勤，可在生意领域却不是这样，而经常是因果错乱。不幸的是这种错乱在最不该出现的时候出现在赵卫东的经商轨道上。

二三月份货产出后陆续有卖，但销量一直上不去。四月份风衣销售旺季，货却卖得越来越少；到五月几乎停销，根本就卖不动了，而四五月份正是工厂大量产出的时候。这么大量的货别说不卖，就是卖慢了，结款的压力大得都会让他受不了。这简直就是灾难！货又没有其他销路，欧款欧码的风衣内销根本别想。赵卫东拼命缔造的神话花开灿烂，却没有结果。

生意不仅激动人心还让人惊心动魄，这抱负满满的年轻人怎么知道天堂和地狱的距离只有一步之遥。不过月余时间，辛苦奋斗的美好前景忽成海市蜃楼而烟消云散。登山途中突然不见了无限风光又没了下山的路径，变成了让人恐怖的四处断崖。

赵卫东急得像热锅上的蚂蚁，想不出一点办法。除了体验生意的残酷就是哀叹："行事在人，成事在天！天命如此，命运弄人啊！"

李莉的一声断喝让他陡然清醒，他看到了一线希望，抓住了一条救命的绳索。

这女人要是精明，老爷们儿确实要甘拜下风。

"不能再拖了！一天都不能等了！再等就全完了！"李莉说话带着快刀斩乱麻之势。

"不拖又能怎么样！"他竟然对着女翻译没由头地、失风度地吼叫着。

"把货从工厂调出来。快进六月了，风衣过季，货不会再卖了。工厂知道货卖不动，会把货扣了抵加工费。这样原、辅料厂的几百万块钱就全没着落了。”李莉话说得很快但十分明确。

“把货从工厂调出来？不付加工费货出得来吗？货没卖我哪去找那么多钱！一百多万不是小数。那么多货，需要多大的库房，我上哪儿找去？租金我有吗？你不是不知道，服装一季一款。春天的新款，秋天就是旧款。今年卖不动，明年就是垃圾！想烧这堆垃圾都找不到这么大的地方！”赵卫东泪水纵横，瞪着眼睛叫着吼着，仿佛这虽然有点儿黑但仍不失漂亮的女翻译是造成这一切的罪魁祸首。

李莉面色冷峻，但仍沉静，对他那跑了调的语气根本没当回事，说：“把货全部发出去！”

“发出去？”他没弄明白李莉这话的意思，却止住了肆意奔流的泪水。

李莉这时却止住了话头，停顿了一会儿，语气上有了回收才继续说：“我只是给你一个建议，怎么做你自己看着办……我觉得这货能卖。客户不拿，可能是发现了更赚钱的货，也可能是市场原因，我也说不清。可以这样，找几个可靠的俄罗斯客户，把货发给他们，让他们代销。你尽快办去俄罗斯的签证，去莫斯科，到那儿随时掌握情况结账。”

赵卫东心里一亮。把货从工厂调过来发出去，在秋季处理掉，拿回钱来平掉所有的账才能渡过危机。毫无疑问这是解决现在困境的办法，而且是唯一的办法。

“可是没有加工费怎么才能把货从这么多厂子里调出来呢？”他按照李莉的思路开始思考。

李莉看了他一眼说：“那就是你自己想办法的事了。”说完转身出门，留下他一个人费力地思索。

不过出门不久李莉又回来了，叮嘱说：“现在生意情况和你想做的事千万别泄露出去，也别让各个厂家串联起来。现在的人都精着呢，露出一点儿信息他们就都明白怎么回事了，那可就真没救了。”

赵卫东心里真服了，这女孩太厉害了！李莉在雅宝路市场刚兴起时就在这里当翻译已经有几年了，那时苏联还没解体。李莉了解这市场，看多了这市场商人的盛衰兴亡，见识可比赵卫东多多了。现在赵卫东想起来亲吻了人家可一直又不表白，不仅是忙，可能还有其他原因让他犹豫。

赵卫东没别的选择。这之前他曾办过护照，准备风衣销得差不多了，夏天去俄罗斯考察一下市场，把明年的生意做得更大。之前准备好的签证所需材料这时用上了，他立即去俄罗斯使馆办了签证，秘密地把日坛宾馆的房间做了延期转让，用转让费做出国发货和必须支出的费用。对于从服装厂调货，没别的办法，只能骗，说货已批发掉，厂家送到货直接送托运站发走了。如厂家结加工费就推说客户的钱还没付，几天内款到即结。北京郊区几个厂子的人还好，他们比较近就回去等了，每天来电话或派人来催要。天津、河北厂家的人却不走，就在这儿等了。头几天他们还好，客客气气地等钱，后来面料和辅料的厂家商家听说发货了也过来要钱。这些个厂家碰了面相互一通气，知道赵卫东欠了这么多账，开始慌了。再后来他们还见不着钱就更慌，所以困住了赵卫东。亏了把所有的事都做到了前面，又有李莉的配合，他才脱身出来。

除了还没做完的几千件风衣，赵卫东总共调出发出了近七万件。他相信李莉的话，这些货到莫斯科后能卖掉，几个月后他会如愿回来还清债务，也弥补自己亏欠的良心，然后东山再起。

赵卫东在列车上一直痴迷地观看着车窗外贝加尔湖的美景，让他欣慰的是列车一直沿着湖边行驶。他想抽烟，便来到车门处，吸着烟不受干扰地观赏窗外的景色。

湖水荡漾着清澈明媚的蓝色波光；森林的浓绿簇成不同形状，挤满了岸边起伏的大地又扩展到极目之处，与蓝天相会，与白云相交。绰约的远山把这境地衬托得超凡脱俗，赵卫东远眺着景色并没因视野开阔而感觉一览无余，反而愈觉深邃，不知还藏有多少梦幻般的境地，多少赏心悦目的风光。

干净！湖水森林草甸岩石远山蓝天白云，纤尘没有，看不到一点儿瑕疵。原原本本的颜色，还那么鲜亮。

安静！没有一点儿让人厌烦的喧嚣，看不到任何激烈的有突兀感的躁动，风光至美而平静。

除了这条铁路，看不到任何人工的切割和堆砌，也没有任何人文色彩的涂抹，就连那岸边草甸的木屋村庄也和自然环境浑然一体，一切都是原生态的自然纯美。

一句女声的俄语问好从他身后飘来。赵卫东自到雅宝路经商以后，一直自学俄语。加上李莉的帮教，虽然零零碎碎程度不高，但一般商业用语和日常用语还是掌握了。他回过头看去——一位俄罗斯姑娘的笑脸闪亮地映入他的眼帘。

这是个非常漂亮的年轻姑娘，清秀的脸庞，白嫩无瑕的皮肤，细长的娥眉下一双清澈的蓝灰色的大眼睛精致地镌刻在深陷的眼窝里。娇巧微挺的鼻子，诱人曲线的红唇，一头金发在脑后拢成蓬松弯曲的马尾，脸上现出的是迷人的让人心醉的微笑。

赵卫东用惊讶的目光看着这姑娘，在雅宝路没少见俄罗斯姑娘，但像这么漂亮的在他印象里还是头一份，他用微笑回了句好。不过姑娘后面的话却不如她仙女般的相貌那么高端。

“可以给我一支烟吗？”姑娘说话的表情自然平常。

原来是要烟的，这让赵卫东稍感意外，心想也可能是借要烟搭讪。他没有犹豫便递上烟，并用打火机给姑娘点上。

姑娘吞吐烟云自如熟练，拿烟的姿势和抽烟的神态十分娇俏，这让对女孩子抽烟持负面看法的赵卫东不仅没了反感，反而觉得受用养眼。

“中国人吗？”姑娘问道。

“是啊。”赵卫东答道。

“去哪里？”姑娘又问。

“莫斯科。”赵卫东觉得这个问题多余，这是北京去莫斯科的国际列车。他反问道：“你从哪儿上的车？”

她努了一下下巴，回答：“就刚才那站，乌兰乌德。”

赵卫东记起来了，在列车来到贝加尔湖之前的早晨，他还没起床，迷迷糊糊听到看到的那个车站和城市。

“你去哪儿？”赵卫东问道。

“伊尔库茨克。”姑娘答道。

赵卫东这才知道，原来乘坐俄罗斯国际列车也是可以随便上下车的，她只坐一站。

姑娘朝他欠身问：“你要玉石吗？”

赵卫东没有听懂，反问：“你说什么？”

姑娘从挎包里拿出两枚白色的卵石一样的东西递给他，又重复了一遍：“玉石。”

赵卫东把那两枚卵石拿在手中观看，都是比鸡蛋小些的扁圆的白玉石，表面上没有皮色，只是在凹陷的纹理中有少许黄色的沁，应该都是白籽玉。他朝姑娘点点头，表示明白是什么东西了。

“多少钱？”赵卫东问道。

“二十美元一个。”

赵卫东点点头。这两块玉石看上去晶莹白润，很好看，拿在手里也觉得细腻光滑。他知道这玉如果是新疆和田白籽玉的话，二十美元就太便宜了，但他不懂玉，仅有的一点儿玉石知识都是道听途说，他没有判断玉石好坏甚至判断真假的知识，也不知道俄罗斯还有玉。现在他也没有买这种东西的兴趣，便笑了笑把玉石还给了姑娘。

姑娘用手挡住他的手，脸上表现出有些夸张的令人怜惜的表情，几乎是在央求地或是撒娇地说：“买一个吧！你看这玉多好啊，价格也便宜。”

赵卫东犹豫了，他实在无法拒绝这仙女般的姑娘的请求，姑娘的表情也让她心软，或许这姑娘确实有困难急需用钱。俄罗斯人现在生活窘迫，囊中羞涩他是知道的。他动了怜香惜玉的恻隐之心，朝姑娘笑笑，掏出二十美元递给了姑娘。

“非常感谢！”姑娘脸上现出灿烂的笑容，收起了钱。

赵卫东挑着手里的玉石，两块玉石大小形状都差不多。

姑娘帮他挑，指着其中一块说：“这块好。”

赵卫东就按照姑娘的意见拿起了那块。

姑娘收回另一块玉石，掐熄了烟，莞尔一笑道了再见，扭身飘然而去。

他再看手中的玉石，鸡蛋大小的玉石通体圆滑光洁，细腻晶莹，稍有些透明，光泽如凝如脂，越看越觉得好看可爱。特别是捏在手里，手感顺滑温润，还明显觉得有了心灵上的感应，沁人心脾，心旷神怡。

赵卫东手攥着玉石想着，这贝加尔湖的湖水岸边美的风景，纯净的色彩，广阔清静的自然氛围，宛若仙境。这姑娘美得堪比仙女，若不是在这火车上，而是在湖边蓝天白云下的林间草坪相遇，那可真是童话的意境了。

美景美女美玉让赵卫东心境大变，上车之前的一切犹如昨夜的噩梦，变得十分遥远。他甚至有了人生改变、换了人间的感觉。从利欲纷争的世俗泥淖，从遍体鳞伤的内心煎熬，豁然进入一个清新美好的世界，他神清气爽，从里到外感觉焕然一新。

赵卫东想起死去的爷爷曾说过，玉是有灵性的。

他看着手掌中的玉石，心说：这是真的？玉是有灵性的，这一定是真的！

二

车厢卧间里有四个人，漫长无聊的旅程让他们结识，聊天打发时间。

赵卫东的对面下铺，是位三十五岁以上的女士，相貌神态都十分安稳祥和，说话也和气。她家在河南省郑州市，某大学工农兵学员毕业，是河南省某边贸公司的俄语翻译；常住莫斯科，做大宗易货贸易；姓张，大家都叫她张大姐。

张大姐的上铺是个不起眼的小个子，浙江人，姓陈，二十多岁，长得尖嘴猴腮。他虽是浙江人，却在北京跟父母发展多年。他在木樨园有个小作坊，做皮夹克，也就是北京人俗称的“浙皮子”，自产自销，在木樨园和西单市场有摊位。小陈去莫斯科也有半年了，这次是回北京组货再过去。这小陈别看人小，但懂事，挺大方，好为人，大哥大姐地叫着。赵卫东比他没大几岁，他也是一口一个赵大哥。他还拿出北京带来的食物和大家一起吃，买酒一起喝。

赵卫东的上铺是个黑脸膛看着挺粗犷的壮汉，模样长得不能说很难看，但也没人愿意多看几眼，身体四肢的比例不协调也不顺溜。这人三十多岁，姓宋，说话一口的北京音，却说自己是新疆人。聊起来才知道，他生在北京长在北京，父母都是军人，在他小时候调到新疆工作，转业也留在新疆。他在北京上完初中，没去农村插队，父母在乌鲁木齐给他找了份工作，就去了新疆。他说之后有回北京的机会，但和一个新疆姑娘搞上了对象，就结婚在乌鲁木齐安了家。后来单位不景气，他就干了个体，两年前去了莫斯科，跑单帮做生意。

说来也巧，这老宋曾在日坛宾馆赵卫东的房间拿过货，一上车他就认出了赵卫东，而赵卫东却怎么也想不起来了。这挺好，萍水相逢，知道彼此的来历和确切身份，他们一下就拉近了关系，增加了信任感。

老宋问赵卫东现在雅宝路的生意，赵卫东支吾着泛泛作答，他肯定不会披露现在生意崩溃完蛋的局面。

老宋又问赵卫东去莫斯科打算做什么，赵卫东只说积压一批货，量比较大，过来处理掉，顺便考察一下市场，这样做货就更对路一些。

老宋对赵卫东发的货有了兴趣，在以后几个人聊天熟识之后，老宋详细问了货的款式质地颜色和价格，承揽道："我也可以帮你卖，我这次打算在集装箱市场租个箱子，正好连你的货一起卖，我拼个缝。"

小陈也说："赵大哥，我在市场有个集装箱，一起帮你卖。"

赵卫东自然痛快地答应，扩大销售，对他来说求之不得，他顺便问了俄罗斯这边生意情况。

"生意好，货好卖。过去就这趟列车，随身带的货在车上就卖完了。"

"咱们是个体，本小货少，不挡卖。人家大公司一发货就是多少个集装箱。我亲眼见，一个公司十几辆卡车的货，也就一个来礼拜全批光了。车往那儿一停就是不停地批，扔货点钱，没一点儿闲工夫。"

"服装只要款式尺寸没大错，别差太远，都能卖。关键是价格，只要便宜都能卖。"

他们的话让赵卫东悬着的心有了一些着落，更觉得这次携货出走是正确的救亡抉择。

赵卫东从俄罗斯姑娘那里买了那块玉石之后回车厢就讲了，还拿出玉石让大家看。

张大姐和小陈都说没见过列车上有卖玉石的，也没听说过俄罗斯有玉石。只有老宋看到他手里的玉石，立刻从上铺跳了下来，把玉石拿在手上，眼前一亮，脱口而出说道："光白籽！"

"什么？"赵卫东没听清楚，也不懂是什么意思。

"多少钱买的？"老宋没顾回答赵卫东的问话，继续问道。

"二十美元。"

"什么？"老宋有些惊讶的口气显然是觉得玉石十分便宜。他继续问："等一会儿我再跟你讲，你告诉我在哪儿买的？那姑娘什么样？"

赵卫东如实回答了他的问题。

老宋穿上衣服就出车厢去寻那个姑娘，赵卫东要和他一起去，他摆摆手说不用。过了足有半个多小时，老宋回来，说没有找到。赵卫东要和他再去找，他摇摇头说都找遍了，再去估计也找不到。最后说了句知命的话，看起来他没有多大的遗憾。

"玉呀，是有缘分的！"老宋郑重其事地说道。

赵卫东拿出玉来，向老宋请教玉的知识。

老宋举着这块玉跟他讲：像这种表面光滑无皮，一级白度，没有明显瑕疵，外形圆润的原籽叫光白籽，在和田玉是属于顶级品质的。他指着玉面说："你看这玉像不像炼过后凝固的羊油，酥酥糯糯的？"赵卫东点点头。

"这是羊脂玉！"老宋确定地说道。

赵卫东知道羊脂玉是和田玉中的极品，顿觉惊喜。

老宋从桌上拿起削水果皮的折叠小刀，用刀尖在玉面上使劲一划，然后把玉面举给赵卫东看，玉面上没有一丝划痕。

“你看这硬度，羊脂玉在国内很难找，价格涨得很高，你抄上了。”老宋把玉石还给赵卫东。

老宋的话说得赵卫东心里那个高兴，越看越觉得这玉石好看喜欢。他问：“这玉是和田玉吗？”

“看着与和田玉没有什么区别。”

“是出产在新疆和田吗？”

“肯定不是嘛！”

“不产自和田这玉出自哪里？”

“产自俄罗斯呀！听说就在这贝加尔湖附近。”老宋指了指车窗外。

“那这玉应该叫什么玉？”

“俄罗斯玉呗，但是在国内都不知道俄罗斯有玉。你拿着这玉说是和田玉，没有人不信的，连专家都算上。”老宋倒上一杯啤酒仰头一口喝了，看来他对玉石十分了解。

“您对玉石挺有研究啊！”赵卫东奉承道。

“研究没有，我最好的朋友是做玉的，总拉着我想一起做。我不懂玉，又没什么本钱，合作不是占人便宜吗？就没答应。我们两个人常在一起喝酒，总听他聊玉，这么着就知道点儿。”老宋讲的话挺实在。

“像这块玉在国内能值多少钱？”赵卫东问道。

老宋笑了，说：“这不好说，最近和田玉的价格涨得厉害，这块玉肯定属于和田玉里最高档次的，价格不会低，收好了吧。”

听了老宋的话，赵卫东对这玉石更加的珍惜。

四个人相互印象不错，又都有和睦相处度过这难熬的遥远车程的意愿，除了聊天大家都把带来的食品一起分享，在车上买饭凑在一起吃。赵卫东打开旅行包才发现弟弟给装了不少吃的，也陆续拿出来给大家吃。老宋爱喝酒，小陈不常喝酒但也来者不拒，而赵卫东成天跑厂家更是顿顿有酒。酒便成了他们漫长旅途中的最佳伴侣，他们开始喝从国内带的中国酒，喝光了就买车上的伏特加酒和啤酒。张大姐不喝酒，吃着零食与他们一起聊天。酒更提高了他们的兴致，聊得越来越热络，也更加畅所欲言。

赵卫东第一次出国，到俄罗斯又是仓促出走，没有了解各方面的情况，不知道居住经商需办的事项。他方方面面地询问，几位都给他做了介绍。

赵卫东听着心里不禁暗暗吃惊，他竟然不知道到俄罗斯后要在三天内办落地签。他问："要是没办会有什么后果？"

老宋笑了，说："那可麻烦了，轻了罚款，重了作废签证，扣黑章子，十天离境。"

"这么严重？"

"那可不！除了按规定罚款外，还要给警察塞钱，要不罚款都不给你办。另外你可千万别把火车票丢了，不然到莫斯科下车就过期了。这可是唯一凭证，丢了麻烦可就大了。"

真悬！亏了有人告诉他，否则到莫斯科就得被人给轰回来，黑章一扣以后还来不成了。而他们介绍的安全方面的情况更让他吃惊，据他们讲，在俄罗斯，中国人遭抢劫是常事，大多数中国商人都遭受过，很多人不止一次。还经常听到中国人被杀的消息，甚至每个月发生多起。

"这么乱！这么严重！"赵卫东过去只知道俄罗斯治安状况不好，没想到这么严重，这与他过去的认识有差距，而且落差不小。

张大姐说："这趟列车也不安全，总有抢劫的。"

老宋说："这趟列车上的抢劫是中国人干的，抓了几个，现在没事了。地面上的都是当地老毛子干的。"

"你们都碰到过这事吗？"赵卫东问道。他心里有些发虚。

小陈抢着说："我被抢过一次，是打路边的车，谈好价刚上车，后面一人跟着上了车，一拳就把我打蒙了，拿刀逼着我把钱搜出来抢走了，然后开车把我扔在城外。这以后路边车绝对不敢再打，尽量坐地铁和公交车。"

老宋扒开头发，又拉开衬衣让赵卫东看了两处伤疤，伤疤不大但还是很明显。他说："我来了两年，一年一次。还好都在街上，如果在房子里，说不定就没命了。"

"张大姐，你们外贸公司是不是好点儿？"

"我们还好，我们一般不单独外出，而且做易货的不像你们身上有大量现金。但也有两个同事被抢过，都是在住处。一个在楼下，一个在电梯上，身上的钱被抢了。在这儿千万要小心。"

老宋喝了口酒，吃着从北京带来的花生米，说："一个劫匪，一个警察；一个黑道，一个白道，防不胜防。被抢的中国人有百分之七八十，被警察敲诈的可是百分之百。全让警察敲诈过，而且次数多了。"

"护照手续全没毛病，也没干违法违规的事，他们也敲诈吗？"赵卫东心里有点儿发慌。

"谁证照有毛病到这儿来呀？有问题的也是他们故意给做的，他说你有问题就有问题，全他们说了算。不就是为了敲钱嘛！"老宋老到地说。

"那要是不给钱呢？"赵卫东心里没底，追问个详细。

听得老宋和小陈直乐，说："不给钱就把你带走，放警察局铁笼子里一关，随便编个理由，让你出的钱更多，你一点儿辙都没有。所以一般都不找麻烦，见了警察就给点儿钱完事。”

“怎么会是这样？”在雅宝路市场赵卫东对俄罗斯人一直秉持友好态度，热情接待，对俄罗斯人的看法也一直不错。但中国人在俄罗斯这样的待遇让他想不到。

“一出国就知道了，没一个国家像中国和中国人对外国人那么好的。”老宋感慨道。

张大姐补充说：“在这儿长期做生意一定要把俄语学好，俄语好，与警察交流解释要好一些。”

小陈咧嘴说：“咳！警察根本不听你的，就是要钱，给了钱什么事都没有了。我们都不敢出门，除了卖货就在家待着，还不敢让警察知道你住哪儿。”

老宋喝着酒继续说：“就是，哪儿都别去，别上街。我到这里两年了，哪儿都没去过。红场怎么样？没去看过。除了卖货就在房子里囚着，租的房子也跟监狱似的，铁门、窗户全是铁栏杆。”

“那怎么还有这么多中国人过来做买卖？你看这列车上满满的，基本都是中国人，看着全像做生意的。”赵卫东在上火车时就经历了大包小包蜂拥而上的局面，人们就像抢着挤着奔俄罗斯淘宝来似的。

“好卖货好赚钱啊！比国内竞争小，给警察的这些钱就当成本了，我就这么想。就是别让黑道盯上，把钱全抢了，把命要了就行。”老宋说得很开通。

小陈又从包里拿出些花生米放在桌上，自己喝了一口啤酒，吃着花生米，说：“这儿利润比国内大几倍，量还大，就是麻烦多，生意以外的风险大。”

赵卫东爱听这些话，越听越觉得这次出来对了，对自己的货的销售越有信心。他问：“张大姐，您是做易货的？”

“他们易货做的生意大，麻烦、环节多，都是国营大公司做，咱们可做不了。”老宋喝了酒话显得多。

张大姐边吃着苹果边说：“对，运作起来比较复杂，但有些生意就可以做起来了。如果不是易货，很多生意就没法做。”

“我不太明白您说的意思。”赵卫东问道。

“易货呢，实际上就是不用外汇。他们国家美元很紧，咱们国家也一样。易货都是大宗货，哪找那么多外汇去。这样呢，我们给他们需要的货，他们给我们要的货。实际上还是以美元计价，这样大宗贸易就能做成了。”

“噢，明白了。”赵卫东点了点头，又问道：“您那公司都进什么货？”

“我们就几样，木材、化肥、钢材。”张大姐答道。

“他们呢？”赵卫东问道。

“他们要的就杂了，服装、日用品、建材，每次都不一样，每次都按他们的要求组货。”张大姐把吃剩的果皮和核放进垃圾袋，慢条斯理地说道。

“噢，也有服装？”赵卫东追问了一句。

“有啊，每次都有服装。噢，你的风衣也可以给我样品，他们要是看上了，要的量很大，可能一下全包了。”张大姐热情地说道。

“那好啊！”赵卫东自然是愿意。

“不过就是结账慢，要等我们换过来的货到国内卖了之后才能给你结账。”张大姐把丑话说在前面。

“噢……”赵卫东听到这话便没了兴趣。

老宋笑着说："有时得等两三年。"

"两三年可能长了点儿，但确实要等一段时间。"张大姐说话十分中肯。

老宋在木樨园常拿浙江人的猪皮夹克，便聊起了货的质量。他讲第一次拿货不懂，看样品不错，没怎么验货就拿了。后来一看那质量太差，皮子次不说，尺码全一样，号码全是瞎贴的，袖子全短。好在那时候在沿途火车站就卖光了，跟抢一样。以后再从浙江人那里拿货，他都一件一件仔细挑。

张大姐也说，一次去中央百货商场，正好赶上雨夹雪。她眼看着前面几个人进商场，身上穿的皮夹克流下的全是黑汤子，不仅弄脏了自己的衣服，还蹭脏了别人的衣服。原来这皮夹克是用墨染的，掉色。

小陈承认他的不少老乡是这伪劣产品的制造者，但申明他们家从来不做这种坑人的货。他辩解，他们的货属低质低价，不是坑人骗人，这个价格就是这个质量的货。

赵卫东不禁忐忑，说："照这样中国货人家还买吗？"

老宋不当回事，说："不买中国货他们买什么？便宜呀！猪皮夹克中国人谁穿呀？他们没钱也就只能买这货。"

赵卫东望着列车经过的一座城市，看着那宽阔的街道和成片规划得很好的住宅楼，看上去比中国的城市和居民住宅要好。他心里困惑，在他和许多中国人心里，苏联是多么富强的国家呀，老百姓的生活无忧无虑，全民享受着世界上最好的福利。没想到不经意的几年工夫，他们却只能穿中国人不穿的东西了。太不可思议了，他提出了自己的疑问。

张大姐缓缓地讲："七十年代是苏联的鼎盛时期，那时候国家最强，老百姓生活也好；八十年代就走下坡路了，但比现在好多了；现在一改制，谁也没想到成这样了。其实他们国家现在的社会总财富还是比中国多，你看他们的城市比中国好多了，北京虽然变化大还是比莫斯科差一些，我们郑州就更不行了。”

老宋点头说：“没错。他们住的房子比咱们好，彩电、冰箱这些个东西人家早就有，家具家家都挺好。厨房、卫生间大，设施又齐全，二十四小时热水，大澡盆。我就喜欢在里面泡澡，真舒服。”

“这些都是过去的东西，说明他们国家过去建设得不错，老百姓过去的日子不错。怎么现在就一下子稀里哗啦垮了，什么都不行了，穷成这样了？”赵卫东还是纠结一些问题。

老宋喝了口酒，取笑说：“可能是想改善一下伙食，添点儿好吃的，没想到把饭碗砸了。”

张大姐说：“他们认为西方民主制度好，就改制了，当然也有西方推动。都没想到会全垮了，到这个地步。”

老宋喝酒多话也多。“人家改革越改越好，他们越改越坏。你别听西方的，美国就是要整垮你。你看苏联一垮，美国欧洲多高兴。你不到俄罗斯不知道，他们这儿发展条件比咱们中国好多了，资源丰富，人口也不像中国那么多。”

张大姐发表着自己的看法，语调有点儿轻。“也可能是改制的阵痛吧。他们人口素质高，教育的普及、受教育的程度是世界最高的。科技和工业水平都很高。都这么说，但我看不出来。东欧变天、苏联解体到现在几年了，一年比一年差，这阵痛也长点了。而且不仅俄罗斯这样，东欧和独联体国家全这样，没一个好的。只要走上正轨，发展应该很快。”

老宋喝口酒接着说：“他们这儿腐败太严重，几乎无处不在，而且没治。有个警察局局长头天在电视台说要查腐败案子，第二天一早从家里出门就挨了几枪给打死了。现在俄罗斯腐败案子没人敢查，别说查了，记者报道一下就给打死了。"

张大姐也点头承认："是，腐败确实严重。"

"还有黑社会呀！他们这儿黑社会太厉害，现在俄罗斯的基层社会几乎让黑社会控制着。"

小陈插话："就是，摆摊卖货，早上黑社会的来收钱，上午税务的来收钱，最后是警察来要钱。每天都这样，没人管。"

赵卫东问："老百姓呢？老百姓怎么反应？"

"老百姓生气、不满，可能怎么样啊？越改越差越不满。都蒙着呢，谁知道怎么好。"老宋喝了口酒说。

赵卫东还是纠结，说："搞不懂，他们为什么这么干？"

老宋说："不知道。咱们看不懂。比如这个休克疗法，我过去那个房东，一辈子攒了几万卢布，一夜之间全成废纸，把老百姓坑苦了。你说他们这事干的有脑子吗？损不损！"

赵卫东去车门处抽烟，来回听别的车厢的人也都在议论这些问题。看来，中国人都关心俄罗斯的变化和现状，也都和他一样不解和纠结。为什么一个文化素质和文明程度这么高的民族和国家，会做出这么愚钝的抉择，造成这么惨痛而荒唐的局面呢？

老宋对俄罗斯不全是负面的抨击，有时也满怀感情，也可能是酒催的，这时他望着窗外广袤的绿色旷野，感慨地说："你走在这俄罗斯大地上，真喜欢这儿。地方好，人也好，姑娘漂亮。为建设这国家，几代人多少年奋斗，还流血牺牲，二战他们死了多少人哪！要毁一个国家，就几天！这国家可惜了！"

有这种唏嘘慨叹的不仅老宋一人，列车上的很多热衷于政治思考的中国人都在为旁人的事操没用的心，动不相干的幽情。赵卫东也是，望着俄罗斯广袤的大地、绿色的田野、异域的风情，新奇和兴奋的同时，也总有一种有些沉重的思虑骚扰他的心情。

张大姐笑着说："中国人有苏联情结，每次坐火车全都议论这些事。十月革命的一声炮响，给我们送来了马克思列宁主义。从那时候开始，苏联就是对中国影响最大的国家。你看五六十年代的人，都是看苏联的书、看苏联的电影、唱苏联的歌长大的。就是现在美国对中国的文化影响越来越大，但没人去看美国的书，没人唱美国的歌，那些大片看完就忘了。中国人还是爱唱苏联歌曲，几十年前看的苏联电影里面的人物，还有那些小说中的人物，你一辈子都忘不了。"

大家都觉得张大姐说得在理，不住地点头。

几天的火车路程除了睡觉就是聊天，对赵卫东可是受益匪浅。他冒失而来什么情况都不了解，现在结识了朋友知道了必备的知识，心里有底了。

他想到一件事，想请老宋和小陈帮忙，便说："麻烦你们哪位帮我办一下落地签。另外，我来之前让翻译给一个客户打电话，到车站接我，给找个住处。我不知道电话打了没有，客户来不来接。如果来了，我就让他安排；如果没来，你们二位能不能让我暂住几天，等租好房子我就搬。"

出乎赵卫东意外，老宋和小陈表态都不积极。犹豫了半天老宋才说："行吧。要是没人接就到我那儿住吧。我一个人两居室，住几天没问题。"

赵卫东注意到他特别强调了"几天"两个字。

小陈面露难色解释说："我那儿两居室三家住，实在不方便，没法让你住。"

老宋笑着说："一个单元住三家？我听说你们浙江人净是十几个人住一个单元的，要不俄罗斯人怎么不愿意把房子租给你们浙江人呢。"

他们喝酒聊天打发掉了几天难耐的车厢时光，也让赵卫东对俄罗斯、对在这里经商的生活有了一定的了解——生意好，赚钱多，环境不好，充满危险。终于，莫斯科到了，望着列车驶入异域风情的城市，赵卫东心里涌起了一阵冲动，盼望的一切终于来临了，他要在这里战胜危险，力挽狂澜，重新崛起，他心中有了拼搏的信念和豪情！

三

莫斯科给赵卫东的初步印象是宏大殷实，不愧是国际大都市。那气势恢宏、造型别致、丰富多彩的建筑，宽阔的街道和排列整齐的住宅楼，随处可见的被绿荫环绕的街心公园，既有历史感又有时代气息，让你之前对这个民族的自戕造成国家衰败的轻蔑和讪笑立刻消失，反而有了敬意。与北京相比，莫斯科缺少北京近年建设的新型和装饰更加现代的建筑，没有广告和商业气息，看不见鲜亮的色彩和活跃的视觉信息，但也没有北京那些老旧脏乱房子的区域和角落。街区全部由造型各异的公共建筑和住宅楼以及绿地组成，其中有些建筑和北京五六十年代的建筑造型类同，可以看出其中的“血缘”关系。街心公园或绿地有许多名人雕像，有不少是列宁的头像或是全身像，这有些出乎赵卫东的意外。马路上车水马龙，并不拥堵，除了长通道式的无轨电车和公共汽车，多数还是小车——拉达和伏尔加，还有老款的奔驰、宝马、奥迪以及日本车，车都显着老旧。大街上人不少，最引人注目的还是街上随处可见发色不同、面容俏丽、体态惹人的漂亮姑娘，真可谓美女如云，秀色各异，风情万种，让人目不暇接。她们身上穿的衣服多数赵卫东都见过，出自北京雅宝路，有的还是他卖过的。

有些廉价低质的服装穿在这些美女身上的确没给她们增色，让人觉得有些委屈。路上的行人和公共汽车上的乘客神态各异，或漠然或忧虑或淡定或愤懑，缺少的是喜悦。人群中很难找到几张笑脸，真如老宋所说，看不到人们对新制度的欢欣鼓舞和希望满怀，弥漫的是不满、无奈、失落、沮丧的情绪，让人遗憾！

火车站规模不大，造型倒有些别致。据说莫斯科一共有九个火车站，与中国不同，火车站不是以所在的城市命名，而是以要去的城市命名。赵卫东在车站里外找了两圈，没见到那位俄罗斯客户。亏了火车上结识了老宋，要不然真崴泥了。

这时已是傍晚，但正值夏季天长，天还没有黑，老宋叫了一辆出租车，他租住的房子距车站不近，车穿城而过，让赵卫东领略了莫斯科的风貌。

出租车到一个楼区前停下，又让赵卫东见识了老宋的谨慎小心和中国人在这里的生存状态。下车后，老宋四下观察，看后面有没有人车跟踪，周围有没有异常的人，再把本可以拉着走的行李箱扛起来，他是怕拉着走响动大。他带着赵卫东轻手轻脚地贴着楼边走到另一个楼区，原来他让车停在了隔壁楼区。到楼门前又观察了一圈才进了楼道间，进来后再向上查看，没发现人才轻踏上楼，走几步上下看看再走。他一直不让赵卫东说话，怕让人听见知道是中国人。

赵卫东心中慨叹：这哪是做生意呀，简直就是做贼！

老宋租住的房子是普通的两居室，和北京低层楼房的结构差不多，只是厨房和卫生间要大些。卫生间有澡盆，全天有热水供应。室内墙壁全部是壁纸，地面是老式的涂了红漆的宽条地板，家具齐全而且质地漆面相当不错，柜里摆满水晶玻璃的各种器皿，电器较国内家庭的老旧。两间房一间稍大有床，一间偏小有折叠沙发。赵卫东自然住小的这间，初来乍到，来的仓促又没有安排周全，到的又是凶险之地，现在有了这样的安置，赵卫东颇觉顺利，更感幸运。

老宋有个直接标明出生地的名字——宋京生，他对赵卫东过来住有些犹豫，主要是从安全考虑。但他看赵卫东规矩懂事，不是犯恶的人，又知道他的来历，他初来俄罗斯，没什么背景和其他关系，没有让人顾虑的地方，况且又想卖他的货，挣那顺手的利润，老宋便卖了个人情。但他毕竟有自己的事情，不愿与别人同住，所以只答应几天。

安顿好了之后，赵卫东给俄罗斯客户打电话。

货一共发给了两个客户。当时事情急，赵卫东来不及大范围地选择客户，只能在决定发货的那几天从正在雅宝路采货的熟客中选择认为可靠的，谈了几个，只有两个人同意接收，并签了个简单的协议。二人一男一女，都在莫斯科市场上卖货。

男的叫瓦洛佳，就是李莉说的那个给赵卫东接站并安排住处却爽约的那个人。他家的电话通了，接电话的是个女人，说了一句"不在家"就把电话挂了，态度不能算客气。

女的叫达妮娅，电话也通了，是她本人接的电话。赵卫东问了好后告诉她，货已在路上，他本人也到莫斯科了。达妮娅一下就听出了他的声音，反应很平淡，甚至是冷淡，和那个在雅宝路每次见面都热情洋溢的达妮娅判若两人。

两个电话打完，赵卫东感到了冷落，心里有些发凉。他对这俩人寄予的是全部希望，说实话全指着他们呢，这是不能有半点差池的事。他们的态度自然让他敏感，引起了他的担忧。

不过忧虑并没有太久地影响赵卫东的心情，一个小时后他再次打电话，是瓦洛佳接的电话，他的热情立刻打消了赵卫东的担忧。

瓦洛佳先是大呼自己记错了时间，以为明天到，反复道对不起，并要立刻过来接他。

赵卫东说中国朋友帮忙已经找好住处了，这两天办落地签，办好之后再约时间见面。赵卫东觉得还是暂时住在老宋这里，心里更踏实一些。

赵卫东和老宋把房子打扫收拾好就去商店买食品。赵卫东原以为俄罗斯国家穷老百姓没钱，物价一定便宜，没想到相反，除了冷冻鸡和鸡蛋价格还行，其他的都贵。特别是青菜，贵得离谱。两个人买了一堆东西，结账时赵卫东张罗着把钱全付了。

回到家老宋做饭，吃饭时，俩人一边吃一边喝酒。老宋酒量大，能喝，但从不过量，到量即停，很有自制，而且他对别人也不过分让酒，让赵卫东赞赏。

入夜赵卫东躺在沙发上睡觉，不很舒服，但比火车上还是好多了。想着到莫斯科第一天的见闻，联想几天来火车上的聊天，他觉得和以前对俄罗斯的认识有很大不同，心里五味杂陈。更多的还是对异域景物、对异族风情的新奇的感觉，也对即将展开的生活充满期待。

和瓦洛佳的见面并不顺利，也让赵卫东初次领教了俄罗斯警察的“执法”。赵卫东如约正点到了约好的地方，在路口，没见到瓦洛佳，就站在路边张望着等。这时看见一个警察远远走来，他没当回事。直到警察离他近了径直朝他走来，他才想到了老宋的一再提醒，他低头转身打算躲进楼区，可是已经晚了。那警察叫住了他，并几步跨到了他跟前。

这警察不到三十岁，长得帅气，讲话一本正经，秉持着执勤的规范，但让你感到的却是居高临下的蛮横。他张口伸手向赵卫东要护照，也不知道他是在执勤还是路过。

赵卫东心里有底，刚办完的落地签手续没有任何问题。他取出护照递给警察。警察把护照看得非常仔细，就像在鸡蛋里头挑骨头，这骨头还真让他挑出来了。他嘴角撇出一丝得意，指着护照上的入境和落地章的日期说："外国人入境三天内要办落地，你逾期了。"

赵卫东没全听懂他的话，但明白他的意思。这不没事找事吗？！赵卫东一下子血往上涌，他调动学会的仅有的俄语词汇争辩道：入境章是边境盖的，落地章是莫斯科盖的，这之间要坐五天的火车才能到。他反问警察：如果逾期了警察局为什么给盖了落地章？

赵卫东的俄语在雅宝路说起来还觉得可以，在这里就实在不够用了，想说的表达不出来。而他认为落地章已经盖了，火车票就没用了，所以车票也没带在身上。

警察摇着头不接受他的辩解，但显然明白他的意思，因为他压根就是明知故意。其实这时赵卫东塞给警察点儿钱也就完了，可他头次遇到这事，不懂规矩，还是一味地搜肠刮肚地找词辩解。警察被弄急了，拽着他要带走。

恰好这时瓦洛佳来了，拦住了警察。他和警察嘀咕了一阵，塞给警察一张钞票，要回了护照。赵卫东接过护照，松了口气又叹了口气。他知道了什么叫做敲诈，就是利用权力不要脸地强力索要。

瓦洛佳和赵卫东问好拥抱，态度热情洋溢，说话还是像在中国时一样谦和友好。他开了辆旧的黑色奥迪，车停在路边，请赵卫东上车。他们开车来到附近一个咖啡馆，点了咖啡和点心，边喝边谈。

瓦洛佳年龄不到四十岁，脸型稍长，大眼高鼻，身材高大。赵卫东在北京雇用的一个姓杜的司机好给人起外号，给瓦洛佳起了个外号叫"大洋马”。瓦洛佳的身形和昂扬的神态的确给人以中亚名马的联想，不过他待人十分和气，见人时总是弯腰低下那挺拔的上身。但现在的瓦洛佳可比在中国的时候神气多了，没有了在中国时的谨小慎微，使“大洋马”的外号更加贴切。

瓦洛佳知道赵卫东的俄语水平，所以二人谈话十分局限，也有些费力，有时需要肢体动作的配合。这样的谈话，双方并不能完全掌握对方话语的确切意思，只是大致领会而已。

“你是住旅馆还是租房子？”瓦洛佳问。

“我已经找好房子了。”赵卫东想还是和老宋一起找房子更稳妥。

“其他还需要我帮忙做什么？”瓦洛佳说话很客气。

“暂时没有，以后有需要我会找你。”

瓦洛佳客气地请赵卫东吃盘中的蛋糕，问道：“总共给我发了多少货？”

赵卫东掏出一张单子递给他，上面是发货的明细。

瓦洛佳看着单子，眼睛发亮，脸上闪现出明显的兴奋，脱口说：“这么多！”

“是不少。不过，我这里还有其他一些朋友，太多你卖不了的话，他们可以分一些卖。”赵卫东想到要给老宋一些货，也想含蓄地告诉瓦洛佳，他在莫斯科还有中国的朋友可以卖货，并不是只依靠他瓦洛佳一个人。

“等货到以后再说吧。货是什么时间发出的？”瓦洛佳没有十分在意赵卫东的话，继续问道。

“有两个多星期了。”

“正常的话，再有两三个星期就到了。”瓦洛佳用小勺搅动着杯中的咖啡，思考了一下问：“这个运费谁出？”

赵卫东暗暗一怔，这事一直被忽略了，想都没想，协议上也没写，事情催的忙的，脑子没顾上。但他一想马上就清楚了，这个买卖应该算从雅宝路交货代销，按理运费由瓦洛佳出。他便态度坚决地说：“货发给你，应该是你出。我们是在雅宝路交的货，给你的价格是北京的价格。”

瓦洛佳思考着，脸上有些沉，过了一会儿说：“货这么多，运费可不少呢……现在是夏天，这是秋季的货，要等一段时间才能卖，这要占用不少钱。”

这个事赵卫东之前没有思想准备，感觉非常突兀。他又没有也不可能找到钱付这笔运费，只能默不作声。

沉默了一会儿，瓦洛佳说：“我尽量想办法，你也想想办法，运费可不少呢。我现在的销售情况也不好，钱有些紧。”

赵卫东没做出任何可以通融的表示，怕引起瓦洛佳的错觉，这事没有一点商量的余地。他的心情变得沉重。

瓦洛佳开车送他到楼区口，他忘了老宋嘱咐的不要在住的楼前停车，也没意识到要四下观察后没情况再上楼，而是径直进楼回了房间。

赵卫东跟达妮娅见面是在市场她经营的集装箱里，和她谈后更加重了赵卫东的忧虑。

达妮娅看外表有四十岁，身高体胖而且强壮，白发碧眼，脸型偏方型，眉眼不失漂亮，但岁月的痕迹毕竟明显，掠去了她脸上原有的光彩。她举手投足总有男子的架势，阳刚之气颇重，但并非女性的生理特征不突出了。她的乳房大，大到成了她体型最突出的特点。司机小杜给她起了个外号叫“推土机”，既是对她上半身形体的比喻，也是说她和你拥抱时能让你感到前胸两个大肉球的明显推力。

达妮娅为人热情，与朋友见面总要热烈地拥抱，不过今天她可没有给赵卫东这个待遇，脸和那天电话里的语气一样冷淡，好像接待的不是一个给她供货的商业伙伴，而是一个麻烦制造者。

她请赵卫东坐到集装箱里的椅子上，就直截了当地说了起来。

“当初在北京谈这事的时候，好多事情没细想，也不知道你给我发了这么多货。运费是个不小的数目。再有，这么多货，需要有地方放，要几个集装箱或是一个大库房。租这个库房也要不少钱，这个钱谁出？现在是夏天，货是秋季的，要过些日子才能卖，不少钱要押在这上面。以后如果卖得快还好，要是卖不动，长期租库房钱就更多了。我的钱很紧，这样要占用购货的钱，生意我就没法做了。所以这些钱要由你出，我是担负不起的。”

这么长又复杂的俄语赵卫东是听不懂的，只是大致猜出了她的意思。她反复地慢慢讲，一些句子又变换了一些说法和词汇，赵卫东才基本明白她讲话的内容。不错，她确实把赵卫东当作麻烦制造者了。应当承认她有她的困难、有她的道理，但赵卫东不能同意，因为这样造成的损失他没法承受。

“当时在北京谈得很好，你同意之后我们才发的货，我们还签了协议。”

“当时我没想到还有那么多费用，你们也没有跟我讲，协议上也没有写。”她变得激动，说话声音升高，像被欺骗而感到愤怒一样。

赵卫东尽量压低声音：“由于你同意了，我们才发的货；如果你不同意，我们是不会发的。现在货快到了，你要我怎么办？”

“货是你的，你要想办法，正好你也过来了。”达妮娅愈加不讲道理。

这时赵卫东陡然明白，达妮娅并不了解他现在的状况，以为他还是雅宝路的大款，怎会知道他已然颠沛流离等待救助呢？这事还不能说破。

达妮娅的态度已经非常明确，谈下去只会激化情绪，已没有必要，嚷嚷起来也觉丢人。不如留有余地，想想办法以后再说，毕竟离到货还有一段时间。赵卫东便说："想想办法以后再说。"说完就起身告辞了。

和瓦洛佳、达妮娅的谈话严重打击了赵卫东来俄罗斯后正在好转的心情，重创了他逐渐恢复的东山再起的信心。这事的重要性不言而喻。没钱提货，没库房装货，这批和他命运息息相关的货就会不翼而飞，希望会全部破灭，他的未来就只能用最悲惨的词汇去描绘了。

赵卫东穿行在这集装箱市场中，这是用货运集装箱排列组成的市场，每个集装箱是一个经营场所，是一个商户。箱门打开，两侧门和前脸挂样品，里面放货，批发销售十分便利。不营业时关上门，货物安全，市场也好管理。这市场很大，里面人头攒动，人流如潮，销售兴旺，有很多提着大包小包或是拉着小车推着大平底铁车来采购的客商。

所有商人商贩见到这样的市场景象都会兴奋，都会激动得热血沸腾，摩拳擦掌要大干一番。赵卫东也是一阵心潮涌动，但想到现在的处境心又凉了，还有了无能为力、走投无路的感觉。

四

赵卫东失眠了。他每天晚上都和老宋喝酒，但一点不管用，脑袋不迷糊，整宿的睡不着，抽烟抽得口腔里都是麻木的，只是到天亮时才睡会儿，睡着了也是做噩梦，一会儿就醒。

他没跟老宋讲，也尽量掩饰自己沉重的心情，但老宋显然看出了他有心事，问他不说，就不再追问，也不好意思催他找房搬家了。

他的失眠不是被动的睡不着，而是头脑高效率地运转造成的。没有钱提不出货来，如果瓦洛佳和达妮娅都不出钱提货，货物将被运输公司扣押，这是非常简单的事情。他不可能就此罢休无所作为，眼见这巨大的损失发生而万劫不复，他必须要在这有限的范围内找出办法来。这又谈何容易，为此他绞尽脑汁。

谁有钱并肯出钱解决运费呢？在这里他只认识这么几个人：张大姐，不可能，别说她，就是她的公司做易货的也没有这么多现金；老宋和小陈都是小本生意，这运费比他们的生意规模可能都要大，还别说人家是否愿意出钱做这事了。其他就只有这两个俄罗斯人了，也就是不同意付运费造成现在这个问题的人了。达妮娅是不可能了，她不仅坚决不同意，而且有股怨气，听不进话去，水米不进做不成工作，剩下的就只有瓦洛佳了。

赵卫东想起瓦洛佳在看这批货的明细时，眼睛发亮，那是明显的贪图的目光。瓦洛佳显然明白，这批货卖出后会产生多大的利润，那是他来回跑多少年都挣不出来的。他和达妮娅不同，达妮娅是拒绝接受这批货，瓦洛佳是想要这批货。他提出运费和库房费用问题，可能确实钱紧，拿不出来；也可能是精于算计，尽量挤兑赵卫东出钱，降低支出，贪更大的便宜。赵卫东觉得瓦洛佳是可以做工作的，可能会同意的，他发光的眼睛表明他认可这是难得的机会，不会轻易放弃。

问题是即使瓦洛佳同意也只解决了一半问题，达妮娅那一半货怎么办？明摆着无人可找，只能继续在瓦洛佳身上想办法。让瓦洛佳出钱接受他那批货，赵卫东心里有点谱、有些把握，但继续让他加码翻倍全部把货接下来，不知道他愿意不愿意、能不能承受得了。

赵卫东想不出别的办法，没有第二个选择，只能找瓦洛佳做工作，只有这一座独木桥了。成不成的不知道，也只能听天由命了。

瓦洛佳在市场也有一个集装箱，赵卫东在电话里和瓦洛佳约好在他的集装箱见面。赵卫东如约而至，瓦洛佳已等候在那里了。

瓦洛佳还是那么友好客气，请赵卫东到集装箱里面，坐到堆放的服装上面。箱外门脸处一个女人在卖货，这女人三十多岁，俄罗斯人，长相漂亮，身材挺拔，装扮也在意讲究，但神态傲慢，和赵卫东打照面理都不理。瓦洛佳也没给他们介绍，赵卫东脑子里有事也没在意。

赵卫东心里已有腹稿，便单刀直入地问：“货快到了吧？”

瓦洛佳计算了一下说：“还要两个星期左右。”

“怎么样？准备好接货了吗？”

瓦洛佳皱了皱额头说：“钱，这需要不少钱。”他摊开双手表示不够的意思。

“瓦洛佳，在北京我们谈的就是货发给你，接货由你负责。另外你知道我们出国只许带两千美元，汇款过来也做不到。所以，我现在没办法，这些只能由你来解决。”这些话在赵卫东脑子里酝酿了很久，但说起来还是断断续续的。

瓦洛佳听懂了，一直在点头，他思索了许久，说：“行，我想办法。”

赵卫东心里一阵激动，没想到瓦洛佳这么痛快就答应了。第一步的顺利让他对第二步提高了期待。

“还有一件事，这批货发给了两个人，你和达妮娅。”

瓦洛佳点点头：“我知道。”

“达妮娅不打算要了，我找了几个中国朋友，他们几个想合着拿这批货，我先问一下你，你要不要？如果你要，我就不给他们了，你把货全拿过去；如果你不要，我就和他们商量，让他们合起来把运费付了，让他们去卖。你要还是不要？”这是赵卫东想好的说辞，吊一下瓦洛佳的胃口，他不能让瓦洛佳知道他已经走投无路。

瓦洛佳皱着眉头陷入长长的思索，还站起来在那狭小的空间来回踱了几步。赵卫东观察着他的表情，心里明白他想要这货，觉得这事有戏了。

不过事情可没赵卫东想的那样顺利，瓦洛佳想了很久后给了个模棱两可的答复：“这事我要想想。”

看来眼前也只能如此，先告一个段落了。赵卫东还是追加了一句：“尽快给我个答复。”

还在沉重思考的瓦洛佳点点头。

事情比赵卫东预想的要好得多，让他觉得几天的失眠实在是多虑了。瓦洛佳对另一半货虽然没有明确要，但看得出来他想要这些货，在尽力想办法。

不出所料，三天后瓦洛佳打来电话，把赵卫东还是约到市场箱子见面。见面后他直截了当地表示："我决定货全部收下，运费全部由我出。库房我也已经谈好了。"他的精神振奋，神态洋洋自得，确有大洋马昂扬的气势。

赵卫东自然是一块石头落了地，心里踏实了。

瓦洛佳坐下来，话锋一转说："但我有些条件要和你谈。"

赵卫东知道会有这么一出，早有心理准备，便点点头。

瓦洛佳侃侃而谈："我现在手里没多少钱，开始考虑借高利贷，但利息太高，这批货是秋季货，现在卖不了，要耽误一段时间，太不划算，我就没借。没有其他办法，我就把汽车卖了，但钱太少不够，我又把房子卖了。今天我们谈好把事情定下来，明天我就去签协议拿钱。"

赵卫东听明白后大为惊异，瓦洛佳的做法太出乎意料了！这外国人办事太单纯太实在，感动得赵卫东特地站起来和他拥抱。

瓦洛佳继续说："这样的话呢，这批货我也投入不少钱，而且占用一定时间，没钱进其他的货了。有几个条件，这批货在莫斯科一个地方卖肯定不行，要分几个地方卖，如维尔纽斯、叶卡捷琳堡、伊尔库茨克。货要全部由我调配。再就是我投入的钱全部回收之后再陆续给你结账。"

赵卫东听明白后没马上表态，瓦洛佳的条件远低于他的预估，但瓦洛佳的话中有不让别人拿货卖的意思。赵卫东之前已经答应了老宋，觉得这事要提出商量一下。

"你说的这些我可以答应，只有一点儿，我有几个中国朋友想卖这货，我已经答应了。你看这样行不行，他们是陆续提货，每次提货量不大，你算一下每件费用是多少，再加上一些利润，每次提货时就把这钱给你结了。"

瓦洛佳思考了一下，样子不大情愿，但还是勉强点头答应了。

协议达成皆大欢喜，两个人高兴地握手相庆。

一周之后货到了，瓦洛佳和达妮娅分别打电话通知赵卫东。当天太晚了，他们约好明天一起去提货，因为一半货的收货人是达妮娅，所以她要去签收。

托运部的库房在城边一个停业的工厂里。这工厂规模不小，厂房车间又高又大，货就放在已经腾空的车间里，用蓝条编织袋打包的风衣，堆满了半个车间。

望着堆积如山的货，瓦洛佳难掩心中的兴奋，眼睛发光，连连摇头咋舌。赵卫东却是一阵彷徨一阵感伤，这是他几个月拼命工作的成果，是他呕心沥血的结晶，寄托了他太大的希望，是他生命的一部分。他真舍不得！他悲伤难过，内心绞痛，尽量控制住自己的情绪，不让眼红泪涌。

达妮娅拒绝接货之后，自觉对赵卫东有亏欠，态度上有了转变。这时她看到货，特别是看到瓦洛佳情绪高昂地张罗拉货，似有些后悔，但事已至此，也没法挽回。办完提货手续后她对赵卫东说："等安排好了之后，我少拿一些货，拿一次货结一次账，可以吧？"

赵卫东点点头。

瓦洛佳雇了几辆大卡车拉货去他租的库房。库房离这里不远，也是个停业的厂房，卡车要拉几次才能运完。

赵卫东心里难受不愿再等，叫过瓦洛佳让他写收据。

瓦洛佳推托说："我还没有清点。"

赵卫东摇摇头，坚定地要他签，这是经商后形成的习惯，备忘免得出现纠纷。

拿到收条，赵卫东立即转身走了。他不愿再看，不敢多待，悲伤已浸满了他的心，眼睛已经湿润，再待下去泪水就流下来了。回家路上，他买了肉肠和伏特加。他想喝酒，想大喝一场，挥发掉心中的苦闷和伤痛。晚上，他和老宋一起，把酒菜摆上，他举杯大口痛饮。老宋看出他心里有事，开导了他几句。

刚开始喝酒时，眼泪就在赵卫东的眼里打转，但他没让泪水流出来，也没有向老宋倾诉心底的苦楚。说什么？潮起潮落，赔本赚钱，经商之路就是这样。受得了干，受不了别干，这就不是一个贪便宜图侥幸的行当。把苦楚说出去，除了让人看不起、让人耻笑，连同情都落不下。待几杯酒下肚，酒的热量逐渐把赵卫东的伤感燃烧殆尽，他情绪已然改观，豪气又在他的胸中激荡起来。

喝完酒回到房间，他已变得壮怀激烈。本来嘛，他又一次地闯关成功！这一路走来，虽凶险异常，终有惊无险。关隘阻隔，而难关已过，前面已然是一片无阻无挡的开阔地。

的确，大批的货已入库到位待销，面临的又是这么好的市场形势，不能不让他雄心勃勃、信心满满。

五

宋京生在市场上租了个集装箱，货卖得十分顺利，到的货没多久就卖光了。后面的货还没有到，箱子不能空着，他就从市场上认识的中国人，包括小陈那里拿些货来卖。等他后面的货到了，夏季货卖得慢了，而秋季货还没开始卖，他这批上的还是夏季货，卖得也就慢了。好在货上的不多，而后面再发的就是秋季货了。

赵卫东有时和老宋一起去市场转转，多数时间待在房间里学俄语，其他无事可做，只等到季以后风衣的销售。他发现老宋与人来往少但电话多，每次通话都到自己住的房间关上门，特意回避他，这让赵卫东意识到应该找房搬家了。当初人家是帮忙才收留他，让他暂住，从没答应他常住。每人都有生活生意上的隐私和不方便让别人知道的事情，在这方面他应当自觉，等人提出来就不好了。

赵卫东计算了一下天数，把原来说好的一半房费交给了老宋，说了另找房单住的想法。

老宋客气几句把钱收下了，对他出去租房也没过分阻止，说："行，那咱们都问着，踅摸着房子。最好咱们离得不太远，想一块喝酒也方便，有点儿什么事彼此能照应。”

“这也是我的想法，不想和宋哥离远了。”

他们谈好后就开始找房，连续几天看了几处房子都不满意。中国人在莫斯科找房子有讲究，必须要有铁门铁窗栏，一二层和顶层不行。主要从安全上考虑，还要看周围环境。

老宋一直陪赵卫东看房，从没催促过他，还劝慰说：“有合适的房再搬，没合适的再看，别着急。”

晚上两个人一起吃饭又喝了点儿酒，老宋向赵卫东提出：“现在市场上有挂秋冬季货的了，你的货是不是先给我拿一些？虽然还早点儿，但先挂出来好让批发商看见，知道这里有秋季货。”

赵卫东答应，当即给瓦洛佳打了电话。

电话里瓦洛佳犹豫了一下才答应，他说：“这几天太忙，过几天再谈。可以给货，但要支付一定的运输和仓储费用。”

赵卫东早料到瓦洛佳会有这样的条件，这也合理，但他没有和老宋讲，到时候在货的价格上加点儿就齐了。

几天后他们终于找到了一间符合条件的房子，也是两居室，是套间，不是老宋这样的单独两间，但一个人住无所谓。房子里地毯、挂毯、家具、炊具、餐具等都很齐全，离老宋的房子只有两站地，走路十几分钟就到。

赵卫东搬走的头一天，他和老宋买来酒菜，又喝了一顿，赵卫东说了好多感谢的话。

赵卫东搬走的第二天，老宋就出事了。

出事当天赵卫东并不知道，事后老宋打电话叫他过去。他进门看见老宋失魂落魄地坐在椅子上，闷头抽着烟，沉默了半天才跟他讲了事情的经过。

昨天早晨老宋出门去市场，一出楼门就让两个警察给堵上了，要了他的护照，又带着他返身上楼，进了房间，踅摸了一圈后问他：“就你一个人住吗？”他答：“是。”两个警察其他什么都没说，就带他去了警察局，关到铁笼子里。关了一天一宿没人理他，今天上午把他放了。他一看护照被盖了黑章子，限十日内离境。他问这是为什么，警察说他违反了居留规定，落地章与实际居住地不符，然后就把他轰出来了。

“落地章与居住地不符？”赵卫东问道，心里也有些打鼓，他刚找的房子，落地章与居住地也不符。

“就是找茬儿。这儿的中国人有几个相符的？我一年的签证，先办的落地，以后租的这房子，怎么能一致？这不是什么大不了的事，根本不至于盖黑章子。”

“他们是不是敲诈钱？你没给他们钱呀？”

“我也以为是敲诈钱，在楼道里我塞给他们几百卢布，他们不要，非要进屋来。进屋后我又给他们加钱，还是不要，非要带我走。我想我没违法没犯事，敲诈大钱我肯定不给，谁想到最后给盖黑章了。要知道这样我多给点儿钱也没关系，可把我关起来以后，没人跟我谈钱说价呀！就没提过钱的事。”老宋皱着眉头一脸苦相。

这事确实不合常情，让人起疑。赵卫东想了想又问：“关进去之后，没对你进行过讯问吗？”

“没有啊！邪门了！”老宋百思不得其解，回忆着思索着。“警察直接来楼门堵我，就好像知道我在这儿住，专门抓我来了，而且不要钱直接盖黑章子，这是怎么回事呀？”他掐熄了一支烟，又点了一支，愁容满面。

“宋哥，你还没吃饭吧？”赵卫东想缓解一下情绪，宽慰一下他。

“不饿，早就饿过劲儿了。”

“那也得吃饭呀。”

赵卫东去厨房煮了碗面条，卧了两个鸡蛋，端给老宋。

老宋吃了几口面条，又放下筷子，问：“这是不是有人故意整我呀？”

赵卫东无从判断，没有搭话。

“这事越想越像有人在故意整我。警察知道我住这儿，专门在这楼门口堵我，而且不是为了敲钱，而是要盖我的黑章，怎么想怎么像是有人故意在搞我。”

老宋讲得有道理，警察偶尔发现这里有中国人住，或是邻居有人多嘴告诉警察这里有中国人住，是可能的。但警察来了不为敲诈钱，而是不问青红皂白盖黑章子，这事就奇怪了。

“谁能给我玩坏呀！中国人？当地人？我没跟谁有过冲突，没得罪过谁呀！生意竞争？或是……”老宋苦苦思索着，回忆到俄罗斯后的经历，网罗所有认识的人，搜寻着这飞来横祸的缘由和祸首，一直形不成让他信服的判断，找不出这个整他的人。

赵卫东提醒说：“如果这事确实是有人背地里使坏，就是要给你盖黑章子，赶你走，可以看看这样做对谁有好处，谁得利。”

老宋又想了半天，考究了几乎所有认识的人，还是不能确定经得住推敲的目标。

一天一宿找不到缘由的拘禁，不明不白地被盖黑章驱逐出境，给宋京生的精神造成了重大打击，而百思无解又折磨着他，他苦恼且沮丧。

赵卫东看他的样子不放心，就没回自己的住处，晚上他做了饭，两个人一起喝酒说话。

老宋一直苦思，来来回回谈这事，反复地磨叽，直到晚上困得不行了才躺下睡觉。到后半夜他又醒了，来到赵卫东睡的房间，魔怔般地站在睡着的赵卫东身边。

赵卫东醒来，看到站在床边的老宋，吓了一跳：“宋哥！怎么了你？”

“咳！怎么办呀我，我路上还发着一批货呢，货量还挺大。”老宋指的是几天前从北京发出的秋季货。昨天一天他脑子里尽纠缠那无可挽回的不白之冤，现在开始考虑现实问题了。“要是坐这星期的火车走，就只有三天时间了。这箱子里的货我想办法便宜处理了，亏就亏了吧，比扔了强，可路上的货怎么办呢？”

“什么时间发的？赶紧跟国内联系一下，看看货在托运部还是已经上路了。”赵卫东了解托运部要凑足批量才走货，有时货在托运部要等上几天。

老宋立即给国内打了电话，打完电话他又过来坐下，依然愁眉苦脸。“都好几天了，应该上路了。就是没发也不好办，货款已经付了，退货根本不可能，搁在国内也卖不了，怎么办呢？”

老宋盯着赵卫东看了一会儿，问：“兄弟，你在这儿怎么打算的？”

“我没其他打算，盯着我的货，卖完结钱回国。”

“你最近不回国吧？”

“这几个月肯定回不了。”

“兄弟，你能不能给我帮这个忙呀？把我的货给接了，把事给我照应一下。”

“宋哥，帮忙没问题，可我好多事都不懂。”

“兄弟，老哥一点儿辙都没有，这里我也没别人可托付，只有你了。这个忙你帮也得帮，不帮也得帮。”

话说到此，赵卫东已无法推辞，况且事情明摆着，老宋已没有办法了。“好！好！可是宋哥，您得给我交代清楚，我别给您办砸了。”

“没有问题，事情都很简单。你是大老板，这都是小菜。咱们还得抓紧，不少事要办呢。”

“不行的话您坐飞机走，这样时间充裕多了，干吗搞得这么紧张！”

“咳！机票两千六，火车票六百，差不少钱呢，而且在这儿多待几天也没用。”老宋唉声叹气，说话一点儿底气都没有。

早晨两个人来到市场，老宋让赵卫东把集装箱里的货清点出来。他跑去找认识的中国人，想把箱子和货整个转让出去。找了几个人谈了半天，只有两个人过来看货，讨价还价的还没谈成，气得老宋直抱怨。

“怎么这人都这么黑啊，都赔钱给了还不行，非让我赔个底儿掉才行！”

赵卫东听得明白，实际上是夏季货快过季了，走得慢，价格也下来。这些货已不是赚钱的货了，弄不好卖不动还要压货，所以没人要。

老宋愁眉苦脸地抽烟，又盯着赵卫东看了半天，想了想说：“兄弟，我看我也别找人了，这箱子和货全委托给你吧。你都看见了，我是真没辙了。”他指了指雇用的正在卖货的俄罗斯女人说：“她卖货，你就给我盯着盘货收钱。有时间，下午到这儿盯半天；没时间，关箱子之前来一趟，把钱拿走就行。”

这个卖货的俄罗斯女人赵卫东见过几次，已经熟悉了，叫娜达莎，三十多岁，长得也是大眼丰颊，但不显漂亮。她的身体十分强壮，堪比男人。

事已至此，容不得赵卫东不答应了，他点头应承了下来。

老宋赶着去买了火车票。往后两天他带着赵卫东去汇款的地方，告诉他如何汇款；又去托运公司认门，告诉他如何接货；又把市场上能想到的所有的事情做了交代。

还有租的住房，刚交了三个月的房费，老宋打电话和房东商量退掉。房东回答得很有意思，退房可以，钱不退。那还退什么劲呀！老宋把房子也交代给了赵卫东，让他踅摸着有找房的中国人把房子转租出去。

老宋把所有的事情办完、交代完，在走的头天晚上，两个人把酒菜摆上，喝酒话别。几杯酒下肚，老宋更加动情，说：“兄弟，咱们俩真是有缘。赶上这事，多亏认识了你，要不然我都没人托付，可就真崴泥了。大恩不言谢！哥这次真是飞来横祸，走了背字。帮哥这把，哥记你一辈子！”

“宋哥言重了！举手之劳。我现在整天没事，去市场看着点儿，不费什么事。要说谢我得谢您，到这儿来一直全是您帮我。”

“我走之后，这里包括你的费用全由销售款中支出。最后哥也不会让你白忙，会从中抽出一部分利润给你。”

“不！宋哥，费用照你说的，其他的我不要。”

“哎！那是肯定要给的。我知道你是大老板，看不上这小钱，但该给的还是要给的，别嫌少就行了。”

“不！这我肯定不要。”

俩人一口一杯地喝着酒，动情地说着话。

老宋感慨道：“命啊！运气啊！过去不信这个，现在信了！我呀，谨慎小心，生怕出事，最后还是出了。”

“以后怎么打算？”赵卫东问道。

“还得回来呀。”老宋坚定地说。

“不是五年不许入境吗？”赵卫东觉得有些意外。

“回去想办法换个新护照，重新签证再过来。顺利的话，半年就能回来了。”老宋的回答倒像很有把握。

“这边这么危险，社会这么不正常，你还过来吗？不行就在国内做吧。”赵卫东劝解道。通过老宋这件事，他对在俄罗斯长期发展有些打退堂鼓了。

“不是没想过，在国内做不了。我没本钱也没渠道，国内生意利润低，竞争又大，这边生意好做。本来想今年扩大一下生意，没想到出了这种事，还是要想办法回来的。”老宋对生意的考虑思路是很成熟的。

两个人喝光了一瓶酒，又打开一瓶继续喝。

“行！这期间我有什么问题随时给你打电话，您有什么事也直接给我打电话。”赵卫东想说些让老宋放心的话。

“咳！就这些事，你都能处理，没大事，不用打。他们这儿市区话费便宜极了，还不记时，一个电话打一天就按一次记，但国际长途又太贵，打个电话多说几句，一件皮夹克没了。要是天天打电话，这生意就全得赔光。咱们国家也不便宜，尽量少打。”老宋的账算得精细，话也说得实在。疑人不用，用人不疑，赵卫东听着心里也舒服。

“行！我就按您交代的办。”赵卫东点点头，顺着老宋的话说。

“别的都无所谓，你根据情况看着办，包括价格，这儿的市场价格很活。重要的是把钱藏好，注意安全，别出事。”老宋话说得痛快也外场。

俩人又打开了一瓶酒，越喝越猛。

老宋又陷入了苦苦的思索，叨念着说：“怎么会出这种事呢？这是怎么档子事啊？我想不明白，也搞不清楚是谁……”他脸上的表情悲愤痛苦，反反复复地说着这三天来说了不知多少遍的想不通的疑问、搜寻不到的答案。

最后，他哭了，止不住地哭，哭得泪水滂沱……

赵卫东没有劝他，低头移开目光，不忍看他那张悲伤痛哭的脸，觉得他可怜。

以后不久，老宋苦思不得其解的答案才浮出水面。宋京生实在太冤，他其实是一件阴谋的误伤，而这件事的起因却正是他托付生意并千恩万谢的新朋友赵卫东。

瓦洛佳自打赵卫东答应把货发给他后，获取这财物的念头就诱惑着他，并逐渐占据了上风，所以他不惜卖汽车卖房子也要拿到这批货。收到货，看到那堆积如山的货物时，他更是贪心难挨。这巨额的货物出手是他来回跑货几十年都不可能挣到的数额，而且这辈子怕也碰不到这么大批量的货没付钱放到他手上这样的机会了。他便把道德桎梏往爪哇国里一扔，下定决心将这财物占为己有。

瓦洛佳找了一位警察中校朋友，给了他两百美元操办这事。瓦洛佳曾亲眼看到赵卫东进的那楼门，又有住房的电话号码，警察中校到电话局一查就查到了房间号码。赵卫东的名字他们叫不准确，也没有必要说准确，地址对上，是中国人，一个人居住，警察认为对上了不会有错，就把宋京生误当成赵卫东带走了。带到警察局他们也没有进行讯问，拿上护照去外事警察局盖了黑章办了手续，就这样让宋京生背了不白之冤，替赵卫东遭了难。

这些个背地里的勾当，宋京生和赵卫东是无论如何也想不到的。

六

宋京生走了，赵卫东感觉到了孤单和寂寞，同时他还感受到了这个城市带给他的压力。

这宏大而又显得萧条的城市满眼都是那么陌生，让他迷茫，甚至觉得深不可测，不可捉摸。任何地点和时间都可能会出现让人烦恼或害怕的不测的情况，走在街上，甚至待在家里都让你战战兢兢。你不懂这个城市各个方面运作的规矩规范，不知道那些拿不上台面却行之有效的潜规则，也全然不了解这里长相迥异的人们的思维方式和行事逻辑，以至于对遭遇到的事物无法作出准确的判断。

赵卫东现在出入房子走在街上也像老宋那样，小心翼翼，一个人在家也都时刻保持着警觉。在这样的环境中，孤独给他的就不仅仅是寂寞，还有深深的恐惧。他感到也是平生第一次感到自己内心的脆弱。

老宋走后，赵卫东还是在老宋的房子里住，主要是因为对这里的环境比较熟悉，商店近，买东西比较方便，坐公共汽车也近一些。

一天傍晚，赵卫东从市场回来，刚踏进楼门就被一个俄罗斯老太太伸手拦住。她指了指一楼敞开门的房间说："我就住在这里，先生，能给我一个面包吗？”

赵卫东听懂了老人的话，知道老人已经断顿挨饿了。他看那老人满头白发，年事已高，但相貌神态做派都不失优雅，只是表情上有些尴尬。赵卫东便把手中的提兜递给老人，里面是刚从商店买的面包、鸡蛋、肉肠和白糖。

老人摆手不接受，说：“我只要一个面包就可以了。”

赵卫东二话没说，走进房间，把提兜放在桌上，就返身出来上楼走了。他注意到老人的房间里没有其他人。

老人在他的身后叫道：“中国人！非常感谢！”

就这么一件事。在赵卫东居住的范围内，他没再跟任何人接触，甚至没跟人讲过一句话。安静，安静得让他恐慌。

就在老宋走后的第五天傍晚，赵卫东正在厨房做饭。突然门铃响了，铃声有些嘶哑，听起来有些怪但很响，吓了他一跳！他虽然在这里住了有一个月了，这门铃声还是头一次听到。他不敢贸然去开门，先关掉燃气灶，侧耳听着外面的动静。

那怪声怪气的铃声再次响起，让他心里恐慌。他蹑手蹑脚走到门前，悄悄地趴在门镜上看门外是什么人。

透过门镜一看，门外是个俄罗斯姑娘。这个姑娘好像他还真见过，像是列车上卖给他玉石的那位姑娘！这让他心里一阵激动！他又趴着门镜使劲看去辨认，无奈楼道里已经变暗，看得不是十分清楚。开不开门？他心里犹豫。

门铃又怪叫了一声，门外的姑娘有些不耐烦。

铃声让赵卫东心里也急了一下，他觉得不应该有危险，便不再犹豫把门打开。

赵卫东看这姑娘十分漂亮，金褐色的头发，俏丽的脸庞，深陷的有着清净的蓝灰色眸子和冷漠眼神的精致的眼睛，一流的身材，年龄二十多岁。和列车上的姑娘有些相像，但却不是她。

姑娘见开门的是赵卫东，十分诧异，道了声好后问：“宋在吗？”

赵卫东摇摇头说：“宋不在，回国了。”

姑娘惊异地瞪大眼睛，这消息显然出乎她的意料。她说：“几天前我们通过电话，和他约好的，是他叫我们过来的。”

赵卫东注意到她说的是我们，便朝楼道里看了一眼，楼道里没有其他人。赵卫东接着说：“我不知道你说的这个情况，他走的时候没有和我交代。”

姑娘皱着眉头思考了片刻，没有走，而是朝屋里伸了一下手，说：“我可以进来吗？”表情变得柔和了些，但还是没有笑意。

“当然可以。”赵卫东表示了欢迎。

姑娘低头去提脚下的提包，赵卫东这才发现地上放着一个大号的帆布旅行包。姑娘提得很费力，看起来很沉，赵卫东忙出门帮忙去提。姑娘见赵卫东伸手提包，便放手不管，径自走进门来，让赵卫东一个人提包进门。这包又大又沉，赵卫东提着十分费劲。这让赵卫东奇怪，她是怎么一个人提到这四层楼的。

关上门后，姑娘礼貌地自报名字：“依拉。”她看着赵卫东，脸上依然是冷冷的。

赵卫东也报了名字。

“认识你很高兴！”

“同样，很高兴认识你！”

完成初次见面的语言程序后，依拉即问老宋是什么时间走的，为什么走，什么时间回来，语气有些急切。

赵卫东没讲老宋是被盖了黑章走的，也没明确答复什么时间回来，只说他肯定会回来。

依拉拧紧眉头思索，赵卫东把她让到房间里的沙发上坐下。她瞥见了茶几上的香烟，得到赵卫东同意后抽出一支。赵卫东从厨房拿来火柴，给她点上，她道了声谢谢。她抽烟的姿势和列车上的那位姑娘几乎一样，俏式而且性感，让赵卫东赏心悦目。

“他没说什么时间回来？”她再次追问。

“没有，但两三个月内肯定不会回来。”赵卫东给了一个相对明确的答复。

“这么长时间？”她惊讶之余眉头锁得更紧了，接着问：“他为什么急着走了？又为什么这么长时间才回来？”

赵卫东犹豫了一下，想了想还是没说出老宋回国的真实原因，敷衍说：“他有急事回国要办，需要两三个月甚至更长的时间。”

姑娘点点头，并未中止紧皱眉头的思索。

赵卫东想到炒了一半的关了火的菜，便去厨房把菜做完；又做了开水，沏了一壶茶，端来放在茶几上，连同茶杯和糖罐一起，摆在依拉面前。

依拉的到来让赵卫东产生了一种莫名的喜悦，身体都有些兴奋，甚至感觉那空寂的房间都有了光彩，虽然依拉的脸上从没出现过明媚的神色。

依拉依然简短地道了声谢。

赵卫东问：“你还没有吃饭吧？”他的态度一直和蔼。

依拉抬眼看着赵卫东，明白了他话中的意思是邀她吃饭。她脸上露出了难得一见的笑意，和这丝笑意伴随在一起的是令人怜惜的表情。在赵卫东看来那表情稍显夸张了些。

“我坐了几天的火车，今天刚到莫斯科，下车就直接到这里来了，所以……”

“那好，就一起吃吧。”

赵卫东表面平静，心里却是十分高兴，漂亮姑娘的出现使他的情绪有了化学反应。他把炒好的菜和切好的面包摆上了餐桌，又切了一盘肉肠，开了一听炸鱼罐头。

看到餐桌上的食物，依拉明显有了食欲，露出喜悦的表情。

赵卫东又拿出了一瓶伏特加。

“伏特加！”依拉惊喜地瞪大了眼睛，兴奋地晃动几下头和身子。

“可以吗？”赵卫东征询她的意见。

依拉点点头说：“少来一点吧。”

赵卫东给她倒了一杯。他在雅宝路和俄罗斯客户喝酒吃饭的次数不少，知道俄罗斯人喝酒从来都是一口一杯地喝，没有倒半杯酒的道理。

依拉举起酒杯，客套地说：“很高兴和你认识，谢谢你的招待。”

两个人碰杯后一饮而尽。赵卫东看得出来，她对喝白酒并不生疏。

依拉吃着菜，品着滋味评论着：“很香！”摇头晃着上身很享受的样子。

赵卫东又给她斟满了一杯酒，她笑了笑没有推辞。看来她真是饿了，吃得不仅口大还有些急。赵卫东觉得桌上的菜不多，又返身进了厨房，炒了几个鸡蛋端了上来。

依拉察觉到自己的吃相，给赵卫东一个歉意的微笑，笑中还包含了谢意。两个人碰杯再干了一杯酒，喝完会意地笑了笑。

依拉解释说：“火车上的食品又贵又不好，所以没怎么吃。”

“你是从哪里坐火车过来的？”

“伊尔库茨克。”

“伊尔库茨克？贝加尔湖？”

“对呀。”

赵卫东想起了那个坐火车看到的与世隔绝宛若仙境的地方，想起了火车上向他推销玉石的仙女般的俄罗斯姑娘。

“那是很漂亮的地方。”

依拉点了点头说：“是的，很漂亮。”话虽这么说，语调上却是低落的。

她又和赵卫东干了一杯酒，然后从烟盒里抽出一支烟，赵卫东给她点上。她手指夹着烟卷，轻吸慢吐，姿态十分娇俏，让赵卫东又联想到火车上的那位姑娘。

赵卫东本来想问她来莫斯科做什么，想到不知道她找老宋有什么事，也不知道她是做什么的，现在问这问题有些敏感，于是话到嘴边又咽了回去。

依拉还是对老宋的走疑惑不解，说：“宋电话里说好了的，等着我，为什么这么快就走了呢？”她又把眉头拧紧。

“他原本没打算走，确实有些急事要办。”赵卫东想了想还是没讲真实的原因。

依拉点点头，继续着自己的思索。

“你找他有事吗？”赵卫东试探地问道。

她又点点头说：“是的，所以我下火车就直接来这里了。”

“老宋现在还在火车上，没法通电话。他还有两天才能到北京，说好到北京就来电话。来电话我会和他讲，约好时间你和他通电话。”

她努了努嘴，很无奈的样子。

两个人继续喝酒，又随意聊了几句闲天。受赵卫东俄语词汇的限制，他们也只是简单地聊了聊。

一瓶伏特加喝完，依拉除了脸色微红看不到其他喝高的迹象，看来她不仅会喝而且酒量不小。遗憾的是，酒精并没有催高她的情绪，仍然思虑重重少言寡语，这让赵卫东原本已冲破寂寞活跃的心索然又没了兴致。

依拉吸了一支烟后，脸色涨红，难为情地说："我今天刚到莫斯科，还没有去找住处，可不可以让我在这儿住一宿？"

"没有问题，当然可以。"赵卫东的答复是利落的，一点都没犹豫。他见依拉面露疲倦有想休息的意思，便去老宋房间，从柜里取出被褥放在床上，又把那又大又沉的帆布旅行包从门口过道上搬进房间，然后请她进屋休息。赵卫东觉得自己做得足够绅士。

依拉关房门之前道了谢和晚安，朝赵卫东努嘴唇示了个吻，又补上一个迷人的微笑。

这让赵卫东心潮骤起，波动起伏又涟漪不绝，他进房间躺在床上也睡不着觉，眼前浮现着依拉漂亮的容貌，心里回味着她那媚人的微笑。他后来又纠结她来找老宋干什么，和老宋是什么关系，会不会是有什么私密事情。赵卫东早就听说，俄罗斯改制后百业凋零，唯有卖淫业蓬勃兴旺，到这里后一看果然如此，报纸上整版都是小姐的应召电话。依拉会不会也是做这个的？他得不出肯定的答案来。就这样，赵卫东胡猜乱想，一宿就没怎么睡。

虽然睡得少，赵卫东早晨仍然按时起了床，去楼下商店买了面包牛奶，到厨房备好了早餐，摆上餐桌。

依拉起床后见到餐桌上的早餐，微笑着道了谢，然后坐下，又恢复了公主般的神态自顾自地用餐。餐后，她自己拿了一支烟叼在嘴上点燃，在烟雾中静静地思考。一支烟吸完，她问："哪天可以和宋通电话？"

"明天他到北京，应该就可以通电话了。"赵卫东答道。

“我确实有重要的事情要和他通话，是过去说好的。我有其他事情要办，先走，明天我再过来和他通电话。”

“好，他来电话我和他讲。”

依拉站起身要走却又没走，犹豫了一会儿，涨红了脸难为情地说：“我昨天刚到莫斯科，手里的钱在火车上都用完了，你能不能借我点钱，我明天过来就还给你，你看可以吗？”

“你要多少？”赵卫东的问话里没有拒绝的意思。

“三百美元。”依拉说得有些含糊，她明白向一个萍水相逢的人借这么多钱有些唐突，怕被拒绝脸面上难堪。

赵卫东稍怔了一下，这钱数对当下莫斯科的老百姓来说可是个不小的数目，况且他身上现在也没有这么多钱。老宋的销售款藏在市场集装箱里，他的钱在他自己租住的房子里，身上只有约合两百美元的卢布。

依拉察觉到了赵卫东的犹豫，马上说：“我的包放在这里，太沉了。等我找好住处再来拿，你看行吗？”

赵卫东明白她的意思，她是用包做抵押，只是没有明说。赵卫东解释说：“我现在只有两百美元，还全是卢布。”

“也可以。”依拉点点头。

赵卫东从房间里取出钱，交到她手上。

依拉见到钱有些惊喜，脸上立刻绽开了笑容，而她的答谢也让赵卫东惊喜。她单手搂过赵卫东的脖子，给了他一个亲吻，而且正正地吻在他的嘴上，给了赵卫东一个美妙的感动。

临出门时，依拉又回身看了看屋里的旅行包，似有些不放心。她稍思考了一下，才和赵卫东道别出门。

当天晚上依拉没有来，第二天也没有来。老宋也没有来电话，按时间算他应该已经到北京了。

赵卫东买了很多食品，把老宋房间里的冰箱又重新塞满，准备依拉来了给她做饭吃，但她没有来。

整个晚上赵卫东十分落寞，很晚才草草吃了点儿饭，没精打采地躺下睡了。

这时一个念头闯入他的脑际：依拉会不会拿了钱不打算还所以不回来了？他想到了依拉的提包，便一骨碌爬起来去隔壁房间看。

这是个特大号的绿色暗地大花帆布旅行包，一侧有两个小轮，另一侧有个拉带，可以将一侧拉起用另一侧的轮子拖行。这旅行包出自雅宝路，赵卫东知道有几个摊位卖这个货。包的两道拉锁都用小锁锁了，不开锁是打不开包的。他用手捏了捏，感觉包里是衣服之类的东西。随身的衣服为什么要上锁呢？想到依拉临走时看这包时那在意的目光，她应该不会为了两百美元丢弃这个包的。

他回来到床上再躺下，没什么可想的了，慢慢也就睡着了。

赵卫东为了等依拉，一直待在老宋的房子里，没有回自己租的房子。第三天，依拉终于来了，但老宋的电话还是没有来。听说老宋没有来电话，依拉显得很失望。

依拉还是那样思虑重重，给她漂亮的容貌减色不少。她对赵卫东的态度变得友好，还能让他感受到一定的信任。依拉主动提起了钱的事，脸上露出和她一贯的傲慢冷漠的神情相反的令人怜悯的表情。

“对不起！我的事情不太顺利，钱可能要过些日子才能还给你。另外，可不可以让我今天住在这里？”

赵卫东自然是毫不犹豫就点头答应了。

依拉虽然情绪低沉，还是给赵卫东送出了一个媚人的吻的唇形。

依拉的食欲依然旺盛，就像这一天只吃了这一餐，而且只有在吃饭的时候她才有快乐的情绪，摇头晃脑地称赞食物的美味。喝酒也不再遮掩，虽然没主动要酒但来者不拒，酒只要倒上就喝干。酒染红了她的面颊，也催高了她的情绪，打开了她的话匣子。

“什么时候能和宋通上电话？”她问。

“现在他已经在北京了，不知道为什么没有打电话过来。”赵卫东回答。

“你可以给他打呀。”她指了指电话。

“中国不像这里家家都有电话，打电话不很方便，要去公共电话打。宋没有手机，有寻呼机，可我不知道号码，没法打，只能等他打电话过来。”赵卫东解释说。

她挑起了眉头，做了个无奈的表情。

“他这一两天肯定会来电话的。”赵卫东给了一个让她放心的答复。

“本来他和我说好的，所以我才过来的。”她解释说。

赵卫东犹豫了一下，想想还是问道：“你来找他有什么事？”

她也迟疑了一下才说：“他和我有个生意。”

“生意？什么生意？”赵卫东追问道。

“我有玉石要卖，就是你们中国人喜欢的那种。”

“玉石？”赵卫东想起了那个在火车上向他推销玉的姑娘。

“是他让我过来的，可他走了，而且走得那么久。”

赵卫东心想：这老宋做玉的生意，可从没露过。要不他怎么那么懂玉呢。他问道：“你和宋过去做过这个生意吗？”

“做过两次，不过第一次是我的一个朋友卖给他的，第二次是我过来的。”

赵卫东知道依拉和老宋是做玉石的生意，心里释然，有了一种轻松的感觉，还有了一种莫名的兴奋。他说："行，如果他来电话我会和他讲，看看怎么办。"

"宋真的很长时间都不过来了吗？"

"是的。"赵卫东点着头说。

依拉歪了一下嘴，"嗞"了一声，表达了遗憾。

"他可能三个月以后才能过来。"

"这个时间很长。"

"你有很多玉石要卖吗？"赵卫东试探着问道。

"我们那里出玉石。"她没有正面回答，看了看赵卫东，问道："你知道有其他中国人要玉石吗？"

"我来俄罗斯不久，在这里认识人不多，不知道谁收这个。"赵卫东回答得很谨慎。

依拉点点头，脸上挂着失望。

"不过，我可以去打听一下，看有没有人买。"赵卫东不愿意看到她失望的样子。

"好，谢谢！"

"玉石在你的手里吗？"赵卫东试探着问了一句，他是怕联系半天手里没东西。

依拉点点头。

当天夜里她在这里睡了。

第二天吃过早饭，依拉就走了，她的包仍然放在屋里。

隔了一天的傍晚，依拉回来了。赵卫东打开门，却吓了一跳！

依拉踉跄地进了门，随手把门关上，她神情惊慌，气喘吁吁。更让赵卫东惊讶的是，她的白色衬衫的袖子有破损，露出的胳膊上有伤口和血迹。

“怎么了你？”赵卫东急切地问，低头去看她胳膊上的伤口。

依拉却挡住了赵卫东低下的身子，掩住受伤的胳膊，定了定神说：“没事。在地铁里摔了一跤，碰伤了胳膊。”

“去医院看看吧！”赵卫东关心地说。

依拉摇摇头说：“不用！只是碰破了皮，伤得不重。”说完就走进她睡觉的房间，拿了衣服出来，对赵卫东说：“我用一下卫生间。”她进了卫生间插上门，不久里面就传出了水声。

赵卫东回到厨房把做了一半的菜做完，心里还是想着依拉的事。他虽然没有看仔细，但还是看到了依拉胳膊上的伤，感觉伤得不是很重。让赵卫东疑惑的是，依拉为什么那么惊慌？而且气喘吁吁的？感觉像是发生了什么事，她是在遮掩什么。

赵卫东把饭菜做好，摆上了厨房里的餐桌。依拉从卫生间出来，她洗了澡，用浴巾把湿头发卷在头上，换了衣服，胳膊上用一块布做了包扎，神态也恢复了平静，只是情绪仍然低落。赵卫东招呼她过来吃饭，她在餐桌前坐下，朝赵卫东勉强笑了一下，道了句“谢谢”。

赵卫东询问她胳膊上的伤口，问需要不需要上医院处理一下。她摇了摇头，说不用。吃饭时她很少说话，酒只喝了两杯就不再喝了，情绪十分低落，但已没有了刚才的惊慌。吃完饭道了谢，她就回屋休息了。关门前虽然情绪低落，仍给了赵卫东一个简短的隔空的吻。

看到依拉糟糕的情绪，赵卫东心里也变得沉沉的，但也没觉得发生了多大的事，可能确实是摔了碰了。老宋不在，玉石没卖出去，她事情失算，手里没钱，可能其他方面的事情也不顺，情绪低落是很正常的。赵卫东对依拉更加的同情和怜惜。

第二天晚上，依拉还没有走，老宋的电话来了。这个时间国内是夜里，夜里国际长途计价便宜。老宋说话很快，估计也是怕费钱。他对为什么迟来电话没做任何解释，简单地问问这边的情况就要挂电话，赵卫东忙把依拉的事简单说了。老宋停顿了一下，叹了口气说："我现在这种情况没法做了。"

"她现在就在这里，你自己跟她讲。"赵卫东想让他们直接通话，免得引起误解。

"不了，你跟她说吧。我现在做不了了，等以后我过去再说吧。我有他们的电话，到时候我会和他们联系。"说完就把电话挂了。

放下电话，赵卫东把老宋的话向依拉说了。依拉的脸立刻沉了下来，充满期待的目光变得黯然失神，满脸的沮丧。

赵卫东不忍看依拉失望的样子，宽慰她说："这样，我去找我认识的中国人，问问谁要。也让他们去问问其他中国人，看有要的没有。"

依拉点点头，勉强露出一丝感谢的笑。出门要走时，她在门口迟疑了一下，脸上变化出那种有些夸张的让人怜悯的表情，说："我就是因为和宋约好才来的，没想到宋走了，我现在没有钱，有些事情办得不顺利。能不能再借给我一些钱？"

赵卫东不假思索就从兜里掏出两百美元，交到她手里。

依拉惊喜地接过钱，立即探身给了赵卫东一个吻，道了谢，出门下楼走了。那个吻十分短暂，却和上次一样让赵卫东心动，让他一直回味，持续着兴奋的心情。他决心要帮依拉把玉石卖掉，既然老宋都在做这件事，说明是件不错的生意，应该是可以找到其他买主的。

七

赵卫东先给在火车上认识的张大姐打了电话，张大姐记得他，讲话十分热情。对玉的事，她不知道也不了解谁做这方面的生意，后来说到他们公司老总过去在工艺美术公司工作过，懂玉也熟悉这行的业务，但现在不在这里，张大姐说等老总过来后问问他有没有这方面的渠道。

放下电话，赵卫东想，等老总过来太晚了，张大姐解决不了这着急的事，没戏。

赵卫东又去市场找小陈，小陈见到他也很热情，从集装箱里跑出来，递上烟，在过道上聊着。小陈的生意不错，老婆和雇的售货员一直忙着卖货。小陈想了半天，也想不出有谁做玉石的生意，他只有一个亲戚做珍珠生意，是从浙江往俄罗斯倒，不知道对玉有没有兴趣。最后小陈说，做这种生意的都背着人，不愿意让人知道，怕惹事。

看来小陈也没戏，赵卫东未免灰心。回到老宋的集装箱，他在门前坐下，继续思考，但一筹莫展。

这时从通道上走过一个中国人，看见了箱口坐着的赵卫东，停下了脚步，想了一下，绕过集装箱前摆货的铁桌子，来到赵卫东跟前。

“忙着呢？”他问道。

赵卫东抬头一看，认识这人，和老宋一起来市场时曾见过这人一面。这人叫李阳，也是北京人，三十出头的年岁，个子不高，但神气十足，很平常的相貌上表现出一股趾高气扬的自负。赵卫东忙站起身，让出位置请他坐。

李阳摆摆手，示意不坐，问道：“老宋呢？”

“老宋回国了。”赵卫东答道。

“回国了？他不是刚来吗？”

“是啊，家里有点儿急事。”

李阳不是市场做货的商人，是做专门给中国人发邀请、办签证、办落地签或介绍房子等这些事的人，老宋和赵卫东的落地签都是他办的。据老宋介绍，办这些事也是分群体地盘的，都和警察勾着，如果找错了人办，这些人会用警察来找你麻烦。老宋特别嘱咐过赵卫东，李阳认识人多，黑白两道都通，别得罪他。

李阳扫了一眼挂着的货，问：“生意怎么样？”

“不是太好。”赵卫东回答说。

“换季了，该换货了。”

“是啊，秋季货在路上呢。”

“怎么？你和老宋伙着干呢？”

“不。他回国了，我给他帮忙盯着。”

“那你那儿呢？”

“我的货还早点儿，过几天上。”

“有事吗？”李阳点点头，转身要走，走前客套地问一声。

“没事。”

“有事说话啊，都是北京老乡。走了。”李阳绕过铁桌向外走去。

赵卫东这时灵机一动，想这李阳认识人多，说不定认识收玉的人，便叫住了他。

“李哥，还真有件事，你看能不能给帮忙找一下。”

李阳又返身回来，豪爽地问：“什么事？说。”

“你知道谁收玉石吗？帮忙给联系一下。”赵卫东谨慎地说。

“什么？玉石！”李阳显得有些惊讶。

“是。我这儿有玉石要卖，想找买主。你认识人多，帮忙给找找。”

李阳用异样的目光打量着赵卫东，思索了一下，问道：“你到俄罗斯没多长时间啊。以前来过？”

“没有，第一次过来。”

李阳默默地点了点头，轻声说了句：“你道儿够深的呀。”

赵卫东觉得李阳的话说的不着边儿，有些奇怪。他说话的口气也变了，脸上的狂傲收敛了许多，但赵卫东并没有在意。

李阳从衣袋里掏出记事本，说：“行！告诉我你的电话。”

赵卫东报了电话号码。

李阳记下号码，合上本子，转身就走了。

赵卫东追问道：“李哥，没问题吧？”

李阳回头看了他一眼，说：“这能有什么问题？不过，别忘了我的缝儿钱。”

赵卫东又在后面追了一句：“这应该没问题。”

只隔了一天，李阳的电话就过来了，说买主找到了，人家要看货。

赵卫东想这是应该的，没征求依拉的意见就答应了。

李阳就和赵卫东约好时间，叫赵卫东带着玉，明天到赌场去找他。

这几天依拉白天外出，晚上回来住，但有两天没有回来，弄得赵卫东做好了饭，苦等到半夜。昨天晚上依拉回来了，回来得很晚，身体显得十分疲惫，脸上明显挂满憔悴。赵卫东赶紧把饭菜热了给她摆上，她吃起饭来也是心不在焉，情绪极其失落，还有些惶恐不安。仔细看脸上似有哭的痕迹，让赵卫东感到她一定碰到什么事了。吃过饭看她的情绪稍平稳一些，赵卫东小心地问了一句："依拉，是不是有什么事？"

她叹了口气，没有回答。

"有什么事，讲出来，可以的话，我一定帮忙。"

她苦笑了一下，还是没有说话，不过眼睛潮红了。

赵卫东没有继续问。依拉吃过饭就进屋去睡觉了，赵卫东却一宿没怎么睡，瞎猜了半天，弄得心情沉重。

当天依拉傍晚就回来了，脸上比昨天轻松了一些。赵卫东告诉她约好了买主看玉，她的脸上立刻呈现出难见的欣喜，微笑中还向赵卫东表示了感谢。

赵卫东忙问她，玉石在不在身边。

依拉点点头，犹豫了一会儿，她去房间拿回一个很像学生用的这里常见的皮革挎包，很沉的样子，放在茶几上。她打开包，里面塞着报纸。分开报纸，从中取出一个用普通棉布包的布包，掀开布包，呈现出一个比茶壶还大的一半是白色一半是栗子皮色的卵石般的石头，拿给赵卫东看。

赵卫东看那玉石，形状似卵石但不似卵石那般圆滑，有些凸凹和纹络，好像还有一条裂，但表面十分光滑，没有棱角。他掂了掂，很沉，应该有三公斤以上。玉石少部分是比栗子皮还要红一些的皮色，大部分呈白色。白色的部分在凹的部分和有纹络的地方有少许黄的颜色，白的颜色很纯正，玉面稍有些透，看起来缜密细致。他觉得和自己身上带的玉石在白色和细腻上十分接近，白得纯正，又十分光润，好看入眼。这是白籽玉无疑，而且是块好玉。

赵卫东玉的知识有限，很想拿出在列车上买的那块玉对比一下，但不知什么原因，他又打消了这个念头。

“就这一块？”赵卫东问道。

她迟疑了一下，点点头。

赵卫东原以为她有几块大小不等的玉石来推销，没想到只这么一块大的，这样让买的人没有选择，肯定不利于销售。不过赵卫东也注意到了依拉刚才的迟疑中透露出的小心谨慎，她没有用言语明确回答，显得含糊。

“你打算卖多少钱？”

“五千美元。”

“五千美元？”这个价格有些出乎赵卫东的意料。

依拉看出了赵卫东的疑虑，她解释说：“都说这块玉好，值这个价钱，不贵。”

赵卫东不懂玉的价格，对依拉的话也是半信半疑。这块玉石可能确实值这个钱，在中国国内甚至可能还要高出很多倍，但这里绝大多数中国商人的生意规模都不大，谁有这么多钱买这个东西？他对这块玉能成交并不看好。

赵卫东对依拉委婉地表达了这个意思。

依拉思索着，点了点头。

第二天临出发前，依拉把那装着玉石的皮革包从房间里拿出来，放在桌上打开，里面除了昨天那块玉石，又多了一块小的。她取出那块小的，拿给赵卫东看。

“我还有一块小的。”她的脸上露出含有歉意的微笑。

赵卫东明白依拉这是听进去了他的话，接受了他的意见，而且依拉确实还有更多的货。至于她隐瞒没露出其他的货，赵卫东完全能理解。一个女孩子处在治安这么乱的环境中，面对陌生的人，不露财、谨慎小心是对的，赵卫东根本就没在意。

赵卫东看这玉石比那块大的小了许多，除了形状和那块大的不同，其他方面——颜色、品质几乎一样。他问：“这块多少钱？”

“两千美元。”

赵卫东点点头，表示认可。

不过，他对比这两块玉石看了看，又比较了一下重量，实在搞不清楚这价格是怎么定的，根据是什么。他觉得这价格定得太粗、太随意了，他心想，这卖玉的比他的玉的知识多不了多少。

两个人下楼打车去了约好的赌场，到了之后，赵卫东叫依拉在出租车里等候，他一人进去找李阳。

这赌场门脸儿一般，里面倒是富丽堂皇，宽敞的大厅内摆着各种赌法不同的绿色台面。大厅里最引人注目的是穿着低胸背心和超短裙的性感的服务女郎，穿梭在客人间，给客人上饮料、送烟点烟。可能是白天，人不多，也就不足上座率的三成。在台面上玩的人都全神贯注没人讲话，其中有几个中国人，赵卫东一眼就看到了李阳，和李阳在一起玩的还有一个穿蓝白宽条T恤衫的中国人，三十出头的年龄，和这人在一起的还有一位有着黑褐色长发的漂亮的俄罗斯姑娘。

赵卫东过去凑到李阳身边，打了个招呼。李阳正在专心看牌，转头看了赵卫东一眼说：“来了，先坐，等我一会儿。”他指了指旁边的高凳，赵卫东坐下看他打牌。这把牌很快打完，李阳输了，懊恼地把手中的牌一甩，这才给赵卫东和穿T恤衫的人做了介绍。

“这是王哥，这是小赵，也是咱们北京的。”

赵卫东朝王哥点了个头，这位王哥相貌平平，脸上带着匪气，十分的自以为是，给赵卫东的印象不好。

“东西带了吗？”李阳问道。

“带了，在外面出租车里。”赵卫东答道。

李阳扭头对王哥说：“小赵有玉石要卖，我给他找了个买主。”

王哥纳闷地问：“玉石？什么玉石？”

李阳说：“我也没见着呢，走，一块儿去看看。”

王哥叫那俄罗斯姑娘在台面上自己玩，三个人一起出了赌场。李阳指着路边停着的一辆灰色大众帕萨特汽车，对赵卫东说：“到我车上来吧。”

赵卫东到出租车上给司机结了钱，叫依拉一起下车过来，钻进了李阳的汽车。李阳和王哥见到了依拉，立刻惊讶地睁大眼睛，一直盯着依拉看，看得依拉反感得皱起了眉头。赵卫东从依拉的挎包里拿出那块大的玉石，递到他们手里。

两个人拿着玉石，一边在手里翻来覆去地看，一边议论着。

“这是什么玉？值钱吗？”

“不是新疆才有玉吗？这地方也有玉吗？”

“这东西有人要吗？”

……

赵卫东听他们说话，知道他们对玉石完全不懂，还不如他呢，也就懒得介绍了。

李阳问道：“这块玉石，你们打算卖多少钱呢？”

“五千。”赵卫东答道。

两个人立刻摇起了头。李阳嘲弄地说：“你说的是卢布还是美元？”

“肯定是美元啊。”赵卫东答道。

李阳摇着头说：“你这价高了！哪有这么高的价啊？这谁买得起呀？”

赵卫东看他们也不懂，就放开往大了说了：“这个价格不贵，听说国内现在和田白玉的价格涨得非常高。这块玉的品质度相当不错，到国内至少能翻十倍以上。”

两个人听了赵卫东的话，不言语了。过了一会儿又说：“关键咱们不懂，看不出真假好坏来。”

王哥看了两眼玉石，下车进赌场又玩去了；李阳把玉石递还给赵卫东，就开车上路了。

车上，李阳对赵卫东说：“这俄罗斯妞真够漂亮的。兄弟，道儿够深的啊！你真让人刮目相看，你说实话，真是刚过来一个月吗？”

“真的，这我骗你干吗？！”

“你过去是干什么的？”

“我在雅宝路，做这条线上的生意。”

“我说呢！”李阳恍然大悟的样子，又补充了一句：“兄弟，你行！”

赵卫东觉出李阳的话怪怪的，搞不清楚话中的意思，也不想深聊，觉得没必要。

李阳开车穿过了一条街，没走太远，就把车停在了一个楼区的入口。下车到旁边竖着的公用电话打了个电话，然后回到车上说：“怎么？就按你刚才说的价格报？”

赵卫东说：“对！就是这个价格。”

李阳说：“你怎么也得给我留点缝儿呀，我不可能白给你忙吧。”

赵卫东说："那你就高报一点儿吧，把你的缝儿钱报出来。另外，还带来了一块小的，价格是两千美元。"

李阳没再说话。等了一会儿，从楼区走出一个中国人，上了车，李阳介绍说这是老陈。老陈四十多岁，浙江人，面相和说话都让人觉得世故和谨慎。他接过两块玉石一看，两眼顿时一亮，仔细地翻看，又掏出放大镜认真地一点儿一点儿地看，然后才问价格。

李阳抢着报价："这块大的六千美元，这块小的两千五百美元。"

赵卫东听这报价皱起了眉头，心想这李阳加价太多，怕把老陈吓跑了。

出乎李阳和赵卫东的意料，老陈听了这个报价并没太大的反应，而是默默地点了点头。赵卫东和李阳都是商场上混的主儿，察言观色是他们的拿手好戏，他们立刻明白老陈对价格是认可的，也知道了这玉石的价值。

老陈继续看玉石，后来把那块小的放下，反复把玩那块大的。

李阳和赵卫东对视了一眼，他们都觉得这事有戏。两个人的心里甚至有了一阵激动，盘算着如何应对老陈下面的讨价还价。

但他们的激动还是早了点儿，老陈放下玉石，转头打量了一下赵卫东和依拉，思忖了一会儿，缓慢地说："我最近上货多，海关上又卡了一批货，钱没倒上来，有些紧，手里钱不够。这样吧，我钱倒上来，再联系。"

两个人变得失望，只是没有表现出来。李阳向老陈建议说："你可以先拿这块小的。"

老陈又拿起玉石看着，说："我手里钱还是不够，过几天吧。"然后他不舍地把玉石递还给了赵卫东，就告辞下车走了。

李阳还不死心，下车追了出去。赵卫东在车里看他们在车前说了半天，像是李阳在游说老陈，但一直没有说动，最终老陈还是没有同意，走了。

李阳回到车上，失望地骂了一句，他没有将车启动，而是点着了一支烟，抽着烟思索起来。

赵卫东明白，老陈虽然没买，但让他们两个人都明白了这块大的玉石的价值，更让李阳认识到这是一个商机，他可不愿意这赚钱的机会在手中滑走，在尽量想办法。

李阳抽完一支烟，启动汽车，行驶上路。他对赵卫东说："我先送你们回家，这事有戏，我接着给你们找。"

他开车把赵卫东他们送到住处附近的地方。

赵卫东和依拉回到房间里，都没有讲什么话，脸上弥漫着失望的情绪，依拉还多了一份心情的沉重。赵卫东想对依拉做些解释，说一下李阳的承诺，给依拉一些希望，但他没讲，他自己都觉得说起来没什么意思。

依拉把玉石收好，就从房间出来对赵卫东说，有事情要出去，便急忙走了。

出去转了这么一圈，赵卫东心情沮丧，特别是在依拉面前，觉得特别没有面子，而依拉的匆匆出走，失落感袭扰着他的心情。

依拉的出现，让赵卫东摆脱了孤独和寂寞，有了生活的兴致和精神的寄托。俩人萍水相逢，没有过多过深的交流，还算不上是朋友，但依拉吸引着他，他和依拉在一起觉得身心愉悦。他对依拉并没有什么想法和意图，但也不知不觉关心惦念她。依拉心里有事，心情沉重，还明显地露出悲伤、惶恐的情绪，这让赵卫东十分不安，心情也沉重起来。他想知道发生了什么事，更想为依拉把她最重要的玉石销售的事情办成，为依拉排忧解难，但事情办得这么没谱，让赵卫东有些扫兴。

当天晚上依拉没有回来住，赵卫东忧心忡忡。

转天傍晚，依拉回来了，样子十分疲惫，黯然的脸上还挂着深重的忧虑，这让本想向她问一些问题的赵卫东又打消了念头。

恰好这时李阳打来电话，说王哥决定把玉买下来，一手钱一手货，叫他们明天上午带着那块大的玉石在路边等，他开车过来接。

这是一个好消息，有点意外却非常及时。不过赵卫东心里犯疑惑：这姓王的不懂玉，也没接触过这方面的生意，怎么突然动了念头要买玉？他在电话里向李阳提出了这个疑问。

李阳说："他手里有点钱，昨天在赌场又赢了两千美元。他没生意可做，听你说玉石价格和国内差得那么多，就想做这个生意。你管他呢，一手钱一手货，他给钱，咱们给货，另外价钱他知道。我的缝儿钱怎么给？"

"肯定不会白了你的。这样，我和她商量一下，明天见面再说。"赵卫东答复说。

依拉听到这个消息，反应是惊喜的，情绪变得振奋，脸上有了笑容。对于李阳提出的缝儿钱，她同意给提二百美元。她好像是太累了，没有吃饭就进屋睡觉了。

第二天，依拉起床比较晚，两个人吃了早饭就出发了。临出门时，依拉拉住了赵卫东，诚心诚意地道了句谢谢，又单手挽过赵卫东的脖子，实实在在地给了他一个亲吻。

赵卫东觉出今天依拉与往常不同，脸上洋溢着兴奋的情绪，使得她恢复了漂亮容颜。那个亲吻都有了艳丽的光彩，让赵卫东产生了冲动，觉得一股光芒通过嘴唇贯彻到全身。他觉得在那亲密的瞬间，他和依拉的情感在贴近、在融合。

他期待今天的交易能顺利、能完成!

李阳开车准时过来接上他们，上车就问：“东西带了吧？”

赵卫东让依拉打开挎包，露出那块玉石让他看了看。

李阳开车上路，赵卫东还是对王哥有疑虑，便和李阳聊起了他。

“这王哥是做什么生意的？”赵卫东问道。

李阳笑着说：“他做生意？按咱们北京的话来说就是个玩儿闹。到俄罗斯来他就没做过生意，整天除了赌就是嫖。”

“哟！跟这样的人打交道靠谱吗？”赵卫东心里直打鼓。

“怎么不靠谱？还是那句话，他给钱，咱们给货。咱们要的是钱，管他是什么人呢。”

李阳的话说得实在，但不能解除赵卫东的顾虑，赵卫东继续问道：“他什么都不干，又赌又嫖的哪来的钱呀？”

“这孙子不缺钱，坑蒙拐骗什么坏事都干，专坑中国人，挣的全是黑钱。”

听了这话赵卫东心里更打鼓了，说：“这么一个人！我怎么越听越觉得咱们这事悬呢？”

李阳笑了，说：“你不用担心，我跟他认识不是一天两天了，他不敢对咱们怎么样。都是北京人，谁怕谁呀！还是那句话，一手钱一手货。”

其实，赵卫东主要担忧的是生意做不成，看得出来依拉这次是满怀希望的，他怕再涮依拉一把，那可让依拉失望到家了，而且看得出来依拉遇到了困难，需要用钱，他是急于想帮依拉解决困难，这次别再落空。

不过，赵卫东发现依拉有些奇怪，她不仅没有了刚才的高兴，反而显得紧张，总是张望着车外。赵卫东微笑着用手拍了拍她的胳膊宽慰她，叫她不要紧张。她会意地朝赵卫东笑了笑。

汽车拐入约定的地点，这是街边一处挺大的绿地，有草坪和树木，砖铺的步行路和路椅。整个绿地没有经过修葺和装点，杂草丛生，倒也葱葱郁郁的，显得自然。绿地里几乎没人，显得空旷寂静。

那位王哥的车已经到了，一辆米黄色的伏尔加停在林木间，汽车的玻璃窗开着，里面的人胳膊搭在窗口抽着烟，看上去车里坐着三个人。

李阳看到王哥的车兴奋地说："看！他们已经到了。"把车迎面开了过去。

这时，李阳突然从反光镜里看到有辆汽车跟在他们的车后面也拐了进来，可能是在莫斯科几年生活的经验，立即引起了李阳的注意。他把车的速度放慢，小心地看着后面的车和周边的环境，就在他们的汽车接近那辆伏尔加时，后面的汽车突然加速，超过他们的汽车，在他们的汽车和那辆伏尔加之间戛然停住。紧接着四门大开，从车上跳下四个俄罗斯壮汉，手举刺刀和棒球棒分头向两辆汽车扑了过来。

李阳大叫一声："不好！"这时倒车已经来不及了，千钧一发！李阳毫不犹豫，猛踩油门急转方向盘，拐向路边草地，躲避向他们扑来的两个挥着棒子和枪刺的匪徒。但匪徒已经冲到车前，抡起棒子朝车的前挡风玻璃砸来，由于汽车突然转向，棒子没有打在车前玻璃而是打在了车左前门的玻璃上，"砰"的一声炸响，玻璃被打爆。李阳急忙侧头躲避，棒子险些打着他的头，破碎的玻璃碴儿溅落在他的头上、肩上，还刺伤了他的侧脸和脖子……

跟着另一个匪徒的棒子又砸在了后车门玻璃上，一声爆响后，破碎的玻璃洒在后座上。坐在后座的依拉惊得急忙把身体闪开，靠到赵卫东的身上。

匪徒的袭击吓得赵卫东毛骨悚然，心情骤然紧张，却又手足无措。他把依拉搂紧在怀里，瞪大眼睛观察着周边，准备应对随时出现的危险。

李阳油门踩得狠，汽车猛地冲进草地。眼看将匪徒甩在了车后，不料慌忙中汽车的右前角撞上了一棵树。“咣”的一声，汽车被撞停了！

匪徒从汽车后面追了上来。

汽车里的三人慌张起来。李阳急忙重新打着火，将汽车倒了一下，使车头脱离挡在前面的树……

一个匪徒冲到了汽车边，用手拉后车门把手，要打开车门。赵卫东忙探身过去把车门锁住，匪徒又从被打碎的玻璃窗伸手进来，扒住门里的开锁把手，依拉急得拿起装着玉石的挎包砸匪徒的手，疼得匪徒挪开手，却一把抓住了依拉的胳膊。赵卫东一只手搂住依拉的腰，另一只手去扒匪徒抓依拉的手。情急之下，依拉腾开一只手，抓住包里的玉石，奋力向匪徒的脸上砸去。匪徒疼得“哇”地叫了一声，松开手仰面后退了两步……

另一个匪徒窜到司机这一侧的前门，握着棒球棒朝李阳的脑袋捅了过去。恰在此时李阳将车启动，汽车向前冲去，棒子没有捅到李阳，而是捅到了后车门上，“砰”的一声又将车门上的玻璃打破。

汽车闷声吼叫着，在草丛中向前窜行。穿过两树间狭小的间隙，车两侧的反光镜全部被撞掉，把两个匪徒甩在车后。李阳紧张地驾驶着汽车在草地上、林木间左旋右转地奔跑，终于将两个在后面狂追的匪徒甩远。汽车开上了远处的步行道，开上了大街。

汽车在街上行驶一段，李阳确认已经远离危险后，他把车停在路边有停车位置的地方。他伏在方向盘上，平缓一下惊恐紧张的情绪，待情绪稍安，他问：“他们怎么样？”

赵卫东平生第一次经历这种场面，惊心动魄后依然惶恐不宁。他知道李阳指的是王哥他们，他安顿了一下情绪，回忆着。想起看到匪徒围住了那辆车舞棒乱打，以后就顾不上看了。赵卫东说：“我看到他们被围住了，没跑出来。”

李阳抬头叹了口气，拿出烟抽出一支叼上，再掏出打火机点燃。他点烟时手一直在抖。

赵卫东此时对李阳倒是十分的钦佩，不愧是江湖上混的主儿，经验老到。一开始就有警觉，有防备，紧要关头，当机立断，没慌乱失措。今天能冲出来，转危为安，全靠的是他，赵卫东由衷地说：“李哥，今天多亏了你！不然就全瞎了。谢谢了！李哥！”

李阳默默地抽着烟，思索着说：“这是怎么回事啊？这帮人是什么路子？”

赵卫东看了看依拉，她倒是很安静，只是面容异常冷峻，让赵卫东有些意外。

李阳抽完一支烟，心绪平定了一些，思索着自言自语地念叨：“到那儿我才发现有车跟踪，从哪儿跟的不知道。他们是怎么知道的？”

赵卫东心里真怕了，脑子里没有一点思路，现在还觉得危机四伏。他这时想带着依拉打车走，想想又不太合适，车坏成这个样子，甩下李阳一个人闪了，太不够意思了。他想想，问道：“李哥，咱们现在怎么着？”

李阳没有讲话，将车重新启动上了路，缓慢地开着车，继续思索着。

赵卫东问：“李哥，咱们要不要报案？”

“报案？”李阳满脸的诧异，不解地问：“你怎么想起报案来了？”

“不报案，王哥他们怎么办？”

“估计他们那儿已经完事了。警察要是到了反倒更麻烦了，那不多事了吗？”

“那不管他们了？”

李阳听着又觉奇怪，说："管他们？咱们能跑出来就谢天谢地了。管谁呀？听天由命吧。谁管咱们呢？先说我这车怎么办？停楼下是不行了，得，直接去修理厂吧。"

"李哥修车的钱，该我们出的我给。"赵卫东本想把修车的钱全应下来，无奈自己的钱不多了，没敢应。

李阳把车开进一个小型的汽车修理厂，一位四十多岁的俄罗斯修车师傅看了车，谈好了修理要求，留了电话号码，他们就离开了。

他们三人打了一辆车，先送李阳回家，再送赵卫东他们两个人。路上李阳仍然沉思，没有讲话。到了他住的房子楼区前下了车，下车时他拿眼瞟了一眼依拉，和赵卫东说了句"打电话啊"，就上楼了。

赵卫东和依拉坐车回到家里，赵卫东进了家门，喝了些水，惊魂稍定。他拽住依拉的手，诚心诚意地说："依拉，对不起！没想到会发生这样的事情！对不起！事情没有办成。"

依拉看着赵卫东，冷峻的脸上有了感动，眼窝变得潮红，但她没有讲话。

依拉去房间休息，赵卫东到厨房做饭。

赵卫东心里很乱，只是做了些简单的饭。他把饭做好摆上餐桌后，去叫依拉过来吃饭，却看到依拉站在大门口，身边是那只绿地大花的旅行包。

她这是要走！包也拿走，这是不回来了！赵卫东心里涌起感情的冲动，问道："你要走？"

依拉的脸上又恢复了冷漠的表情，彬彬有礼地说："非常抱歉！给你添麻烦了，打扰你了！我该走了。非常感谢！你给了我很大的帮助，我借的钱会还给你的，不会有任何问题。非常感谢！"

赵卫东不知道她为什么要走，而且摆出一副相互有距离的姿态。他想挽留她，可不知道说什么好，只是低沉地问了一句：“真的要走？”

依拉点了点头。

俩人默默地相对而立。

依拉弯腰提包，准备要走。

赵卫东轻声说道：“吃了饭再走吧。”

依拉放下提包，乖乖地进了厨房，坐到餐桌前，默默地吃饭。她吃得很慢，仿佛每次下咽都十分困难。吃饭时，两个人都没有讲话。

吃完饭，依拉站起来，脸上现出一丝苦涩的笑，说：“好了，吃完了，我走了。再见！”然后没有犹豫，到门口提起旅行包，走出门去。

赵卫东追到门口，喊道：“依拉！等一等！”他拿着二百美元递到依拉的手上。

依拉把美元捏在手里，泪水立刻涌满她的双眼，她抑制不住感情的冲动，放下提包，双手拥抱住赵卫东，热烈地亲吻他。尔后，毅然决然头也不回地下楼去了。

赵卫东朝依拉下楼的背影喊道：“有困难，再回来！”然后关门进屋，他感到失落感和孤独感强烈地袭来，心里难受，在门上靠了很久。

八

几天没到市场，今天赵卫东一早就来到了集装箱区。

娜达莎是个能干的女人，不管多忙，集装箱总是归置得整齐干净。她人也诚实，账目记得清清楚楚，每次盘货几乎没有什么差误，是个让人放心的人。其实她的眉眼五官长得不错，只是面目和身体都过于粗大，离秀气相距太远，更接近于男性。这倒好，搬箱拿货不费力还麻利，这集装箱卖货批发是卖力气的事，人太弱了还真干不了。

见了赵卫东她就念叨，生意不好，夏季货卖不动了，问秋季货什么时间到，快要卖秋季货了。她又告诉赵卫东，说达妮娅这两天过来找他，可能是要他的风衣。

这真是好消息，这些风衣像大山，压得赵卫东喘不过气，动弹不得。现在终于看到曙光，看到希望了。快卖快走，他一天都不愿在俄罗斯多待，不是对这里没有好印象，而是觉得这里太恐怖了。

他去达妮娅的集装箱找她。

达妮娅见到赵卫东立刻迎了出来，收起了过去一直耷拉着的脸，展露出在北京雅宝路时常见的灿烂的笑容。她客套地问过好后说："现在季节快到了，该卖风衣了，我想从你那里拿风衣卖。你可以比过去的价格高点儿，把运费加上。”

“可以，没有问题。你要多少件？”赵卫东痛快地答应。

“先给我五百件，卖完再拿。你放心，结账按你的要求，一批一结可以，每天结也可以。”

“好吧！我去找一下瓦洛佳，联系好了把货给你拉过来。”

赵卫东走时，达妮娅又送给他一个笑脸。

赵卫东心里豁然开朗，情绪变得兴奋，他立即直接去瓦洛佳的集装箱找他。

这段时间没有到销售季节，又有言在先，赵卫东没有和瓦洛佳联系，到市场来的时候，曾路过几次瓦洛佳的箱子，也没有碰到过他。赵卫东现在过来心里也不知道瓦洛佳在不在。到了瓦洛佳的箱子所在的那个通道，他远远看见大高个的瓦洛佳站在集装箱前，心里高兴，觉得顺利。

来到瓦洛佳的背后，赵卫东叫他的名字，道了声好！

瓦洛佳转过身来，见是赵卫东，惊讶得瞪圆了眼睛，叫道：“怎么是你！你没走？”他呆呆地盯着赵卫东，满脸愕然。

这倒让赵卫东诧异了，疑惑地问：“走？我去哪儿？我没说要走啊。”

瓦洛佳哑口无言，仍然目瞪口呆，满脸涨红。

赵卫东发觉了瓦洛佳的异样，心里非常奇怪，但怎么也不会和老宋的黑章子联系上。他问：“你怎么了？有什么事吗？”

“啊，都正常，没什么事。”话虽这么说，但瓦洛佳的样子还是发蒙。

赵卫东想想也没有什么异常的情况，就言归正传，说：“是这样，风衣的销售季节马上就到了，我这儿有个箱子，想拿货挂着卖卖，扩大一下销售。拿货呢，我不白拿，把运费算上，另外再给你一些利润。你看行吗？”

“行吧。”瓦洛佳回答得有些含糊，像是还没从迷惑中清醒出来。

“好吧！那我们就去库房提货吧！”赵卫东不想拖延时间，该办的事情就马上办。

“现在？”瓦洛佳皱起了眉头，推脱说：“我现在有事，过两天再拉吧。”

赵卫东觉得瓦洛佳神色异常，像是在有意推脱，心想：找他不容易，这一拖说不定要拖上几天，便坚持说：“还是现在拉吧，用不了多少时间，拉完你再去办事。”

瓦洛佳脑子里还在费力想着赵卫东为什么没走的事，一时想不出拒绝的合适理由，就答应了。

两个人在市场外找了辆卡车，去了库房。到库房装货时，赵卫东想：既然来了干脆多拉，就把卡车装满，整整装了两千件。瓦洛佳脑子里一直纠结赵卫东黑章子的事，生气烦躁。他也不过问，也没提钱的事。装完货，赵卫东给打了个条完事。

赵卫东押着卡车回市场，瓦洛佳从库房出来则打车直接去了警察局，要去他那位警察少校朋友把黑章子的事问个究竟。

赵卫东让装卸工把货全运进了集装箱，然后搭配颜色和号码分出五百件来，用市场上的铁板车给达妮娅送了过去。达妮娅见了高兴地给了赵卫东一个拥抱，让他又体会了一下胸部那两个肉球的推力。

赵卫东送货回来和娜达莎一起把集装箱归置整齐，把风衣的样品挂上，这些事情干完已经到了临近关门的时间。他从推车卖茶点的那儿买了杯茶水，站在集装箱前的铁桌边抽烟、喝茶休息。这时走过来一个人，拍了一下他的后背，他回头一看，原来是李阳。

“李哥！过来了。哎！事情怎么样了？”赵卫东给李阳递上一支烟，点上。

“我就为这事来的。”李阳抽了一口烟，看着赵卫东说：“王哥他们被打了，身上的钱全给劫了，车也给砸了。”

“打得怎么样？伤得重不重？”

“打得肯定是不轻。我没见着，电话里跟我说的，全都受伤了，但好像倒也没有残的。”

赵卫东心想：真是万幸，多亏这个李阳，便说：“多亏了你，咱们冲出来了，不然咱们也惨了。”

李阳苦笑了一下，说：“现在的关键是，这件事是谁干的？”

“谁干的？劫匪呀！那不是全看见了吗？”

“劫匪怎么知道咱们见面是做买卖？怎么知道时间、地点？”

这话问得赵卫东一时哑口无言，这事他就没探究过。

“现在，王哥他们说是咱们这边干的，是咱们做的局。”李阳盯着赵卫东的脸说。

“这不胡扯吗！咱们也被打被劫了，咱们自己弄自己？”赵卫东想都没想，断然否定。

“那辆劫匪的车是跟着咱们的车进来的，咱们跑出来了，他们被劫了。他们全都给打伤了，咱们一点儿事没有。他们肯定说是咱们干的，而且说的有道理。”

“那是他们这么想，怎么会是咱们做的？这你最清楚了，根本不可能的事！”

李阳盯着赵卫东看，思忖了一会儿，问道：“哥们儿，你什么路子？”

赵卫东一怔，不懂李阳的话是什么意思，也不知道如何回答，但他知道自己遭怀疑了。他迟滞地反问：“什么？什么……什么路子？”

李阳皱起了眉头，“嘿”了一声，又看了赵卫东一会儿，一板一眼地问道："哥们儿，你是真糊涂还是装糊涂？"

"我装什么糊涂？"赵卫东直犯懵。

李阳有些烦躁地摇了摇头，想了想说："在俄罗斯，宝石被黑社会控制，虽然我没听说这里有玉石，但这也是宝石生意，你不知道？"

赵卫东脑子里"嗡"的一声，脸上直冒冷汗，一时没有说话。现在他明白了，为什么李阳对他说话怪怪的，前后态度不一样了。不过他是真不知道这回事，而且这件事本身也确实没什么背景啊。他想了想说："李哥，黑道不黑道的我是真不知道，但这件事没什么背景，就是简简单单的一个生意。我可以向你保证！"

李阳看着他，点了点头说："你要不就是真不知道，要不就是够深，我问你，你的玉是怎么来的？"

"这玉是那俄罗斯女孩儿的。"

"她这玉是哪儿来的？"

"这女孩儿就是伊尔库茨克的人，那地方出玉。"

"你跟这女孩儿怎么认识的？"

赵卫东没有回答，这会儿又扯上老宋，容易让人误解。

"怎么，不好说？"

"也没什么不好说的，我这么跟你说吧，李哥。这女孩儿一直跟我在一起，就住我那儿。这件事发生之前，她一直跟我在一起，根本不可能做什么事。李哥，这件事绝对跟我们没关系，而且你也不是没看见，要不是你手快把车开起来，她就被那帮劫匪拽下去了，玉就会被抢走，说不定人也死那儿了。"赵卫东一股脑儿把话说了。

他对依拉打的包票有些满，实际上依拉每天白天都出去，干什么不清楚，但他绝对相信依拉和打劫这事没关系。

李阳边听边点头，他想了一会儿说：“按说这事不会是你们干的，怎么回事啊？到底是谁干的？”他像是在自言自语。

“谁干的我不知道，但肯定跟我们没关系。”

“行了，这事早晚会露底的！不是你，我就放心了。那块玉，老陈还惦记着呢！咱们也别找别人了，等他凑足了钱，就卖给他吧。”

“行！你的车修得怎么样了？”

“还得修几天，配件凑不齐。”说完，他就走了。

赵卫东这时心情反倒真沉重了，没想到这玉石生意还有黑社会背景，这么深的水，想想还真让人害怕。细想这依拉并不是无懈可击，每天白天都出去，夜里也有不回来的时候，心事重重的样子，像是遇到什么难事。还有她怎么会有这么贵重的玉石，确实让人怀疑其来历不明。不过要说依拉是黑社会的人，赵卫东还是不信，说这劫案是她做的，赵卫东就更不信了。

第二天上午，赵卫东睡了个懒觉。刚起床，屋里的电话就响了，是李阳打来的。赵卫东拿起听筒就听他在电话里叫唤：“赵，快点儿过来！我让人给打了！伤了！快点儿！越快越好！”

“你伤得怎么样？”

“头花了，还有其他地方。快来！”

“你叫急救车啊！”

“叫了！”

“我马上到！我只知道你住的那个楼，不知道哪个房间。”

李阳告诉了他房间号码。

赵卫东立刻出门，飞奔下楼到街上打了车。他坐车到了李阳住的楼区，进楼区车停在楼门口，他叫司机就在楼门口等候。他飞身上楼进了房间，虽说有思想准备，但现场情况还是把他吓了一跳！

李阳手拿毛巾捂着头，血已将毛巾浸透，流了大半个脑袋和半个身子，鲜血淋淋的成了个血人。

“急救车呢？”

“还没来！”

赵卫东急忙去卫生间拿了毛巾、手纸和浴巾出来，用浴巾和毛巾围住他的身子和脸，遮挡一下血迹，就架着他下楼上车，直奔医院。

到医院做检查，头部有两处伤比较重，伤口不小而且血管破了。身上还有几处伤，但伤得不重。医生给他止血，缝合头部的伤口，处理身体其他地方的伤口。

李阳断断续续地说了情况。昨天晚上他和王哥的一个同伴通了电话，这个同伴这次和王哥一块被劫，从这人口中李阳了解到，他们一共被抢一千多美元。也就是说，他们这次就带了一千多美元，说明他们这次买玉根本就没打算给钱。可能这次打劫就是他们做的局，是想抢这块玉。

然后李阳和王哥通电话，两个人在电话里互相指责，对骂起来。双方都撂了狠话，但李阳也没有料到会真兑现，而且这么快。

今天上午，李阳出家门走到楼区入口。突然冒出两个人，见到他抡棒就打。头上挨了两棒子，亏他躲闪得快，不然棒子打得更重，说不定人都报销了。李阳玩儿命地跑，身上又挨了几棒子，最后跑掉了。

“打你的是中国人？”赵卫东问。

“是当地人。”

“真是他们打的吗？”

“肯定！他们用的当地人，肯定是他们。你看着，这仇我肯定要报的！”

这里的医院与国内不同，药和针剂等都要自己到外面的药店去买。赵卫东跑了两次买这些东西。

第二次买药回来，穿过医院的一个通道，他偶然向侧面的一个过道望了一眼，竟然发现依拉坐在长椅上。他怕自己认错，停住脚步，睁大眼睛仔细看——确实是依拉。她身体后仰靠在椅背上，头靠着墙壁，闭着眼睛，似睡非睡地在休息，显得十分疲惫。

赵卫东心想：看来她确实有事。是她病了还是来探望什么病人？赵卫东想过去打招呼，问问清楚。又一想，这依拉会不会真像李阳说的有什么黑社会背景啊？不如观察一下再说。

他把药送过去交给李阳，借口上厕所，又去了那个通道，在过道口扭头看去，长椅上没人了。

他转身四下里看，几个过道里都不见依拉。

他想了想，走到刚才依拉坐过的那个长椅处，想看看依拉是不是进了房间。恰在这时，旁边的房门开了，有人从里面出来，透过打开的门，他正好看见病房里依拉在病床边照看病人。门关上后，赵卫东凑到门口，从门上的观察窗往里面看。这房间不是普通病房，像是特护病房，里面摆放着许多抢救器材。有四张病床，依拉在病床旁俯身看着一个病人，这病人是个年轻男人，看上去病得很重，处于昏迷状态。鼻子上扣着氧气罩，头上缠着纱布，脸上有血迹，像是受过严重的外伤。

看了个大概，赵卫东就撤了，他怕被依拉发现。

待李阳的伤口处理完，两个人打车回家。路上，李阳怕回家再碰到事，提出到赵卫东那里一起住，赵卫东就带他去了老宋的房子。

一进门李阳就问："你那个俄罗斯妞呢？"

"这是老宋的房子，她住在我租的房子那里。"赵卫东搪塞说。他没说实话，是不想引起李阳的怀疑，而且他心里总觉得依拉还会回来，还会来找他。

夜里赵卫东躺在床上，白天看到的一幕反复在他脑海里出现。这个男病人是谁？是依拉的兄弟？还是她的男朋友？或者是她的情人？这些问题搞得赵卫东一宿没怎么睡。

第二天，赵卫东陪李阳去医院换药。趁李阳换药，赵卫东又去了那个过道，依拉不在，他从病房门上的观察窗往里看，依拉和病人都不在，病床是空的！

他在过道里见到一个护士，便问她那个病床的病人去哪儿了。

“死了。”护士冷冷地说。

这话让赵卫东大吃一惊：“死了？！什么时候？”

“昨天晚上。”护士走开，去忙自己的工作。

他从后面追上这位护士，问：“那个看护他的姑娘呢？”

“不知道。”护士头也没抬地回答道。

不管这个人是谁，他的去世还是让赵卫东心情沉重，而依拉的去向又成了新的谜团，让赵卫东开始了新的猜测。

李阳在赵卫东这里住了两天，然后他打电话找了一间新的住房，把原来的房子租给了一个新来的中国人。他一直给中国人找房子，有房源。赵卫东帮他搬的家。

在李阳走后的第二天傍晚，赵卫东从市场打车回家。出租车是辆拉达，司机是个粗壮的四十几岁的俄罗斯汉子。这拉达车对这大号的壮汉来说好像小了点儿，他像摆弄玩具一样开着车，叼着香烟一副满不在乎的样子。汽车行驶在宽阔的街道上，路上汽车不多，因此车开得很快。就在车接近赵卫东住的楼区时，他们远远看见一个姑娘在便道上飞跑，然后又直接冲上了马路。她惊慌失措地在车流中横穿，这太危险了！在姑娘身后的楼区里飞跑出两个男青年，尾追着这个姑娘，像是要抓她。这让惊讶的人们明白了姑娘亡命上路奔跑的原因。

更让赵卫东惊讶的是，这个姑娘像是依拉！他的心立刻提到嗓子眼儿，紧张地注视着这令人惊恐的瞬息万变的情景。

让赵卫东扼腕惊叹的是，上天没有垂怜这位年轻的姑娘，惨祸如预料般地发生。一辆快速行驶的伏尔加轿车刹车中将她撞飞，人落在赵卫东前面的那辆已踩了刹车但还没有停住的伏尔加车前，再次被撞，姑娘重重地摔落在路面上。这一切就发生在赵卫东面前，他看得真真切切、惊心动魄。两次汽车撞击她身体的声响如重锤般锤击着赵卫东的心脏，让他感受到剧烈的震痛。

大块头司机紧急踩了刹车，但还是晚了，车追尾撞上了前车，而后面的车同样也没有停住，顶上了他们的车。

大块头司机气恼地捶着方向盘，怒气冲冲地推门下车，他查看着车前车后，朝前边的车和后边的车吼叫着。赵卫东也下了车，跑上前去确认被撞的姑娘是不是依拉。

追那姑娘的两个人已经到了姑娘倒地的地方，他们低头查看，只见姑娘浑身是血，已经奄奄一息。见她身边也没有随身带的东西，两个人见状转身就要走。几位争吵的司机找到了事故发生的源头，是这两个人追逐这姑娘才导致了这起连环车祸。他们围过来不让这两个肇事者走。

没料到这两个人竟然拔出了匕首，朝围过来的人群晃着，凶狠地呵斥着。几个司机被吓得声都没吭一声，各自退后回到自己的车上，眼睁睁地看着那两个人大摇大摆地消失在楼区里。

特别是赵卫东车上的那位人高马大的司机，刚才还高声大嗓地挺在前面，现在则耷拉着脑袋往回撤，嘴里嘟囔着："他们是黑社会。"他在为自己态度的转变做解释。

在人们向外散开时，赵卫东来到倒地的姑娘身边。姑娘侧卧在路面上，身体多处有血浸出，朝上的侧脸很干净，眼睛闭着。赵卫东一眼就确认是依拉！依拉一动不动，看样子已经死了！悲伤的情绪笼罩在赵卫东的心头，他闭上眼睛克制着不让泪水涌出。

当赵卫东再次睁开眼睛时，发现依拉的身体抽动了一下。他连忙俯下身，用手探依拉的鼻息，摸她的脉搏。鼻息和脉搏很微弱，但都有！赵卫东激动地脱口大叫起来。

"她还活着！她还活着！"

人们围拢过来。车祸发生后，人们都以为这姑娘死了，都在关注着自己车的损坏，争吵着是谁的责任，惧怕躲避着黑社会的人，没人关心看过这姑娘的生死。

"快去打电话！快去叫救护车！快！"赵卫东高喊着，他仰头看见了那个大块头的司机，从衣袋里掏出比车费多不少的卢布，还有几枚电话币，塞到司机手里，叫着："这是车费，给你，快去！去打电话叫03急救车！"

司机跑着到街边去打公共电话。

赵卫东守着依拉，焦急万分又不知如何是好，手足无措，只是挽住她的胳膊关注着她脉搏的变化。

首先过来的是交警的警车。几个交警维护秩序，查看事故现场。急救车随后鸣叫着开了过来，医生跳下车，快速地检查了一下伤者，然后把伤者用担架抬上急救车，赵卫东也跟着一起上了车。

急救车鸣着笛声在路上奔驰。车上的依拉昏迷不醒，医生给她扣上氧气罩，密切注意着她的心跳和出血的部位。车很快就到了医院，医护人员推车把依拉送入抢救室。赵卫东在室外守候。

抢救持续很长时间，赵卫东一直在抢救室外等候。抢救室的门没有观察窗，在外面什么也看不见，只有问进出的医生病人的情况。依拉一直昏迷，生命垂危。对于能否抢救过来，医生的回答并不乐观。

到医院不久，交警就过来找赵卫东，对他做了询问。之后刑警又来找他，做了问询笔录。赵卫东留了个心眼儿，没说他和依拉认识，有过交往，只说人在现场出于同情出手相救而已。他也向刑警问了依拉的家属的情况，刑警说没有找到任何身份证件，现在还没办法和家属联系。

夜里赵卫东没走，一直守候在医院。

依拉最终还是没有被抢救过来，第二天上午她离世了。

依拉被推往太平间的时候，赵卫东看了她一眼。依拉惨白得有些血痕的脸上似乎有些紧蹙，仿佛凝结了死前的恐慌和一种深深的怨恨。如此年轻漂亮的姑娘就这么没有了，赵卫东感到深深的悲伤，他哭了。

九

赵卫东回到自己租的房子，一夜在医院没睡，回来趴到床上就睡着了。第二天的早晨才醒，起床吃了些东西，吃完又躺在沙发上，心里空落落的什么都不想干。依拉走了，带走了所有的谜团，不过他现在对这些谜团没有一点兴趣。人死了，一切戛然而止，毫无意义了。一个鲜活的美丽的生命消逝，让他深深地感受到了这个社会的残酷，悲伤失望的情绪笼罩在他的心头。

他一天什么都没做，没有去市场，什么都不想做。傍晚，想去老宋的房子归置一下，再回来。他不想在那边住了。

两处住房相距不远，赵卫东是走着过去的。楼区里一切如常，人不多，很平静。他上四楼到了门口，把钥匙刚插入锁眼，门还没打开，从上面五楼楼梯就飞跑下两个人直扑他而来。

赵卫东听到响动，看黑影扑来，立刻反应出有人袭击他，明白发生了什么事。他迅速开门进屋关门，想把匪徒拦阻在门外。可惜稍迟了一点儿，就在他使劲儿关门的瞬间，门被匪徒伸来的棒球棒别住，接着他们用手拉住门沿，用比赵卫东更大的力气将门拉开，窜进门来。

赵卫东步步后退，抄起身边的椅子花瓶烟缸这些可以拿到的东西朝两个匪徒身上砸去，口中大喊着早就学会的一句俄语："有人打劫！救命啊！"

两个匪徒凶狠地直扑过来，赵卫东砸过去的东西没有起到拦截作用。匪徒迅速接近，和赵卫东短兵相接，拳脚相加。双拳难敌四手，赵卫东最终被匪徒按倒在地。

这时门外又进来两个匪徒，进门后即把门锁上。其中一人低声叫了一句："安静！"

赵卫东还在挣扎叫喊，被按住他的匪徒一拳打在侧脸太阳穴的部位，使他的头撞到地板上，浑身失力，昏厥过去。

匪徒们拉上窗帘打开灯，在房子里翻出一条绳子，把赵卫东拖拽到一把椅子上，用绳子把他反手和椅子捆绑在了一起。

赵卫东太阳穴上遭受的重击，打得他一时失去了意识，但他很快又恢复了，只是头昏脑涨，意识模糊。这一击打垮了他的精神，摧毁了他反抗的意志，他这时心如死灰。

他慢慢地睁开眼睛，看清了前面的四个匪徒，全是精壮的俄罗斯小伙子，脸上彰显着无所畏惧的凶悍。

一个年龄约三十七八岁样子的人，像是几个人的头目。他头顶上黄发稀疏，眉骨突出，眉毛稀少，鼻大嘴厚，面容丑陋。他见赵卫东醒了，盯着问："你的钱在哪里？那个姑娘的包在哪里？"

直截了当！可能他们预料到了赵卫东这个外国人俄语不怎么样，多废话也没用。

赵卫东立刻明白了，这伙人是来抢钱的，也是来找依拉的旅行包的。他们可能和追依拉的人是一伙的，他迷迷糊糊地看见其中两个人好像就是在大街上追依拉的人。这说明他们知道依拉在这里住过。

现在这房子里没有钱，更没有依拉的任何东西。

赵卫东睁着失神的眼睛，摇了摇头。

这个摇头换来迎面一拳！这拳很重，打得赵卫东和椅子一同仰倒，摔在地板上。

两个人把赵卫东连同椅子拽起扶正。

匪徒头目动着他那让人厌恶的厚嘴唇继续问："说！钱在哪里？"看来他们主要的兴趣还是中国人手里的钱。

鼻子里呼呼地向外冒血的赵卫东尽量表现出让人相信的诚实的表情，说："这里真的没有钱！"

"那个姑娘的包呢？"

"不知道。"

又是迎面一拳！打得他人仰马翻。他再次被扶起，已是满脸鲜血。

匪徒头子提高了声调吼叫："钱在哪里？"

赵卫东被打得浑身散了架一样几乎无处不疼，脑袋不仅疼还肿胀眩晕。他忍着疼痛继续说："我真没有！真的没有！"

话音刚落，脸上又挨了一拳，他再次翻倒在地又再次被扶起。身体上所有的疼痛都在加剧，他已痛苦不堪，有气无力。

匪徒继续重复地追问。

他挣扎着继续摇头否定。

他又遭一击躺倒在地，再次被扶起时真的昏迷了，他耷拉着脑袋，对任何提问都没有了反应。

几个匪徒商议，决定搜看房子。

四个匪徒一起上，按部就班，翻箱倒柜，把整个房间搜了个遍。自然他们没有收获。

折腾半天什么都没找到，匪徒们十分灰心，也十分气恼。见赵卫东醒了，又过来继续问："你把钱放在哪儿了？说！"

赵卫东醒是醒了，可身体各部位的剧烈疼痛撕咬着他、折磨着他。他连说话的气力都没有，而且说不说话都挨打，他索性也就不回答了。

匪徒又将他打翻在地。

几个匪徒怕搜得不仔细，又在房里重新搜了搜，自然还是没有收获。

匪徒们累了乏了饿了，他们打开冰箱，拿出食物，到厨房炒鸡蛋、炸面包片，做开水沏茶；又找到了两瓶伏特加酒。然后，他们随意地歪坐在沙发上吃着喝着，抽着烟议论着。

不久，他们把酒喝光了，以后不知不觉地都睡着了，一直睡到天亮他们才醒，起来以后进里屋来看赵卫东。

赵卫东在夜里一直迷迷糊糊昏昏沉沉，剧痛袭击着身体的各个部位，头又晕又涨，里外都是痛，让他体会到了生不如死的含义。

几个人继续审问："钱在哪儿？包在哪儿？"

赵卫东痛苦地摇了摇被打得早已变了形的脑袋。

他遭受的还是迎面的拳头，还是被打翻在地。

其实这帮匪徒已经相信这房子里没钱了，依拉的包也肯定不在这里。只是他们还没完全死心，而且瞎忙活半天什么也没弄到，十分气恼。

赵卫东没往好处想，这帮匪徒找不到钱和包，肯定要弄死他。就是不想弄死他，再这么打几番，他也完了。他认定了这次必死无疑！

突然，门铃响了！

就是那个沙哑的、声音怪怪的、异常响亮的门铃声。

这铃声吓了所有人一跳！也出乎所有人的意料！这时天刚亮，时间还早，人们还没有起床，楼区里尚没有外出走动的人，怎么会有人来？

一个匪徒蹑手蹑脚地走到门边，透过门镜向外看，这一看更是大吃一惊！

门外是两个警察。

匪徒返身回来，低声告诉同伙。几个同伙全都吃了一惊，立刻紧张起来。

这时候怎么会有警察来呢？

原来这俩警察还是瓦洛佳找来的。

上次瓦洛佳在市场见到赵卫东十分诧异，原本以为赵卫东被盖了黑章子限期离境了，他还在为阴谋得逞、侵吞了这上百万美元的货而兴奋呢，没想到赵卫东根本没走。这让他非常恼怒，以为警察少校拿了钱不办事，欺骗了他。瓦洛佳直接去找了警察少校，见了面就大加指责。少校也觉委屈，两个人就吵了起来。吵来吵去吵明白了，是黑章子盖错人了。两个人决定纠正错误，再做一次。这次他们十分仔细，两个人一起特地到赵卫东住处也就是老宋的房子再次确认了房间，又在楼区蹲守看赵卫东出入楼门，最后确认了人。

其实头一天两个警察就来过了，赵卫东在医院守候依拉不在家，他们扑了个空。今天他们特地早一点儿来堵门，怕赵卫东出去得早。

此时两个警察听到屋里有动静，认定赵卫东在屋里，又摁了下门铃。

这跑了调的铃声再次鸣响！

几个匪徒惊慌起来，他们不知道警察到来的原委，以为警察是冲他们来的。一个匪徒用毛巾堵住了赵卫东的嘴，防止他喊叫。几个人都抄起了家伙，有的拿刀，有的举棒，他们在低声商量着。

“几个警察？”

“只看到两个。”

“肯定是这楼里的人报的警。”

“怎么只有两个？”

“门镜里只能看见两个。”

有两个人去两边的窗户看下面的楼区和街道，没有发现什么。

“下面有一辆警车，没见有警察。”

“可能后面的还没到。”

“如果人多了，咱们可就冲不出去了。”

那嘶哑的门铃声又叫了起来，惊得几人心慌意乱！

四个匪徒互相对了对眼神，做了个拼杀出去的手势，随即开始了行动。

三个匪徒埋伏在门的侧面，一个匪徒去开门。两个警察根本没有料到屋里是这个局面，没一点儿思想准备，直接就跨进了门。看到屋里柜倒箱歪乱糟糟的，怔了一下。没等他们做出反应，四个匪徒一拥而上，两个对付一个警察，他们用刀上去就捅，两把刀分别刺入两个警察的胸腹。紧接着棒子拳脚一通乱打，几秒钟的工夫把两个警察打得倒在血泊中不动了。

然后，四个匪徒夺门而出，逃之夭夭。

过了一会儿，一个警察缓过神来，强忍伤痛，挣扎着爬到放电话的地方，拿起掉在地上的电话，打了报警电话，说了地址后又再次昏倒。

又过了一会儿，楼下警笛声大作！一群握着长短枪的警察奔上楼来，蜂拥进了房子。

屋里场面血腥恐怖，门厅两个警察一前一后趴伏在血泊中；里屋一个中国人被捆绑在椅子上，遍体鳞伤。房子里柜倒桌翻一片狼藉……

随后急救车就到了，医护人员进来先查看伤员情况。一个警察已经气绝身亡，另一个警察伤得也很重，生命垂危。里屋的中国人浑身是血到处是伤，但生命体征还正常。随即医护人员将伤员和死者用担架抬下楼，分别抬上急救车。急救车鸣着笛向医院飞驰而去。

警察勘察了现场，很清楚这是一桩典型的入室抢劫中国人的案件。抢劫中国人的案件不少，入室抢劫中国人的案件几乎每天都有，这种案件对警察来说太常见了。两个警察前来处置案件为劫匪所伤所杀，至于两个警察怎么得到的消息，为什么处置劫案却没带枪，这需要询问当事警察和所在单位来了解了。

赵卫东是在这群警察进屋后昏迷的，他知道自己已得救，精神和身体一下就松懈了。他昏迷得并不深，在急救车上神志就苏醒了，只是晕晕沉沉的不十分清醒。到医院做了全面检查，身体到处是血痕和淤青；脑袋被打得像歪瓜一样，肿得已经变形，但内脏和骨头没有受损，生命体征各方面的指标正常。遭了这么大难，身体还能保全，没留下伤残，实属万幸。

和赵卫东比，两个警察可就太惨了。一个当场丧命，另一个身受刀伤和棍棒重击，伤及内脏，多处粉碎性骨折，生命垂危，一直在抢救中。

第二天，警察见赵卫东神志已完全清醒，对他进行了简单的询问。碍于语言的限制，问得非常简单。过了一天，警察找了个翻译，对他进行了详细的询问。

赵卫东对案情做了详尽的描述，回答了警察的所有提问，但他隐瞒了一件事，就是依拉和她的包，警察没问，他也没提。很简单，他不想把事情复杂化。

他心里是非常清楚的，这件案子因依拉而起，这伙人就是追逐依拉造成她被汽车撞伤最终死亡的那伙人。他不知道这伙人和依拉是什么关系，这一切因依拉的死，可能永远也不会知道了；也因依拉的死，这一切变得没有意义了。

躺在病床上，赵卫东总是把在那列车上买的、一直带在身上的玉石攥在手里。他一直弄不清楚一件事，那么早怎么会有警察到家里来救了他呢？他问警察，警察没有回答他。若不是警察那么早过来，他知道会是一个什么结果，自己不死也得半残。他觉得这事神了，他想：会不会这玉石真的有灵性？也许是这玉石的灵性给了他这不可思议的幸运呢！

过了两天他出院了，外表看他还是伤痕累累，很多地方贴着纱布，医生说，养几天就好了。

十

赵卫东是坐警车回的家，在他住院时，一直有警察守护，当然警察看护的主要是那位在抢救的伤员，还好，这个伤员经抢救脱离了生命危险。警察告诉赵卫东，因房东一家现在国外他们一直没联系上房子，现场已勘验完毕，可以使用了。

警车把他送到楼门前就走了，他一个人上楼回的房间。

他真不愿意再回这里，他怕再看到那令人恐怖事情的发生地。虽然他知道，匪徒在这里杀了警察，而且这房子没有他们要找的东西，他们是不会再回来了。他所以再回到这里是不愿意让警察知道他还有另一个住处，他打算在这里待一会儿，把自己和老宋的东西收拾一下，一起带走。

屋里还是案发时的状态，没人收拾过。门厅地面木板上还是已经发黑的大片血迹，周边墙壁上也有溅上的血点，看得他毛骨悚然。他跳着躲开血迹进了里屋，找了几个提包，把老宋和自己的东西塞进包就准备走。他回身看看屋里的惨状，心里又觉不忍：想着将来房东回来一进门看到这状况，说不定能吓出病来。他决定给收拾一下，最起码把血污擦掉，把垃圾扔了。

恐怖的经历不仅让人惧怕，也锻炼了人的胆量，给了人坚强。赵卫东进门之前怕得要命，刚进来的时候腿软、恶心，待了一会儿后，倒也没有太大反应了。

他找出拖把把地板上的血污擦去，用抹布把墙上门上家具上的血点擦净，家具扶正归位，把所有脏污损坏的物品和垃圾装袋，最后又把整个房间清扫了一遍。完事后他环视屋内，居室又变得清净整洁，恢复了居家的状态。

他想着，房东回来，不会吓着，也不会骂街骂中国人，再把垃圾扔掉，这房间所有血腥凶残的痕迹就会全部消失。

他拎起几袋垃圾，出门下楼去倒。他打算倒完垃圾就回来提包走人，永远不再回来了。

就在他倒完垃圾回来进了楼门，那位曾经向他要过面包的俄罗斯老太太拦在他面前，她拉住他的胳膊，请他进了自己的房间。在门厅里老太太扶着他的臂膀，心疼地看着他，满脸的慈善。

“孩子，伤得怎么样？”

“还好，已经好多了。”

老太太摇着头叹着气说：“这些个匪徒太可恶了！咳！莫斯科怎么变成这个样子了！”

“谢谢您！您怎么样？”

“我吗？还是那样。孩子！你的女朋友叫依拉，对吗？”

赵卫东一愣，点了一下头说：“是的。”

“前几天，她来找你，你不在家。她把包放在了我这里。”老太太拉他进了客厅，指了指放在墙角的一个大提包。

赵卫东沿着老太太手指的方向看去，不禁大吃一惊！那正是依拉的绿地暗花帆布大旅行包！

“对！这是依拉的包！”

“她把包放在这里后，我就没看到你们俩回来。那天又听说你出事了，所以一直放在这里，直到今天才看到你。”

赵卫东心里一阵狂跳！这太意外了！他压抑住自己的激动，问：“她是哪天放这儿的？”

老太太看了看墙上挂着的日历，告诉了他日期。

他向老太太连续道了几个“非常感谢”！

赵卫东提起那个旅行包，帆布包仍然像过去那样的重。他一口气跨步上楼回了房间，把门锁好，又拉上所有的窗帘，把旅行包摆放在房间中央，蹲在地上转了一圈，仔细看这包。这包跟他第一次见时一样，塞得满满的，两把小锁锁住两条拉链。

他坐到地上，心情非常激动，掏出一支烟点上，抽了一口。他点烟的手都在颤抖。

他记起来了，老太太说的依拉放包的日期正是依拉被车撞的日期！他脑子里判断着也想象着，依拉一定是被形势所迫，危急之下，过来找他。他不在家，依拉只得把包寄存在邻居老太太家，然后走掉。她就在附近被匪徒发现，匪徒试图抓住她。追逐中依拉跑上了马路，被汽车撞倒。

赵卫东平复了一下心情，在柜子里找了一把钳子，看着提包犹豫了一下，然后用钳子将两把锁夹住掰开。他拉开拉锁打开提包，扒开上面的衣服物品，中间果然露出那个挎包！他拿出那个沉重的挎包，又发现旁边还有一个布包，包里好像也是石蛋。

他打开挎包，里边还是他见过的那两块玉石，他又打开那个布包，里面竟然是四块玉石！都如男人的拳头般大，两三公斤的样子。他惊呆了！

一屁股跌坐到地上。

他的心"嘭嘭"地跳着，睁大眼睛看着这些玉石。总共六块玉石，就是按依拉的开价，至少一万六七千美元。他一块一块地拿起玉石看，有两块绿色的碧玉，其他都是白玉。几块玉石除了形状不同，色泽品质看上去都差不多，全都是细密晶莹的籽玉。

赵卫东拿这几块玉石的感觉和手攥自己那块玉石心安的感觉完全不同。现在他觉得害怕，捧着它居然战战兢兢、诚惶诚恐。

就几天的时间，这些石头闹出了多少事情！惨祸横生惊心动魄！王、李二人被劫被打；依拉看护的那个男人的死；依拉被车撞致死；他自己遭劫被打；两个警察一死一伤。虽然其中的究竟他不清楚，但肯定都和这些玉石有关系。

原来他认为这里是安全的，现在又感到了危险，变得惶恐不安。他把玉石按原样放进提包里，把包塞到床下藏好；他依次到房间的几个窗口向楼下仔细观察，看有没有人在监视他；又到门边听外面的动静，从门镜往外看有没有人。

这些玉石放在这里太危险了！不仅是玉石有被劫被盗的危险，还有人的危险，甚至会危及人的生命。这些都是被这几天所发生的事情证实了的。

必须把这些玉石快速转移，转移到他自己租的房子里去，那里无人知道，比这里安全，但怎么弄过去呢？他在立柜的镜子前照了照，自己头上脸上还缠着贴着纱布，脑袋还肿胀歪斜着，这样走在大街上太引人注意，提着这些玉石，太显眼了。那天匪徒入室抢劫，虽然没有搜出玉石，但认定玉石在他的手里，他们并没死心，很可能在继续监视着他。提着这些玉石出门，就像是往枪口上撞。警局这方面，出了这么大的案子，警察一死一伤，案情还并没弄明白，他们也一定会继续监视这里，被他们发现等于自投罗网。

赵卫东思忖很久，拿不定主意。白天就这么过去了，到了晚上，他就更不敢出去。就这样守着这些玉石待了一天一宿，到天快亮了才睡着。

早晨，他还在睡梦中的时候，那跑了调的、声音怪怪又异常响亮的门铃突然响了！

赵卫东被惊醒，而且被吓得险些掉下床来，心跳到了嗓子眼儿，惊慌不已！他支起身子，坐起来，定了定神。

还没等他缓过神来，第二声铃声又鸣叫了起来。那声响又让他的心脏一激灵，身体一哆嗦。他战战兢兢地走到门口，趴在门上，从门镜向外看。

这一看，又让他大吃一惊！那门外站的竟然是依拉！

他惊得心脏差点没跳出来！后退了一步。这不可能！绝不可能！

门铃再次响起！门外的人大概不耐烦了，或是听到了门里有响动。

赵卫东再次趴到门镜上去看。他心里明白，绝对不会是依拉，但看上去真像是依拉。他鼓足勇气，打开门锁，拉开了门。

他睁大眼睛盯住门外来人，这一看，更让他惊奇！

门外站的竟然是火车上那个向他兜售玉石的姑娘！她的脸型身体轮廓和依拉几乎一模一样，眉眼五官也和依拉相似，只是比依拉更加漂亮。

赵卫东脱口而出："是你！"

这姑娘没有在意他的话，也没有认出赵卫东，可能早已忘记了他们在火车上的见面。她莞尔一笑，道了声好，问道："你是赵吗？中国人对吗？"

赵卫东诧异地问："你，你怎么知道我？"

姑娘没有回答，从赵卫东的神态上，她知道自己没有找错人。她再次露出迷人的笑容，问：“我可以进去吗？”

赵卫东让出身位，客气地说：“请进！”

姑娘进屋扫了一眼房间，像是看看屋里有没有其他人。她回头发现赵卫东头上缠的纱布，惊讶地睁大眼睛，问道：“你这是怎么了？”

这事解释起来比较困难，话也太长，赵卫东只是简单地应付说：“有匪徒抢劫，打的。”

姑娘恍然说道：“啊！我说呢，这几天过来怎么有警察呢！”

赵卫东听她的话，知道她已经来过几次了，便问：“你怎么知道我的地址和名字？”

姑娘露出明媚的微笑，她和依拉相貌相近，但性情看起来完全不同。依拉冷漠傲慢，很少笑，而这位姑娘不吝啬笑容。

“是我姐姐告诉我的，怎么，她不在吗？”她在这里没有拘束感，像在自己家一样，在几个房间里转了一圈。

赵卫东跟在她身后问：“你姐姐？”

“对呀！依拉。她没在这儿住吗？”

“你是依拉的妹妹？”

“对呀！”她回过身来，又是莞尔一笑，伸出手自我介绍说：“柳芭。”

赵卫东和她握手，报了自己的名字：“赵卫东。”

“认识你非常高兴！”

“我也一样，认识你非常高兴！”

赵卫东正要往下问，柳芭伸出两个指头，说：“给我一支香烟。”

赵卫东想起她在火车上也是这样要烟的，便递给她一支烟，并给她点上。她吸着烟，很享受的样子。这让赵卫东又想起了火车上她抽烟的姿势，很俏式很性感。

“依拉什么时候跟你讲的，在这里住？”赵卫东想了想问道。

“几天以前。我坐火车就五天，到莫斯科已经三天了。九天以前吧，她打电话叫我过来，告诉了我这里的地址和你的名字。”

赵卫东想，那大概是他们和李阳一起遭劫的前后，显然她对依拉这以后的遭遇和不幸全然不知。

“怎么？依拉出去了？还是不在这里住了？”

“啊，不，不……”赵卫东想着该如何把依拉的事告诉她，心里显得沉重。

柳芭灵动的眼睛眨了一下，好像敏锐地感觉到了什么事情的发生。她问：“怎么？她出事了？！”

赵卫东默默地点了点头，把她让到厅里的长沙发上坐下。她的表情一下子变得慌张又急切起来。

“依拉怎么了？出什么事了？”

赵卫东自己点上了一支烟，把烟和打火机放在了茶几上。他安顿了一下自己的情绪，缓慢地讲了依拉的不幸遭遇。当然他只讲了被车撞的情形和以后的情况，事情的起因和背景他不了解，讲不清楚。描述细节时他泪水盈眶。

柳芭一直在听，没有插话，她连抽了两支烟，但从她的表情看得出来，这消息不啻晴天霹雳！她脸色惨白，目光呆滞，傻了一般，又摇头不相信这是真的。然后是沉痛的悲伤，听到那痛心的细节，她感同身受，紧捂住自己的胸口，强忍撕心裂肺的疼痛。待赵卫东讲完，她早已泪水滂沱，终于恸哭失声。

赵卫东递给她毛巾，她用毛巾捂住脸，仍然大哭。赵卫东这时又意识到了危险，他依次到几个窗口看下面的街道和楼区有没有可疑的人。没有什么发现，他又回到柳芭身边，想劝劝她，可不知说什么好。

柳芭哭了一阵后停下来，她用毛巾擦去脸上的泪水，扬起脸，又抽上一支烟。她眼睛发直，嘴唇紧闭，面容显得冷峻。

有接待依拉的经验，赵卫东知道她可能没有吃饭，便问："还没有吃饭吧？我去楼下商店买，好吧？"

柳芭看着赵卫东，眼里又流出了悲伤的泪水，再次哭了起来。赵卫东抽身出来，从外面锁上门。他下楼到商店买了食品，很快回来。他看到柳芭已经不哭了，坐在沙发上发呆。她圆瞪的双眼中闪动着冷酷的光，透露出的不仅是悲伤，还有仇恨。

赵卫东很快做好了饭，饭很简单：面包、肉肠、荷包蛋。柳芭吃饭时一直沉默，眼神发愣发直，眼眶湿润，长长的睫毛上沾满泪花。

赵卫东对这房子心存余悸，屡次三番地走到窗口往外看，他觉得今天必须搬走。柳芭过来了，这里更加招眼，问题是依拉的提包和这些玉石怎么办？从柳芭的叙述看，是依拉打电话叫她过来的，她知不知道这些玉石，赵卫东没法判断，但现在无论是环境还是她的情绪都不是说这些事的时候。如果人走了把玉石留在这里，赵卫东也不放心。他盘算半天，决定带着玉石一起走。

"依拉现在哪里？"

"当时是放在医院的太平间，警察说没有找到她的身份证件，所以联系不到她的家人。这以后我也出事了，就不知道了。"

"我要去看看她。"

赵卫东朝她摆摆手，说："柳芭，稍等一下，听我说。你家里还有其他人吗？"

柳芭摇了摇头，眼泪又涌了出来。

“那你的父母呢？”

她已泪流满面，沉痛地说：“都去世了。”

赵卫东心里一抽搐，眼泪差点也掉下来，心里充满怜惜！他安顿了一下情绪，说：“柳芭，是这样，这个房子前几天匪徒来抢劫过，把我打了，还打死了一个警察。所以这里很危险，我们不能在这里待，要马上搬走。”

柳芭还是呆呆的，擦了擦泪水，没有回答，就像没有听见一样。

“柳芭！我们现在就走，其他的事我们搬过去再办。好吗？！”

柳芭点了点头，好像是说听到了。

赵卫东依次到几个窗口看了看，又到门口听了听楼道的动静，然后从床下取出依拉的旅行包，其他的东西也不拿了，以后抽时间再回来取。然后拽了柳芭，开门下楼，观察了一下楼区的四周角落，感觉没什么异常，这才穿过楼区在街上叫了辆车。

其实那房子离这里并不远，走着不过十分钟，平时是用不着打车的，叫车是为了看看有没有人跟踪。所以上了车后赵卫东叫司机朝相反的方向走，并且一直看后面有没有人跟着。车走过两条街后，赵卫东让车停下。他们下车从地下通道走到街的对面，再打车回来直接到了房子的楼下。下车后，赵卫东觉得自己头上的纱布太扎眼，叫柳芭拉着提包先走，两个人前后拉开距离，二人进了楼门才一起上楼。

进了房间赵卫东松了一口气，又急忙到两边窗口看下面有没有可疑的人，没有发现异常后，他心里才觉得踏实了。他把依拉那个帆布旅行包藏在了床下。

柳芭几乎一直在哭，没怎么出声，只默默地流泪。夜里睡觉时她的房间一直开着门，开着灯。赵卫东听到她的房间里一直有动静，她可能一宿没睡。

十一

依拉的遗体还在医院的太平间里，赵卫东陪着柳芭进去看了遗体。当柳芭看到依拉的遗容时，再次失声恸哭。赵卫东拉着她，没有让她扑到遗体上，他抱住她，怕她腿软倒在地上，她就伏在赵卫东的怀里哭着。

她的哭声并不很高，却是那么的悲切。她紧抱着赵卫东，脸贴在赵卫东的前胸，她的身体在哭声中颤抖，在深深的悲伤中，还让人感觉到她发自内心的恐惧。她的哭声感染得赵卫东也泪流成行，她的颤抖又让赵卫东对她倍觉怜惜。

从医院出来，赵卫东陪柳芭去警察局办了依拉的死亡手续。

回家的路上，她一直依偎着赵卫东。回到家，赵卫东给她做饭，和她一起吃饭。她仍然默默地吃饭，一言不发，泪眼汪汪。

赵卫东知道依拉的死对柳芭的打击是巨大的，感情上很难接受，她的悲痛发自心底，真真切切。这个意外的变故对她的伤害又是多方面的，因为她失去了唯一的亲人。她的恐惧也是真实的，面对死亡，感受到生命的残酷，从此她无依无靠，孤身一人。

午饭后，赵卫东和她商议依拉安葬的事，问她俄罗斯的丧礼风俗，如何安排。这是必须马上要办的事，不能拖延。

柳芭虽然哭得有些精神恍惚，但神志还是清醒的。她说，她们在莫斯科没有亲戚朋友，葬礼不会有人参加，礼仪上就无所谓了，交由殡仪公司办就可以了，但需要付费，还要买一块墓地。她说她没有钱。

赵卫东表态说：“钱的问题你不用考虑，我来付。”

柳芭只是淡淡地道了声谢谢，好像并没有拿这当回事。

然后两个人打车去了莫斯科郊外的墓地，选好墓地付了钱，联系好殡仪公司，安排好了安葬的事宜。

所有事情办完，从郊外返回住处已经是晚上。赵卫东忙着进厨房做饭，做好后出来叫柳芭吃饭，却看到她躺在长沙发上睡着了。赵卫东把饭菜从厨房餐桌端到茶几上，用手拍她坐起来吃饭，让她吃完饭再睡。

赵卫东拍得很轻，还是把她惊醒，她惊慌地坐起，片刻才安顿下来。她吃了些饭，又歪倒想睡。她昨天几乎一夜未睡，今天又跑了几个地方，困了也累了。赵卫东搂着她送她到里屋床上去睡，她倒在床上后却一把拽住了赵卫东的手，苦楚地说：“你别走，我害怕！你陪我。”说完，两只手握着赵卫东的胳膊不撒手。

赵卫东只好答应着，在她的身边躺下。不久她就睡着了，赵卫东也不敢离开，怕把她弄醒，不愿看到她惊慌的样子，他就在她的身边，没脱衣服将就着睡了。

第二天早晨，赵卫东和柳芭先去商店买鲜花和给依拉装殓的服装，然后到医院让殡仪公司的人给依拉换上服装，再把遗体放入棺木。棺木不大，里面有绸布，遗体放进去几乎没有什么空隙。放好遗体，合上棺盖，抬上灵车，驶去郊外的墓地。灵车是面包车改装的，赵卫东和柳芭也坐在车上。柳芭靠在赵卫东的身体上，她一直缄默，双眼失神，眼窝一直潮湿，长长的睫毛上沾满泪花，不时有泪珠滚落脸颊，但她没有哭出声来。

灵车到墓地卸下灵柩，搭在两个条凳上，殡仪工打开棺盖，掀开黑面的绸布，露出依拉的脸，让她和这个她生活过的世界做最后的诀别，让亲人看她最后一眼，做永久的告别。

陵园里也有办丧事的，都成群结队。他们这里却只有两个人，十分的冷清。柳芭与赵卫东身体相互倚靠着，看着依拉的遗容，和她做最后的道别。

依拉的遗容很安静，像生前一样，脸上还是那种冷冷的神情，皮肤洁白，仍显得那么漂亮。

赵卫东看着依拉的遗容，回忆着和她接触的一幕幕情景。赵卫东和依拉交往其实不多也不深，也没有什么交流，但对依拉的印象却是那么深，感觉是那么的好。即使知道她可能涉足黑道，即使知道她可能有不为人了解的背景，他对她的感觉还是那么好。最不能忘记的是她被歹徒追得跑上马路被汽车撞飞的瞬间。正是这个瞬间把这个年轻美丽的姑娘变成了现在这个样子，这让赵卫东痛心疾首！的确，依拉没有给他任何好处，反而给他惹来祸端，让他被劫被打，但他没有一点怨恨。让赵卫东不能忘怀的还有依拉给他的几个吻，虽然可能是礼节性的，可能表达的仅仅是感谢，但仍让赵卫东记忆犹新。特别是最后那个吻，饱含了浓浓的感情，赵卫东是感受到的。而赵卫东更没有想到的是，依拉危急之中来找他，把身上最贵重的财物托付给了他，又在告别这个世界之前，鬼使神差地把自己的妹妹托付给了他！

柳芭一直看着依拉的遗容，泪水一直不停地在滴落，赵卫东给她手里换了几次纸巾，还给她擦拭过几次泪。她倚靠着赵卫东站着，并没有像在家里那样依偎在他怀里，而是一直保持着在公众场合的合适姿态。

该下葬了，与依拉做最后的告别，柳芭俯下头，和姐姐吻别。她口中喃喃地和姐姐私语，轻轻地吻了姐姐的嘴唇，她的泪珠滴到了姐姐的脸上。走开时她用纸巾把滴在姐姐脸上的泪水擦去。

赵卫东也俯身吻了依拉的脸颊，心里祈祷这漂亮的姑娘在天国安好！

工人钉上棺盖，将灵柩放入墓穴。这时柳芭哭出了声，生离死别，她悲痛得不能自持，赵卫东搀扶住她。稍后她把鲜花撒在墓穴里，又和赵卫东用手填了几把土，然后工人用铁锹把墓穴填满。

赵卫东看看周边的墓碑，都把死者的头像镌刻在上面。在选墓碑时，他订下了一块红色的花岗岩墓碑，要工匠把依拉的照片镌刻在上面。

他特地嘱咐工匠："凿得细一些，漂亮一些，人像要大些。"

他要把依拉漂亮的容貌留在人间。

十二

从墓地回到家中，赵卫东问柳芭："按照俄罗斯的风俗，今天应该吃什么？不允许吃什么？"

柳芭想了想说："应该吃米饭。"

"好！我做米饭。"赵卫东是想尽量把丧事办完整，多少给柳芭一些安慰。

"我要洗澡。"柳芭说道。

"好。"赵卫东点头答应着。他注意到，柳芭回来的路上情绪就发生了变化。她不哭了，擦去了泪痕，变得十分的冷静。

今天的天气比较热，赵卫东自己也觉得身上汗味重，但身上伤口还没痊愈，他便在卫生间简单地擦洗了一下，换了衣服。然后，给澡盆放上热水，备好洗浴用具。他想起柳芭并没带包过来，估计没有换洗的衣服，想到依拉的提包里有不少衣服，他就背着柳芭到床下拿出提包，取出里面的衣服，再把提包藏进床下。

"这是依拉的衣服。"赵卫东把依拉的衣服捧给柳芭。

柳芭看到依拉的衣服，眼睛立刻变得潮红，但很快又恢复了冷静，她接过衣服，冷冷地道了句："谢谢！"

她的态度让赵卫东觉得有些奇怪。

她去洗澡，赵卫东去做饭。她洗了很长时间，赵卫东做好了饭，摆上餐桌，她还没洗完。赵卫东坐在沙发上抽着烟等她一起吃饭。

终于她洗完了，随着放水的声响，她走出了卫生间。赵卫东抬头一看，却把他看呆了。

柳芭整个人几乎焕然一新，她太漂亮了！原本白皙的皮肤映出了粉红的色彩，让她的美貌光彩夺目！她身穿白色的浴衣，用浴巾将长发束起，如出水芙蓉，清新而靓丽。而她清冷的神情，又让她的美丽超凡脱俗，显得圣洁。

柳芭显然注意到了赵卫东对她的关注，冷静地扫了他一眼。

"来，咱们吃饭吧。"赵卫东请她去厨房餐桌吃饭。

"咱们可不可以在这里吃？"她指指大厅里的桌子。

"好吧。"赵卫东答应着，去厨房把饭菜端了过来。

她看了看盛在碗里的米饭说："你做的米饭和我们俄罗斯的不一样，不过没有关系。"她把束头发的浴巾拿掉，问道："有吹风机吗？"

"没有。"赵卫东摇了摇头。

柳芭用浴巾擦拭掉头发上的水，把一头有着缕缕褐色的金色长发拢在一侧胸前，然后坐在了桌边。她看了看桌上的比平时丰盛的饭菜，淡淡地道了句谢谢。刚吃了两口她问："有葡萄酒吗？"

"没有。伏特加可以吗？"赵卫东回答说。这几天的日子不正常，自己的身体又有伤，所以一直没有喝酒。今天他也觉得不宜喝酒，所以没有拿出来。

柳芭点点头。赵卫东取来酒和酒杯，把酒斟上。

两个人举起酒杯，四目相对，没有讲话，碰了杯，一起仰头把酒干了。然后柳芭就闷头吃饭，也不讲话。赵卫东把酒再斟上，两个人又把酒干了。赵卫东看出柳芭和依拉一样，不仅会喝酒而且有量能喝，但看她现在情绪怪怪的，不敢让她多喝，就尽量少给她倒酒。

柳芭又喝了两杯酒后就停止了吃喝，抬着头率直地望着赵卫东。赵卫东感觉到了她的目光，抬眼看她，心里暗暗吃惊！酒已经让柳芭的面孔白里透红，把她原本漂亮的脸蛋染得更加的艳丽。她的情绪一改两天以来的低沉悲怆而变得激动亢奋，那蓝灰色的清澈的双眼似有火在窜动。

赵卫东以为她喝得太急有些醉了，问她："是不是酒喝得太快，不舒服？"

柳芭没有理会赵卫东的话，起身直朝赵卫东过来，抬腿坐在了赵卫东的腿上，双手抱起他的头，不由分说把嘴唇贴到赵卫东的嘴唇上。

赵卫东根本没有料到柳芭的这一举动，没有思想准备，一时没了反应。这两天他和柳芭一直在一起，有大量的身体接触，甚至昨夜是在一张床上搂着睡的觉，但跟现在完全不是一回事。这样赤裸裸的性和情感的亲昵冲击，让赵卫东感觉不知所措。

赵卫东对依拉和柳芭一直存有好感，对她们的漂亮，特别是对柳芭的美貌和性情十分倾慕，对她们身上体现的异族女性的风情非常地欣赏。在和她们的接触中，他脑子里也不乏亲密的想象和对未来的憧憬，但现在这种情况他实在没有想到。上午刚办完姐姐的葬礼，晚上怎么可以做这样的事呢！再说人家一个弱女子，死了亲人，还在悲痛中，他做这种事就像是乘人之危，觉着卑鄙。

然而之后的进展并不以赵卫东的意志为转移，柳芭率性而为，激情似火。她用发烫的嘴唇在赵卫东的脸上嘴唇亲吻吸吮搅动燃烧，赵卫东的情绪很快就被点燃并蔓延到全身，身体不由自主地亢奋起来。二人相互拥抱，身体缠绕在一起，把理性和桎梏丢弃，在热吻和身体的激情交流中让欲火焚身。

在情欲的热浪的奔流交汇中，他们拉扯着进屋上床，脱去衣服。柳芭的裸体更加光灿夺目！那让人惊叹的美到极致的挺乳圆臀、身条体型，洁白如玉的肤色，魅力四射！漂亮的容颜和标致的性感美体，无可挑剔，完美无缺！真真就是天上的仙女。赵卫东如梦如幻，心悦诚服，甘愿为她奉出全部的情爱。他放纵自己的身体，在和美的交合中，把灵魂消融在那天堂般的愉悦感受里。

此后，两个人便一发不可收，潮涨潮落，波涛不断。赵卫东忘乎所以，如醉如痴。或细致地品味那美的精致，在委婉的情趣交流中体会那沁人心脾的美的韵味；或燃起激情，掀起爱潮，在满眼的阳光里奏响高亢的旋律。

柳芭也一样，长久地沉溺于爱河中，她激情四射，随心所欲，纠缠住赵卫东，千姿百媚，就像一朵怒放的花，美不胜收。

柳芭为什么能在姐姐安葬的当天有这么奇特的举动，她是为生存考虑想拽住赵卫东，或是以此来感谢赵卫东吗？赵卫东在两个人潮起潮落的间隙确实这样想过。

在第一个高潮过后，柳芭收敛起四射的激情，说道："今天是我的生日。"说完，两串晶莹的泪珠滚落下来。

赵卫东的心一下子就化了，满腔都是爱怜。生与死在一个朝夕碰撞，花开花落，悲催人的情怀。赵卫东明白了柳芭是在亲人离世、目睹死亡、精神遭受重大打击后，用这种方式体会生命的存在；用活力四射的性爱，掩住悲痛和失落，让盛开的生命之花，去抵御死亡的恐惧。

自此，他们生活在一起，好似新婚燕尔。没有仪式，却也省去了许多啰唆麻烦，尽情地在二人世界中体味爱的美好和芬芳。赵卫东更是感念上天的眷顾，赐予他天上的仙女，让他享受飞来的艳福。他对柳芭不仅迷恋，对她的美更是充满崇拜。

大悲大喜，赵卫东又有了过山车的感觉，在生意落魄时他奔走他乡遭遇凶险，现在一下又蹿上了云端，满眼的阳光明媚春意盎然，自然是异常的欣喜。

他又拿出那随身带的玉石看着，这玉石正是柳芭卖给他的。谁会想到不久前一件玉石的偶然传递，会在几千公里外的今天结为情缘，不可思议，真乃奇缘！这玉真有灵性，能遇难呈祥，还给了他良缘美眷。他笑了。

十三

老宋走之前发的货到了。赵卫东到托运公司的仓库提出货来，运到市场装进集装箱，把集装箱塞得满满的。他有一段时间没有到市场来了，除了遭遇了一系列事情之外，身上的伤和包扎的纱布太扎眼了，不好过来。现在他的伤基本已好，外表已经看不出来。他和娜达莎把账盘了一下，这段时间的销售明显的好了不少。老宋的夏季货处理完，他的风衣开始卖了，而且每天都有卖。娜达莎把销售款全部交给赵卫东，他立刻去外汇兑换点把卢布换成美元。这些钱是他到莫斯科见到的最大的一笔钱，而且其中大部分是他的风衣款，是他到俄罗斯后的第一笔收入。

赵卫东十分高兴，不禁有了好事成双、喜上加喜的感觉。他心里明白，货卖不动，他就是死路一条，生存都是问题，回国回不了，怀中的仙女也会振翅飞走。货卖了，他的前途就豁然开朗，一片光明，爱情也会圆满。

以后几天连续卖货。达妮娅那里也卖了一些，她主动来给他结款。这样赵卫东手里有了不少钱，为保险起见，他把钱存入银行。销售的开局不错，让他看到了前景，他欢欣鼓舞，信心满满。

和柳芭在一起还是如胶似漆，激情迭起，日子过得很甜美。柳芭的性情十分的率真，不卖弄不做作不矫情，让赵卫东倍加喜爱。柳芭对赵卫东也是全情倾注，从没提过任何要求。让赵卫东觉得这份感情很纯粹，只是心里觉得过意不去，带她去首饰店买了紫金镶钻的戒指和项链耳饰。买的时候她还阻拦不让买，买回去戴上以后，却是喜欢得不得了，几次三番照镜子看，给了赵卫东雨点般的吻。赵卫东还几次带她去商店，买齐了里外的衣服穿戴。

赵卫东向她说起在火车上他们的那次见面的情形，她回忆了一会儿，说好像记起来了。

赵卫东说："你是我进入俄罗斯以后碰到的第一个俄罗斯人，第一位俄罗斯姑娘。火车又正好行驶在贝加尔湖那样美丽的地方，你又是那么漂亮，所以给我的印象太美好也太深刻了。这也说明我们两个人有缘分，命中注定我们在一起。"

柳芭也觉得这事十分神奇，感叹命运的安排。

赵卫东注意到，柳芭有时候愣神，有时候表现出悲痛的情绪，有时候眼睛又流露出一种冷峻的光。赵卫东从市场回家，有时候还发现她的眼睛上有泪痕。赵卫东明白柳芭内心的伤痛并没愈合，每到这种时候，赵卫东就尽量岔开，带她去商店买东西，或去吃饭，去市场也尽量缩短时间，多些时间陪她。

赵卫东从来不敢提依拉，也一直没有拿出那几块玉石，怕引起柳芭的悲伤。其实赵卫东心里有很多疑问，这些黑社会的人为什么要追依拉？依拉的这些玉石是怎么来的？她和黑社会究竟有没有关系？那个在医院死去的人是什么人？和依拉又是什么关系？这些问题一直困扰着他。对这些问题他不仅想弄明白，而是怕这些问题影响他和柳芭现在的生活，给他和柳芭继续带来危险。

这天赵卫东从市场回来，一进门看柳芭的情绪不对，刚刚哭过，脸上满是泪痕。赵卫东双手扶住她的臂膀，急切地问："怎么了？出什么事了？"

柳芭没有说话，挣脱开赵卫东的手，引他进了里屋。赵卫东一眼就看到了床上摊开的布上摆着的那几块玉石，心里明白了，柳芭把这些玉石翻了出来，心里难过或是有什么想法了。

赵卫东坐下，语气平静地解释说："我没有拿出这些玉石，是怕你看见伤心。依拉就是因为这些玉石出的事。我被劫被打险些没命，也是因为这些玉石。现在没有人知道这些玉石在这里，也没有人知道我们住的地方。我怕拿出这些玉石会搅乱我们的生活，还可能给我们带来危险。"

柳芭默默地点点头，好像听进去了，又好像没太在意他的话，眼窝更加潮湿了，但表情很平静。她回忆着说："依拉拿到这些玉石，上火车过来的时候，特别高兴，觉得这次该有钱了。没想到是这个结果。"

赵卫东觉得既然已经说到这儿了，不如把这事说开，解开脑子里的全部谜团，便问道："依拉过来就是来给我的那位中国朋友送货吗？"

柳芭点点头说："他们说好了的。没想到他走了。"

"依拉只认识我这朋友一个买主吗？"

柳芭回想了一下说："这次过来，就是给他送的。其他的人没有电话，没有联系。"

"她过去和我的朋友做过生意吗？"

"做过两次，每次都只卖了一块。"

"依拉为什么打电话叫你过来？"赵卫东注意着自己的语气，不让柳芭感觉像是问询，还用手做出一些亲近的动作。

"她说出事了，叫我过来帮她，到你房子处找她。"柳芭看了看赵卫东，又说："依拉对你的印象特别好，说你人好，有钱，长得帅。"

赵卫东感激地笑笑，把柳芭抱在怀里。他心想，过去从依拉冷漠的脸上还真看不出来是这样评价他的。

赵卫东试探地问："她没说出了什么事吗？"

"她……她的男朋友受伤住医院了。"柳芭回答时也有些迟顿。

赵卫东想起了在医院里看到的被抢救的那个青年，果然是依拉的男朋友。他脱口说了出来："噢，真是她的男朋友。"

柳芭抬眼看了看他，问："你见过？"

"我在医院碰巧遇见的。当时我看他伤得很重，好像是被打的。"

"是的。"她说话有些迟缓。

"他去世了，你知道吗？"

"我知道。他刚去世，依拉就给我打了电话，我当天就坐火车过来了。"她的心情愈加沉重。

"依拉为什么不回去，而是让你过来呢？"赵卫东的提问带有引导性。

"她要把玉石卖了再回去，我们需要钱，而且拿了玉石还没有给人家钱呢。"

赵卫东心里对这事越来越清楚了，这批玉石是她们收购上来的，只是打欠条还没付款。他继续问："依拉的男朋友好吗？"

柳芭想了想说："他是个很神气、很有势力的人。他原来有很多女朋友，后来只和依拉好了，他们相爱。"

"他是黑社会的人吗？"赵卫东问得有些唐突，盯住柳芭看，怕引起她不高兴。

柳芭抬眼看了看赵卫东，停顿了一下，有些消极地点了一下头，答道："是吧。"

"那他怎么还被打了？而且那些人还要抓依拉？"这是赵卫东最想了解的问题。

柳芭皱了皱眉说："我说不清楚，不知道。"说完把原本躺在赵卫东胳膊上的头埋进他的怀里。

赵卫东明白了这可能是黑社会的内讧，也可能是黑帮之间的冲突。什么原因，柳芭可能不愿说，也可能她确实不十分清楚。黑社会内部的事，外人很难说清，但赵卫东从自己上次被劫和那些人追捕依拉可以判断，这批玉石应该是其中的一个原因。

赵卫东见柳芭情绪还是十分低落，抱歉地说："对不起！我的问题让你心情不好了。"

柳芭的头依然埋在赵卫东的怀里，说："你是我的丈夫，想问就问吧。"

二人蜜月缠绵，天天爱不绝口，但柳芭管赵卫东叫丈夫这还是第一次。赵卫东高兴地抱起柳芭亲吻了半天，吻得柳芭心情也好了许多。

然后，俩人坐下，四只眼睛看着几块玉石思考着，脑子里转的是同一个问题：怎么处理这些玉石？

显然，玉石长期放在家里让人提心吊胆的不是个事，这东西太大，在家里藏不住。这里的所有中国人都为藏钱绞尽脑汁，这东西比钱可大多了，根本没法藏。遇见点事就会暴露，那就真出大事了，况且这又是黑社会在找的东西，谁能保证黑社会找不到他们？找到了就不是仅仅拿走玉石的事，说不定还会丧命。

"都卖掉，你去找中国人卖了。"柳芭说道。

卖了是个办法，如果顺利的话，是笔不小的收入，这是最理想的了，但赵卫东有了上次的经验，知道这不是那么好卖一下就能脱手的。即使能卖掉也会有几个买主，拖很长时间，保不住密，传出去危险也就来了。

就算都顺利地卖了，这些玉石的原货主怎么交代？那些找这玉石的黑社会怎么摆平？这钱拿在手里也不踏实，后面一系列问题没法解决，说不定会有灭顶之灾。

所以，赵卫东对柳芭的意见没有表态。

自从赵卫东和柳芭在一起之后，赵卫东渐渐对柳芭爱得死心塌地，对他们在一起的生活倍感甜蜜。他也在勾画他们的未来生活，所以他对风险看得重，顾虑的也多了。现在风衣的货开始卖了，前景看好，不要说全卖了，就是卖一半，他也有翻身重新崛起的自信，那是大钱。所以没必要蹚这个浑水，他不愿意招惹任何是非灾祸。

赵卫东委婉地向柳芭表达了自己的顾虑。

“不卖的话，怎么处理？”柳芭反问道。

这话又把赵卫东问住了。卖了不行，那退回去，退给谁？退给黑社会，等于自投罗网；退给货主，黑社会摆不平，那更危险。

想了半天，两个人还是大眼瞪小眼，拿不出主意来。于是，他们便把几块玉石重新包好，还是放进那帆布旅行包里。柳芭放好玉石，又翻看包里的其他东西，找到了一个小记事本，拿出来翻看着。

赵卫东也伸过头来看，这是那种巴掌大的硬皮本，看着有些旧和磨损，像是用了一段时间而且是随身带的。里面记的东西很乱，像是随手记下的备忘的东西。赵卫东最近俄语进步很快，但只是口语，读和写还是不行，看手写的东西更是辨识不清。他从后面搂住柳芭问：“上面都写的什么？”

“记的是一些杂事。”

两个人起身到外屋沙发上坐下，柳芭继续看记事本，看得很认真。

“这里有你过去住的房子的电话和地址，还有跟你借过几次钱的钱数……”

赵卫东不禁暗暗吃了一惊！心想这老宋百密一疏，地址电话早就被人记在本子上，所以黑社会知道地址也就不奇怪了。他马上叮嘱柳芭：“咱们家的地址可别记在本子上，要记在心里。记在本子上，就有可能被坏人看到。”

柳芭仔细地辨认那凌乱的笔记，对赵卫东的话并没在意，只是应付地点点头。

柳芭一直在悉心研究那个记事本，里面肯定有十分吸引她的内容。可能是记得过于简单，写得也十分乱，她反复看，认真地琢磨、思考。

赵卫东问她本子里的内容，她总是默默地摇头，或者沉思着没有理会。可能是她认为这些内容和赵卫东没什么关系，用不着说，也可能她还没琢磨明白，没思考出个结果。

这以后，柳芭有空的时候，或是一个人在家，总是拿着依拉的记事本琢磨、思考。

十四

老宋的货又到了。

这批货赵卫东不知道，老宋没通知他，按时间算应该是老宋到北京以后发的。上午，娜达莎打来电话说货到了，他还不相信，到集装箱一看，是秋季外穿的运动套装，和上次老宋的货一样。他这才知道老宋又发货了。

这老宋也怪，走了到现在只来过一个电话。开始赵卫东以为老宋不知道新房子的电话，想了半天肯定给他电话号码了，不知道老宋为什么不来电话。赵卫东又没法打电话给他，别的倒没什么，货已经卖了不少，钱一直在存着，应该给他汇回去，可他一点信儿也没有。而且他人不在这儿，就是可以换护照办签证再过来，也是需要一定的时间的，短期内肯定过不来。可他还继续发货，真不知道他是怎么想的。

就在货到的两天后，老宋终于打电话过来了。他简单地问了货的销售情况后，突然问起依拉，让赵卫东感到意外。这事说起来话长，他一时难以说清楚，只得含糊地回答说：“还在莫斯科。”

“你们有联系吗？”老宋接着问道。

“有联系。”

“你跟她保持联系，我最近可能要找她。”

“好。钱，我什么时候给你汇过去呀？”

老宋顿了一下说：“先别给我汇钱，等我电话。”

“你护照办得怎么样了？什么时候过来？”

“咳！麻烦着呢！还没办下来呢，还要过些日子。”

挂了电话，赵卫东想这老宋说的话都那么出人意料，让人搞不懂。护照下不来，人过不来，联系依拉做什么？做货的买卖人都希望资金快速周转，他却不让汇钱。让人想不通，不知道他葫芦里卖的什么药。

撂下老宋的电话不久，又接到张大姐打来的电话。寒暄问候之后，她说他们公司的老总过来了，她提起了玉石的事，老总很感兴趣，想看一看东西，问赵卫东可不可以把玉石拿到公司来看看。

赵卫东略微思考了一下就答应了。

两个人约好明天上午去公司，张大姐让他记下公司地址。

赵卫东想，现在这种情况下，能把玉石卖出去还是最好的选择。张大姐的公司是国有公司，安全上没有什么问题，人也可靠。但能否成交，赵卫东倒不是那么看好。

这些玉石无论从哪个方面讲都属于柳芭的东西，赵卫东还要征得柳芭同意才合适。所以他和柳芭商量。

“卖呀！为什么不卖？”柳芭听说有人想买玉石，眼睛一亮。

“人家现在只是说看看，还没说一定买。”

“看，不就是要买吗？”

赵卫东心想也对，又和她商量价格。

“过去依拉的价格你知道吗？”她问道。

“知道。”

两个人把玉石拿出来，赵卫东说了他知道的两块玉石的价格，俩人商量了一下，决定还是照这个价格报，其他四块，大些的报三千美元，小些的定两千美元。如果真能成交，可以向下降一些。

张大姐的公司就在红场对面，赵卫东和柳芭是打车过来的。赵卫东来莫斯科时间已经不短了，到红场这还是第一次。红场果然名不虚传，金碧辉煌，色彩亮丽，建筑宏伟，造型别致。一路上他们没有下车，是坐在车上走马观花的。听说这里的警察见中国人就查，找茬要钱，所以一般中国人都不过来。今天赵卫东他们带着玉石，就更不敢下车了。

张大姐的公司在一栋宏大的建筑里，像是过去政府机关的办公大厦，里面的通道房间也都十分高大。门卫很严，张大姐特地下来接他们进门。张大姐见了赵卫东十分热情，见到柳芭有些惊讶，她用俄语热情地问好，还对赵卫东夸赞说，女朋友真漂亮。到了公司的办公房间，张大姐请他们坐，给他们沏了咖啡。

公司的老总姓崔，年龄看上去应该在五十岁上下，待人客气面容和善，又给人世故练达、经验老到的印象。他对赵卫东和柳芭问好寒暄聊了几句之后，请赵卫东把玉石拿出来，摆放在桌上。他们带来三块玉石，就是依拉报过价的那一大一小两块白玉，还有一块碧玉。

崔总逐个将玉石拿起，用手抚摸着，拿眼仔细地观看了一遍，他又拿出聚光灯在几块玉石上打光，用放大镜细致地一点一点地观察。他全神贯注，饶有兴趣，特别是对那块开价五千美元的白玉，反复把玩，爱不释手。他看了好大一会儿，其间抽了三支烟，这才放手，抬头和赵卫东讲话。

“听说了俄罗斯玉，这是头一次看到，真不错，与我们新疆的和田玉在品质上没什么差别。我过去在工艺品公司工作过，和田玉见过不少，这三块玉比起来一点都不差。你看这玉质，又细又密，油性也好，这白色一点脏都没有，而且是绝对的一级白。这碧玉的颜色多鲜亮啊，都是籽玉，特别是这块白籽玉更是难得了。你知道这块玉怎么好吗？”他说到这儿把话停住了，特地卖个关子。

赵卫东看了看那块开价五千美元的白玉，老老实实地说：“崔总，我对玉一点都不懂。”

崔总笑了，捧起了那块玉说：“这一块品质特别好，接近羊脂玉了！你看这油性多好。”他指着玉石让赵卫东看，然后感叹说：“现在羊脂玉在国内哪儿找去？没有了。这么大的，接近羊脂玉就太难得了。”

赵卫东现在明白了，为什么当初老陈拿着这块玉不愿意撒手。看来这玉石的学问还真大，他看崔总对玉的喜爱溢于言表，而且懂玉，又十分健谈，便诚心诚意地请教说：“崔总，您能不能给我讲讲怎么识别这玉的好坏，您教教我。”

“行啊！”崔总答应得十分痛快。

崔总详细地向赵卫东讲了玉石的知识，特别是如何鉴别和评判玉的品质的好坏优劣。他不仅喜欢谈玉，还好为人师，一点儿不保守，让赵卫东受益匪浅。由于是对照着玉石实物在讲，也让赵卫东的认识比较扎实。

这一讲就没停，到了午饭时间，张大姐和崔总留他们吃饭。午饭很简单，鸡蛋汤面，里面有些黄瓜，就是在房间里用电炉做的。他们一边吃饭一边继续聊着，崔总问起玉石的价钱。

赵卫东按和柳芭的商量报的价，从崔总问价的态度上看，赵卫东没觉得他会买。

崔总思索了一下说：“这个价格从国内看的话，非常便宜。当然了，就像我刚才跟你讲的，玉的价格根据品质差得非常大。这个五千美元的最贵，实际上是最值的。”

赵卫东对崔总的印象不错，而且人家还教他这么多有用的玉的知识。他也想把玉卖出去，便说：“如果您要是想买的话，我和她商量一下，便宜一些。”

崔总笑了起来，说：“我可买不了。喜欢玉，过去有一段时间工作也和玉有关系，但我虽然当老总，可是在国有公司，我挣的也是工资。不是大款，买不起。你以后要是有小个的，品质好的白籽玉，给我留着。给孩子弄个坠儿，我呢，雕个手把件什么的。今天约你来，就是想看看东西。我认识一些喜欢玉的朋友，打算联系一下他们，如果他们要，给他们带过去。另外，如果你有长期货源的话，我也有想法，到国内联系一下，看看能不能找几家有实力的公司合作做这个生意。”

“她的家乡在贝加尔湖，她说有很多这样的玉石。”赵卫东没有想过自己做这个生意，所以给了个并不明确的答复。

崔总接着说：“国内和田玉基本都快开采光了，资源已经枯竭。随着咱们国家经济越来越好，对玉的需求量也会越来越大，所以我看好这个生意。”

赵卫东觉得待的时间有些长了，话说得挺充分的，崔总也没有买的意思，就起身告辞，崔总叫公司的车送他们回家。虽然玉石没有卖，但赵卫东还是觉得不虚此行，只是柳芭在那里干坐了几个小时，除了张大姐陪她说了几句话以外，一直无事可干，她也听不懂他们说什么，最后玉还没卖成，她小嘴一噘，有些不高兴了。

十五

早晨，赵卫东起床不久，达妮娅就打电话来，说这几天又卖了一些货，要把货款结给他，另外需要补齐风衣的号码和颜色，再要一百件货。赵卫东答应她去市场解决。

赵卫东当即就给瓦洛佳打电话，电话通了没人接。这几天赵卫东每天不下十次给他打电话，都是这种情况，看来只能去市场找他了。

赵卫东和瓦洛佳通不上电话也让他心焦，销售是大事，秋季货已经开始销售，而且越来越多，这时候一刻都不能耽误，要想尽办法扩大销售。应该和瓦洛佳见个面，看看他的情况，商量一下销售的安排。还要再拉一批货过来，做好旺季销售的准备，省得总找瓦洛佳费劲。

到了市场，赵卫东直接去了瓦洛佳的集装箱。瓦洛佳不在，只有那个拿鼻孔看人的女人在，她还是和以前一样说了声不在，就不再理他了。

赵卫东再去达妮娅那里，达妮娅当即让赵卫东到集装箱里面，背朝外用偌大的身体挡住外面的视线，把一大沓儿卢布货款交给他。赵卫东点清货款收好，又拿了补货的单子，回自己的集装箱藏好钱，按达妮娅的货单选好货送过去。赵卫东完事后正要走，被达妮娅一把拉住，和他说起了瓦洛佳。

原来达妮娅找不到赵卫东就去找瓦洛佳，正好他在集装箱。她和他商量，先从瓦洛佳那里借些货，等赵卫东过来再算账。瓦洛佳不干，说要拿钱买，一点儿面子没给，让达妮娅极为不满。

“你看见瓦洛佳了？”赵卫东问道。

达妮娅点了一支烟，说：“昨天，我找你你不在，正好看见他在集装箱，就去和他商量。”

“我怎么一直找不到他呢？”

“他很少来市场，来了一会儿就走。我听说他把货到处撒，不仅是莫斯科，圣彼得堡、叶卡捷林堡、新西伯利亚、维尔纽斯，到处放。”

“以前他跟我讲过，货太多要多些地方销售。”赵卫东说。

“他还到处跟人说，这是他的货。”达妮娅撇了撇嘴，又问道：“他给你结过钱了吗？”

“没有。”赵卫东摇了摇头。

“没有？我听说他卖了不少了。你可要盯着他结账啊！我告诉你，他不是莫斯科人，是西伯利亚那边的人。你可要盯紧了，不然钱可能结不回来了。”

赵卫东听了达妮娅的话是胆战心惊！这瓦洛佳肯定是不正常，故意在躲他，电话也不接。他会不会真有什么企图，憋着什么坏呢？赵卫东心慌得冒出一身冷汗，他甚至不敢往下想，按这个思路想下去，瓦洛佳可不是达妮娅说的贪一些销售款，而可能是要侵吞整个这批货！这太可怕了！那几乎就是要他的命。

赵卫东想到了瓦洛佳集装箱子的那个傲慢的女人，问道：“瓦洛佳集装箱的那个卖货的女人是他的老婆吗？”

“不是，好像是他的一个亲戚。”

赵卫东叮嘱达妮娅说：“你注意一下瓦洛佳，只要他一来市场，你就给我打电话，我立刻过来。”

从达妮娅那里出来，赵卫东又去了瓦洛佳的集装箱，瓦洛佳还是不在，赵卫东径直走到那个女人面前，大声问道：“瓦洛佳什么时候过来？”

那女人拿眼瞟了一下赵卫东，摇了摇头，没说话。

“把他的电话号码给我！”赵卫东的语气包含了恼怒。

她又瞟了一眼赵卫东，生硬地回应道：“不知道！”

赵卫东气得眼前直冒金星，厉声说：“你转告瓦洛佳，我要见他！我必须见他！”说完瞪了那女人一眼，转身走了。

赵卫东走在路上觉得心慌头晕腿发软，恰好到了小陈的集装箱附近，看见小陈正在卖货，便走了过去，进了集装箱坐下，安顿一下心情。这时他又想也可能自己多虑了，瓦洛佳的集装箱在正常卖货，风衣刚开始卖，他可能在到处跑，铺开销售面比较忙，电话有可能有其他问题，不是故意不接。毕竟销售主要依托这个市场，瓦洛佳想玩失踪，就此不见，把货就这样吞了，想想倒也未必。不过娜达莎的提醒是对的，瓦洛佳不见得没这个企图，要警惕并且盯紧他。现在首要的是要能经常与他见面和通话，随时掌握货的调动和销售情况，不至于失控。

小陈见到赵卫东很热情，忙完手底下的活儿就过来，叫过来卖食品的推车买了咖啡，又递给他烟，和他一起在集装箱前抽烟聊天。

这时一个人在前面路过，见到他们停下脚步凑了过来。赵卫东扭脸一看，原来是老陈。

老陈点头打了个招呼，问小陈：“你们认识？”

小陈说：“是啊！认识。”从中介绍说：“这是我的本家叔叔，做珍珠饰品的。这是赵老板，过去在雅宝路做生意。”

老陈问道：“你的那块玉出手了吗？”

赵卫东不想让人知道家里放着这么值钱的东西，便说："啊，可能还没出手，你如果要的话，我可以给你联系一下。"

"你和李阳是合作做这个生意吗？"老陈谨慎地问道。

"也算是合作吧。我听李阳说了，你还是想要那块玉，是吗？"

"是，那块玉不错，我是真想要，但是钱太多，凑起来也不容易。另外，现在打劫的太多了，我看你们人脸生，不了解你们的底细，李阳那人接触人又多，我怕他嘴不严。这莫斯科天天有中国人被抢，我是怕出事。"

赵卫东这才明白老陈为什么一直定不下来，的确，在当前莫斯科这种治安状况下，接触这种生意谁都胆怯小心，那么多现金，交割的时候，是打劫的最佳时机，不知根知底确实不敢轻举妄动。过去赵卫东不知道，现在他完全理解老陈的谨慎。

"那你到底想不想买这块玉？"赵卫东问道。

老陈思考了一下，说："那块玉真不错，我肯定想要。能不能给我你的电话号码，我直接打电话给你，行吗？"

"可以，小陈这儿有我电话号码，你尽快定。有几个人也看上这块玉了，慢了可能就卖出去了。其他的事你放心，小陈我们都了解，不会干那种事的。"

老陈答应着走了。

赵卫东也向小陈告辞，他又去了一趟瓦洛佳的集装箱，他还是不在。赵卫东没有言声，故意从箱子前面走过，让那女人看见。他是想让她转告瓦洛佳，警告他不要有非分之想。

回到自己的集装箱，赵卫东心里涌出一股酸楚。原本形势大好的一路坦途又出现周折，很有可能还是断崖。他的经商之路怎么这么难？他现在心里真的担忧瓦洛佳意图侵吞这批货，这笔财富数额巨大，足以诱惑人忘乎所以干出这种事来。

赵卫东正准备走，却看见李阳在市场上给人送签好的护照。他想正好跟他谈谈眼前的事，便迎上去拉着他去了咖啡馆。两个人要了两盘沙拉，喝起了啤酒。

李阳说："上次那事，我听人说了。这个王老大就想把玉拿走，顶多撂下一千美元。他们拿玉想做局抢劫，明白吗？就是让中国女的或是当地的女的拿着玉装作卖玉，等你拿出钱来，就扑上去抢劫。这事后来他倒是跟我说开了，说那次抢劫不是他干的。他虽然不承认，但我还是觉得上次那事十有八九是他干的。"

赵卫东心里明白，那次抢劫确实不是这姓王的干的，十有八九是追捕依拉也就是绑自己的那帮人干的。不过他没说。

"王老大确实还惦记着那块玉，那块玉能钓出大钱来，其他的东西都是小钱。"李阳说道。

"他们不做买卖，就干这种事？"赵卫东不解地问道。

"他们管这个就叫买卖。傻帽儿，早晚进去。我告诉你，我过去也是玩儿闹，那时候年轻。现在老婆孩子都有了，掺和着挣钱还行，出格的事咱不干。"李阳喝完一瓶啤酒，又打开一瓶倒上。

李阳又说起了老陈："这浙江人，你不知道他是怎么想的，腻腻歪歪的，没个痛快话。总说要那块玉，可就是定不下来。"

赵卫东心里烦闷，也连喝了两瓶啤酒，想了想还是跟李阳说了瓦洛佳的事，只是想听听李阳的意见，肯定自己的判断。他说得很简单，也没有说有那么大的货量。

李阳并没很认真地听他说话，待他说完，问道："哦，你放货给当地人了？"

“对！”

“货量大不大？”

“不小。”

“现在见不到人了？那悬了！中国人放货没少出事，放货前说的好着呢，货放出去就见不着人了。”

赵卫东听着心里直发紧，连灌了两杯啤酒，又问道：“哦！中国人这方面出不少事？”

“多了，所以现在中国人都不放货。关系再好，给样品挂货，有订货了再给货，人跟着过去结钱。在这上面一点儿空子不能给。”

李阳话讲得十分经验老到，对这方面情况也了解，让赵卫东信服。赵卫东又喝了一杯啤酒，长出一口气说：“他们不考虑生意的长远吗？不懂得商业渠道比卖一批货更重要吗？”

李阳笑了，说道：“他们才不考虑长远呢，他们就考虑当前，钱到手里就不打算拿出去了。现在啊，俄罗斯人都穷疯了，什么都敢干。我告诉你，在俄罗斯五百美元可以买一条人命。”

李阳的话让赵卫东惊讶，说道：“他们就不考虑法律，不怕惩治吗？”

李阳点了点头说：“俄罗斯人怕警察，这点儿和中国人不一样，他们见警察怂着呢！可是这种商业纠纷不好说，就是找了警察，也不会向着中国人，还得跟中国人要钱，所以就是出了事，也没听说谁找警察打官司的。”

李阳的话说得赵卫东心里沉甸甸的，两个人把酒喝完就分头走了。

回家的路上和回家以后，赵卫东认定了瓦洛佳是在侵吞这批货，头脑一直在沉痛愤懑的情绪中思索。他怪自己愚钝，居然没有想到瓦洛佳可能会侵吞这些货。瓦洛佳如果长期玩失踪，就可以轻而易举将全部货占为己有，没阻碍地侵吞这几百万的财产。他怎么就没朝这方面想呢？当局者迷，他还以为瓦洛佳会感恩戴德呢，是他给了瓦洛佳这么好的赚钱机会，没有风险只得利润，这么大的货量，卖出的利润是瓦洛佳多少年都不可能挣到的。他为什么不规规矩矩地合作，而要有这么邪恶的企图呢？这让赵卫东极为愤怒。虽然事情还不能完全确定，但如果几天之内瓦洛佳还不照面，就可以确定无疑了。最让赵卫东揪心的、思考最久的是，他竟然想不出有力的反制措施，想的所有办法都软弱无力，制不住人。如果瓦洛佳一直不照面，他几乎束手无策，这让他感觉恐怖。而更恐怖的是瓦洛佳如果想对付他却有很多办法。像老宋那样让警察盖个黑章子，或是找黑社会办他，他一点儿辙都没有。想到这里，他打了个冷颤。这批货对他关系太大，真如他的命一样。这批货如果丧失，后果不堪设想。他真的不敢想！

柳芭看出他心事重重，问他，他没有说，只是反复地嘱咐柳芭，最近不要出门，不要给人开门，不接陌生人的电话。这些话他经常嘱咐，柳芭听得已经腻了，笑了笑没有理他。

十六

上午赵卫东正要出门去市场，张大姐打来电话，说崔总要买一块玉石，现在派汽车去接他们，让他们拿着玉石到楼下路边等。赵卫东跟柳芭一说，她非常高兴，立即梳妆打扮挑出衣服拿熨斗熨平。赵卫东也高兴，这么长时间，终于开张了，他有舒了一口气的感觉。二人收拾好东西，穿好衣服，还是拿了上次那三块崔总看过的玉石，下楼去等车。一会儿车就到了，接上他们直接去了公司。

到了公司的办公室，崔总笑盈盈地迎他们进门，请他们坐下。崔总接过他们递上的玉石，又翻来覆去地用聚光灯照，用放大镜看了好一会儿，然后拿起一块小的白玉放在面前，说："我就要这块了。就这一块，价格就按你们说的。我这几天电话和国内联系了一下，有几个朋友都想要，有些有实力的老板也有心做这个生意。我拿回去一块，做个样品，找一些专家做个鉴定。他们没听说俄罗斯有玉，鉴定以后心里就有底了。看看谁有兴趣合作，这样我们就可以把这生意做起来了。接近羊脂玉的那块大的真好，我现在手里实在凑不上这个钱，下次吧。不过这小的也不错。"

崔总说完，叫张大姐取钱过来，交给赵卫东。那是一沓崭新的美元票子，赵卫东把钱交给柳芭去点。他又向崔总请教玉石鉴定方面的知识，聊了一会儿后他们才告辞。崔总送他们出门，拍着赵卫东的肩膀说："如果顺利，咱们一起合作啊！"

回去依然是张大姐公司的车送，赵卫东直接让车去了银行，把钱存入银行后再回的家。

柳芭人生头一次见这么多钱，头一次占有这么多钱，她攥着这些钱，两眼发光，喜形于色，当时她不愿意直接去银行，想先回家多享受一会儿握钱的快乐。赵卫东没有同意，还是谨慎点为好。这倒没有影响她的心情，回到家里她搂住赵卫东亲吻，俩人又热情澎湃地纠缠到一起。

吃过午饭，赵卫东刚想去市场，老宋来电话了，先告诉他北京又发了一批货，问联系上依拉没有，玉石落实了没有。赵卫东给了肯定的答复，老宋这才说了下面的安排。

"我有一个哥们儿，叫杨建国，五天以后到莫斯科，他是新疆人，搞玉石的。他过去以后，你把我的销售款跟他结一下，交给他。然后，你叫依拉把玉石拿过来，让他用全部钱买玉石。他懂玉，东西他自己挑，我们是合作做这个生意的。我的护照还没下来，所以让他过去，他不是从北京走，是从阿拉木图坐飞机过去。具体时间和航班，他在阿拉木图打电话告诉你，麻烦你去机场接一下。还要安排他在你那儿住，他不会俄语，第一次出国，麻烦你多关照。"

撂下电话，赵卫东想，这老宋道儿够深的，他是两边走货，从国内发服装，卖出钱来买玉石带回国内卖。这生意勾画得天衣无缝，利润实现最大化，不走空，效率高。了不起！只是可惜了，听依拉讲他们只做了两次，每次只拿了一块玉，生意刚架构起来就因为那个黑章子给打断了。到现在也不知道这黑章子是谁使的坏，老宋人够精细，但生意的路也够曲折。

赵卫东抓紧时间去市场找瓦洛佳，他无论如何也要给瓦洛佳施加压力，告诉他们他在盯着自己的货，盯着他们。他不可能让瓦洛佳无所顾忌地胡作非为。另一方面，他也要看看事情是不是如自己判断的那么回事。

走到瓦洛佳集装箱前，瓦洛佳还是不在，只有那个女人在箱前卖货。赵卫东和她打了个照面，那女人扭头避开了。赵卫东没有讲话，没有必要和她讲话，他们知道他在盯着就够了。瓦洛佳没来，这坚定了赵卫东的判断，同时给他自己沉重的心情又增加了分量。

他从瓦洛佳那里过来，去了达妮娅的箱子，问达妮娅这两天瓦洛佳过来没有，达妮娅说没有看见，看见了一定给他打电话。然后达妮娅又拽住他一起在集装箱外抽烟聊天，说的还是瓦洛佳的坏话。

"市场的人对他都有看法，人品不好。别人谁家货卖得好，他立刻去北京把这货进来，用比别人低的价格卖，而且听说他去北京给别人带货，虚报高价，贪人家钱。听说还用了别人的钱，现在欠了不少钱呢。"

别看达妮娅人高马大推土机一般，但性情毕竟还是女人，背后议论起人来喋喋不休。赵卫东想起了瓦洛佳的电话为什么总是不通，便问："他的电话总是没有人接，是怎么回事？"

"他可能重新租房了，他不是莫斯科人，他这里没有房子，他也是租的房子。"在达妮娅的眼里，好像对非莫斯科人有种蔑视。

"你能不能帮我拿到他现在的电话号码？或是他寻呼机的号码？"赵卫东尝试着问道。

达妮娅想了想说："我想想办法。"说完又叮嘱赵卫东一定盯紧了他结账，"你不这样的话，他不会给你钱的，他是个脸皮很厚的人。"

从达妮娅那里过来，赵卫东回到自己的集装箱，和娜达莎把账核了。

傍晚，赵卫东回到家，柳芭正在做饭。今天她十分高兴，一块玉石卖了，买其他几块玉石的人也即将到来。她把录音机的音响开得很大，整个房间响着欢乐的乐曲。她一边做饭，一边哼着歌曲，身体也随着音乐的节拍晃动。赵卫东进门后，把音量调小了些。

柳芭今天做了沙拉、煎肠、煎土豆和炸裹鸡蛋的面包片，她把饭菜摆上餐桌后，又打开了一瓶伏特加酒，高高兴兴地和赵卫东碰杯喝酒。赵卫东满心满脑子都是瓦洛佳这件事，今天虽然卖玉石冲淡了一些，但他还是高兴不起来，他不愿意让柳芭扫兴，强颜欢笑地与她一起聊天喝酒。

这时有电话来了，是老陈。赵卫东当即就明白，老陈要掏钱买玉石了。果然寒暄几句后，老陈提出要买玉石，但要和他直接做，意思是把李阳甩开。赵卫东稍作思考后回绝了，没有不透风的墙，如果李阳知道了肯定就得罪他了。赵卫东现在危机四伏，他不想再多事树敌，何况有事的话，说不定还要求李阳帮忙呢。老陈犹豫了，说再考虑一下，赵卫东提醒他，要买就快点定，晚了可能就卖给别人了。

赵卫东现在心里有底，老陈买不买的无所谓，有兜底的了，过几天老宋那个姓杨的亲戚就过来把玉石全买走了，但赵卫东再一想，不对！老宋的货款没有那么多，把这几块玉石全买了钱根本不够，怎么能兜底呢？他又不可能带钱过来，这块大的玉石看来还得指着老陈买。

回到餐桌前，赵卫东和柳芭说了电话的内容。这事情也怪，玉石这么长时间没人买，今天一天卖出一块，又来了两个买主，扎堆买货。柳芭更是高兴，摇头晃脑，兴高采烈。她和赵卫东接吻亲昵，逗他高兴，笑着问他："为什么不高兴啊？有什么事说说。"

虽然赵卫东一直掩饰，但还是让柳芭看出他心事重重。他不想破坏柳芭的心情，咧嘴笑笑说："没什么事。"

柳芭没有追问，继续喝酒说笑。这时赵卫东忽然明白，柳芭不仅是自己高兴，还试图感染他，哄他开心高兴。他的心里不禁有了感动，涌出一股热潮，顿时觉得心胸开阔了许多。

第二天上午，李阳打来电话，说："老陈答应买那块玉了，但要求降价。我跟他侃了半天，最后他还是同意了原来的价格，咱们这生意就成了。"李阳的心情不错。

过了一会儿，李阳再来电话，说已经约好，过一个小时开车过来接他们。赵卫东把玉石装好，柳芭则是忙着梳妆，熨烫衣服，把自己打扮得靓丽洁净。俩人到路边没等多久，李阳的车就到了。二人上了车，李阳看见柳芭眼睛都直了，诧异得直犯呆，看了好一会儿，才开车走。

"哥们儿，换了？这个比那个还漂亮。哥们儿，道儿可真够深的，我也算是道儿上的人，真看不透你，不显山不露水的。"

李阳的话叫赵卫东没法回答，他笑了笑说："不像你想的那样，这个真是我女朋友。"

李阳笑了笑，不置可否。

汽车开到老陈住处邻近的楼区停车场，他们坐在车里等。

李阳点了一支烟，说："从老陈房子的窗户可以看到这里，他见我们车到了再下来，老陈这人非常谨慎。也是，他们浙江人在这里被抢惨了。"

等了一会儿，老陈走了过来，小陈和另一个中国小伙子前后随护着他。他一个人钻进汽车，和车里几个人点头问了好。然后他接过赵卫东递过来的玉石，拿起放大镜翻来覆去仔仔细细地看了个遍，点点头，再掏出内兜里用报纸包着的一叠钱，递给赵卫东。赵卫东打开报纸，拿起美元和柳芭一起点了一遍，数额正好。几个人相互点点头，老陈收好玉石，下车快速离开。整个交易过程几人一句话没说。

老陈走后，赵卫东当即点出一千美元递给李阳。李阳点了点后把美元塞进内兜，开车。他边开车边欣喜地说："这买卖不错。兄弟，不怕你笑话，这是我到莫斯科赚的最大的一笔钱。过去跟着他们瞎混，事没少干，钱一点儿没赚着。现在单干，办一个落地签、倒一张火车票才一二十个美元。签证多点儿也没几个钱。这玉石生意咱们还得接着做呀。”

李阳开车直接去了银行，他们分别把钱存好，然后各自回家。

赵卫东把柳芭送到家以后就去市场遛了一趟，还是没见到瓦洛佳。此后几天都是这样，赵卫东每天不定点去市场，瓦洛佳从没露过面，每天给他打电话也从没打通过。这时赵卫东对瓦洛佳侵吞这批货的贪图已没有怀疑，差的只是一个句号而已。他的内心无比的沉痛！心情又从得到柳芭时的蓝天彩云跌入谷底深潭。他懊悔自己紧急情况下做出的愚蠢决策，痛恨瓦洛佳这人面兽心丧失做人底线的盗贼！也苦于找不到有力的反制举措而焦躁。他的胸口像压了一块沉重的巨石，喘不过气来。想到那难以承受的损失，他心里更是伤痛不已，心如刀绞。那真是地狱般的感受！

在赵卫东的情绪一路下跌的同时，柳芭的心情却是一路上扬，她展现出来的是愉快、兴奋和灿烂的笑容。她经常拿出银行的存单看，把音乐声开得大大的，哼着歌曲，有时候还跳几下舞，展露妩媚的身姿。她在床上和赵卫东缠绵亲热，也更加有兴致、更频繁，这让赵卫东郁闷的心情多少得到了一些缓解。

柳芭有几次问赵卫东坏心情的原因，他没说。他不是不想说，而是想等那个句号划上之后再说，这件事太大了，他不想瞒柳芭。

老宋的那个亲戚杨建国来了，赵卫东在机场把他接了过来。他年纪比老宋大一些，新疆乌鲁木齐人，长得魁梧，是个很懂世故、很会说话的人。他一直做玉石生意，过去在南疆收玉石，在乌鲁木齐卖。据他讲现在和田玉的价格涨得很高，但收购价涨得也高，利润其实不大。而且现在和田玉挖得几近枯竭，他几次去南疆都没收到玉。现在俄罗斯玉正好填补了这个空白。他说俄罗斯玉就是和田玉，是一样的东西，只是在颜色和表象上有微小的差异，但俄玉本身品质好坏差距比较大，要注意区分。他对那四块玉石仔细看过后评价很高，说这么好、这么大的籽玉在新疆已经很难找到了。对其中两块碧玉评价也高，说颜色比新疆的更鲜亮好看。他又说俄玉虽好但生意做起来难度大，首先是这里必须用美元进货，国内美元很难找，就是找到了也带不过来。所以他和老宋合作，发货过来，用销售款在这边买玉石。赵卫东这才明白老宋为什么不让汇款，而且还能一直发货过来，原来这里面还有他亲戚的投资。杨建国说，其次是拿了玉石海关不好过，不是没收就是高额罚款，所以他们走阿拉木图，那里有他们一个朋友，在那里打车三个小时就可以到中国边境口岸。口岸有认识的人，提前给点钱就过了。他说本来筹划得挺好，没想到生意刚开始做老宋就被盖了黑章子，回国以后护照办得也慢，没办法，只好他过来了。他还对赵卫东说，老宋一直讲，亏得认识了你这个朋友，不然就全瞎了。

赵卫东把销售账给他报了，按杨建国的想法恨不得把四块玉石全拿走，但现款买三块都不够。他和赵卫东商量拿走三块，毕竟集装箱里的货值远远超过这个钱数，几天就能卖出这些钱，赵卫东同意了。

杨建国在莫斯科待了三天，住在赵卫东这里。他进门见到柳芭，也是十分的惊异，眼睛都直了。他惊叹柳芭的美貌，赞叹赵卫东的艳福。不过柳芭对他倒没什么好感，回避和他交流，吃过饭就进自己的屋子，关上门听音乐或看电视。杨建国爱喝酒，只是对伏特加喝不惯，没别的酒也只能将就着喝了。他在这儿住了三天，和赵卫东喝了三个晚上的酒。他也爱聊天，天南地北的一通侃，还讲了很多玉石方面的知识。他和崔总不同，尽管都是玉石方面的行家，但杨建国由于经常亲自去收玉，有很多玉石开采和辨识方面的见识和经验，这让赵卫东了解掌握了不少这方面的知识，受益匪浅。

十七

这几天赵卫东因陪杨建国没来市场，送走杨建国的当天他就来到市场，瓦洛佳依然不在，问达妮娅，也说没有看到。赵卫东长出了几口气，想尽力舒缓一下越来越沉重憋闷的胸口。他觉得这个句号应该画上了，下面考虑的该是如何应对了，他绝不能忍气吞声、任人宰割！

他回到自己的集装箱。今天的天气好，市场人很多，集装箱前有几个小批发的人围在桌边选货，娜达莎忙里忙外地拿货收钱，他赶紧进集装箱去给娜达莎帮忙。

一个看样子不到二十岁的小姑娘买了几件货，结账时说钱不够了，要赵卫东和她一起到外面车场去把钱补齐。赵卫东看这小姑娘说话挺真诚的，拉的行李车上有不少在市场上刚买的货，是个来市场采购的，就没有怀疑，跟着她去了。出了市场，沿市场外墙向小姑娘指的停车场走去。

赵卫东虽然跟随小姑娘走着，但脑子里想的还是瓦洛佳这档子事，依然在全神贯注地思索，心里的恶气在胸中聚集上升，冲得他的脑袋有些发晕。他没有察觉到走得远了，而且走到了一个偏僻的地方。当他察觉到这小姑娘神色慌乱越走越快时才警惕起来，但已经晚了。

赵卫东惊讶地发现他走到了一个两边是水泥围墙的通道里，而让他惊恐的是有三个强壮的俄罗斯青年正品字形地向他靠近。这形势再清楚不过地表明他遭遇的是什么情况了，无需判断但必须抉择，在这点上赵卫东是迅速的。他没有犹豫转身就跑，直朝品字的一端冲去。

这招果然见效，那青年猝不及防，在赵卫东的冲击下倒地，但不幸的是赵卫东也被绊倒，其他的两个青年已经扑了过来，各举着一根棒球棒朝倒在地上的赵卫东打了过来。赵卫东抬头看到球棒迎面打来，躲避已经来不及了，他眼睛一闭，心想这下完了。

千钧一发之际，不知从哪里传来一声断喝："住手！"

两个举棒的打手真听招呼，止住了手，棒子停在了半空。

赵卫东睁眼一看，原来不远处的墙边还停着一辆灰色的拉达汽车，声音正是从这车上传来的，而现在喝叫的人已经跑到他们跟前，低头正在辨认赵卫东。

"真的是你！"他确定没有认错。

赵卫东定睛一看，也认出了这人，脱口而出地叫道："避孕套！"

赵卫东叫的是这个人的外号，他早就忘了或者根本就不知道这人的名字。

二人是怎么认识的？还要从北京雅宝路说起。

那是赵卫东在日坛宾馆做生意不久，一个中年妇女提着个黑人造革包走进门来。这日坛宾馆的经营房间一般是不让中国人进的，怕商家模仿款式。李莉迎上去拦住她，"哎！你是干什么的？"

中年妇女说："我是乳胶厂的。"

"乳胶厂？我们这里不搞建材。"李莉以为她是送产品到房间来挂货的，伸出手请她出去。

中年妇女笑了笑说："不是建材。"她从包里取出一个包装盒递给李莉说："是避孕套。"

李莉拿过盒一看，上面有产品名称、说明，还有一些图像，她疑惑地问："这能卖吗？"

"能卖。在桌上摆上几盒样品，也不占你们多大地方，有订货的你们就给我打电话，我来送货。不费你们什么事，又能挣钱。"

李莉想了想就答应了，让她摆了几盒样品，记下了价格和她的电话号码。

几天以后，来了一个二十来岁的俄罗斯客户，名叫萨沙，是个外表看着规规矩矩甚至有些腼腆的青年。他订了一批服装，交了二百美元的订金。第二天，他又过来了，沉着脸一脑门子官司，当时赵卫东和小杜也在房间。

萨沙坐在沙发上，低着头，眼睛看着自己的脚尖，样子有些腼腆，说着话，声音不高也不急地和李莉交涉。他会说几句中文但说的不好，说了一句就说不下去了，后面用的全是俄语。李莉把他的话翻译给赵卫东听。

"我前天在你们这里订了货，交了二百美元的订金。我昨天在市场又看到和你们的货的款式和质量差不多的货，但比你们的便宜。我不打算要你们的货了，你们要退我二百美元的订金。我认识我们国家黑社会的人，如果你们不退我这二百美元，我会跟他们讲，他们以后会过来找你们的麻烦。"

赵卫东听得哭笑不得，心想二百美元动什么黑社会，值当不值当啊。看他那大孩子样子，赵卫东懒得和他置气，就叫李莉把钱退给他，并说："你订货交付订金，不要货了，按理是不该退你订金的，这是商业规矩。另外这是在中国，你们俄罗斯的黑社会过来等于自投罗网。我们不怕你们的什么黑社会，退你钱是看你第一次到我们这里来，而且你们做生意也不容易。”

萨沙收了钱，起身垂着眼皮朝赵卫东躬了一下身子，道了句谢。正当他转身出门时，瞥见了桌上的那几盒避孕套样品，他停住了脚步，过去拿起样品来看。他向李莉询问价格，还问一些说明书上的问题，弄得李莉有点害臊难堪，只好按说明逐条翻译给他听。他听的时候不住地点头，听完又请示可不可以打开包装查看一下质量。李莉点头同意了，他打开硬纸盒，取出一个产品，再打开里面的锡纸内包装，把避孕套一点一点打开来看。令人没想到的是他又用嘴将套吹了起来，然后捏住套口，看那鼓起来的套壁的质量。接着，他又照此办理，连吹了几个，查看了几个不同的品种。

李莉站在一旁，看得满脸通红，转身走到一边，小杜看着则是嘿嘿地笑着。

看完，他又把那两百美元放下，订了约三千美元的避孕套，第二天货就给他顺利地发了。

一个月以后，萨沙过来再次订了一批避孕套。这次发货时，乳胶厂那位女业务员偷偷给了他名片，定下了联系方式，答应给他更便宜的价格。这以后，他就直接和厂家联系了。后来虽然又来了他们房间几次，但一直没有再做生意。

小杜本就好给人起外号，这外号又是现成的，以后大家就都管萨沙叫起了“避孕套”，叫着叫着倒把他的真名给忘了。

萨沙认出了赵卫东后，立即伸手把他拽了起来，拉他到拉达汽车里面坐下。

“你怎么到莫斯科来了？”萨沙问道。

“有批货在北京销不动，我发到这里来了。”赵卫东答道。

“什么时间过来的？”

“有两个月了吧。”

萨沙掏出三张五百面额的新卢布交给那三个年轻的打手，打发他们走了。

“这是怎么回事？”赵卫东摊开双手，表示为什么这些人要袭击他。

萨沙没有讲话，把车启动开出这条通道，拐上公路走了有两公里远，把车停在路边，拿出烟来两个人点上。

赵卫东一直观察着萨沙，心里真有多日不见当刮目相看的感叹。萨沙身上已没了腼腆和大男孩的感觉，脸上给人的是成熟和明快的印象。他一直在沉静地思索，显然是在考虑如何处理眼前这个他也没有意料到的情况。赵卫东碰到熟人在危急时刻解救了他，心里如释重负，但他并不完全放心，心里仍然在打鼓，不知道这究竟是怎么回事，下面萨沙会做什么。

萨沙沉默了一会儿，抬眼看着赵卫东说：“有人想让你从莫斯科消失。”

“消失？什么意思？”赵卫东显得紧张。

萨沙歪歪头，撇了撇嘴，说：“打伤或者……”他没有把话说完，表示就是这个意思，不需要再解释了。

“谁？是谁要你们这样？”赵卫东问得有些急。

萨沙停顿了一下反问道：“你不知道？”

赵卫东一脸迷茫，说：“我真不知道。”

“他说办了你两次，都没有办成，还受了很大损失。你不知道是谁？”萨沙笑了笑，觉得这事不合情理。

赵卫东想了想反倒糊涂了，什么办了两次？原本以为是瓦洛佳背后指使，怎么还有办了两次这样他不知道的事情。他问道：“这人到底是谁呀？”

“我不认识这个人，他找的人是我的一个朋友，这个朋友最近惹了案子，不好亲自出面，让我带人过来了。”萨沙解释道。

赵卫东继续问道：“那怎么还有两次啊？”

“具体的没有说，只是说用警察想给你盖黑章子轰走，两次都没有办成，所以这次让我们一定把人认准，我手下的人来市场认了你两天。”萨沙笑着说。

赵卫东脑袋“轰”的响了一声，他全明白了。这事是瓦洛佳指使的无疑！他不仅清楚了这点，还知道了过去一直困扰他的两个谜团：一是老宋无缘无故地被警察盖了黑章子遭到驱逐；二是他遭劫持时两个警察不可思议地大清早来叫门救了他。原来这都是瓦洛佳干的！他如梦方醒，懊恼自己的愚钝，一直蒙在鼓里。愤懑立刻在他的心中抑制不住地激荡起来！而更使他痛心的是这种没有底线的人心沦丧，让他心寒战栗！让他恐惧害怕！在这种情况下他没有时间过多思索，他知道现在的事情还没有完结。

赵卫东说：“我知道是谁了。”

萨沙笑着说：“我想你应该知道。”

赵卫东问道：“你是帮忙，还是收了钱？”

萨沙笑了笑，意思是说，这还用问吗？过了一会儿又说：“我怎么知道会是你呢！”

“亏了碰到了你，不然我惨了。往好了说，现在半死在医院躺着呢。非常感谢！”赵卫东感慨地说道。

赵卫东掏出烟，两个人各点上一支。

“现在你打算怎么办？”赵卫东问道。

萨沙苦笑了一下，说："这事有些难办。这事不是我揽的，揽这事的人过去是很有势力的老大，是我很长时间的朋友，过去帮过我不少忙，现在从监狱出来没多长时间，也没人没势力，一点钱都没有，穷着呢。他把你这事的钱都收了，也退不回去了。"他抽烟思考着。

赵卫东有些疑惑地问："那你打算对我怎么办？"

萨沙知道赵卫东误解了，忙说："那不会。你是我的中国朋友，过去帮过我的忙，我不会对你做什么的。"他想了想继续说："你看能不能这样：这个人要你在莫斯科消失，你看你能不能先回中国去，两三个月以后再过来也就没事了。"

赵卫东心里明白，对于萨沙来讲这是两全其美的办法，但赵卫东没法接受。这几乎就是对瓦洛佳侵吞自己的财产无动于衷，甚至可以说是拱手相送。这怎么可能？他没有讲话。

萨沙看出了他的抵触，继续说："你必须这样做。你想，就算我们不插手这事了，你只要继续出现，他还会找别人办你，到那时会是一个什么结果？你想想，你必须要走。"

这句话倒是触动到了赵卫东。这是实话，如果这样下去只有棒打脑袋这一种结果的话，那就应该回避一下。他沉思着点点头。

"对，你先回中国待一段时间，两三个月以后再回来，什么事都过去了。"萨沙说道。

赵卫东想，萨沙哪里知道他是回不了中国的，那么多债主等着他呢。他想想说："我离开莫斯科就可以吧？"

萨沙想了一下说："你别让他知道就行，别让他发现就行。"

赵卫东点点头说："行！我离开莫斯科。"

萨沙说："好，我送你回家。"他启动汽车，开上了马路。问了一下赵卫东地址，在路口拐了个弯，驶上赵卫东回家的路。

赵卫东听完萨沙一番话，知道他并不了解内情，便问："他跟你们说了为什么要把我弄走吗？"

"这倒没说，我们也不问，给钱办事。"萨沙说道。

"那我告诉你是怎么回事。"赵卫东便一五一十地讲了与瓦洛佳交往的原委始末。

萨沙听着，插嘴说："你为什么不把货发给我呀？发给我就好了。"

赵卫东说："当时你不在中国，你要在的话我肯定给你。"

萨沙听到整个货值是六七百万元人民币时，惊讶地瞪大眼睛，以为自己听错了，反复向赵卫东核实，当确实弄清是这个金额时，他摇着头咂了咂嘴。他把车停在了路边，抽着烟思考着。

"我明白他为什么要赶你走了。这么多钱，他想独吞，心太黑了！"萨沙皱着眉头念叨着。

他默默地想了一会儿后，继续开车上路。开车时他也一直在思考。

赵卫东问："你现在还做避孕套生意吗？"他不知道避孕套俄语怎么说，用手比划了一下。

萨沙摇了摇头说："不做了，地盘全让别人给占了。"

赵卫东明白了，原来这避孕套也是有黑社会背景的生意，是按地盘垄断性经营的。

"那你现在做什么生意呢？"赵卫东问道。

萨沙叹了口气说："什么生意都没有做，要不然谁接这活儿呀？"

汽车到了赵卫东的住处，赵卫东叫萨沙把车停在前面的一栋楼前，他还是不想让萨沙知道他的确切住址。车停住，赵卫东道了声再见，推门要走，却又被萨沙一把拉住。

萨沙说："等一会儿，我们再聊聊。"

萨沙抽着烟问："你有和他签订的合同和货的手续吗？"

"有合同和他的收条。"赵卫东答道。

萨沙转过头来，看着赵卫东问道："如果我们帮你要回货和钱，你给我们多少报酬？"

赵卫东心里一动，觉得这个想法不错。不过这事他们肯干吗？就问道："这事你们能做吗？你们老大不是和他认识吗？"

"老大现在穷得只剩下裤子了。我的钱也全让他弄没了，要不然我早离开他了。只要有钱他什么都干，钱要是给得多，他杀多少人都干。"萨沙冷冷地说道。

萨沙的话说服了赵卫东，却也让赵卫东心惊胆战。

"按你们的规矩，是怎么算？"

"有协议签字，手续全，四六开；没协议签字，手续不全，倒四六。"萨沙在俄语里夹着一些中文词说道。

"就照你们的规矩办！"赵卫东二话没说就答应了。他明白现在这种情况下想把货全拿回来已经不可能了，能拿回来多少都是赚的。

"好！我回去跟老大说，做他的工作。"萨沙的样子像是信心满满。他记下了赵卫东家的电话号码后就开车走了。

赵卫东望着萨沙那远去的汽车，手伸进兜里握住随身的玉石，心想：今天又躲过了一劫，还是个生死大劫，莫非又是这玉石的神奇功效？！

十八

赵卫东回家首先面对的问题是如何对柳芭说这件事，过去可是一点儿没透露过，对赵卫东来讲这是一件再痛苦不过的事了。怎么说？说他几百万的货被人阴谋侵吞还一直蒙在鼓里？说别人窃走了他的财产他不仅束手无策还要逃之夭夭？说现在他欠了几百万元的债务已经走投无路？最后对自己心爱的姑娘说爱情将无法继续请你离开？这让他情何以堪，脸往哪儿放？！况且想到和柳芭可能分手，他的心就如刀绞般的疼痛，但他又不能不说了！瓦洛佳已经对他三次下了狠手，谢天谢地，有玉石保佑，他神奇地避开了！但他知道瓦洛佳不会罢手，他面临的是随时会有警察出现盖黑章子，或是被棒子直接打向面门的局面。他必须要对柳芭说了。

在和柳芭谈起来以后赵卫东知道自己多虑了，柳芭根本就没往他心痛的方面想。

吃过饭，赵卫东叫柳芭在沙发上坐好，把货和瓦洛佳的事原原本本地向她说了。柳芭听着气得杏眼圆瞪娥眉竖起，她满脸涨红，愤怒地说：“怎么会有这样的人？这样的事？人家给你货卖，而且这么大量的货，等于白让你挣利润，还是巨大的利润。你不谢谢人家，不感恩戴德，反而贪人家的货，还要害人家的性命！岂有此理！”她对赵卫东这样处理此事非常不理解。她说：“为什么要跑掉走开？应该去找瓦洛佳，找不到的话，就雇汽车到集装箱，到库房把货全部拉走。或是找警察告他，一定要把货夺回来，不能让他的图谋得逞！”

赵卫东讲述这些何不痛心疾首、悲愤填膺，这是十几个工厂几千工人的血汗产品，是十几个单位的资金对他的信任投资，是他苦尽心智、竭尽全力造就的成果，也是他背负的对那么多人的债务和良心的亏欠。他怎么能拱手送人，他也没有这个权利。在讲述这些的过程中，他再次体尝到那地狱般的滋味。对瓦洛佳贪得无厌、恩将仇报、毫无底线的行径，更是愤恨已极！他觉得自己的心脏在滴血。他要自己记住这心里的感受、记住这恨、记住这仇，绝不善罢甘休！他一定要报仇雪恨，一定要想办法夺回自己的财产！

赵卫东何尝不想像柳芭说的那样做，但他心里非常清楚现在办不到。那如同是送死，他必须先退一步，隐藏自己，以退为进，寻找机会。他向柳芭耐心地解释，找不到瓦洛佳，是不可能拉货的，库房和市场都不会允许。就现在的情况找警察也不会被受理，反而可能会给他盖黑章子。如果他不转移消失的话，瓦洛佳会找别人继续“让他消失”，这就更危险了。这个时候不能意气用事。他耐心地讲，终于让柳芭明白他现在的处境，知道他转移消失是不得不做的事。

赵卫东没提萨沙反戈一击的主意，他非常希望萨沙能够办到，但也没抱太大的希望。这不是在中国，他不了解这些人的行为方式，不敢妄作预判，但他想等一等，看看他们谈的结果再最后决定。

接着赵卫东和柳巴讨论了下一步去哪里，中国肯定是回不去，柳芭提出去伊尔库茨克。她说她在那里有很多朋友，出了问题可以协调解决。赵卫东注意到，她谈到回自己家乡时脸上有了一种兴奋的表情。

就在赵卫东犹豫思考时，柳芭忽然冒出了一个念头。她说："对呀！正好我们去那里收集玉石，我们可以做玉石买卖呀！我们现在有钱，我们就用这些钱收购玉石，我们还可以自己去寻找玉石。玉石生意利润这么大，我们为什么不做呢？我们完全可以做呀！"她激动地说着，脸上泛起了红晕，睁大了双眼，眼中闪动着兴奋的光芒。

赵卫东也觉得心里一亮，毫无疑问这是太值得做的生意了，利润大，前景好，他手里毕竟还有卖风衣的一些钱，这些钱对于他几百万元的债务来说不值一提，但做玉石生意应该是足够了。这生意要是能做起来，眼见被封死的人生路就又开通，漆黑的前途又光明一片，但他马上又顾虑起来，依拉被追捕出车祸的惨况、他自己遭绑架的情状浮现在眼前，黑社会那可怕的阴影又笼罩在心头，让他不寒而栗。这条路过于险恶，他向柳芭说出了自己的顾虑。

柳芭并不认同他的担忧，她说那个地方很大，黑社会怎么能全控制得了呀。悄悄地在私下里做，他们怎么会知道？就是知道了也没有关系，给他们一些钱不就行了吗，他们就是为了收钱，而且给的也不会很多。她说那里朋友多，就是出现了问题也能疏通，可以解决，不像在莫斯科，她谁也不认识，有了事也找不到人帮忙。

柳芭的话说得赵卫东心动，的确，这个生意太诱人了，特别是在现在无路可走的情况下。老宋这里有渠道可以长期走玉石的货，只是资金有限走的量不大，但老陈和崔总那里感觉也有戏，特别是崔总对这个生意很感兴趣，如果崔总能打开渠道，量应该不会小。只要能收到玉，生意就可以开展起来，几乎就是现成的。只是黑社会的阴影在赵卫东的心里太重，想起来就惶恐。不过思考了一下，他倒是觉得应该去看看，实地考察一下，如果可以的话就把这个生意做起来。他便同意去伊尔库茨克。

柳芭见他同意了，十分高兴，竟然跳了起来，还吻了他。这也感染了赵卫东，使他的心情好了起来。在人生遇到这么巨大的危机，在遭受到生命威胁、极端困难危险的情况下，柳芭毫不犹豫地和他站在一起，共同面对、共同承担，开拓新路，这让赵卫东非常欣慰，没有了孤单的恐慌，有了相依为命的精神上的安顿和面对未来的勇气。

第二天，他们就开始做走的准备，同时赵卫东也在等候着萨沙的消息。晚上萨沙来电话，说老大同意帮他要账，约好明天到咖啡馆面谈，让赵卫东拿着瓦洛佳签字的合同和收条的复印件。

听到这个消息，赵卫东并没有高兴，他现在和当地人打交道心里犯怵，特别是这种黑道上的人，不知道这里面的深浅和究竟有多大把握，所以他没有和柳芭讲。

赵卫东按约定的时间到了咖啡馆，里面人不多，他用眼扫了一圈，没见到萨沙，估计他们还没到，就找了个窗前明显的位置坐了下来。他要了杯可乐，点上一支烟，看着窗外的大街，等着他们。没过一会儿，就见萨沙的车停到了路边，从车上下来两个人，一个是萨沙，另一个人赵卫东定睛一看，认识，却让他吃了一惊！

这个人竟然是在屋里绑他的那个匪首！高眉骨，眉毛稀少，厚嘴唇，面皮粗糙，他对这人的印象太深了，一点儿不会错，正是那个丑陋可恶的家伙！

赵卫东一时惊慌失措，不知如何是好，但肯定是不能和这家伙见面的，他忙掏出一张卢布放在可乐杯下结了账。出门肯定是来不急了，他便快步拐进了卫生间的通道，探出头观察着他们。

萨沙他们进了咖啡馆后，在里面看了一圈，没见到赵卫东，便选了个里边最隐蔽的桌子旁坐了下来。

赵卫东趁这个工夫，借助大厅中间挂满塑料花的木格隔断的遮挡，悄悄地遛过大厅出了门快步扬长而去。

离开咖啡馆后，他也动过报警、抓这个杀警罪犯的念头，但立刻就打消了。很简单，他不知道会是一个什么样的结果，不想给自己再招惹麻烦，况且还有萨沙夹在中间。不过有一点确定了，他必须尽快离开莫斯科。

第二天上午萨沙打来电话，问他昨天为什么没去咖啡馆，正当他要找理由搪塞时，萨沙又说："你不去对了。这个老大昨天等不到你，直接去找了瓦洛佳。瓦洛佳当即给了他一千美元，还答应给他一部分货卖，条件是要把你处置了。他们两个人还谈到了一些项目的合作，现在他俩成好朋友，所以现在你很危险，尽快离开吧。"

萨沙的电话加剧了赵卫东的恐惧，他立即和柳芭到火车站买第二天的车票，然后就收拾东西安排走的事项。

赵卫东用电话把娜达莎约到离市场较远的地方，跟她把事情交代好，叫她不要对任何人讲她和赵卫东还有联系，就说有事直接和老宋电话联系。赵卫东和她核了账，结了销售款。

然后，赵卫东和柳芭一起去银行，把老宋货的销售款存好，把自己的风衣销售款和玉石的销售款全部汇往伊尔库茨克，由柳芭具名签收。

租住的房子交了三个月的房费，才住了一个月，房东肯定不会退房费，所以也就不退房子了。他们把带走的东西收拾好，不带的东西都放在房里，只有一件东西两个人拿不定主意，就是还没有卖出去的那块碧玉玉石。往回带吧不合适，放在房子里又不放心，赵卫东想了想，给张大姐打了电话，他想把玉石放在崔总那里。

张大姐的态度依然热情，说崔总也正想找他聊聊玉石的事，就让崔总直接和他通话。崔总听了他的意思，就邀请他过去谈。赵卫东和柳芭带上玉石打了车去了红场附近的崔总的公司。到了办公室落座，双方简单寒暄了几句，赵卫东就把玉石拿给崔总，崔总拿起玉石翻来覆去地看着，爱不释手地把玩了好一会儿，才放到桌上，思忖了片刻说："上次拿的那块白玉，我让人带回去，当时朋友就给买了。这样，这块玉也别放我这儿了，我现在就把钱给你付，买过来算了。你看，给我一个合适的价？"

赵卫东听了十分高兴，向崔总道了谢。他和柳芭商量：这块是碧玉，价格应该比白玉要低一些。柳芭也十分高兴，立刻答应降低了五百美元，当时崔总就叫张大姐付了钱。

事情办完，崔总又拉赵卫东一起聊天。他说："怎么样？玉石的生意打算继续做下去吗？"

"有这个想法，还要看情况。"赵卫东回答得比较谨慎。

"我和国内几个做玉石生意或是和玉石生意有关系的朋友都通了电话，他们都对俄玉兴趣很大，也都想做这个生意。这个生意的前景是一点问题都没有的，但这个生意要做大啊，主要的难题是在这里收购要用美元。国内哪里找那么多美元去？就是找到了也带不过来，难点就在这里。实际上国内需求量非常大，俄玉的价格合适呀。如果能用人民币收购，我告诉你，有多少收多少。这生意一点儿问题都没有，就是这个难题解决不了。"崔总讲得头头是道，谈得很有兴致，也有些惋惜。

赵卫东认真地听着、思考着，问道："如果用人民币交易，那也就是说货要通关到中国境内成交？"

"就是！这是最理想的了！要能做到这样，有多少卖多少，利润还要大。关键是不给钱这边拿不到东西，过不去的，只能是一块一块的少量的做。也行，也能挣钱，一点儿一点儿慢慢挣吧。”

“运输通关，我听说也不好办。”

“那都是小问题，都是可以通融解决的，我们是做易货的，解决这些问题都有渠道。”崔总笑了笑，有把握地说道。

赵卫东试探地说：“这生意还有黑社会加在中间裹乱，也是不好办的事。”

崔总又笑了笑，说：“俄罗斯现在就这么个现实，哪儿有钱哪儿就有黑社会，到处都是，咱们中国这些生意人每天不都和他们打交道吗？”

赵卫东点了点头。

“我们这生意也一样，在俄罗斯做生意就得和他们打交道，不然做不成。不过你要知道，他们也想做成生意，做成了他们才能有一份钱，做不成他们什么也没有。”

赵卫东思考着，大脑像被点醒了一样，有股欲望在心里蠢蠢欲动。不用算账也知道这里面有多大的利润，这是一个巨大的商机！他没有再说话，一直在思索。

临走时，崔总说：“没关系，大的做不了，咱们一块一块的少量的接着做。你有东西了就拿过来，我手里有钱的话就收着。”

回到家里，赵卫东就觉得心里有一股难以抑制的冲动，他觉得一个新的机会在向他招手，而他又具备了几乎所有的条件。晚上他和柳芭的谈话就已然没了其他的内容，全部是寻找玉石和如何操作这个生意了。

第二天到了走的时间，赵卫东和柳芭提包出门，柳芭忽然在门前停住了脚步，恋恋不舍地环顾了一下房间，眼睛都有些潮红了。赵卫东觉得意外，放下手中的东西，挽住了柳芭的手，柳芭动情地看着赵卫东说：“其实我真不愿意走，我们在这里生活得很平静。”

赵卫东没想到柳芭会这样伤感，她的话深深地打动了他，他无言以对，心里有了让他脸红的愧疚。他默默地发誓，一定要让心爱的人过上她愿意过的生活，不能这样躲躲闪闪的像贼一样地过日子。

他们顺利地上了火车。很快列车驶出了莫斯科，他们的心也离开了这个城市，和列车一起奔驰在广袤的绿色繁茂的大地上。赵卫东和柳芭都把目光投向窗外，脑子里活跃着对前程的想象和憧憬，他们的心情甚至都有些激动。特别是赵卫东，觉得一个新的领域在前面展开，一条新的道路在眼前伸展，虽然路途艰险暗藏危机，虽然前方迷雾重重，但富贵险中求，他没有别的选择，他必须接受挑战，去战胜道路上的艰难险阻，去领略那无限的风光，挖掘出那诱人的宝藏！

十九

列车经过四天三夜、走过近五千公里的路程，到达了伊尔库茨克。在车轮撞击铁轨的铿锵的节奏声中，列车一直奔驰在绿色的辽阔荒原上和繁茂的森林里。漫长的旅程，满眼大致相同的景物，不变的响声节奏，让赵卫东的思想变得迟缓，所有纠结在头脑中的思绪似乎也随着奔驰的列车慢慢远去。柳芭十分安静，话不多，还常常出神地凝思，好像在回忆中漫游，或是有什么排解不掉的思虑。

伊尔库茨克的火车站没有宏大的建筑，建筑的模样也有些古朴，不那么现代化。列车停靠到站台后，赵卫东和柳芭随着人流下车，赵卫东提着旅行包，脚刚从车门踏到月台上，两个戴着墨镜的彪形俄罗斯汉子迎面挡在了他们前面。他吓了一跳！仔细一看，两个人年岁都不大，二十出头的样子，只是戴着墨镜怪吓人的。

两个人迎接的首先是柳芭，和她拥抱、亲颊，热情亲近，看得赵卫东直瞪眼。

然后在柳芭的介绍下，两个人和赵卫东握手问好，赵卫东记住了前面这位个子更大一些的叫吉玛。

吉玛和他的同伴提起旅行包，几个人一起步出车站。柳芭和吉玛一直边走边聊，赵卫东心想，一定是柳芭在莫斯科事先打好电话通知，她一直没断和这边联系，经常通电话。

几个人出了车站，上了在站前停着的一辆灰色的伏尔加轿车，吉玛开车驶上大街。柳芭坐在后座上仍不停地和吉玛说话，他们说话语速很快，赵卫东听不懂。

伏尔加车穿行在城市的街道上。

这里的街道和莫斯科一样，很宽阔，但街上车不多，也没见到像莫斯科那样宏大的建筑，公共建筑规模不大而且古旧，但都很精巧别致。有很多看上去很古老的雕琢装饰的木屋民居，别具风格。居民区有莫斯科一样的五六层高的、外表装修很粗糙的住宅楼，还有大面积没有整齐布局的、用木栅栏或用波浪水泥瓦围成院落的木结构的平房。整个城市很松散，街区间有大片的没修茸的草地和林地，和中国的城市相比，像是集合的农村城镇。安卡拉河宽大浩渺，水质清澈。大街上的人不多，生活的节奏看上去比莫斯科要缓慢。

柳芭对赵卫东说，已经让吉玛在市里给他们租好了房子，现在就去那里。

租的房子的布局和莫斯科老宋那个房子一样，屋里家具用具一应俱全。吉玛送他们进了房间，跟赵卫东要了三个月的租金，租金不贵，比莫斯科便宜。把他们安顿好吉玛就告辞了。

两个人在屋里仔细地看了一圈，都对这房子很满意。他们从莫斯科脱身顺利来到这里，虽然对瓦洛佳的事想起来还很心痛，但同时也有了脱离危险的轻松的感觉，且令人欣慰的是，他们可以开始按照自己的想法干自己想要干的事了。

赵卫东和柳芭都有好心情，几天来他们虽然一直在一起，可又一直没有亲近过，这时二人便热吻起来。无奈几天没有洗澡，实在不能往下进行，只好暂时按下激情。随后他们一起下楼到商店买了一堆日用品和食品烟酒，回来后，赵卫东先洗了个澡，然后出来做饭。柳芭去洗澡，等她洗澡出来时，赵卫东已经做好了饭摆上餐桌。两个人高高兴兴地吃饭喝酒，刚吃了几口饭，喝了两杯伏特加，二人相视之下就激情难挨起来。他们把吃饭的事扔在脑后，拥抱着进屋上床密集地抒发起了爱恋情怀……

两个人在租的楼房里住了三天，其间到银行把汇款取了。赵卫东把卖风衣的钱取出一半，带在身上，准备收玉石用，另一半存入银行。又从卖玉石的钱中拿出一部分，给人结账用，其余的存入银行，这个钱赵卫东不打算用，这是属于柳芭的钱，应该给柳芭留着。所有的存款都写的是柳芭的名字。

在伊尔库茨克住了三天后，他们去了柳芭家。柳芭家不在伊尔库茨克的市区，而是在离市区几十公里远的一个镇子，镇子就坐落在贝加尔湖畔。这个镇子不大，不大是指民居和人口不多，实际上整个镇子的面积并不小，有着很大院子的民房散落在湖边的漫坡上。房子全部是圆木搭建的或是木结构木装修的房子，大都有A字形水泥瓦的房顶，也有一些是漆成红色的铁皮瓦，院子由木栅栏或两米高的波浪形水泥瓦围成。镇子没有什么现代化的建筑街区道路，民房也没有什么布局，随意地依地形而搭建，看上去十分的原生态，只是胡乱拉的电线和那水泥瓦破坏了那纯自然的观感。

柳芭家的房子就在湖边，院子前面临街的一面是用两米高的波浪水泥瓦竖起的院墙，和两边的邻居家的院墙一样并连接在一起。院门则有些讲究，是一个三米多高的上面有门楣雨搭的门面，中间是两扇对开的大门，右侧的大门中还有一扇人行的小门。整个院门全部是木板做的，只是年代久了，上面蓝色的漆脱落得差不多了，已呈现出黑褐色。门也已经歪斜，开门时还有些晃动，吱吱作响。院子很大，由于长时间没有人住缺少打理，院里显得荒芜，到处是杂草。院子中央是房子，房子的四壁全部是用一根根圆木横着垒成的。房子很高，除了高脊的水泥瓦顶子显得高以外，房子的地基也高出地面一大截，地基也是用圆木垒起的。房子也很大，四周有木窗，窗户被漆成蓝色，和四壁的木头的本色似乎有些不大协调，漆已经很旧，并不十分显眼。房门前有木板钉成的简易的外厅，厅门前有木质的台阶。院子的两侧是用稀疏的木栅栏分界，和邻居家彼此相望，没有视线上的屏障，而且栅栏上还有门，往来很方便，看来他们邻里关系不错。在院子的两侧还有两栋不大的木屋，一栋是储物间，一栋是桑拿间。还有一个棚子，看上去像牲口棚，现在堆放着各种杂物，杂物中有农具和渔网鱼叉等捕鱼的用具。院子的另一侧没有栅栏，直接就是湖边了。

赵卫东又看到贝加尔湖了，在镇里下车后，他的目光就像被磁场吸住了一样，朝湖里张望。到了柳芭家的院门，他惊讶地发现柳芭的家竟然和贝加尔湖零距离，把湖边都囊括在了院子里，等打开院门，朝里望去，贝加尔湖无遮无挡地出现在眼前，他顿觉心旷神怡。

不过此时却受到干扰而无暇看湖，柳芭和赵卫东走到门前就听到狗的狂吠，打开门，就见一条黄黑杂毛的大狗号叫着扑过来，要不是给拴着，这站起来足有一人高的狗一下子就能把他们扑倒。这狗对他俩是两种态度，对柳芭是见到久违朋友的喜悦，对赵卫东是对入侵者的愤怒。柳芭叫着这狗的名字，上前抚摸着狗的头，狗摇头摆尾浑身乱动，表现出亲近和喜悦，还抽空朝赵卫东吼两声，表示没忘了对他的警戒。这狗方嘴豹头，身形硕大，样子凶猛。柳芭说，这是邻居家的狗。

狗的叫声唤出了邻家的一个女子，她穿着家居的蓝条小红花的短袖前开襟的长裙，脚穿拖鞋，身体比柳芭稍高也丰满一些，长得也是眼窝深陷，大眼丰颊。不过黑发黑眉黑眼珠，黑发还泛着些红色，脸上显得慵懒，不如柳芭秀丽。她来到栅栏前，叫了柳芭一声。

“列娜。”柳芭叫着她的名字，迎上去，隔着栅栏两个人正面嘴对嘴吻了一下。

柳芭指了指赵卫东介绍说：“我的男朋友。”

列娜一直拿眼瞟着赵卫东，问：“他是……”

“中国人。”柳芭说道。

“长得挺帅。”列娜夸赞说，但脸上冷冷的，没有一丝笑容。

赵卫东看得出来她们的关系很亲密，大概柳芭不在时一定是这位列娜帮助照看房子。他上前走了几步，打了个招呼：“你好！”

“你好！”列娜回应着，脸上并没有出现笑意。

两个姑娘继续谈着她们的事情，赵卫东环视了一下院子和房子，便穿过院子来到了湖边，放眼望去。

贝加尔湖无边无际海一般的辽阔，极目之处浩浩渺渺与天相连。湖面、天空和云朵都是那么纯净，水面波光闪闪如水晶般的晶莹剔透，湖水呈现出耀眼的蓝色，蓝天白云纤尘不染，而色彩又是那么鲜明亮丽。置身其间，你不仅感受到自然的清净，还感受到了色彩的氛围。赵卫东脚下的湖滩上满是拳头大的卵石，摇动的水轻拍着岸边，水极其清澈，清澈到能看见很深的湖底。他蹲下身把手放入水里，水清冽凉爽。

他找了个平整的地方坐了下来，继续观赏周围的景色，深吸着清凉的空气，觉得浑身由里到外都清爽极了。这仙境般的景观氛围的确给人一种超凡脱俗的感觉，他把所有的烦事难事俗事全忘，整个心都融化在了这水天之间。

赵卫东想起了来俄罗斯坐在火车上第一次见到贝加尔湖的情景，那时他太累了，一直昏睡，醒来的第一眼就看见了贝加尔湖，当时就被这景色吸引。还碰到了柳芭，仙境美人，异域风情，甚至让他产生了幻觉。没想到今天就来到了这世外桃源般的仙域，而牵手的恰是那时给了他梦幻的美女。命运之神编织缘分的精妙真是让人惊叹！

他掏出了那枚带在身上的白玉，捏在手上在湖光中观赏。这玉一直把玩，现在已经盘出了油色，光泽更加莹润，似乎还更加晶莹透亮。在湖光天色中观看似有光在游动，这玉真像有灵性一般。

赵卫东站起身，收起玉，心里笑了，他不着急，非得一下子把景看个够，他已然和这湖结了缘，这里几乎就是他的家了，他有太多的时间可以慢慢地欣赏，细细地品味。

赵卫东回身走到院里，已不见了柳芭，知道她已经进屋，便也走上台阶进屋，到门口就听见屋里有哭声。他忙开门进屋，见柳芭坐在桌边哭泣抹泪，列娜在旁边陪着落泪。赵卫东立刻明白，柳芭想到了依拉，肯定和列娜谈到了依拉的死，所以悲伤哭泣。今天出门时柳芭的神情就不对，赵卫东埋怨自己早就应该猜到，好好地陪她、安慰她，可自己却净顾着看湖了。他忙去卫生间，找了块毛巾递给柳芭，并劝慰她，又给她们俩人点了烟。他到厨房做了壶开水，用带过来的茶叶和白糖，沏好茶给她们端来。

在赵卫东和列娜的劝说下，柳芭止住了哭声，情绪安顿了一些，和列娜继续聊着她们关心的事情。

赵卫东这才参观了一下房子，在屋里看这房子，显得比在外面看着大一些。有一个大间和两个小间的卧室，一个大厅和厨房兼餐室，还有一个小的卫生间。屋里面也是全部的木结构，地面、隔断和房顶都是木板。每个房间都有颜色很重的地毯和挂毯，让这屋里也和外面一样散发着古老的气息。除此以外，屋里的所有家具和摆设就都是现代的了，和莫斯科、伊尔库茨克市区里的楼房里面几乎一样；组合柜、沙发、方桌、木椅、钢丝床的款式和颜色，还有窗帘、被褥的面料花色也都是一样的，墙壁上也挂着一些装饰画，还有几个放满照片的相框。

赵卫东惊讶地发现，柳芭的爸爸生前是个警察，那遗像就是穿着警服照的，肩章上两杠两星表明是警察中校。在相框里还有很多小的黑白照片，都是他穿警服照的。

柳芭的爸爸妈妈非常漂亮，不仅年轻时的结婚照美到无可挑剔，就是那上了些年岁的遗像也都美得让人叹服。柳芭的相貌继承了她爸爸妈妈的优点，而且更像她的爸爸。赵卫东从照片上推测，柳芭的爸爸妈妈就是活到现在也不过四十多岁。怎么这么年轻就都去世了呢？赵卫东不敢问柳芭，怕引起她更多的伤心。

这个房子是柳芭爷爷奶奶的房子，柳芭的家在湖对岸的乌兰乌德市附近的一个城市。柳芭在列车上曾跟赵卫东说过，乌兰乌德市那边的房子失火烧掉了，爷爷奶奶也都已经去世，现在留下来的房子只有这套了。

相框里有一些柳芭爷爷奶奶的照片，爷爷帅气，奶奶也漂亮，都是赵卫东印象中典型的俄罗斯人的形象。在那些小的黑白照片中，有很多依拉和柳芭小时候和逐渐长大的照片，还有许多家庭成员的合影。从照片中看得出来，这个家庭过去过得很幸福也很美满。这么幸福美满的一个家庭竟然是这么一个悲惨的结局！爸爸妈妈英年早逝，姐姐又意外去世，对这个家庭来说太惨了点儿，让人觉得难以接受，实在太不幸了！这么巨大的不幸，这么巨大的痛苦都落在柳芭一个人身上，都由她一个人承担，而她仅仅是个二十岁出头的女孩子，这对她来说真是太残酷了！

赵卫东不禁埋怨自己，竟然完全不知道柳芭承受着这么多的沉重和不幸，他一直就没有用心地去关心她、体贴她，给她更多的爱。不过赵卫东心里又苦笑了两下，其实也怨不了自己，他何尝不是在非正常的状态下生存呢？但他现在知道了柳芭的不幸，将来会用加倍的爱去化解她心中的苦痛的。

列娜又聊了一会儿，就告辞走了。

房子里久没住人，表面上的东西都已经脏了。赵卫东和柳芭一起打扫房子，清洗厨房和炊具餐具，用洗衣机洗窗帘被单。

赵卫东一边做着家务一边关注着柳芭的情绪，柳芭一直在默默地干活儿，很少说话，脸色一直很冷峻。

赵卫东尝试着和她讲话，指着照片问："那是爸爸妈妈？"

柳芭点点头。

"爸爸妈妈真漂亮！"他赞叹着。

柳芭抬眼看了一眼照片，叹了一口气，眼圈又红了，脸上满是伤感的表情。赵卫东不敢再问，忙把话岔开，继续干活儿。

收拾完屋子，赵卫东着手做饭，他们在伊尔库茨克市里的时候买了一兜子食品带了过来。柳芭说两边的邻居关系都非常好，她不在时都是他们帮忙照看房子，晚上让他们一起过来吃个饭，叫赵卫东多做一些。说完她出去买酒和土豆洋葱，并去另一家邻居那里打了个招呼。

饭菜很简单，从市场买了肉肠、鸡蛋、鸡腿和黄瓜、土豆，除了鸡腿做起来费些时间，其他都很快。柳芭亲自动手做土豆泥，一桌饭菜很快就做好了。

另一家邻居先过来进了屋，是一对夫妇，四十多岁，男的是身体魁梧的俄罗斯大汉，女的是平平常常的一位俄罗斯妇女。夫妇二人端来一饭盆热气腾腾的鱼汤，还有一大盘冒着香气的刚烤好的四条金黄色的鱼。

柳芭向他们介绍了赵卫东，那女人向赵卫东问过好后，又看了几眼他就告辞走了，说是要照看孩子。

这位男人名叫安德烈，身高将近一米九零，体重足有一百二十公斤，他身高马大，人很朴实，见到赵卫东十分热情，也很客气。当时他就用小碗盛了一碗鱼汤给赵卫东，说很香，叫他趁热喝。

赵卫东喝了，味道确实很鲜，有和中国鱼汤不同的风味。

安德烈指着鱼说，这是罗姆鱼，只有贝加尔湖才有的鱼。他说苏联解体后，俄罗斯食物短缺，人人几乎都在挨饿，但贝加尔湖周边的人没有挨饿，因为他们有鱼。他说他在渔业公司工作，这几年全靠贝加尔湖的鱼养家糊口了。

安德烈又给赵卫东掰了块烤鱼，赵卫东吃着，觉得这罗姆鱼肉质细嫩，味道鲜而不腥，像贝加尔湖的水一样洁净。

等列娜过来后，几个人就在厨房的餐桌旁围坐在一起，开始吃饭。他们把菜盛到自己的盘子里，吃了几口，又端起了早就斟满了伏特加酒的酒杯。安德烈说了几句悼念依拉的话，说得大家心里挺沉重的，说完大家碰杯仰头把酒干了。

然后，他们又举杯再吃了一会儿，还是安德烈说话，对赵卫东表达了欢迎，夸赞柳芭漂亮人好，祝愿他们幸福。大家又一起把酒干了。

这是赵卫东第一次在俄罗斯家庭里和俄罗斯人聚在一起吃饭喝酒，在北京雅宝路接待俄罗斯客户时，都是吃的中餐，喝的中国酒，吃法喝法都是中国人的方式。他发现俄罗斯人喝酒前总要说祝酒词。

赵卫东便也学着他们的样子，举杯说感谢他们对柳芭的关照和对自己的接待，大家碰杯把酒干了。

几杯酒下肚，安德烈和列娜的话都多了起来，他们讲了依拉的种种好，痛心和惋惜她的离世，也说起了柳芭的爷爷奶奶爸爸妈妈，列举了他们种种好的品德和对邻里的诸多帮助。他们的谈话，赵卫东并没有完全听懂，但还是了解到了一些事情。柳芭的妈妈是个教师，爸爸是个警察，在伊尔库茨克工作过，后调到乌兰乌德市当过警察分局的局长，还在邻近的一个城市当过局长，是个口碑很好的警官。

至于柳芭父母是怎么去世的，他们都回避了，没有提及，赵卫东自然是不敢问，他一直注意着柳芭的神色。柳芭虽然一直话少，面容严峻，但也没有再哭。

七百五十毫升的伏特加酒喝完，他们就没有再喝，赵卫东觉得两位邻居喝得已经有点儿高了，他们的话越来越多，赵卫东怕他们说出让柳芭伤心的话来，就没有再拿酒出来。又聊了一会儿，两位邻居就一起告辞了。

赵卫东知道柳芭心里难受，整个晚上尽量给她体贴温存，而柳芭一直没有说话，反应很冷淡。

赵卫东心里边变得沉闷，白天看到贝加尔湖那兴奋的心情、那超凡脱俗的清纯感受一下子荡然无存了。

二十

第二天的早晨，赵卫东和柳芭吃过早饭就出发了。

这是他们计划好的行程，今天就去乌兰乌德附近柳芭的叔叔家，把上次拿的玉石的账给结了，再和叔叔一起去找玉。

早上起床时，赵卫东觉得柳芭的情绪不好，就和她商量，休息两天再去。柳芭不同意，坚持要去，赵卫东也就不劝阻了。

他们计划坐船过去，柳芭已经给她叔叔打过电话，她的叔叔在对岸码头接他们。这边的码头就在镇子的边上，他们很快就到了，买了船票，就上码头直接登船。

这船是中型的客轮，船舱里大概有一百多个固定座位。船身漆成白色，船不很新，但还干净。船内的乘客不是很多，等的时间不长，也就坐了六七成的人，船就开了。

今天是阴天，但阴得不是很沉，云层没有变黑，呈现的还是有些昏暗的白色。湖上有白雾弥漫，雾有时淡有时浓。湖上没什么风，水面很平静，只有稍许的波动。由于云遮雾罩，湖水的蓝色不像晴天时那么耀眼，颜色变得轻淡了，但依然清澈。船在湖面上犁浪而行，时而穿过浓雾，时而轻雾缔约，让赵卫东领略到了贝加尔湖的别样风貌，依然是仙境的感受。

柳芭也在出神地望着湖面，赵卫东知道她不是在看景，而是沉浸在那依然沉重的情绪中。自从昨天从伊尔库茨克出发，她就一直是这样的心情，神色冷峻，很少讲话。赵卫东尝试和她说话，岔开她的思路，或让她倾诉出心中的苦楚，可她没有回应，没有向他吐露一点儿心中的苦闷。承受这么深重的伤痛，已然让人担忧，而她又不说出来，让自己一起分担这些残酷的过往，这也让赵卫东不解。赵卫东想起自己在遭到绑架后向柳芭说出所有的危机，获得柳芭的安慰和支持，他立刻就觉得身心轻松、安稳了许多，且添加了力量。不过赵卫东从中也看到了柳芭性格中的坚韧，她没有被压垮，没有抱怨。

船在湖上行了四个多小时，到了对岸，靠上码头，赵卫东提起旅行包，和柳芭挽手登上码头，向岸上走去。没走几步，柳芭就看见了岸边等候他们的叔叔，招了招手，赵卫东发现柳芭的脸上有了喜悦的神情。

叔叔就站在码头尽头的岸边，他身材魁梧，穿一件浅黄色的未系扣的长风衣，到了跟前，赵卫东立刻就认了出来，在柳芭家里见过他的照片，有不少他和柳芭爸爸的合影，穿着警服，他也是个警察。

柳芭快走了几步，上去和叔叔拥抱、吻颊，她的叔叔更是笑得灿烂，张开双臂欢迎他们的到来。

赵卫东上前和叔叔握手，被他一把搂在怀里拥抱，左右两边脸颊被他吻了两下。

“你好！中国的小伙子！”他满脸是笑，热情地说道。

“你好！叔叔！”赵卫东听到柳芭在和叔叔通电话中提到过他，所以叔叔知道他的到来。赵卫东端详这位叔叔，他长着一张国字脸，面相粗犷，和他的身材相配，浑身上下透着乐观豪爽的气息；年纪看上去五十上下，但和柳芭的爸爸看不出长得有什么相似之处。赵卫东听柳芭说过，叔叔叫伊万，柳芭亲昵地叫他瓦尼亚叔叔。

柳芭和叔叔热络地说着话，走向一边停着的汽车。这是一辆米黄色拉达吉普汽车，伊万打开汽车后盖，让赵卫东放好行李。然后三人上车，柳芭和赵卫东坐在后座上。伊万开车上了路，路上和柳芭一直在说话，但一直没有谈依拉。在莫斯科时，柳芭几次给叔叔打电话说了依拉的死，看来是伊万刻意在回避。

叔叔的家不在乌兰乌德市，是在布里亚特共和国的另一个城市，属于俄罗斯联邦布里亚特共和国的一个行政区。这是个不大的城市，车刚进城就到了伊万的家。院子也是用两米高的波浪水泥瓦围起来的，但里面的房子不是木头的而是水泥抹的墙面，墙心是砖还是土坯看不出来。房子的样式倒是和柳芭家的差不多，都是A字形房顶，四四方方的房子像是比木屋大些。车进了院子，伊万先下车，然后关上大门，柳芭和赵卫东下车。这时从屋里奔出来一个俄罗斯妇女，叫着："柳芭莎！"她迎上来，张手把柳芭抱在怀里，在她脸上左右吻了三下，泪就流下来了。柳芭的泪跟着也流下来，两个人虽然没有失声恸哭，却也哭成了一团。

伊万叫着："玛莎！不要哭！孩子刚到，你让他们先进屋！"

几个人进屋坐下，玛莎和柳芭抹着眼泪一问一答说着依拉的事。赵卫东注意听到，柳芭只说依拉是出了车祸，没有说其他的内容。她们哭了一阵，玛莎这才向赵卫东问好，过来抱着他亲了两颊。玛莎看上去比伊万显得老些，身体已经发胖，脸上皱纹明显，慈眉善目的让人有好感。

到了吃饭时间，玛莎早就准备了饭，有汤和西红柿沙拉，还有俄罗斯的咸肉。赵卫东是第一次吃咸肉，他低声问柳芭，才知道这是生肉腌制的。吃生肉？赵卫东心里犯嘀咕，不过他尝了尝，倒没有太反感，只是心里硌硬，还是没怎么吃。伊万在院里做了烤肉和烤鱼，端上了饭桌，赵卫东一看，鱼还是罗姆鱼，烤的肉串却是猪肉的，赵卫东尝了尝烤猪肉，觉得味道还不错。吃饭自然少不了伏特加酒，伊万喝酒非常豪爽，干杯的频率高，而且不管别人干没干喝没喝，自己是每杯必干。

酒多了话也就多了。他指着桌上的饭菜说："这两年好一点儿了，如果前两年你来做客的话，没有东西招待你，连面包也没有。啊；只有鱼，我们要感谢贝加尔湖，在困难时期给了我们鱼，没让我们挨饿。"他举杯又把酒干了，然后拿叉子吃了一口肉，接着说："那时候老百姓手里有钱，商店里没有东西，什么都没有。现在商店里有东西了，可老百姓手里又没钱了，还是吃不饱。"

赵卫东随意地问伊万："您多大岁数了？"

"四十八岁了。"

赵卫东觉得他看上去比实际年龄大，又问："您现在还上班吗？"

他叹了口气说："不上了。"说完仰头喝干了一杯酒。

"那您是退休了吧。"

"不干了，也算退休吧。"他回答得有些含糊。

赵卫东没有明白他所谓不干的含义，又问："不干了？现在当警察不是挺好的吗？"

"好吗？"伊万嘟囔着，"现在警察也开不出工资来。"

玛莎也干了一杯酒，带着情绪说："但他们挣黑钱呀！比工资还要多。"

伊万又径自喝了一杯酒，阴沉着脸说："这一改制，全都乱套了。"

赵卫东说："当警察和过去也不一样吗？"

伊万点点头说："大不一样啦！"

赵卫东不理解地问道："那为什么呢？"

伊万和赵卫东碰杯干了一杯酒，想了想说："过去警察局是国家的，进人、升级、升职，都要按制度评定，都要经过组织程序。现在这一选举吧，这局长都是市长任命，一个人说了算。你都不知道他是从哪来的，可能都没干过警察，没准就是市长的亲戚。警察局就成局长个人的一样，一个人说了算，他想怎么干就怎么干，想用谁用谁，想让谁上谁就上，想开除谁就开除谁。哼！警察局也私有化了。"

赵卫东听得出来，伊万可能是受到不公正的待遇，对现状不满，有情绪有怨气。他不敢就这个话题再问了。

伊万还是自顾自地喝酒，继续发着怨气，不过用的是嘲弄的口吻。他说："俄罗斯也不知是怎么了！苏联多么强大，稀里糊涂地成了这样。过去苏联是没有穷人的国家，是全世界福利最高的国家，现在一下子老百姓全成穷人了。不对！有几个人成了亿万富翁，以全世界最快的速度成了富翁。他们管这个叫公平正义。"

玛莎拿话拦他："你干吗总是与孩子说这些！"她拿勺给赵卫东布菜，看着赵卫东笑着说："这小伙子真帅！你叫什么名字？"

赵卫东报上名字，玛莎又问了年龄，在中国什么城市，做什么生意等一系列问题，赵卫东都一一回答。

伊万和玛莎招待他们非常热情，柳芭和这个家庭也十分亲近，但赵卫东还是觉得气氛有些不对。晚上睡觉前，他来到柳芭的房间，随意地问道："他是你的亲叔叔吗？"

"当然不是。"柳芭的回答很简明。

赵卫东虽然之前有怀疑，但听了柳芭的话还是有些惊讶。

柳芭看赵卫东还在等待下文，就接着说："他是我爸爸最好的朋友，过去在一起工作，都是警察，而且他们两个人过去都在伊尔库茨克市里警察局的宿舍住，是邻居。后来又一起调到这里工作，家也都安在这里，两家一直像亲戚一样地来往。伊万和玛莎没有孩子，对我和依拉特别好。"

伊万家的房子厅很大，但房间少，只有两间卧室。可能考虑到柳芭他们并没有结婚，玛莎把柳芭安排在卧室单住，在大厅给赵卫东搭了个临时床睡。

第二天，他们才谈到了正题——这次来寻找玉石的计划。柳芭先把上次依拉的账给结了，伊万接钱时并没有推辞。

通过伊万和柳芭的对话，赵卫东了解到了这些玉石的来龙去脉。

这些玉石来自伊万的一个朋友也是俄罗斯人，过去在中国新疆生活。后来被中国政府遣送回国，当时政府给他安排在这里定居。伊万参与了安置工作，帮了这个人不少忙，从此他们就成了朋友。这个人听说这里有一种玉石，俄罗斯人不认，他找来一看，觉得和新疆的玉石一样，就陆续找来几块，要伊万找中国人去卖，这才有了后面依拉和柳芭的事，但是这个朋友前几天去世了，伊万和他的儿子联系上了。这次去就是和他儿子一起去找玉石，那里有三百多公里远，但路很难走，至少要走七八个小时以上，所以他们今天要做些准备，明天一早再走。

伊万几乎忙了一天，把那辆拉达吉普车做了维修，赵卫东发现伊万修理汽车非常在行，对机械很熟悉，手底下也十分麻利。院子的棚子里有各种各样的工具和各种旧的配件材料。柳芭邻居安德烈家也是这样，听柳芭说，他们修车和家庭里其他维修的活儿都是自己动手，包括一些简单的配件都是自己用手工工具加工。

伊万为这次出行准备了很多东西，有食物、餐具、炊具、整整一箱的伏特加酒，还准备了野营的帐篷、雨具、皮毛的褥子和棉被棉褥，一把军用的可折叠的小铁锹和一把小的十字镐，还有一个天然气气罐。这个天然气罐和北京的气罐形状上差不多，做工要粗糙一些，有趣的是在气罐上可以直接安装上一个灶，灶和气罐离得这么近，这在中国是绝对不允许的。

另外还有一支双筒猎枪和几盒硬纸盒包装的子弹，赵卫东拿起枪来摆弄，这支猎枪看上去很新，漆成黄色的木质枪身，发着乌光的锃亮枪筒。仔细看，手持的部分还是有轻微的磨痕，说明这猎枪也有一定的年头，只是用得不多，保养得不错。

伊万看赵卫东摆弄猎枪，就过来教他怎么使用。两个人聊起了打猎。

赵卫东问：“这里野生动物多吗？”

伊万回答：“有很多。”

“都有什么动物？”

伊万回转身继续修车，说道：“有西伯利亚野羊、野猪、野鹿、狍子、瞪羚、黄羊，很多种，小的有野兔、山鸡，很多很多。”

赵卫东问道：“野生动物在俄罗斯可以随便打，不保护吗？”

伊万诧异地说：“保护什么？西伯利亚野生动物多得是，打不完的。”

赵卫东继续问道：“所有人都可以打猎吗？”

伊万摇摇头说：“不，需要办打猎证。”

赵卫东问道：“哦，没有打猎证不能打啊？”

“咳，没人管。老百姓饭都吃不上了，这几年全指着打猎才吃上的肉。”伊万摆着手说道。

伊万从车里拿出他的风衣，从风衣内兜里取出一叠证件，拿给赵卫东看，介绍说：“这是打猎证，适用于俄罗斯全境。”赵卫东看到他手上还有一个红色封皮有镰刀斧头标记的证件，指着问道：“这个是什么证件？”

伊万说：“这是我的党证。”说完他把证件放回了风衣兜里。

赵卫东问：“你是共产党员？”

伊万回答说：“当然。”然后苦笑了一下儿，又说：“现在不是了，解散了，非法了。”

赵卫东看伊万心情沉重，就没有再问下去。

玛莎从早晨开始就收拾种的花，院里种了很多各种各样的花，都是些草本植物的花，长得很茂盛。房子的台阶和屋里的窗台上也摆满了花，都是用小的咖啡色塑料花盆种的小型的草本花，有的花赵卫东认识，如海棠花、百合花、绣球，院里的美人蕉、喇叭花、串红、杜鹃花等，大多数花赵卫东叫不上名。不同花型的花开得五颜六色的，十分鲜艳。玛莎用粗铁丝做的耙子给花松土，用铝制的长嘴水壶给花浇水，用剪刀清除掉败花和残叶，她做得十分认真，脸上洋溢着笑容，在绿叶花丛中显得开心惬意。

这次出去路途远，预计时间也会很长，柳芭和赵卫东商量着应该多备一些生活用品，就一起出来，打车去市中心的商店购物。上车后，赵卫东提出想去看看柳芭被烧的家，柳芭同意了，告诉司机地址。车穿过两条街道，行了约三四公里路就到了。与伊万家临街房不同，柳芭家还要走过一条不长的巷子。

院门是那种有雨搭的木门，院墙也是水泥瓦围成的，院门和院墙没有受损。门用铁丝缠着没锁，赵卫东掰开铁丝，打开门，院里一片荒芜，杂草丛生。赵卫东想往里去看看，被柳芭拽住，赵卫东看到柳芭已经泪水盈眶。

院子中央的房子全部倒塌，烧得十分彻底，全部木结构的房子，点火就着，救都难救。黑黢黢的废墟在院子中间沉默着，已经看不到大的成型的物件，废墟周边也都是烧焦的痕迹。

赵卫东刚想问是怎么烧的，看见柳芭的眼泪已经成串，就把话咽了回去。

晚上吃饭，玛莎做了炸鱼和炖鸡，还有和昨天一样的沙拉和咸肉。伏特加酒自然还是继续喝，伊万仍然一杯杯地干，继续和赵卫东聊天。

伊万问道："你们中国现在怎么样？"

赵卫东沉吟了一下说："经济水平还不是很高，但老百姓丰衣足食还是做到了。城市里生活水平高些，农村差一些，但吃穿都没有问题。"

伊万点点头说："听说中国现在不错。"

赵卫东想起了一个过去想到过但一直没有答复的问题，问道："关于玉石，俄罗斯法律是怎么规定的？"

"法律？现在俄罗斯还有法律吗？"伊万嘲笑了一下说："法律对宝石有规定，但这种玉石在俄罗斯不属于宝石，没有人认这个。也就是说玉石在俄罗斯就是普通石头，即使是宝石，法律还顶用吗？现在宝石不是全在黑社会手里，由黑社会掌控吗？"

"对玉石，黑社会不知道、没掌控吗？"赵卫东继续问道。

伊万思忖了一下答道："过去肯定不知道这东西能卖钱，现在不知道他们注意没有。他们像狗一样，鼻子对钱特别灵，不过咱们不怕。"

伊万和赵卫东碰杯仰头干了一杯酒。

伊万继续发着牢骚："我们这里现在实际上是无政府状态，莫斯科的联邦政府不管，这里的政府什么事都不干，官员都想办法捞钱，老百姓是自生自灭。没人管老百姓的事，老百姓现在是彻底自由了，想干什么干什么。所以玉石的事法律上没有规定，政府也不管。哼！共产党倒了，黑手党来了，他们说的民主，没见到，也可能这就是他们要的民主。”

赵卫东发现俄罗斯人聚在一起也都谈政治，也都关注着国家的政治局势。对伊万讲的这些话他已经不觉得奇怪了，整个俄罗斯都弥漫着这样的气氛，不满，无奈，愤怒从每个人的脸上都能看得出来。赵卫东出于好奇还是问了一句有些唐突的话：“瓦尼亚叔叔，我们中国人不明白，为什么苏联共产党一下就垮了？国家一下就解体了呢？”

伊万喝了一杯酒，沉默了一会儿，面色阴沉地说：“自己把自己整垮了呗。哼！让口水就给弄垮了。”他长出了一口气继续说：“整垮了自己，放弃了对国家、对人民应该承担的责任，让俄罗斯，还有苏联解体分出去的这些国家陷入了灾难！”

这个话题太过沉重，赵卫东忙把话岔开，说起了这次下去收玉石的计划。他们准备先去伊万那位朋友的儿子那里去收，如果没有或很少，就打算让朋友的儿子带他们去有玉石的地方自己去找。看来伊万做了充分的准备，甚至准备亲自去采，所以带了野营的装备，摆出的是此行必有收获的架势，而且还为以后长期做这个生意探路做准备。的确，伊万经过试探性的销售，现在终于找来了带钱来的买主，他肯定不会轻易放弃这样的机会。

这时赵卫东明白了，现在做的这个生意，伊万并不是想发财或是帮他和柳芭的忙，而是生存的需要，要挣钱养活自己和家庭。赵卫东想，此行不仅被他看成是人生翻盘的机会，对伊万他们也同样重要。

饭桌上，玛莎劝柳芭不要去，说那里路远不好走，在深山里，还有野兽，太辛苦还危险，要柳芭在家陪她。

柳芭看着赵卫东，笑着摇摇头，说要一起去。

伊万喝了一杯酒说：“辛苦是肯定的，危险不会有的，我们又不分开。”

赵卫东问道：“那里都有什么野兽？多吗？”

伊万回答说："多，有棕熊、狼、豹子、老虎。"

赵卫东听着头发都竖起来了，说："真的没危险吗？这可都是吃人的野兽！"

伊万笑着说："害怕了？没事的！放心吧！我说没有危险就没有危险。"

玛莎说："孩子没去过深山，别叫孩子去受累冒险了。"

伊万摊了摊手说："他们不去，我们去没用，我根本就不认识什么是玉石。"

玛莎说："那里的人不认识吗？"

伊万说："认识的人死了，我估计活着的人也不认识。"

伊万过去拿的玉石，全是那位死去的朋友给他送过来的。那位朋友能辨识玉石，也懂玉的好坏。所以，当伊万听说赵卫东懂玉，才觉得这生意有谱了，他也想跟赵卫东学习一些关于玉石的知识。

晚上躺下睡觉，赵卫东感觉心里踏实了许多，因为他知道伊万对这件事的积极性很高，非常用心、非常努力地要使生意成功，同时他的心情也变得兴奋起来，明天启程去的是贝加尔湖边迷雾缭绕的幽深仙境处，是没有人迹原生态的密林山壑。那里有野兽出没，有罕见的奇异景观，有沉睡的未被开掘的激动人心的宝藏。即将开启的是神秘的会有很多发现的寻宝之路，又是无法预料的令人惊奇的探险之旅。这将是他人生从没有过的经历，神奇、惊险、刺激。他对明天开始的行程充满期待，心里有了一阵难以抑制的激动。

二十一

菲佳——伊万死去的朋友的儿子。他听到汽车的喇叭声，从房子里跑出来打开木栅栏门，让伊万把车开进院子。他和下车的伊万握手拥抱，拘谨地向赵卫东和柳芭问好，客套地表示欢迎。菲佳的面颊黑里泛红，脸上挂着憨厚的笑。他看样子二十五岁上下的年龄，若不是蓝灰色的眼珠和明显的俄罗斯人的五官特征，你会以为他就是河北省山区的一个朴实的小伙子。

菲佳家的房子是圆木做墙的木屋，外表看比柳芭家的木屋粗糙些，也更显原生态一些，风吹日晒的，圆木的外墙已经变黑。在这栋房子的后面约二三十米远的地方还有一栋同样规模、样式也一样新的露着木材本色的木屋，赵卫东和柳芭估计那一定是菲佳的新房。果然，从那木屋里走出来一个二十岁上下、和菲佳一样朴实的姑娘，过来和他们打招呼问好。菲佳介绍这是他的妻子，赵卫东看菲佳的妻子眉眼长得不错，但脸上粗糙些，很像原苏联黑白片的老电影中的农村姑娘。菲佳妻子的腹部有些凸起，看样子已经怀孕了。

菲佳家的院子很大，纵向可能有二百米，横向也有七八十米，比一个足球场还要大。院子是用一米高的稀疏的木板栅栏围成，堆放着木材和草料等杂物，堆放的东西不少，但归置得还算整洁。院边有牲口棚，里面拴着三匹马，那马有点像蒙古马，但体形较蒙古马高大，毛长且厚，看起来耐寒性不错。有两匹毛色是白色的，一匹是草黄色的，菲佳说，这是当地的西伯利亚马。院里还有一个挺大的狗圈，里面有狗窝，圈着三条活蹦乱跳的大狗，它们朝进院子的客人凶叫着。狗的品种和柳芭邻居家的一样，都是那种模样与藏獒有些相似、身形比藏獒还高大矫健的高加索犬，毛长且乱，有两只毛色是黄黑杂毛，一只是灰黑杂毛。据说这狗极其凶猛，敢与熊斗，敢战群狼。这狗的叫声也非常雄浑，它们的叫声感染了周边的邻家的狗，弄得这原本寂静的村镇喧嚣起来。

这是群山中一块平坦土地中的村镇，他们管这里叫镇，看上去完全是农村的风貌，农家院落松散地聚合在一起，只是民房较一般村子多，占地面积要大。镇中有一条柏油路，算是镇子的中心街道，镇子周边或远或近处是连绵的山峦。山上或是层林叠翠，或是芳草萋萋，几乎看不到裸露的土地。镇子的边上有一条小河，河水从鹅卵石自然铺成的河滩上流过，水质清冽。河上有一座木头做的桥梁，很结实，可通行汽车，伊万说，这条河通向贝加尔湖。

今天早晨他们的目的地从市里伊万家出发一直向北开，伊万说，他们在沿着贝加尔湖边走，可一直到了这个镇子，他们也没有见到贝加尔湖，但赵卫东确实一直能感觉到贝加尔湖就在旁边，汽车前常有雾气飘过，从打开的车窗能闻到贝加尔湖清凉的气息。路有一段是柏油路，之后就是土路，土质硬实平坦，没有一般土路很深的车辙，汽车驶过也没有带起尘土。拉达吉普车在这条曲折起伏的山间路上跑着，经常爬坡，显然不能跑得很快。三百多公里走了八个小时，路上一直没停，赵卫东感觉开得还是够快的。

一路上穿行在大山之中，赵卫东总想看湖水，却满眼看的都是山。山上植被很厚，满山的青绿，草长得高，把大山包裹得严严实实，还有各种颜色的成片的野花点缀在无尽的绿色之中。再就是和草一样望不到边际的浓密的森林，森林的树种很单调，几乎只有两种树——白桦树和针叶松。他们的汽车经常在林中穿行，最长的一次在林中走了足有几十公里。路上还跨过了几条小河，走的都是简易的木桥。赵卫东这一路上虽然没有在贝加尔湖看到仙境那般的感受，却也觉得远离了现代社会，返璞归真，仿佛穿越到了朴素、纯净的原生态自然界。

在菲佳迎接他们之后，从木屋里出来一位俄罗斯老妇人，应该是菲佳的妈妈。她向他们问好，客气地请他们进屋。老人约六十岁，脸上已布满皱纹，腿脚似有些病痛，走路有些吃力，但身体看着还算不错，问好说话的底气很足。

让赵卫东惊讶且又欣喜的是菲佳的妈妈会说汉语，而且说得十分流利，带有新疆少数民族的腔调。赵卫东和她用汉语交流几乎没有障碍，老人说她在中国新疆生活了将近二十年，和菲佳的父亲就是在中国结的婚。

他们三位客人在门外厅里脱鞋，进了屋，坐到长沙发上。

赵卫东看屋里摆设的家具虽然不如伊万家，但也很像城市的家庭的房间，和农家的院落不一样，也和木屋的外观给人朴素的印象不同。他发现俄罗斯的城市和农村的家庭有很多家具的款式颜色都是一样的，而且家具都很多很齐全，如果单从房间内部看，你还真分不出这是在城市还是在农村。

菲佳的妈妈在厨房用电热棒做水沏了茶，连糖罐一起端上大厅的方桌，还给客人端来两个用水晶玻璃小碗盛放的用山中的两种野果做的果酱。

伊万看到菲佳父亲的遗像摆放在组合柜里，他指给柳芭和赵卫东看，又和菲佳的妈妈聊了几句。

“这就是我的朋友，菲佳的父亲，他的身体还是不错的，如果治疗得及时，不至于走啊！”伊万感慨地说道。

菲佳的妈妈唏嘘了几句：“咳！日子刚好过了一些，孩子又刚结婚，他就走了。”她用手掌抹去了眼角的泪珠，就去厨房准备饭去了。

伊万和菲佳说到了正题，菲佳说，自他爸爸生病到去世办理后事，他就没有到深山去找过玉石。家里所有的玉石，除了原来给伊万的，都给了镇子里有去莫斯科和伊尔库茨克工作的人去找中国人卖去了，所以家里没有了。接到伊万的电话后，他去镇子里常去深山的几户人家去找了一些玉石过来，等一会儿去看一看。

“除了你们家，还有很多人家都去山里找玉吗？”赵卫东关注地问道。

菲佳摇摇头说：“不是的。他们都是看我爸找，跟着找，有的是原来去山里看石头好看，带回来玩的。”

赵卫东又问：“你们给了不少人玉石去外面城市卖吗？”

菲佳点点头说：“是的，有几个人。我们家人出不去，有关系不错的人去伊尔库茨克或是莫斯科，就让他们带些过去找中国人卖。这玉石只有中国人买，俄罗斯人不要，我们这里没有中国人。”

赵卫东继续问：“卖出去的多吗？”

“陆陆续续的卖出去一些，还多。”

赵卫东有了急切的心情，想想又问：“有中国人到这里来收玉石吗？”

菲佳憨笑了一下说：“没有，只有你一个。”

伊万说：“伊尔库茨克和乌兰乌德有中国人来过，听说都是做木材生意的。还没听说有中国人到这里来买玉石的。”

他们正在聊着，门外有人在喊菲佳。菲佳忙出门去，旋即回来，怀中抱了一块直径足有三十多厘米的扁圆形白色卵石，身后还有一人也抱着一块差不多大小的青绿色卵石。

赵卫东明白，肯定是菲佳通知有人来收玉，所以镇子上的人送玉来了。这么大的籽玉可是了不得！赵卫东心里一下兴奋起来，忙迎了上去，帮他们把玉石放在了木板地的地毯上。他俯下身子去看，两块卵石表面光滑，倒是像经过几千几万年河水的滋润冲刷，一块纯白色，一块暗绿色。赵卫东翻来覆去把两块石头看了个遍，没有看到一点玉性，这不过就是河床中两块颜色不错的普通石头，赵卫东站起身来摇了摇头。

伊万有些出乎意料，问：“不是玉石？看着挺好看的。”

柳芭说：“你再仔细看看。”

赵卫东要菲佳拿来水和布，坐在地毯上亲手把石头通体擦了擦，再仔细看了一遍，确定自己的判断没错，他再次站起身摇了摇头。

菲佳朝拿石头的人摊开手，那人搬起石头失望地走了。

菲佳对这事倒不是很意外，说：“我们这里只有我爸爸能辨识玉，其他人不懂。过去经常这样，拿来的很多都是石头。”

赵卫东心里未免扫兴，想起刚才菲佳说的最近收集来了一些玉石，估计情况可能也是这样。他要菲佳拿出来看看，菲佳带他们到房后的堆杂物的房间，开门朝里指了一下。里面墙角堆着几十块大大小小的各种形状不同颜色的石头，石头上还用几种颜色的笔标记下了名字或记号，以分清是谁家的东西。赵卫东拿来一个小凳，就在房里坐下，打开门，趁着天还亮，逐一地看，仔细地分辨。他把全部石头看了一遍，只挑出了两块拳头大的碧玉，一块巴掌大的三角形白玉和三块比鸡蛋还小的白玉，其他全部是石头。有块碧玉有两条裂，价值打了折扣。其他的品质还可以，都是籽玉。

赵卫东把这些情况跟伊万和菲佳都说了，对挑出的几块玉的品质也做了个说明。

菲佳点头表示认可，伊万对这事兴趣很大，拿了几块好看的卵石，问了许多问题。赵卫东一一给他解答，不过说了半天，伊万还是摇头不明白。确实对玉的辨识需要非常专业的经验，特别是对玉石品质的评判，而赵卫东的俄语词汇掌握得还不丰富，俄语表达未必准确清楚，语言障碍也是影响伊万理解的原因。赵卫东向伊万解释说，等拿来玉石，用实物对比着看就明白多了。

现在情况清楚了，现成的货太少，虽然有些遗憾，但也正中赵卫东下怀，他的内心热切地期盼着深入到那神秘的玉石产地，真真实实地开展探险掘宝之旅。他们和菲佳简单商量了一下，决定明天出发，亲自去产地采玉。伊万就和菲佳商量一些具体的安排。

晚饭，伊万拿出了带来的两条腌制的罗姆鱼，剁成段放在盘里，生着吃，赵卫东尝了尝，吃着不香，倒也不反感。菲佳的妈妈做了一个蘑菇汤，是在林间采的野蘑菇，又端上来一大饭盆堆得满满的热气腾腾的炖肉。伊万问了菲佳后告诉赵卫东，炖的是野猪肉，赵卫东看那肉是带皮炖的，瘦肉多，没什么肥肉，炖得很烂，他尝了尝感觉没有家猪肉香，有轻微的腥味，吃起来还是可以接受的，而且不腻。面包是镇上面包作坊买的，质量不如大城市的好，面不白，看着粗糙，没有面包的香气。

伏特加酒是伊万车上带的，他拿了一瓶出来，他们三个男的喝。菲佳的妻子由于怀孕，没有和他们一起吃饭。

赵卫东问："这野猪是自己打的吗？"

菲佳点头回答："是。"

菲佳的妈妈接着说："打一只野猪，一家吃不了，几家邻居分一些，有钱给点钱，没钱记个账，以后再说。"

赵卫东问："这里打猎的人多吗？"

菲佳回答："有一些人。"

赵卫东问："你们这里野生动物多吗？"

菲佳回答："有很多。"

菲佳的妈妈说："前几年俄罗斯没有食物，我们靠打猎和打鱼，没有饿着。现在商店有食物了，但是价格太贵了，我们没有钱买，大家还是靠打猎才能吃上肉。"

赵卫东发现俄罗斯人吃饭时总提起这几年的食物供应问题，看来饿肚子的事情对记忆的刺激是最为深刻的。

菲佳的妈妈劝柳芭还是不要去，那里环境险恶艰苦，没有女人去那里，受不了的。

柳芭坚持要去，她对这里的景物风情没什么兴趣，只是要和赵卫东一起去开掘宝藏，她把这事看得十分重要。

赵卫东吃着野味，大口喝着酒，和他们聊着打猎的事，仿佛脱离了现代社会，进入到了狩猎吃肉喝酒这种粗犷的古老的生活方式中。对明天开启的行程，他添加了新的想象和期待，心里更是荡起了一股豪爽之气。晚上睡觉前，柳芭和赵卫东一起去外面厕所方便，赵卫东一把拽过柳芭搂在怀里，很粗鲁地吻了她。弄得柳芭直埋怨，干吗使这么大的劲。

二十二

清晨，他们吃过早饭就出发了。

菲佳骑着马走在前面，还有两匹马被他用长缰绳拴着跟在后面跑。后面两匹马也都配了坐鞍，其中一匹驮着两个包裹，在马的旁边跑着的是菲佳家的两条高加索犬，灰黑杂毛的叫卡洛克，黄黑杂毛的叫别斯。家里留了一只狗看家。

伊万开着拉达吉普车跟在马的后面，赵卫东和柳芭坐在后座上，由于起得早，柳芭睡意未退，没走多远就倒在赵卫东怀里睡着了。

早上伊万和菲佳起来后就做出发的准备，把菲佳准备的所有装备食物和十字镐铁锹都塞进拉达车里，后面装满，又塞到了车里的空座上，把拉达车塞得满满的，还剩下两个包塞不下就拴到了马背上。

出了镇子不久就没有明显的路了，前面都是山包子，满眼起伏的青草和五颜六色的野花。在这里车辙就是路，拉达车在这样的道路上跑，车的颠簸起伏很大。赵卫东尽量把柳芭搂好，以减轻过于强烈的颠簸对她造成的震动。

此时朝霞满天，菲佳骑在领头的马上，三匹马在起伏不定的山包间奋勇扬蹄；两条狗在青草花丛中撒欢地跑着；拉达车忽高忽低紧随在后面奔驰。

荒野之中的这幅图景让赵卫东兴奋，汽车的颠簸前行让他产生了亲自驾驭骏马驰骋的幻觉。他想象着自己骑马在异域的莽莽原野上驰骋奔腾，奋勇向前；怀中还搂抱着绝色的美女。他甚至有了征服的快感。

人生无常，变幻莫测！赵卫东此前绝没有想到他的人生还有这样的画面，这些在奔腾中不断组接的影像感染着他的情绪，使他变得亢奋，对前途充满了乐观的估计和想象。无论有多少艰苦都要战胜，他一定会寻得宝藏收获满满，让生意逆势而起重塑神话。

菲佳走在前面掌控着队伍行进的速度，在坡度不大、较为平坦的路段，他放马奔跑；在坡度大、难走的路段，他放慢脚步。其实即使难走的路对马都没什么障碍，他考虑的主要是后面的拉达车。这路况对拉达车确实是个考验，但跑了一段路程之后，让赵卫东对这车刮目相看。这拉达吉普车看着很简易，跑起来还真皮实，爬坡一点儿不费劲，它底盘高，小坑小洼的不碍事，只是颠簸得厉害，舒适程度差些。

伊万拍着方向盘夸奖着这车说：“这车好啊！在这山里头也就跑这车。”

走了一段时间，约七八十公里之后，进入了林区，路变得狭窄，两侧是茂密的直立的原始森林。路面坑洼不平，起伏很大，还满是石头，逐渐变得越来越难走，他们的行进速度也就慢了下来。

伊万告诉赵卫东，这路是走履带式拖拉机的，是从山里往外运木材开出的简易的路，经年累月由车碾轧形成的。

道路随着地形在森林中曲折起伏地延伸，有时候在两山之间的山谷，有时候在大山的山脚下环绕，有时候在山腰中盘旋。伊万小小心翼翼地开着车，躲避着深坑和大石头。他还要常常下车搬开横亘在路中的粗壮的树干，有一次树干太粗一个人搬不动，赵卫东下车两个人一起搬的。自那次下车之后，需要搬障碍一般就都由赵卫东主动承担了。

一进入林区，柳芭就被车颠醒了，她醒后自己用手拉住把手，两个人被颠的感觉轻了许多。

昨天晚上，菲佳给了赵卫东一支猎枪和一条塞满了子弹的可以挎在身上的皮子弹带，并教他如何打枪。赵卫东心想，这次不仅可以探宝采玉，还能过过打猎的瘾，他本想在车上摆弄摆弄猎枪，无奈车颠得太厉害，只得放弃了这个想法。行车途中两侧树林里经常有野兔、松鼠和更大一些的鼠类动物窜来窜去，还有羽毛颜色斑斓的山鸡飞来飞去，这让赵卫东更加兴奋，脑子里充满打猎的想象。不仅如此，这猎枪还给他壮胆，一扫对森林野兽的担忧害怕，变得无所畏惧起来。

这路虽然障碍多，路况差，汽车难走，但对马来说是好路，菲佳的三匹马走得是轻轻松松，经常跑得没了影儿，隔一会儿就得在前面等他们。进入深山之后，菲佳把皮子弹带斜挎在肩上，猎枪也背在了背上，他对这里的环境很熟悉，要预防野兽的出现。这里确实僻静，一路上就没碰到一个人、一辆车。

路虽难走，倒也没遇到什么危险，没有车上不去的坡度、过不去的坎，也没有悬崖峭壁，两侧全是树。路上还经过几条小河小溪，水流得很快，但河都不是很深，而且河底是大大小小的卵石，很硬，车开上去一点儿问题都没有。所以很浅的溪水，伊万就直接蹚水开过去；遇到深一些的河水，心里没把握，他就和赵卫东下车，搬些石头把深一些的坑填上。

中午他们在一条小河边休息，他们吃得很简单，面包、咸肉和腌制的罗姆鱼，喝的就是河里的水。这里河流溪水很多，这些河流全部都流入贝加尔湖，水质极清，可以直接饮用，所以他们没有带水。

自进入林区后，他们一直在森林里走，虽然有时候经过一些树少和没有树的地方，但都不大。这一天他们一直在林海里踯躅，走了不足两百公里。

傍晚他们到达宿营地，宿营的地点是菲佳选择的，是一处较宽阔的河岸，周边是无边无际的林海。菲佳提前到达把马拴在水草丰沛的地方，就去找枯枝柴火，准备生火。赵卫东到达下车后惊喜地看见菲佳正在收拾一只颜色好看，有很长羽毛的大公山鸡，他问道："是你打的吗？"

菲佳正在拔除山鸡的羽毛，点了一下头说："是的。"

"在哪里打的？"

"就在林子里。"

菲佳拔毛连鸡皮一起去掉，大概是为了快，也由于没有用热水浸。他用刀把鸡开膛，取出内脏，剁下鸡头鸡脖分给两只狗吃，然后拿着收拾好的鸡到河水里清洗。

赵卫东看着心里痒痒，更增加了打猎的期盼。

菲佳点起篝火后，用一根碗口粗的白桦树干，翘在篝火上，吊起一口装好水的圆底锅，把鸡放了进去。

赵卫东问菲佳："我们准备去哪里？还要走多久？"

菲佳正在往锅里放盐和洋葱等调料，他眯着眼睛说："照这样走的话，可能还要走上一天。这些地方，我爸爸都看过，他认为我们要去的地方比这些地方好，我们还是到他认为好的地方去。"他和赵卫东说话，总是挑常用的易懂的词语，说得很慢，怕赵卫东听不懂。他脸上挂着淳朴的笑，还有些拘谨，和他骑马时的昂扬神气判若两人。

赵卫东和菲佳聊了几句就和伊万从车上卸下折叠帐篷，在旁边找了一块平整的地方，把帐篷支起，拿出食物和炊具餐具，在菲佳点燃的篝火旁铺开一块塑料布，把食物放在上面。菲佳把一个军用的饭盒也并列吊在篝火上，饭盒里是昨天炖的野猪肉。伊万也从袋子里拿出在家里烤好的猪肉串，在火上燎，长长的肉串烤得嗞嗞冒泡，肉的香气飘荡在河滩上。柳芭把餐具在河水里洗了，在塑料布上摆好。她拿刀把腌制的罗姆鱼切段，咸猪肉、面包切成片，分别放在盘子里。她打开伏特加酒，摆上酒杯，倒上酒。伊万把烤热的肉串用叉子把肉一块块放到盘子里，柳芭往肉块上撒上切好的洋葱和白醋。菲佳把烧热的炖野猪肉从火上拿下来，直接把饭盒放在盘子上，又拿了一把搪瓷铁壶从河里打来水，吊在火上。几个人之间几乎没有言语交流，就这样配合着把一顿丰盛的野餐准备好了。

只有赵卫东不知道该干什么，一边看着他们干活儿，一边像孩子玩玩具一样摆弄着猎枪。他觉得这时候看他们准备野餐也是一种享受。

此时天色尚早，太阳虽已西沉，余晖仍高悬在蓝天的彩色云朵上。今天的天气很好，风清气爽，这里河床宽、水面大，水质清澈，水流潺潺。河两岸又是无尽无休望不到头的林海。岸边一块空地上，绿草如茵，三匹马正在吃草。这里自然恬静，广阔粗犷，野趣风情，一堆篝火旁，几个人正在忙碌着准备野餐，两只大狗趴伏在篝火旁边。这是多美的画面呀！四个人的心情都是一样的好，一起举起了酒杯，一起说了祝酒词。

“祝我们此行顺利！”

“祝大家身体健康！”

“祝我们找到很多的玉石！”

“祝中国和俄罗斯的友谊长存！”

大家笑着把酒仰头干了，然后就大口地吃了起来。这一天，他们让这路给颠饿了，食欲显得十分旺盛。

菲佳掰了一个面包，分别递给旁边坐着的狗，又用叉子拿出两大块野猪肉放在自己的盘里晾凉后递给了狗。这时山鸡也煮熟了，菲佳用勺将鸡从锅里捞出放在铁的搪瓷盘里，用刀切分成几块，再给每人盛了一碗鸡汤。

赵卫东又着一块山鸡肉吃着，又喝了几口鸡汤，鲜美淳厚，唇齿留香，真是山珍美味！

他们不停地吃着，连续又干了几杯酒。身处旷野和原始森林，他们性情愈加豪放，伊万喝了口汤，首先唱起了歌。他声音洪亮，音域宽阔，是标准的男中音。他的神态如年轻人一样昂扬，又有俄罗斯中年人独特的幽默风趣。他唱的是那首在中国也同样脍炙人口的歌曲《山楂树》：

“歌声轻轻荡漾在黄昏水面上，暮色中的工厂在远处闪着光，列车飞快奔驰，车窗灯火辉煌，两个青年等我在山楂树两旁。哦，茂密的山楂树白花开满枝头。哦，可爱的山楂树为何要发愁？当那嘹亮的汽笛声刚刚停息，我沿着小路向树下走去……”

他的歌声旋律悠扬辽阔，和这里的大自然融为一体，有俄罗斯歌曲的独特韵律。这歌声燃情，让你的心随着歌声的节奏跳动，让你的情绪和歌声一起飘荡。从这歌唱中你能感受到俄罗斯民族的丰富细腻的情感。

伊万唱完，又撺掇柳芭唱，赵卫东提出让她唱《莫斯科郊外的晚上》。柳芭的脸已被酒染得微微泛红，神态轻松自若，没有推辞，开口即唱。她的嗓音圆润，悠扬婉转，悦耳动情。

柳芭的歌声，有着浓郁的俄罗斯的韵味风情，融情融景，感情真挚，有一种忧伤的情调，动人心魂。这歌声给黄昏的景物染上了颜色，山水森林草坪都燃起了风情。这首歌是赵卫东喜欢的歌曲，百听不厌，他觉得柳芭这次唱的是他听到过的最好听的一次。这歌声让赵卫东深深的感动，为她所折服，心随她跳，情为她动。

赵卫东一直看着柳芭唱歌，篝火映红了柳芭的脸，给她的美貌又添加了神采，赵卫东握住了她的手，两个人四目相对，情绪冲动，身不由已地靠在一起接吻。

伊万看着他俩哈哈大笑，鼓掌庆贺，他把几人的酒杯倒满，举起杯说：“来！为了你们的爱情干杯！”

四个人碰杯，呼叫着：“为了爱情干杯！”仰头把酒干了。

伊万让赵卫东唱一首，赵卫东想了想，提议大家一起唱苏联歌曲《喀秋莎》，这首歌他很喜欢也很熟悉。几人欢呼着同意。伊万起头，赵卫东用中文，其他人用俄语，敞开歌喉，放声歌唱。

在篝火边，他们喝着酒，唱着歌，直到尽兴。

夜里，赵卫东和柳芭睡在车里，伊万睡在小帐篷里。菲佳说天气好，他在草坪上铺了些枯草，又铺了个狼皮褥子，就睡在了外面，他要守着那三匹马，那两条高加索犬就睡在他的旁边。伊万和菲佳都是搂着猎枪睡的，睡前他们用锯锯了几段碗口粗的木头，压在篝火上，说这样篝火一夜都不会熄灭，有火野兽就不敢过来。赵卫东和柳芭睡得很沉，一宿没有被任何动静打扰。

第二天又是个晴朗的天，他们迎着朝阳继续前进，队形还是昨天的队形，路况比昨天更差。伊万开着车继续在艰难地行驶，赵卫东和柳芭手握手在颠簸中张望着车窗外没什么变化的森林景观。终于在傍晚，路走到了尽头，往前没有可以走汽车的路了。

他们把车开到附近的一条河的岸边，点上一堆篝火，开始他们的野餐。今天菲佳打了一只野兔，没有煮，把内脏和头给了狗后，把兔肉分成四块，每人一块，用树枝挑在火上烤。他们还是不停地干杯喝酒，然后又唱起了歌，抒发内心的柔情，表达快乐的情绪。这时候，仿佛所有的辛苦都已忘记，所有的烦恼都不存在，有的只是对美好时光的留恋和对前景的乐观。

二十三

早晨，天气还是那么晴朗。他们按商定好的安排行动起来，把采玉的工具和午饭带在身上，把汽车开进附近林子里隐藏起来。然后他们分别上了马，菲佳和柳芭合骑一匹马，伊万和赵卫东各骑一匹马。菲佳和柳芭在前面，赵卫东在中间，伊万押后，就这样他们出发了。

他们的周围是看不到尽头的林海，前面没有现成的路径，他们直接钻入森林，在林中寻找大的空隙穿行。地面高低不平，到处是树，马已经没法奔跑，而且还要择路而行，只能纵马缓步慢走。赵卫东从没骑过马，走起来战战兢兢，伊万也很少骑马，作不了马的主，也就是跟着前面的人慢行。

他们就这样在林中摸索着行进，走过了一个山坡，又翻过了一个山包，在穿过一处密林时，一群动物在不远处的山坡急速跑过，引得卡洛克和别斯两条狗跃跃欲试要冲过去猎杀，被菲佳大声喝住。赵卫东瞪大眼睛看去，认得这十几只动物是一群野猪，菲佳把挂在马鞍上的猎枪抄了起来，但他只是作为防备，没有出击的打算。待这群野猪跑走之后，他说：对数量不小的野猪群，如果没有有利的地形和遮挡，千万不要贸然地打，否则会被野猪群冲得人仰马翻，弄不好会丧命。

这时赵卫东明白了，他们已经到了人迹罕至的地方，这里会有各种野兽经常出现，想到这里，他握了握背在身上的猎枪，心情既紧张又兴奋。

他们继续行进，又翻过一个山梁，走进了一处要经常把身体趴下躲避松枝的密林。走出这片密林，眼前开朗，一条河谷在他们的前面豁然展开。

菲佳指着下面的河谷说："就是这里。"

这条河谷不是很宽，从上而下及至远去，有一定的落差坡度。从上面看，这河谷就像是两山之间的一条沟壑，是莽莽林海之中的一道裂缝。这是条河，是条石头的河，里面都是大大小小的石头，大的有两三米高，小的如蛋卵。各种形状的石头乱七八糟地挤在一起，不像一般河床那般平坦。这不是一个完全干涸的河谷，只是水很少，在河床石头下面的缝隙间有少许的水向下滴着，不搬开上面的石头是看不见的。

他们找了个下坡，骑马下到河谷岸边，下了马，把马拴到了有草的地方。几人下到了河谷里，观察着。

赵卫东觉得这里很像地壳运动频繁剧烈的地带，这个河谷的形状，像是地壳相互碰撞形成的，而河谷中的石头正是频繁的地壳运动造成山里的石头崩塌出来，滚落着被河水冲刷过来的。他仔细看了看河谷中的石头，很多大的石头有很明显很深的水纹，这是几万几十万甚至上亿年被水冲刷才能形成的。这是一条非常古老的河谷。这些都说明这里是最有可能产出籽玉的地方，前提当然是这上游大山里确实有玉石的矿藏。这里人迹罕见，是一条未被开垦的处女地，不像新疆产籽玉的河谷，已经挖地三尺被开采了不知多少遍了。

赵卫东这时想起了伊万的朋友——菲佳的父亲，他为了找玉石真是做足了功课，他考察了大面积的地区，才找到这条河谷。可惜，老人家去世了。

伊万询问赵卫东对这里的看法，赵卫东点了点头，他们商量了一下，决定先从这里向下寻找。这里野兽多，四个人不要分散，集中在一起，一片挨着一片地找，找完一片，一起转移，再找下一片，马也随着他们一起转移。他们带来了两把镐、两把锹，正好一人一把，就这样他们开始行动起来，而两条高加索犬上蹿下跳地担当着警卫。

他们在一个范围内，各自寻找一个区域，地毯式的搜索。先看表面的一层，再搬开面上的一层看下面，如果有什么发现，继续向下搬看。他们只能搬动两三层，再深的挖掘他们不可能做到，他们看得很仔细，特别是伊万和菲佳，由于他们拿不准，所以看得更加仔细。他们一块一块地看，认真地分辨，还经常找赵卫东来确认。遇到大的石头，他们招呼赵卫东过去看，小的石头就拿过去给他看看，他们生怕漏掉玉石，所以见到白色的和有其他颜色的或是有些透明的好看的石头，都让赵卫东来辨认。河谷里这样的石头还真多，起初赵卫东只忙着给他们鉴定，之后他们虽然对玉石还认不准，但可以排除掉那些不是玉石的石头了。

就这样，他们一点一点地推进，一片一片地寻找，一直到下午两点多钟，他们没有找到一块玉石。他们不能再找下去，这里离他们藏车的宿营地有两个多小时的路程，这时不往回走，天黑前就赶不回去了。他们看了看翻找过的地方，大概有近一个篮球场那么大，他们要记住这个地方，省得以后再重复。他们费力地搜寻了半天，什么收获都没有，心里未免扫兴。

他们骑上马往回走，队形和来的时候一样，还是寻找着来时的路走。经过这几天，赵卫东对菲佳真是佩服，在赵卫东眼里，这林子哪里都一样，根本分不清方向找不到路，而菲佳竟然能一点儿不差地按原路走回。路上他们又看见远处有长犄角的动物跑过，太远看不清是羊还是鹿。

他们在昨天点篝火的地方做的饭，只是今天的气氛有些沉闷。他们商量：这样来回跑太费时间，在那里只能工作两三个小时，时间太短了，而且来回跑还累人。他们决定：明天把东西搬过去，就在河谷那里宿营。

今天大家很累，吃完饭就都睡了。

翌日，天气阴沉，林间飘荡着迷雾。

他们没有耽误时间，草草吃了点东西就出发了。还是按昨天的骑行方式，只是赵卫东和伊万的马都多背了些东西。走到半路，天下起了雨，雨不是很大，而且都被茂密的林中枝叶遮挡住，落在身上的很少，但明显感觉天气凉了不少。

到达河谷后，菲佳就带着三匹马返回，去把汽车里所有宿营用的东西运过来，其他三人则下到河谷，接着昨天的工作面继续搜寻玉石。出了林子，雨点就纷纷落在他们身上，好在他们随身带了雨衣，三人忙把雨衣穿上。赵卫东和伊万把猎枪挎在身上，裹在雨衣里面，菲佳不在，狗也随着菲佳走了，他们要随时保持警惕，不敢大意。

由于下雨，三人没有分开，而是靠在一起搜寻，虽然穿着雨衣，但脸上、手臂、下肢都被雨水打湿，又冷又湿，非常难受。但下雨对看石头有好处，石头被雨水打湿，看得更清楚，不过搬看下面的石头变得费力。雨一直下着，有一段时间下大了，他们跑进林子里去避雨，等雨小了又出来继续工作。可惜的是，他们冒着雨这么辛苦地工作，一直干到傍晚，仍没有任何发现，不免心情有些懊丧。

菲佳接近傍晚时才回来，他不仅带回来所有宿营的帐篷被褥等生活用具，还带回了在林中打的一只野兔和一只山鸡。他们从家里带来的食物不多，每天都要打一些野味补充，不然四个人、两条狗两天就会把带来的食物吃光。这时候雨停了，也让他们心情好了许多，他们把马背上的东西卸了下来，在平整一些的地方把两个帐篷支好，在帐篷里把湿的衣服换下来，在林子里找来干柴，点燃了两堆篝火，然后几个人围在篝火旁举着湿的衣服烤着。

菲佳忙着拿匕首收拾野兔和山鸡，把内脏和头扔给狗，山鸡还是放在锅里炖煮，然后把野兔肉分切成每人一块，用树枝挑在篝火上烤。

几个人聊了一下各自的想法，商量接下来的工作安排。他们虽然对两天一无所获有些失望，对这条河谷有没有玉石也产生了怀疑，但也都分析认为，这两天实际没干多长时间，没搜寻多大面积，还不能确定这里没有玉。特别是赵卫东还是相信自己的判断，再三说，这里有玉石的可能性非常大，应该在这里继续找下去。

说着话，衣服和身上都烘干了。烤着的野兔肉已经焦黄，嗞嗞冒油，散发着烤肉的香气；锅里的山鸡肉也煮熟了。几个人冷了一天，早就饿了，肉香扑鼻让他们按捺不住，他们摆上刀叉盘子，倒上伏特加酒，因为有山珍野味，行囊里的咸肉腌鱼就没有拿上来，只拿了面包、酸黄瓜和洋葱，菲佳捞出煮熟的山鸡，在铁盘上分切成块。他们刀叉并用，一边大口地吃着香喷喷的烤兔肉和炖山鸡肉，一边晃着头和身子称赞肉的美味，大家又变得喜悦起来，举起了酒杯，祝酒、碰杯、干杯！

“为了美味的烤肉和山鸡肉，干杯！”

“为了明天找到玉石，干杯！”

他们大口吃着喝着，吃得饱饱的，酒却没敢尽兴喝，因为他们知道今夜的危险，这里的肉味早已传得远远的，肯定已经引起野兽的注意。

他们吃过饭，又在帐篷两边点燃了两堆篝火，在篝火上压上几块粗壮的木头，把马拴在帐篷旁边。赵卫东和柳芭睡一个帐篷，伊万和菲佳睡一个帐篷。三个人的猎枪子弹上膛，就放在身边。

夜里，狗叫了几次，还听到了远处狼的嗥叫。

他们几次从帐篷里探出头来看，没有发现有野兽靠近。

早晨，赵卫东睁开眼，感觉自己在发烧，头疼头晕，嗓子肿痛，浑身酸痛。他夜里就觉得身体不适，想坚持一下可能就过去了，没想到早晨更加严重。他想挣扎着起来，但没做到。柳芭摸了摸他的头，吓了一跳，头烧得烫手。

伊万和菲佳听到柳芭的叫声，立刻过来，当时他们两个人正在巡视周边，看看有没有野兽来过的痕迹。伊万一摸赵卫东的额头，也吓了一跳，想想后分析说，一定是昨天下雨淋的，着凉感冒了。他想起车上有阿司匹林药，和菲佳商量了一下，叫菲佳过去取。菲佳立刻骑马，带了一条狗去了。伊万又去把篝火堆点燃，做了壶开水沏了茶，叫柳芭照看赵卫东，他则跳下河谷，继续去搜寻玉石，找玉的地点离得不远。

菲佳单骑来回走得快，没到中午就回来了，柳芭赶紧给赵卫东服菲佳拿来的药。赵卫东头晕晕沉沉，一直昏睡，吃过药，就又昏睡过去了。柳芭又照看了赵卫东一会儿，看他的烧退了一些，虽然昏睡但觉得病情有了好转，她便也下到河谷里找玉去了。

今天的河谷与昨天不同，由于昨天下雨，今天河谷里有了流水，只是雨量不大，河水没有涨满。河水冰冷彻骨，下去蹚水身体根本受不了，他们只得在露出水面的石头那里去找。找了一会儿什么也没有找到，三个人索性上了岸。

上岸后，菲佳提着猎枪一个人带了两条狗去打猎，伊万和柳芭找来枯木点了两堆篝火，在天然气罐灶上做了开水沏了红茶。柳芭把茶水送进帐篷给赵卫东，又给他服了药。赵卫东病情见好，但烧仍然没有退。

这次菲佳专门去打猎，去的时间长，打回来两只野兔，还有一公两母三只山鸡，还采了许多蘑菇。伊万把两只山鸡收拾煮了，其他的留在明天吃；柳芭把蘑菇在河水里洗净，放入鸡汤里；菲佳则拿着斧头和锯子去林子里伐木，他专找碗口粗的白桦树伐，除掉树枝，再分别锯成两米五和三米两个长度，搬过来。他们带的帐篷，都是简易的睡觉帐篷，经不住风雨。菲佳准备搭两个棚子，给人和牲畜遮风避雨。

山鸡肉煮好后，柳芭把鸡肉蘑菇汤端进帐篷，让赵卫东吃。随后他们仨人在篝火旁一起吃饭，大家情绪都不高，饭吃得有些沉闷。

翌日晴天，四个人一早起来就去看河谷，水基本下去了，只是在深的卵石缝隙中还有涓涓细流，但可以继续工作了。他们纷纷跳下河谷开始搬石头找玉，赵卫东也打算一起下去，柳芭不让，说他病没全好，手脚沾上冷水会使病情反复，叫他回去休息。赵卫东确实还有不舒服的感觉，身体没有完全恢复，便听从柳芭的劝告，回帐篷继续休息。

傍晚，伊万他们仨人找玉回来，每人都用包兜了一堆石头从河谷里上来，拿到岸上让赵卫东看。赵卫东烧退身体觉得好多了，他从帐篷里走过来，挨个看他们拿过来的石头。伊万和菲佳拿的石头，加在一起有二三十块，块也大。赵卫东挨个仔细看，没有一块是玉，他心情沉重地摇摇头，大家都非常失望。

伊万和菲佳耸了耸肩，表示出沮丧的情绪，疲惫地到一旁坐下抽烟，愁眉苦脸地一言不发。

柳芭拿的少，两手各攥着三五个比鸡蛋还小的卵石，捧在手里让赵卫东看。赵卫东闭眼休息了一会儿，没精打采地睁开眼睛，不抱希望地看了看。不料这一看，却让他睁大了眼睛，上手把柳芭手里的卵石拿了过来，惊喜地从中挑出了三块，叫道：“玉！玉！这是玉！上好的玉！”

这三块玉石，两个比鸡蛋稍小，呈不规则的圆形；另一块还要大些，扁圆形，都是不带皮的光白籽玉，玉的品质细腻密致，光润顺滑，颜色纯白。

赵卫东顿时心花怒放，似乎一下子病全好了，他抱住柳芭就吻，激动的眼泪都流下来了。他知道这不仅仅是三块小个玉石的发现，他拿到的是玉石宝藏的钥匙。

其他人也都欣喜异常，凑过来观赏着这三块玉石，精神都振奋了起来。他们知道他们拿到的是前景，拿到的是比这个大得多的收获。

二十四

早晨，天空湛蓝透亮，太阳初起，映红了天上的云朵，这是在河谷中看到的天空。在太阳升起之前，大家就迫不及待地下到河谷，精神抖擞地搜寻玉石去了。

赵卫东的病好了，虽然身体没有完全恢复，但行动已无大碍，看来精神的力量是巨大的。他没有听从柳芭的劝阻，也和大家一起下到了河谷。几个人还是照这几天的搜寻方法，从上到下，层层推进，地毯式的搜寻。今天河谷里的水更少了，上面一层的石头已经看不到水迹，但下面的石头还是湿漉漉的。几天下来大家除身体累以外，手也都磨出了泡。柳芭显然承担不了男人一样繁重的工作，她跟着赵卫东一起主要看地上表面，搬石头扒开下面，实在费力，只能是赵卫东做了，她也就是搭把手，即使这样她的手也都磨出了泡。

功夫不负有心人，今天的收获情况和天气一样的好，工作不久就有陆续的发现。先是伊万，找到了一块拳头大的白籽玉，他激动地举着这块玉石叫着："看！我找到了一块！我敢保证这是玉石！"

赵卫东跑过去，拿过来一看，一眼真，惊喜得连连点头确定说："是玉！白籽玉！没错！”

他再仔细看，是块偏三角的卵石形籽玉，一面平滑，另一面凹凸不平但也光滑，凹凸中有两处寸长的纹，大部分露白，少部分是发红的栗子颜色的皮。玉质不错，细腻莹润。他补充说：“品质不错！是块好玉！”

伊万听了，满脸是笑，高兴得像个孩子，又忙着去搜寻了。

没多久，菲佳也找到了一块，他拿着这块玉来到赵卫东身后说：“这块我觉得是玉。”

赵卫东回身拿过来一看，又是一块籽白玉，忙点头确定。这是一块大小、外表和刚才伊万找的那块差不多的白玉，形状更圆，有纹但没有明显的裂。赵卫东朝菲佳竖了竖大拇指。

赵卫东和柳芭只找到了几个鸽子蛋大小的白籽玉石，两个人有些着急，直到下午，俩人累得已经筋疲力尽，想着再扒开最后几块石头就休息不干了。这时赵卫东看那扒开的坑底，一下子看到了玉色宝光。他忙趴在地上，把头探到坑里，用手擦拭那块石头的表面，一看果然是一块白玉。那块玉石埋得深，用手根本扒不出来。他站起身和柳芭一起搬开上面的石头，把坑扩大，又抠出这块玉石周围的石头，这才把这块玉扒了出来。为了扒出这块玉，费了将近两个小时，他趴在地上，衣服全都被汗湿透了。这时候天已经黑下来了，伊万和菲佳早已上去生火做饭，赵卫东把玉石拿出来，来不及看，赶紧从河谷里上来。他到帐篷里把衣服换了，在篝火旁边坐下，这才捧着玉石仔细观看。

这块玉石差不多是伊万和菲佳找到的那两块加起来那么大，掂着分量应该有三公斤左右；形状是有些歪斜的不规则的圆形；发红的栗色皮占了玉石表面的三分之一，大部分表面没皮，呈纯白色；露白处有些透，晶莹光润；表面圆滑，有一面有凹凸，有几条纹和一条小裂；凹处和裂纹处呈金黄色；玉肉细腻致密，是品质上好的白玉。

赵卫东身上湿透受凉，浑身瑟瑟发抖，但仍捧着那块玉石不住地看，心里美极了。这是他平生第一次亲手挖出的玉石，是他费了千辛万苦得到的第一分收获。他知道这块玉石在国内价值不菲，这可是宝贝啊！他又有了飞翔的感觉。

他们清点战果，三块大的，十二枚小的，全部都是品质好的籽白玉。收获不小，而且是辛苦这么久的首次收获，大家都非常高兴。晚上他们继续在篝火旁喝酒，吃烤野兔肉，大声说笑，忘记了腰酸腿痛的疲倦。黑夜里篝火映红了他们的笑脸。

当天他们吃光了两只烤野兔和剩余的腌制的罗姆鱼，还剩下一只山鸡、咸猪肉、腌制的酸黄瓜、洋葱头和几个面包。食物还够，菲佳决定明天不去打猎，全力去找玉石，他找玉也在兴头上。

赵卫东想要过过打猎的瘾，提出后天和菲佳一同去打猎，菲佳欣然同意，柳芭自然也是要一起去的。

转天还是晴空万里。早晨起来后，赵卫东把自己的一件衬衣撕了，分给每人一些布条，各自把满是血泡的手包扎一下，然后几人就兴致勃勃地下到河谷里翻石头找玉去了。

他们依然在昨天搜过的区域向下搜索，下游的河床越来越平坦，也比上游宽一些。他们还是一层一层地向下翻，一个区域一个区域地向下推进。这个古老的河谷石头向下不知道有多深，而上面的石头往往都比较大，几吨重到不足一公斤的都有。像二三十公斤的石头，男人还能搬动，再大的就搬不动了，只能把一边掏空，把大石头推着滚到一边。如果翻看下面二三层的石头，就更难了，要搬开能搬动的石头，刨一个大坑，再推开搬不动的石头才行，真是费了大劲儿了！几个男人干一会儿就气喘吁吁累得不行，干一天就累得筋疲力尽。柳芭根本干不动，只能看看地上表面，给赵卫东帮把手，即使这样都把她累得疲惫不堪。

太阳还没西下，几个人累得实在干不动了，包扎手的布条也用完，手上的血泡都破了，弄得满手是血。他们招呼着收工上了岸，到了岸上躺倒在草地上，就都不想动了。

就是累成这样，他们仍然满脸是笑，因为今天有让他们欣喜的收获。五块两三公斤重的白籽玉，十几块鸡蛋大小的小白籽，这么大的成果，使他们累趴下了还喜不自禁。

还是菲佳的身体好，躺了一会儿，就爬了起来，堆起篝火点上，把山鸡煮上，又去林子里伐木去了。这几天他有空就去伐木，为搭棚子准备材料。

仨人躺了一会儿，起来到河谷里有水的地方洗了洗，一起把饭菜准备好。菲佳扛着圆木回来，大家围坐在篝火旁吃饭。他们继续开怀畅饮，朗声大笑，仿佛疲倦并不存在。

这时夕阳西下，彩霞满天，层林尽染，他们的情绪变得高亢，伊万起头，他们又兴致勃勃唱起了苏联歌曲《祖国进行曲》。

这首歌在俄罗斯人心目中就像中国人心目中的《歌唱祖国》歌曲那样，他们唱得激情澎湃，唱出了俄罗斯民族的自豪和激情。抒情的歌声在山林上空回荡，和这壮美的山河融成一体。

翌日还是晴天，蓝天纤尘不染，林间风清气爽。

菲佳、赵卫东和柳芭去打猎，他们牵了一匹马，带了卡洛克，钻进了林子。

菲佳对这里的山水森林，对这里的动物猛兽非常熟悉，据他讲，在改制前由国家集体供给，他们虽然生活不富裕，但也不愁吃喝。只是管得很严，每天必须去工作。那时他还在上学。改制后供给没了，但人也自由了，但整个俄罗斯都没有食物，他的父亲就带他去打猎，维持家里的生计。这几年他练就骑马打枪的本事和在森林中的生存能力，对这里的环境和动物习性了如指掌。

赵卫东问他都打过什么野生动物。

他说除了老虎、豹子没打过，其他的动物基本都打过。

赵卫东问他为什么没有打过老虎和豹子，是没碰到过?

他说都碰到过，而且不止一两次，爸爸不让打。

赵卫东追问为什么爸爸不让打。

他说苏联解体后，没有了管制，打猎的人多了，没有打猎证的人也来打。一些人不是拿猎枪打，而是拿军用步枪打，甚至用狙击步枪打，还用铁夹子和套子捕虎。他们这些人打老虎是为了倒卖老虎皮和虎骨赚钱。在苏联解体的这几年里，这里老虎的数量下降非常严重，虎越来越少了，所以爸爸不让打。其他的动物有很多，打了不会影响什么。

菲佳的回答多少让赵卫东感觉意外，没想到打猎的人会照顾到野生动物的种群保护问题和自然界的平衡问题。

赵卫东又问："打过的这些野生动物都吃过吗？"

菲佳点点头说都吃过。

赵卫东笑着问："什么动物的肉最好吃？"

他想了一下儿说："这里有几种鹿，有几种野羊，都很好吃。"他说他最爱吃狍子肉和山鸡肉，另外熊肉也好吃，特别是棕熊肉，很好吃。狼肉、野猪肉、獾肉等等吃着也还可以，但味道差一些。

相对于和这里的山林野兽打交道，菲佳与人打交道时却显得生疏和拘谨，他很少说话，总是用眼睛观察别人，揣测别人的意思，显得不知所措。直到相处时间长了，而且就这几个人朝夕在一起，共同做事，他的话才逐渐多了起来，但往往也是问到才说，不是那么主动。话说得少，但事情不少做，该他做的事特别是森林里的事，他都会按部就班地去做，不用别人去吩咐。他的脸上总是挂着淳朴的笑，像个老实的大孩子。其实他的脾气很倔，脸皮也薄，受不了一点委屈。昨天就因为伊万说食物不多了，催他提前去打猎，怕打不着猎物，食物断了大家会挨饿，他经不住，脸色涨红地回呛说："我知道什么时候去！你不要管！我肯定能打着。"弄得伊万愣了一下，赵卫东也觉得有些奇怪。

进了林子走了一段，菲佳对赵卫东说："今天咱们打个大家伙。"

赵卫东说："打什么？野猪？"他想大的野猪有二三百公斤重，打一只够吃半个月的。

菲佳皱了下眉头说："不，野猪太大我们吃不了，在这里也不好收拾。我们打野鹿、野羊，最好打个狍子。狍子好打，也好吃。"

赵卫东明白了，原来菲佳打猎是有选择的，不是碰见什么打什么，而是考虑到野营条件和口味需求。前几天他总是打山鸡和野兔就是这个想法。

进了林子走了一会儿之后，菲佳牵着马的缰绳，一边观察一边往林子浓密的地方走，赵卫东举着上了膛的枪和柳芭跟在后面。走的途中经常有松鼠在周边的树上窜来窜去，有各种各样的鸟儿飞来飞去，叽叽喳喳的鸟鸣声不绝于耳。林中的路坑洼不平，起伏不定，有的地方草矮，有的地方草高。这时有野兔在他们前面很近的地方跑过，赵卫东举枪想打，菲佳用手制止住，卡洛克也亢奋地要冲上去捕捉，被菲佳拽住。

走了一段之后，首先是卡洛克抬头警觉地观察着前方，菲佳好像也发现了什么，顺手把马的缰绳绑在身边的树上，把肩上的猎枪提在了手里，蹑手蹑脚地向前走着，眼睛机警地搜索着前方。赵卫东的眼睛和耳朵并没有接收到任何信息，但他知道卡洛克和菲佳肯定发现了什么，便悄悄地跟在他们的后面，眼睛顺着他们观察的方向搜索着，柳芭跟在赵卫东的身后东张西望。只听到卡洛克喉咙里“哼”了一声，竖起脖子瞪眼直视前方，同时菲佳猫腰躲到了树后，朝后面摆了摆手，叫赵卫东和柳芭注意隐蔽。赵卫东顺着他们的目光，果然看见有几只比羊大比鹿小的动物在前方吃草。他马上拉着柳芭躲在了树后，探出头来观看，这时看清了，是三只狍子在一起吃草。赵卫东没见过狍子，但听说过，狍子是鹿的一种，是一种身形较小的鹿，草黄色的毛，屁股上的毛是白色的，在中国俗称矮鹿。这三只狍子没有发现他们，还在闷头吃草。一只最大的狍子头上有角，角不大，有一个分岔，应该是公的。赵卫东在树后举枪瞄准，却见菲佳朝他摆了摆手，又向一侧指了指。赵卫东放下猎枪，朝菲佳手指的方向看去，那是一条山坡上隆起的高岗，他明白了菲佳的意思，这里距离太远，猎枪的射程够不上，直接走过去容易被发现，迂回到那边山冈靠近再打。

三个人猫着腰，在树林和高草的掩护下，迂回到了那边高岗上。赵卫东探头看去，三只狍子就在下面，距离在射程之内，无遮无挡的是绝佳的射击位置，他立即伏下身体，摆好了射击的姿势。柳芭探头看了一下就缩回了头，不忍看这猎杀的场面。菲佳也做好了射击准备，用手指朝赵卫东比划了一下，赵卫东明白是让他先打，于是他瞄准后立即扣动了扳机。“砰”的一声枪响，三只狍子吓了一跳，抬起头朝他们看。没有击中！正在赵卫东准备打第二枪时，菲佳的枪声响了。就在狍子要跑的时候，那头有角的公狍子应声倒地，另外两头狍子一下子窜入林子不见了。

赵卫东激动得立刻奔跑过去，跑在他前面的是像出膛的炮弹一样的卡洛克。到了跟前，那狍子倒在地上已经死了，散弹正打在狍子的头上，它满头是血。菲佳没有过来，回去牵马。柳芭走了过来，扭着头不忍看倒在草丛中被猎杀的狍子，还用拳头怼了赵卫东一下，说："你把它打死的，告诉你，我不吃。"说完就返身离开了这里，她以为是赵卫东打死的。

菲佳牵马过来，把狍子放到马背上，用绳子固定在马鞍上，然后几人往回走。途中柳芭一直阴沉着脸，回避不看那马背上的猎物。走了一段路之后，他们又发现有动物在林间草丛中出没，靠近一看，是几只有着树的枝杈一样犄角的个头很大的马鹿。赵卫东兴奋得想靠近去打，被菲佳拦住，他歪头指了指马背上的狍子说："我们够吃了。"赵卫东收了手，他们继续走路。

赵卫东是想这只狍子他没打中，是菲佳打中的，所以他心不甘，还想试一下身手。不过菲佳的阻拦倒也让他刮目相看，一个猎人并不滥杀，值得赞赏。

走了一段路他们又有新的发现，在他们右侧不远处有几只山鸡在林中觅食。菲佳把马拴在树上，招呼赵卫东悄悄靠上去，赵卫东明白菲佳的意思，他是想让赵卫东打中一个猎物，有一次真正打猎的经历，也弥补一下刚才自己阻拦他的歉意。

两个人到了离山鸡二十多米的距离处，停住了脚步，躲在树后举起了枪。菲佳用手比划了一下，意思是各打一只，一起开枪，二人随即瞄准开枪。枪声几乎同时响起，眼见两只山鸡在草丛中弹起落地，其他几只四散飞去，卡洛克立即窜了出去。赵卫东也要过去，被菲佳拽住，不一会儿，卡洛克大嘴里竟然叼着两只山鸡过来。这两只山鸡，一只是羽毛颜色斑斓的公鸡，是赵卫东打的；另一只是灰羽毛的母鸡。两只鸡的分量都不小，赵卫东心里十分高兴，这是他平生打的第一个猎物，他举起公鸡朝躲在一边的柳芭显摆，却遭到了柳芭狠狠的一个白眼。

回来的路上，柳芭也有新的发现，地上的草丛落叶里有不少松塔，多数已经被打开，没了松子，还有不少是没有打开的。她捡了几个，菲佳上前拦住她，说有更好的方法可以找到很多，只是今天没带工具，改天带她来找。柳芭非要捡，捡多了没有地方放，菲佳给了她一个编织袋。赵卫东也帮她捡，装了半个袋子，放在马背上。三个人这才乘兴而归。

回到营地，菲佳立刻把狍子的后腿绑了，把狍子头朝下吊在树枝上，给狍子剥皮。他用刀在狍子的后大小腿中间把皮割开，把后腿的皮退下来；从臀部切开一个口，从里面把尾巴断开，把皮从臀部往下退，退到前腿和头后，用刀在里面把头和小腿割断。这样，一条完整的皮桶子就剥下来了，露出了里面鲜红的狍子肉。然后，他开膛取出内脏，拿出一部分给了在旁边已经等得不耐烦的两条狗，其余的放在编织袋里留在以后给狗吃。这堆内脏足够这两条狗吃两天的。整个过程菲佳用时没超过五分钟，可见他手法的麻利和熟练。

柳芭瞥了一眼这血淋淋的场面，就掉头钻进帐篷剥松子去了。她对进来的赵卫东说：恶心要吐，不吃这肉了。

伊万把一支山鸡收拾干净，在篝火上架锅开煮。这只山鸡不小，几个人的中午饭足够。吃饭时，他们商量今天就不下河谷，好好休息一天。菲佳说，抓紧时间把棚子支上，不然下起雨来，这个帐篷禁不住，马和狗也受不了。

吃过午饭，菲佳就开始搭棚子，伊万和赵卫东给他帮忙。他们先挖坑把四个柱子埋上，绑上棚顶子四边的圆木，再用木条斜戗上，把棚架固定好，棚顶上先绑木条再铺树枝树叶。没到太阳下山，两个棚子就搭好了。棚子一人多高，棚顶单面倾斜，为了防雨，角度很大。他们把帐篷移到棚子里支好，这样雨水就不会直接淋到帐篷上了。另一个棚子留给下雨时马和狗避雨用，现在他们放了很多树枝干柴在里面。

晚上，他们割下了一些狍子肉，分切给每人一块，穿在树枝上用篝火烤，锅里还有中午没吃完的山鸡肉和汤。狍子肉烤在火上嗞嗞作响，烤肉的香味扑鼻而来，又和烟火的气味汇合在一起，飘散在河谷岸边。烤肉还没熟透，大家就迫不及待地拿刀片切着吃上了。伊万和赵卫东边吃边点头称赞，这肉真是味美，比烤兔肉香，没有羊肉的膻味儿和野猪肉的腥味儿，狍子肉的确名不虚传。柳芭拒绝吃狍子肉，她吃山鸡肉还有剩余的面包，最后在大家的极力劝说下，才勉强吃了一点儿。

他们把伏特加酒满上，干杯畅饮。他们无拘无束，欢声笑语，和夕阳的红霞一起，让这河谷森林荡漾着快乐的气氛。

入夜他们在棚子里宿营，帐篷里新铺了厚厚的干草，睡着比过去舒服了很多，他们很快就进入了梦乡，但很快又被狗叫声惊醒。菲佳立刻提猎枪钻出了帐篷，随后伊万和赵卫东也提枪出来。卡洛克和别斯朝林子里暴躁地吼着，菲佳指了指林子说："有狼。"

他们朝林子里望去，看见一对对非常明显的闪着绿光的玻璃球样的东西，那是狼的眼睛！是一群狼的眼睛！赵卫东看得脊背发凉毛骨悚然，显然是这里的肉香味儿把狼招来的。菲佳把三匹马拉过来拴在棚子上，叫两条狗守护在棚子边，又给篝火添了几根树枝，然后说："狼不会过来的，你们去睡吧。"他抱着枪往草堆上一躺，准备在这里守一宿。伊万和赵卫东返回帐篷继续躺下，一会儿伊万在自己的帐篷里就睡着了，赵卫东和柳芭却一直睡不着，直到下半夜没什么动静，他们才入睡。

早晨起来，他们查看了一下周围，狼群一直没有过来，没有发生任何事情。他们虽然睡得不好，但仍然精神饱满地下到河谷里找玉石去了。

二十五

一连三天，他们在河谷里找玉石，其他什么事情也没有做。吃住都已经安排好，不需要做其他事情。他们也没怎么休息，一整天费力地搬动着大大小小的石头，全力以赴地寻找寄托了他们希望的宝石。他们每天都累得筋疲力尽，每天又都毫不犹豫地投入到那已经让他们望而生畏的石头中间，重复昨天耗尽了他们全部身体能量的工作。他们的手掌仍然有血泡不断地出现，疼痛难忍，但他们抱起几十公斤的石头没有退缩。好在他们每天都有发现、都有收获，大一些的玉石每人每天都能发掘到一块，偶尔还有多一块的成果，但那是搜寻了多么大的面积，搬动了多少吨重的石头的获得。显然找玉石的艰苦程度和难度远远超过了他们的预期。

三天后的夜里，下起了雨。雨不大，全部被棚子遮挡住了，淋不到帐篷上。让他们感到紧张的是篝火给浇灭了，没有了阻吓野兽的法宝。菲佳把马拴到了棚子里，抱着猎枪坐在草堆上，这次他没敢睡觉，警惕地观察着河谷两边黑黢黢的林子。看到菲佳的样子，伊万和赵卫东也没了睡意，抱着猎枪在棚子里抽烟。不过那两条比狼大得多的高加索犬还是给了他们安全的信心，下半夜也没有发生野兽袭扰的事情，他们也就睡着了。

早晨雨停了，他们起来看到，河谷已经水流潺潺，下去工作是不可能了，正好休息一天。山鸡吃完了，狍子肉也剩得不多了，家里带来的食物只剩下酸黄瓜和洋葱，他们决定进林子打猎。伊万还是留守营地，柳芭本来不打算去，被赵卫东拉着，菲佳又引诱说会找到很多松子，她这才跟着去了。

这次他们去了河谷的另一边，打猎的目标仍然是狍子或是野羊和黄羊。途中遇到野猪他们放过了，他们的运气不错，没走多远就遇到了两只狍子，更好运气的是赵卫东，在靠近狍子三十米之内的距离果断开枪，一枪将狍子打翻在地。把他开心坏了，竟然把这只足有四十公斤重的狍子抱了起来，朝柳芭显摆，气得柳芭朝他挥拳瞪眼。然后他们又踅摸到了山鸡，打了两只，这才回来。到离河谷营地不远的地方，菲佳在一棵大松树前站住，树上的树洞里有松鼠探头活动，他在松树的周围地上仔细搜寻，终于发现了用茅草掩盖的松鼠洞。他从马背上取过小铁锹，挖起松鼠洞来。他一边挖一边说，松鼠的洞一般有几个，有的居住用，有的储藏食物用，即使是在树洞里生活的松鼠，一般也在地上打洞作储藏室。他沿着洞道往里挖，坑越挖越深，也越挖越大，终于挖出了里面储藏的松子。

挖出松子并不意外，让赵卫东意外的是竟然从里面掏出了半个编织袋的松子，足足有二十公斤！乐得他合不上嘴。

与赵卫东惊喜的情绪相反，柳芭皱起眉头不愿意了，她拦阻着菲佳不要继续掏松子了，指着树上的松鼠说："我们都挖走了，它吃什么？冬天它怎么活下去？"

菲佳听着她的话直犯愣，不知如何作答。赵卫东忙劝她说："就是我们不把松子拿走，把坑填上，洞也没了，松鼠也找不到松子了。现在离冬天还有一段时间，松鼠还会打洞，继续储藏松子的。"

柳芭不说话，白了赵卫东一眼，气哼哼地走到了一边，回来的路上，她在赵卫东的身后愤愤地说：“告诉你，我一个松子都不吃！”不过她的诺言并没有兑现，晚上伊万在天然气气罐架的灶上炒了一些松子，她吃得最多。

伙食仍旧是烤狍子肉、煮山鸡，他们已经没有了其他的食品，这既是主食也是副食，而且是现在条件下最好的食物了。菲佳、伊万在家就没做过饭，不是会做饭的人，有条件都做不出好吃的饭菜，何况现在还没条件。赵卫东做个中国家常菜还行，这个野味既不会做也没那个条件做，所以好的食材并没有产生好吃的饭菜。另外他们的吃相也实在不堪，吃完弄得满脸满手都是油腻腻的黑。以前的篝火野餐，吃的都是家里带的食物，和现在相比简直就是美食了。那时是野趣风情，是享受，现在则完全是填饱肚子。况且现在这个环境状况下能填饱肚子就不错了，这还得感谢菲佳的野外生存能力和他打猎的本事。没有他，他们一刻都不能在这种地方生存。

时间长了天天吃这种粗制滥造的原始风味的食物就让人反感，实际上没有多久赵卫东就难以下咽了，只是为了生存在坚持。伊万和菲佳对这种食物的适应性比赵卫东强得多，柳芭的反应比赵卫东还要厉害，她看到他们猎杀狍子和把狍子吊在树上拿匕首血淋淋地开膛破肚剥皮，就对这种食物产生排斥，一直不想吃，只是在没有其他食物的情况下，才吃一些，吃的时候难以下咽，样子让赵卫东看了心疼。她在默默地忍受，再次让赵卫东对她刮目相看，钦佩她的坚忍。

柳芭忍受的岂止是吃这一项，这野外的生活对她的折磨是全方位的。虽然是秋初，在北京还是穿T恤衫的气温，但这里的天气已经变冷了，特别是夜间已经十分寒冷。这帐篷又小又薄，没有御寒的功能，冷得让人没地方躲没地方藏。在帐篷里睡觉，实际上就是睡在地上，虽然有羊皮铺也有被褥，但都十分的简易，睡着非常难受，早晨起来浑身都是疼的。一两天坚持一下无所谓，时间长了真是受罪。还有就是他们只能在小水洼里简单地洗洗脸和脚，水太凉连头都不敢洗，更洗不了澡。洗不了澡也没有衣服可换，身体难受得要命。这让赵卫东明白，在现代条件下生活的人返璞归真去过原始生活完全是痴人说梦。生活艰苦如此，每天还要弯腰低头搬石头，繁重得能把人累死。

柳芭坚持住了，她忍受了，但可不是心甘情愿，她情绪低落到了极点，整天连话都不想说。脾气也暴躁，成天冷着脸，动不动就发火，当然矛头全部对着赵卫东，仿佛这位准丈夫是造成她饱受折磨的麻烦制造者。赵卫东也觉亏欠她，便加倍心疼她，尽力体贴关心讨好她。即使这样也换不来她的一个笑脸，弄得赵卫东也不知如何是好，便和她商量，不行就撤回去不干了。她却朝赵卫东瞪着眼睛，指着那些找到的玉石说："就找了这么一点儿，怎么回去？"

在这点上，赵卫东和她的心思倒是一致的。

休息了一天之后，河谷里的水逐渐退去，除了柳芭——赵卫东坚决不许她下去之外，三个男人一早就下去搬石头了。一连三天的艰苦奋斗，和过去一样，每天都有收获，每天又都收获不多。

三天后的晚上，赵卫东把所有玉石集中在一起清点估算了一下：他不完全清楚国内的价格，粗略估计应该可以卖到三百万以上了。

但这是赵卫东心里的价格估算，玉石在这里的价值不高，其他人对这些收获的估算与赵卫东的估算差距很大。虽然他们采到的玉石已经不少，但和他们的心理预期差距还比较大。而且他们每天都能找到，都有收获，如果连续几天找不到了，也许就死心了，不这么拼命了。每天收获虽少，但让他们看到了实现预想目标的可能，所以他们忍受着，他们坚持着。

赵卫东的内心其实比柳芭更坚决，他明白现在的处境，明白这森林间古老河谷中的宝藏对他意味着什么，也知道这样的机会非常难得，可能不会有第二次了。所以再苦再难他都不会轻易放弃。

赵卫东发现伊万也从没说过要走的话。伊万将近五十岁的年龄，身体虽然强壮，毕竟年龄大了，在这样艰苦的环境条件下这么辛苦地劳作，怎么能消受得了。虽然他从没抱怨过，但能看得出来他也在忍受，也在坚持，他没有和赵卫东谈过他有什么预期的目标，但显然也有自己的算计和利益考量。

至于菲佳，从没说过自己有什么考虑，只默默无闻地工作，他搭棚子扎营盘显然是为了长时间在这里工作，肯定也有自己想要达到的目标。

所以他们无论出于什么考虑，相互之间虽没有沟通过，但心气是一样的。

不过这时对他们真正的考验来了。这天从中午开始就淅淅沥沥地下起了雨，他们从河谷上来，分别钻进各自的帐篷躲雨休息。雨越下越大，天空黑云密布，整个林子湿雾笼罩，像夜晚一样的黑暗。赵卫东和柳芭钻进帐篷后，把帐篷的拉锁拉上密封好，就躺下睡觉。这时他们心里感谢菲佳想得周到，在帐篷上面搭了棚子，要不这么大的雨早把帐篷淋透了。但雨下得时间长了，雨水也有从棚子上滴下来，地面上也慢慢地进了雨水，逐渐地浸湿了被褥的边沿，他们也就躺不下睡不了，只得坐了起来。赵卫东让柳芭趴在自己怀里这样可以让她舒服一些，也可以暖和一些。帐篷四面没法靠，这么坐着，无依无靠，又冷又湿，实在是太难受了！但是没有办法，只能就这么挨着。

雨一直下着，点不了篝火，他们就用天然气气罐架的灶做饭，把昨天剩下的狍子肉煮了，还热了一些炖好的山鸡肉。还好有伏特加酒，他们一起喝了一瓶，感觉暖和了一些。到了晚上雨还在下，下得很密集，雨点击打着棚子，也点点滴滴地落在帐篷上。帐篷里湿冷得更严重了，虽然没有直接挨淋，他们也像泡在冷水里一样受罪。外面河谷里涨满了水，传来激越的流水声。周围漆黑一团，菲佳一直在棚子里，守护在马的旁边。两条狗不一会儿就叫几声，隔一段时间，就响起一声枪响。由于没有篝火吓阻野兽，菲佳发现有野兽靠近的迹象，就用枪声恐吓驱离野兽。他们在苦挨的同时，心里还充满了恐惧。

伊万在帐篷里同样遇到赵卫东他们的困扰，但他一个人在帐篷里宽敞些，他把羊皮毛大氅裹在身上，蜷曲着身子躺着将就着休息。

赵卫东也把翻毛羊皮大氅裹在两个人身上，搂着柳芭坐着。他尽可能地让柳芭舒服一点儿，只是隔一会儿就要稍微活动一下，因为腿脚很快就麻了。赵卫东一直这么坚持着，体验着身体各种最难受的滋味，还好柳芭在他的怀里睡着了，赵卫东觉得欣慰。他内心觉得在这种艰难的情况下，要用实际行动爱护自己的姑娘，为这个受多大的罪都值得。正是这个信念支撑着他，否则他早就坚持不住了。

雨到了第二天午后才停，赵卫东度过了漫长的一天一宿，柳芭挣扎着起身，从帐篷里爬出来，而赵卫东则歪倒在地上起不来了。

二十六

雨停了，可天还没放晴，乌云仍然笼罩着大地；森林到处湿漉漉的，浓雾弥漫；河谷里涨满河水，激越奔腾，浪花飞溅。

伊万、菲佳和柳芭站在岸边望着河水犯了愁，找玉石这活儿看来干不成了，河水要退下去得几天的时间，还得是在不下雨的情况下。天还阴着，说不定还会下雨，短时间内恢复找玉石的工作是不可能的，他们叹着气，无奈地决定：撤！

柳芭回到帐篷看赵卫东蜷曲着在湿被子上睡着了，用手摸他额头是热的，他又发烧病倒了。柳芭赶紧叫过来伊万，拿来阿司匹林，给赵卫东喂服。出了帐篷，柳芭和伊万商量，到藏汽车的地点有二三十公里的路程，还要运帐篷等行李，现在走很困难。他们去找菲佳，发现他也倒在帐篷里睡着，摸他的额头，倒是没有发烧，他是累的，一天一宿没合眼，已经困得支撑不住了。

这种情况肯定走不成了，今天还要住在这里，伊万和柳芭搬过菲佳在棚子里储藏的干柴，点起了两堆篝火，用树枝把湿的被褥和衣服架在篝火旁烘干。傍晚，他俩又做了壶开水沏了热茶，煮了些剩的狍子肉，叫醒赵卫东和菲佳，一起吃了饭，柳芭又给赵卫东服了药。

翌日清晨，天晴了，蓝天白云，艳丽透亮，森林也没有了前两日的阴霾恐怖，变得清新明朗，他们钻出帐篷，心情豁然开朗。赵卫东烧退了；菲佳也睡得不错，体力完全恢复了，他们站在岸边，看到河谷里清流潺潺，水势比昨天小了许多。

今天走还是不走，他们犹豫了。

如果晴天不再下雨的话，两三天后，河谷里的水就会退下，他们就可以继续找玉石；如果今天走的话，想再来，最快顺利的话也要两周以后了。现在是九月份，天气一天比一天冷，一进十月这里就下雪，天寒地冻，在野外生存搬石头找玉石，根本就是不可能的事。经过这次十几天的探宝，他们明白：找玉石不是轻而易举的事，是要付出相当的时间和辛苦的。就是能够尽快回来，他们也没有找玉石的时间了，因为这一走，今年就回不来了。这里冬天长，解冻要到来年五月份，也就是说他们八个月以后才能回来，而春夏季雨水多，这条河可能一直涨满水，那时候过来也下不了河，这意味着只有明年这时候才能继续过来采玉。

他们拿出所有的玉石摆在一起看着，欣赏着这些寄托了他们很大希望的、付出了巨大辛苦才收获到的宝贝，又遗憾找到的玉石偏少，没有满足他们的愿望。他们反复商量，不愿意放弃现在的时机，一致决定，再等两天，如果没有下雨，河谷里的水下去了，他们就继续工作；如果再下雨，他们就离开。

决定之后，菲佳立刻扛起猎枪、骑上马去打猎，其他人升起篝火，烘烤被褥和衣服，整理帐篷，继续在这里安营扎寨。

一连两天都是晴天，河谷里的水很快退下去了，虽然还有些小的水流，但不妨碍他们的工作。他们没有犹豫，跳下河谷继续翻石头找玉。当天就有收获，找到了一块巴掌大的三角形的籽玉，一块拳头大的圆形籽玉，还有几块鸡蛋大小的籽玉，都是品质上好的白玉，收获不小。

菲佳没有去很远处打猎，他只打了两只野兔和两只山鸡，晚上他们吃的烤野兔肉和煮山鸡。他们吃着肉喝着伏特加酒，传看着今天找到的两块大的白籽玉，都十分的开心，觉得留下来对了。

第二天的收获更出乎他们的意料之外。

早晨，他们很早就下到了河谷里干活儿，可是一上午四个人没有任何发现，十分的扫兴。中午吃饭休息了一会儿后，几个人下到河谷里继续搜寻。刚开始找，菲佳就摸出了一块，拿给赵卫东看，是块比拳头还大的一半有红褐色皮子的白籽玉。接着几个人陆续都有发现，都是块头不小的白籽玉。一共九块！把他们高兴坏了，举着玉石叫着笑着。

再接着找，几个人更加卖劲，可又没有什么发现了。到了傍晚，他们收手准备上岸，赵卫东搬开手底下几块卵石，往下看，看到下面湿漉漉的几块卵石中间挤着一块卵石，在浅浅的清水里安静地卧着，泛着与众不同的莹润的白色。他眼睛一亮，急忙趴下把脸凑上去看，用手触摸，是白玉无疑！而且块头不小，他心中大喜！立刻搬去周边的大小石头，这块玉石凸显了出来。

这是一块比足球还大的白籽玉，通体莹润发着洁白的玉色，形状好似山形，表面有棱角凹凸，但都圆滑。由于沾水，玉的表面像磨过一样白润莹秀。

这可真掘到宝贝了！赵卫东激动得心都快跳出来了。

他用双手试着挪动了一下，很沉，他叫站在旁边的柳芭下手帮忙，俩人一起小心翼翼地将玉石搬出。赵卫东怕放在卵石上磕碰，直接把玉石抱在了怀里。

柳芭这时才看到这玉石的真容，当时就惊讶地睁大眼睛大叫了一声：“啊！天呀！这么大！”

赵卫东抱着这偌大的玉石掂量着，最少也有三十公斤！他激动得身体抖动，高兴得满脸是笑。他心里知道，这次确确实实挖到宝物了！这块玉石价值不菲！当然，他没有说出来。

赵卫东把玉石搬上来，和今天找到的玉石放在一起，伊万和菲佳看着这大块的玉石都十分惊喜，蹲下来触摸着，又双手抱起来估着分量。

他们看着今天收获的这些玉石，脸上满是开怀的笑容，都十分的高兴。今天是他们丰收的一天，他们费了千辛万苦，获得了期待的成果！他们经历了艰难困苦，得到了应有的回报！他们相互拍手庆祝，孩子般地大声欢笑。

晚上，他们仍在篝火旁吃肉、喝酒，他们开怀地笑着，又唱起了歌。赵卫东也是异常的兴奋！他扭转了人生的颓势，打开了封闭前途的大门，跨上了奔向光明的列车，他的心随着歌声一起飞扬。

柳芭也露出了长久没见的笑容，把头靠在赵卫东的肩上，吟唱着俄罗斯民族那悠扬的歌曲。她唱了一首现在流行的歌曲《看着我的眼睛》：“再陪我几分钟，我知道凌晨的时钟飞快地奔跑。你看着我的眼睛，我想说我会忘记你的，我不会号啕痛哭，我想知道你是因为谁对我移情别恋了。但是不要再给我打电话了，不要再召唤我了，我会忘记你说过的一切，我会把你给我的一切都还给你……”

这首歌的曲调有俄罗斯歌曲节奏明快的特点，但不高亢，如诉如泣，歌的内容是恋人的分手，但曲调并没有突出伤感和悲情。柳芭的演唱，留恋而不怨恨，缠绵而不悲伤，细腻地表达了一往情深的爱的感觉和思念。赵卫东以前听柳芭唱过这首歌，了解歌的内容。他被柳芭的歌声深深打动，把自己的手和柳芭的手紧紧扣在了一起。

转天还是个好天，他们几个人的精神都十分振奋，昨天的收获又给了他们新的期望，他们觉得今天还会有更多的发现。他们还是从昨天发现宝藏的地方向前推进，但奇怪的是，整整一天他们没有任何发现，空手而归。这是自发现玉石后第一天没有收成，他们有些扫兴。

晚上吃饭的时候，赵卫东提出：应该返回了，他觉得收获够丰硕的了，平平安安地回去是目前最重要的。这里毕竟是人迹罕至的原始森林，暗藏着很多凶险。几个人商量了一下，决定返回。

第二天早晨，又是好天气，天空湛蓝深邃，云朵洁白无瑕，河谷森林清晰明朗。

此时他们又犹豫了，他们觉得晚几天回去无所谓，天气好不如再多干几天，他们总觉得会有更多的发现，他们还想有更多的收获。

这条河谷很长，从森林中逶迤而来，在森林中弯曲而去，他们一直是从宿营的地方向下游找，他们想，何不去上游找找看，兴许会有新的发现。说干就干，他们跳下河谷，向上游开始搜索，一个上午他们没有任何发现。中午吃饭休息时，他们觉得身体有些疲乏，心也倦了。于是他们就商量着，再找一个下午，明天一早就打道回府。

再下到河谷里，他们没有像过去那样地毯式地搜索，搬石头看下面，而只是看看表面一层的石头，感觉下面可能会有发现，再搬开石头看看，这样就走得快多了。他们也想看看上面河谷的情况，所以他们轻松地跳跃着向上走着。

柳芭抬头向上张望时，看到不远处河谷的卵石间嵌着一块绿色的石头，十分显眼，她走过去扒了出来，拿过来给赵卫东看，赵卫东一眼就认出是碧玉。

这块碧玉大小和形状很像一个窝头，表面圆滑，有部分是褐色，大部分露出绿色的玉肉。绿色正是碧玉中最好的菠菜绿，而且没有黑没有脏，赵卫东蹲下把脚下水洼里的水洒在玉石上，那绿色显得更加的鲜亮。仔细看那玉肉，玉质密致，晶莹艳丽，是一块品质颜色俱佳的籽碧玉！以前找到的全部是白玉，这是发现的第一块碧玉，而且玉的品质这么好，让赵卫东异常欣喜。

伊万和菲佳也凑过来拿在手里看，都十分的惊喜，大家精神又兴奋起来，迫不及待地又向上面河谷搜寻去了。

这以后，几个人陆续都有收获，而且收获颇丰。傍晚回到营地，他们清点战果，竟然找到了比拳头大的籽碧玉共五块，鸡蛋和鸽子蛋大小的十几块！

伊万和柳芭对比了碧玉和白玉，他们都觉得碧玉的颜色比白玉好看，他们不明白为什么中国人更喜欢白玉。赵卫东简单解释了一下，他们也不认可，他们更喜欢碧玉那种色彩艳丽晶亮的玉石。

几个人再次兴高采烈地在篝火旁边吃饭、喝酒、唱歌，心里是志得意满的欢畅。

二十七

早晨，他们钻出帐篷，走出棚子看天，晴空白云，仍是一个好天。

今天他们下定决心撤离了，他们计算了一下，所有的东西加上人，用这三匹马运的话，最少需要运三趟。他们先清点了所有的玉石，让柳芭拿本子记下，然后分打了四个包。他们都上手掂量了一下玉石的分量，沉甸甸的，他们满意地笑着，把四个包分放在两匹马上，菲佳骑一匹马，第一趟先出发了。另外三个人把帐篷折叠收好，把其他应带走的东西也收拾好，便没事可干了。他们看着河谷心里又痒了，跃跃欲试，三个人一商量，就又跳下河谷找玉去了。

他们在河谷里的卵石上跳跃着向上游走着，柳芭和赵卫东走在前面，他们并不想再费力地去搬石头翻看下面，马上就要走了，看看表面也就算了，玩着干着，也想到河谷的上游去看看是什么样子。伊万在后面，比他们要仔细得多，一门心思还想着要找到玉石。

这条河谷时宽时窄，宽的地方有二三十米，甚至更宽，窄的地方也就十米左右。河谷中满是大大小小的石头，由于经常受水流的冲刷，河中的石头都非常干净，甚至在阳光下白花花的晃眼。河谷两岸则全是土地，生长着浓密的林木和茂盛的杂草。赵卫东和柳芭手挽手在石头上跳跃行走着，今天柳芭穿了一件粉红色的仿皮短风衣，在河谷中分外显眼。

伊万又有了新的发现，弯腰扒出了一块鹅蛋大小的碧玉，他远远地朝赵卫东、柳芭举起来，高兴地喊叫着告诉他们，然后把找到的玉石拿到岸上去。

赵卫东和柳芭继续向上走，赵卫东在前面跨上一个巨石的石背，俯视分辨着河谷中的石头。柳芭在乱石间发现了一块碧玉，叫了一声，俯身去挖。赵卫东也被一块绿石所吸引，跳下巨石，把猎枪撂在一边，跪在石头上用手去搬开碍眼的石头。

这时突然听到柳芭一声恐怖的尖叫！赵卫东吓了一跳！忙起身回头去看，这一看让他大惊失色！慌乱中碰到了一块圆的卵石，这卵石滚着把猎枪碰倒，枪滑到了下边的石缝里。

赵卫东看到一只体形硕大的棕熊从树林里出来，大模大样地朝柳芭走过去。柳芭惊恐地叫着，慌乱地躲避，在河谷中向赵卫东跑来，而她的叫声和跑动刺激了棕熊，棕熊变得兴奋，加大了步幅，样子笨拙但更快地向柳芭奔来……

赵卫东惊恐得毛骨悚然，忙趴下身体去捞掉到石头缝里的猎枪，慌乱中竟然没有够到。这时柳芭已经跑到了他的身前，再去挪动身体去捞枪已经来不及了，他忙起身拉住柳芭的手转身向河谷上游跑去。赵卫东心里十分懊恼极，最该使用猎枪的时候居然把猎枪丢了！

他们是向伊万相反的方向跑去，这样他们和伊万、猎枪的距离越来越远，他们没有选择，不敢向两侧森林里跑，不可能有其他选择。

朝他们跑来的棕熊见他们奔逃而去，变得更加兴奋，向他们撒欢地跑来。赵卫东和柳芭更加惶恐，仓皇地在高低不平的河谷上狂跑，杂乱的大小不同的卵石，拖慢了他们的速度，而棕熊的四条腿在上面却如履平地，和他们的距离快速地接近。

他们感到和看到了棕熊在逼近，更加的恐惧，也就更加的慌乱，原本在乱石间择路就难，情急之下慌不择路，跑得踉踉跄跄。特别是柳芭，杂乱的石头极大地消耗了她的气力，越来越气短腿软，体力不支，几次险些跌倒。

这时棕熊已经迫近到了离他们十几米的地方。赵卫东心里明白，这样下去是逃不掉的，必遭凶险。可也没有其他的逃生之路，情况紧急无暇思考，他心一横停下脚步，把在后面喘息踉跄的柳芭拽到前面，又往前一推，大叫了一声："快跑！"他自己在柳芭身后边跑边顺手捡起石头，朝已经靠得很近的棕熊扔去。石头打得很准，全都打在棕熊的身上，但馒头大的石头砸在棕熊身上，真像是馒头打在它身上一样，根本不起作用，反而更刺激了它。棕熊吼叫了一声，凶猛地扑了过来。

赵卫东在柳芭身后高声地督促："快！快！快跑！"他抄起一块卵石转身向棕熊砸去，这时棕熊已近在咫尺，这石头正砸在棕熊的脸上。这一击打疼了棕熊，它恼火地号叫了一声，朝赵卫东猛扑过来……

赵卫东急忙后退躲避，不料后背正撞在一个巨石的石壁上，退无退路，他腿一软，靠住石壁跌坐到了地上。眼前的情势是逃无可逃，必为棕熊所戮无疑！他眼前一黑，心想完了！

千钧一发之际，一声爆烈的枪响，打断了这恐怖的进程，棕熊住手愣了一下，回头去看。赵卫东知道这肯定是伊万追上来打的枪，但并未击中棕熊，可能是看到情况紧急对空打的枪，用枪声恐吓棕熊。

赵卫东趁机起身扭头要逃，不料脚下一滑，又一个屁股墩跌到了原处。棕熊看到了他的举动，又回过头向他扑来……

在这危急之时，只见那高大的高加索犬卡洛克闷声吼叫着从棕熊的侧后方闪电般地冲来，直接扑向棕熊，奋不顾身地咬住它的前腿。只听棕熊“嗷”地号叫了一声，它扭身扬前腿使劲一甩，将卡洛克甩了出去，狗被重重摔在了地上。

棕熊恼怒地朝狗扑去，随着一声响，棕熊身体一震，又“嗷”地惨叫了一声，转身落荒而逃，但没跑两步它就栽倒在了地上。

这枪是伊万打的，他听到喊叫声后就持猎枪拼命向这边跑，第一枪是他看到棕熊即将侵犯赵卫东时打的。由于离得远，而棕熊和赵卫东又靠得近，他不敢朝棕熊打，是朝空中打的。第二枪是棕熊离开了赵卫东，伊万又靠近了一些距离，瞄准棕熊打的。这时伊万气喘吁吁地跑了过来，朝着躺在地上仍然挣扎着打算起身的棕熊又补了一枪，将其击毙。

大难不死！赵卫东心里大呼万幸！他心一放松，瘫软地坐在地上。柳芭急奔过来，呼叫着他，查看他的身体，确认他没有受伤以后，抱住他哭了。

赵卫东缓了缓神，拍了拍身后的石壁，心说，刚才后退时怎么就没注意到有这么一块巨石呀，挡住了退路。他突然一怔！觉出这石壁的手感十分光滑，回头一看，这巨石通体竟然是绿的！他睁大眼睛，趴上去仔细一看，这巨石竟然是碧玉！

赵卫东惊讶得后退了两步，指着这巨石高叫：“看！柳芭，看！……”

柳芭也大叫了一声：“啊！”看着巨大的玉石惊呆了，半天才赞叹道：“太漂亮了！这颜色太漂亮了！”

这玉石地上一面的露出部分就有一米三十公分高，其他几面被石块挤住，露出较少，估计周长至少有两米五十公分，大体上呈四方形，有山岩形的棱角，但都十分圆滑。赵卫东知道这就是山流水玉石。他看这玉石，玉质坚硬细致，晶莹光润；绿色分布均匀，色彩鲜艳，正是俗称的菠菜绿。整个玉石看上去大气磅礴，气势非凡！太让人震撼了！

赵卫东环绕着这巨大的碧玉抚摸观看，惊叹这天地造化的神奇宝物，他为能看到这宝物而感到幸运，激动得心在狂跳，身体在颤抖……

伊万过来确认棕熊死了之后，歇了歇缓了缓气，这才过来看赵卫东和柳芭有没有受伤。赵卫东把这巨大的碧玉指给他看，伊万也是惊讶得“啊”了一声，呆住了。他慨叹道：“这么大！”又转头问赵卫东：“这真的是玉石吗？”在得到确定的答案后，伊万上前满脸欢喜地环绕着抚摸观看。

这时赵卫东听到了一声哀叫，这才想到了高加索犬卡洛克，他忙转身去看，见卡洛克在卵石上挣扎着站起来，又摔倒了，样子十分痛苦。赵卫东马上叫着朝卡洛克跑了过去。他抚摸着狗，查看它的伤情，伊万也跑过去，一起查看着狗的身体。

卡洛克的神志十分清醒，身上有几处血迹，是抓伤和摔伤，受伤最严重的是一条后腿，伊万说可能有骨折。

听着卡洛克疼痛的叫声，看着它挣扎痛苦的样子，赵卫东泪水盈眶，心里难受。他想到卡洛克刚才飞速地赶过来，面对比它大几倍的棕熊没有丝毫的犹豫和停顿，奋不顾身地扑上来死死地咬住棕熊的前腿，才导致了它的受伤。当时千钧一发，棕熊已经扑到赵卫东的面前，若不是卡洛克及时赶到咬住棕熊，赵卫东不死也会重伤。是卡洛克救了他！

赵卫东脱下身上的衬衫，让伊万给狗包扎伤口，柳芭和赵卫东一直抚摸着狗，安抚着它的情绪。狗也像懂事一样，听凭他们的摆弄和治疗。

赵卫东不停地问伊万：“怎么样？它会不会死呀？”

伊万一边忙着包扎一边回答：“其他的伤没事，只是这条腿骨折了，弄不好会瘸的。不会死，放心，它不会死的！”

他们给狗包扎好伤口，把它放在岸边的草地上，赵卫东坐在它旁边又长时间地抚摸安慰它。

之后柳芭看护着狗，赵卫东和伊万又去看那巨大的碧玉。这次赵卫东看得更仔细，这玉石绝大部分的面积露着玉肉，小部分处有浅驼色的皮；表面有少许碎花，是长久在河谷里由石头相互磕碰造成的。有几道裂，其中有两道约半米长的裂比较深，但对于这么大的玉石不算什么，让人惊叹的是，这么大的玉，不仅颜色分布得非常均匀，而且玉质也非常的一致，全部都实现了玉化，各个部分从表面上几乎看不到差异。颜色非常的鲜艳，表面十分的光滑，让绿色透出晶莹的光泽，没经过削磨就有这样的外观效果，让人感叹大自然造物的神奇。赵卫东和伊万伸臂丈量了一下玉石，又试图去扒玉石边上和石脚下的石头，但卡得太紧，石块太重没能搬动，所以看不到被埋的部分。

两个人都难掩心中的激动，能见到、触摸到这么大这么美的玉石，真是三生有幸，太罕见了！何况他们获得了！他们拥有了！但他们也忐忑不安，疑虑重重。这么大的玉石，怎么开掘出来？怎么运走？现在看这是不可能完成的事。想了半天，两个人没有一点儿思路，也想不出办法来，心里一下又冒出遗憾的情绪，这岂不是白高兴一场？

菲佳骑着马回来了，他把马拴到草地上吃草，就过来了。

狗看到了主人，“嗷嗷”地叫着，菲佳赶紧蹲下查看，柳芭和伊万向他讲了事情的经过和狗的伤情。菲佳又重新看了看伤，认可了伊万的诊断，看了看伊万的包扎，又重新给狗腿上骨折的地方做了固定，然后去帐篷那边拿过吃剩的烤肉来，一点儿一点儿喂给狗吃。看得出来，对狗受伤他心里很难过，也有些烦躁。

不过菲佳看到那被打死的棕熊，又摇着头笑了，那棕熊又高又大又壮，倒在地上像小山一样。

伊万把菲佳拉到那块巨大的玉石边，指给他看，菲佳立即惊讶地瞪大了眼睛，上去围着玉石转了几圈，抚摸着看，反复地问赵卫东，确定是不是玉。

伊万摇着头对菲佳说："好是好，可这么大运不走啊，咳！"他叹着气。

菲佳想着问："可以分割成几个小块吗？"

赵卫东摇摇头，用手在玉石上比划着说："用电动工具把这玉石中间断开，要一两周的时间，分几块要两三个月以上。这里哪有电？没电用手工的话，可能要几年。"

菲佳又问："可以砸开吗？"他在巨石上用手比划了一下用锤砸的动作。

赵卫东连连摇头摆手，夸张地否定说："绝对不行！玉石会爆裂，全不能要了！那这块玉石就全毁了！千万不能这样！"以后又再三叮嘱："千万别砸！搬运都要小心，别磕了、碰了。"

伊万边叹气边说："要是有吊车的话就好办了，没有吊车，起运都不可能。这地方车过不来。要是车能过来，什么问题都解决了。"

几个人皱着眉头想不出主意，但又不想舍弃，这样罕见的宝物撞到了怀里，太难得了！人生恐怕也就仅此一次，怎可轻易放弃！特别是赵卫东，心一直在狂跳，这玉石对他现在的处境，对他的人生意味着什么，根本就不用去想，远远超出想象。天赐宝物，天赐良机，他怎能放弃！

他们商量决定，今天不走了，在这里尽量想办法，研究出实施方案来，尽管他们现在心里一点儿底都没有。

他们三个人商量着先把下面埋着的部分石头搬开，看看这玉石究竟有多大。他们一起动手，搬开了玉石周围大大小小的石头，终于露出这玉石底下的一角，看到了玉石的底边。这块玉石高大约一米八左右。他们预估了一下，这玉石的重量应该在四吨以上。

把这么大的玉石起运，在没有路的森林里运输二十多公里，这是根本不可能完成的事。他们看着这巨大的有着鲜艳绿色的玉石，心里充满了惋惜，赵卫东甚至觉得心都在痛，他摇着头叹息说：“太大了，也太重了，根本不可能运走。可惜啊！”

三个人抽着烟，没精打采地看着玉石。

伊万指着森林随意地说：“除非从这里开一条路，把卡车开过来。”

赵卫东撇嘴笑着说：“这怎么可能？就是现在我们开始修路，路通了也到明年了。”

伊万说：“现在这里没有伐木，如果伐木的话，修这种路很快。”

赵卫东说：“是啊，用不了多久大雪就会封山，什么都别想了。”

沉默了一会儿，菲佳冒出一句话：“可以拉走。不过花钱太多了。”

赵卫东和伊万忙问他什么主意。

菲佳想了想，摇了摇头说：“要花不少钱。”

伊万说：“你先说说看。”

赵卫东说：“花钱没关系。”他话虽这么说，心里还是犯嘀咕，怕自己手里的钱不够。

菲佳又想了想说：“这事交给我办。我回去找人来，用人工搬。”

伊万怀疑地问：“用人搬？搬得动吗？得用多少人？”

菲佳有把握地说：“可以！得用不少人，费力而且时间长。钱少了不行。”

赵卫东明白了他是雇人搬，钱指的是人工费，便马上回应说：“没事！

钱没问题。”

伊万还是问：“你先说说打算怎么做？”

菲佳走过去站在玉石旁比划着说了他的想法：用人工先清理玉石周边和底部的所有石头，为玉石量身定做一个上面是木板的雪橇，把玉石倒放在雪橇的木板上用绳子绑好。等下大雪后，用马拉着雪橇运输过森林，运到有路的地方，再用吊车运走。

菲佳的想法让赵卫东和伊万眼前一亮，觉得可行，立即都来了情绪，凑在一起按照他的思路，现场比划着研究着如何把玉石放倒、如何铺路等一些细节。

菲佳再次提醒说：“除了人工费，还要置办很多东西，要雇马匹和带吊臂的卡车。这都需要很多钱，而且要提前付的。”

赵卫东重申说：“好，你估算一下，我提前给你。放心，钱没有问题。”

事情谈完，菲佳准备收拾棕熊，他本想把棕熊拉到营地那里去做，试了试，太重拉不动，只好去营地拿了刀子和编织袋过来。

赵卫东不解地问：“这只棕熊还准备收拾出来吗？”

伊万说道：“当然了！”

赵卫东问道：“收拾它做什么？带回去吗？”

“当然了。这只棕熊可以卖不少钱呢，而且我们这几天路上的饭有了。”

“棕熊肉可以吃吗？”

“当然，棕熊肉是非常好吃的肉，过一会儿你就可以吃到了。棕熊肉可以卖钱，你看，这么多肉可以卖不少钱呢，而且棕熊皮、棕熊掌都可以卖钱。”

棕熊太大，他们估计有三百公斤以上，吊是吊不起来了，菲佳就在地上从棕熊的肚子上下把棕熊皮破开，逐渐把皮肉分离。他把四个棕熊掌完整地用刀切了下来，从里面把头和尾切断，一只有头有尾的棕熊皮就剥开了，然后开膛，掏出内脏。菲佳首先挑出棕熊胆，放在伊万早已准备好的一个大杯子里，又把棕熊心、熊肝切下分给两条狗吃。卡洛克虽然负了伤，但它趴伏在地上忍着痛也在吃。

伊万不仅准备了杯子，还拿来了伏特加酒。他把棕熊胆破掉，和杯子里的酒混合在一起，再倒入三个小酒杯中，招呼大家一起干杯。伊万也叫柳芭来喝，柳芭怕见这血淋淋的场面，早就躲到石头后面，更不敢喝这熊胆酒了。三个男人干杯喝掉了熊胆酒，赵卫东只感到了凉苦的味道，没有什么特别的感受。

菲佳把棕熊肉分切成几块，装在几个编织袋里，把棕熊皮和熊掌也放入袋子，三个人扛着或提着运回了营地棚子里。菲佳抱着卡洛克到棚子里，给它躺的地上铺上了厚厚的草。

此时，赵卫东想起了掉在石缝中的猎枪，又回河谷去扒开石头，从石缝中掏出拎了过来。

他们把篝火点燃，在篝火上烤棕熊肉，在天然气灶上煮棕熊肉。他们打开最后一瓶酒，吃着棕熊肉，喝着伏特加，说着那让人震撼的巨大的美丽的碧玉。晚霞和篝火映红了他们兴奋喜悦的面孔。

棕熊肉有独特的味道，鲜美浓郁，油润爽口。狍子肉也很好，但制作起来太粗糙，筋头巴脑多，吃起来拌嘴。棕熊肉厚，吃起来有弹性有嚼头又顺口，让赵卫东十分受用。

发现巨大碧玉的惊喜，让赵卫东暂时忘记了遭受棕熊袭击受到的惊吓，这时看着棕熊肉，他又想起了白天死里逃生的情景，后怕得还是出了一身的冷汗。他吃着棕熊肉想，刚才要吃掉他的凶狠的野兽现在成了他的盘中餐口中食，这真是一个神奇的转换，而这一转换还让他遇见了那天地造化的宝物——那巨大的碧玉宝石，他们想都不敢想的发现。是谁制造了这奇妙的情节变化？他摸了摸皮夹克内兜里揣着的那枚玉石，笑了。

他们在这阴冷的森林中又忍了一宿。

翌日仍然是大晴天，朝晖撒满浩瀚的林海，河谷也瞬间变得明亮。他们站在岸边，看着这条裸露着石头的河，这条满是宝藏充满神秘的河，这条给了他们巨大馈赠的河，这条让他们有了更大希望的河。这时赵卫东已经忘记了在这里的所有艰辛，对这条河充满了感激而恋恋不舍，他情绪兴奋，盼着尽快回来再见，攫取更大的收获！

二十八

回程依然走了三天。

走的那天，他们把所有路上需要的帐篷和其他东西驮到马上。路上不用的东西就放在这里，用石头堆上，以后过来时再用。把负伤的卡洛克用铺盖裹好，驮在马背上。还有就是那将近二百公斤的棕熊肉和熊皮熊掌，也用马驮走。他们一共运了两次，第二次也是让柳芭一个人骑马，三个男人徒步，傍晚之前到了藏车的地点，就地宿营。

第二天他们和来时一样，菲佳骑马，伊万开车，柳芭和赵卫东抱着伤狗坐车，几个人在路上颠颠簸簸穿行在森林里，一天话都没说几句。

晚上他们还是在上次宿营的河边宿营，在篝火旁吃着烤棕熊肉，但今天他们不是很兴奋，笑得有些勉强，仿佛心里有事。这让赵卫东感到奇怪，不过马上就明白了。到了谈钱的时候，菲佳和伊万心里在各自盘算，来之前他们什么都没有谈，当时赵卫东不知道怎么个合作方式，如何计价。问过柳芭，柳芭说由伊万做主，所以就没有谈。

晚上睡觉时，赵卫东和柳芭商量了一下，他叫柳芭去探一下他们的口风。如果还是以前的收购价的话，可以按这个价格付款收购，并且还可以付给他们这次找玉的全部费用。

柳芭想了想说："为什么？这里面有很多是我们找到的。"

赵卫东说："是他们带我们去的，是他们找的地方。账不要算得那么细，这样后面好合作。"

柳芭努努嘴，表示认可。

赵卫东问："你觉得他们会同意吗？"

柳芭确定地说："他们划算，肯定会同意的。"

赵卫东心里算了算，给菲佳结账，他带过来的钱可能还差一些，但伊尔库茨克银行里还有钱。如果加上给伊万的利润和下次搬运那块巨大碧玉的费用，钱不够但也差得不多。过来的时间不短了，莫斯科那里都是应季货，应该有不错的销售。钱不会有问题，他心里也安稳了。

当又走过那让人心旷神怡的满是草甸的起伏连绵的山包时，只可惜那连片的薰衣草花已经全部凋萎了。赵卫东这时才觉得这次去的时间不短，去的时候心悬着，不知道会是什么结果；回来的时候满载丰厚的收获，有意料之外的喜悦，也有一种莫名的忐忑不安。他想：尽快把现在这批玉石付款拉走，安排踏实了以后，再回来弄那块巨大的碧玉。可以先把后面的费用付给菲佳一部分，让他先做准备。

回来时汽车走得比去的时候快些，可能是熟悉了路况，下午三点多钟就到了菲佳家。伊万把车开进院子，菲佳卸了马鞍和马驮的东西，把马牵进马棚，上满草料。伊万和赵卫东把车上该卸的东西卸了下来。

赵卫东上车抱卡洛克时，发现它有些发蔫，身上发热，心里有些紧张。伊万过来看看，也觉不好，他问过菲佳牲畜防疫站的地址，把嘴笼给狗套上，便开车和赵卫东一起去给狗看病。

伊万把车直接开到牲畜防疫站铁网围成的院子里；赵卫东抱着狗进了

医院。医院是一所像民宅一样的大房子，很简陋但还干净，一个四十来岁的男医生让他们把狗放在小床上，用床上的带子把狗绑上。他给狗做了检查，然后给狗打了一针，开了一包口服药，又给狗的伤口重新包扎上了药。伊万问医生狗的病情，医生说伤口有些感染，腿有骨折，问题不大，能够恢复。

开车从医院回来路过商店，伊万和赵卫东下来买酒和食品。看到路上的人都另眼看他们，这才察觉到他们的头发过长，也乱，一身邋遢。买完东西上车，赵卫东却发现伊万的神情有些异样。伊万坐在车上前后左右地观察了一下，好像发现了什么。那样子让赵卫东想起他曾经是个警察。

赵卫东问："怎么了？"

伊万坐在座位上想了想，沉稳地说了句："没事。"把车启动以后又说："现在匪徒太多，小心一点。"他开车上路，一直注意着反光镜，到了菲佳的院子，也是观察了一下后方才开车进院。

院子里有几个人拿着盆和网兜在买棕熊肉，菲佳卖的时候不称，按块卖。每块都有五公斤上下。

进屋以后，伊万向菲佳的妈妈说："肉卖得不错呀。"

菲佳的妈妈正在做饭，煤气灶上炖着棕熊肉。她回答说："卖得便宜，都是邻居。现在大家都没有钱。"

柳芭在卫生间简单洗了洗，脸上显得清洁湿润，焕发着久违的光彩。赵卫东和伊万也先后进卫生间洗了洗脸，赵卫东出来后朝柳芭使了个眼色，催她快点跟伊万说结账的事。

柳芭会意，跟伊万低声说了赵卫东结账的意见，赵卫东看到伊万点头，知道他答应而且十分乐意。一会儿菲佳完事进门，伊万也和菲佳低声交流了一会儿。赵卫东看他们谈话的样子，估计不仅谈了赵卫东的意见，也谈到了他们两个人之间如何分割。谈完，三个人一起到院子的汽车旁，打开车的后门，清点里面包着的玉石。

伊万主持着清点，他们先把所有玉石分成四类，不按品质不按颜色分，按块的大小分。鸡蛋大小的一类一百六十块；拳头大小的一类四十八块；更大的一类六块；特大块的有一块，就是那块近三十公斤的白玉，单算。他们没有计算器，拿张纸记着。记完伊万给各个分类标出了价格，也给那一块特大块的玉石单独标了价。算完拿给菲佳看，得到菲佳点头认可后，又在纸上计算出总计钱数。

伊万并没有把纸拿给赵卫东看，但赵卫东还是看到了，是用卢布标的价。按美元算过来，鸡蛋大小的约十美元，拳头大小的约八十美元，更大的那类约一百五十美元，最大的那块定价一千美元。只有最大块定价时，伊万让赵卫东看了一下，征求了一下他的意见。

看到他们用卖土豆的方式给宝石定价，赵卫东心里那个乐啊！再看那价格，心里更是高兴得狂跳。他一直在尽力压抑住内心的激动，表现出淡定。他知道伊万定的价格只是给菲佳的，并不包括伊万那份，但尽管加上伊万的，对这些玉石来说几乎就等于白给！他心想，要说菲佳的爸爸在中国新疆住了那么久，应该知道玉石的价格啊。又一想也对，菲佳的父亲早年离开中国，知道的估计是那时候的价格，要是这样的话，这个价格定得就够高的了。

菲佳把纸上的账看了一遍，点头认可，脸上露出一丝难掩的笑意，看上去对这个收入非常满意。

纸上写的卢布金额总计约合美元七千三百四十元。

这时伊万想起赵卫东答应的费用，在纸上又添上了二百六十美元，等于总计是七千六百美元。他征求了一下赵卫东的意见，赵卫东觉得少了，但又一想，这里百分之七十的人没有工作没有收入，有工作的话，一个月工资也不到五十美元，还拖欠着发不下来。二百六十美元是个不小的数目了，而且菲佳对这个钱感到意外，十分满意，马上对赵卫东表示了感谢。

全部谈妥后，三个人脸上都泛起了笑容，相互击掌，热情握手。他们定好明天一起出发，到乌兰乌德附近的伊万家中付款。

皆大欢喜，每个人都觉得收获满满，超出预期。晚上吃饭，大家全都喜气洋洋，大口吃着久违的可口的饭菜，不停地碰杯干杯喝着伏特加酒，欢声笑语地聊着这次掘宝经历的惊险、艰辛、惊喜和那些有趣的事情。

夜里，他们在久违了的房子里安稳地睡了个整宿的觉。

早晨，他们精神饱满地出发了。伊万开车，菲佳坐在前座，赵卫东和柳芭坐在后座。车不久就出了镇子，这时清晨的阳光洒满起伏的原野，车上收音机里高奏着欢快的俄罗斯歌曲。他们晃着头跟着哼唱，脸上都是快乐的表情。

忽然一辆黑色的伏尔加轿车从后面高速超车过来，在前面减速压制住他们的车，伊万忙刹车减速。前面的伏尔加车又突然车一横猛然停住，将他们的车别住。

伊万无奈紧急把车刹住，车上的人剧烈地晃动了一下，还没反应过来是怎么回事，却见前面伏尔加车上跳下来几个人，扑过来将他们的车围住，手里全拿着家伙，有猎枪、刺刀和铁棒。

他们立刻知道这是遭劫了！可他们没有任何防备，一时手足无措。

赵卫东马上想到肯定是他们收采玉石的事暴露了，匪徒是奔玉石来的，他的心紧抽着，手紧握住柳芭的手。

劫匪一共五个人，他们有两个人把双筒猎枪扛在肩上站在车左右两边，另外三个拿着刀棒的人打开车门，叫他们下车。

菲佳认出了他们，下车和这些人点头打招呼，匪徒回应地朝他点了一下头，板着脸问他："你带着人采玉石卖了？"

菲佳一时不知如何作答，涨红着脸，张口结舌地停顿了一会儿，才在匪徒的严厉追问下点了点头。

打开后门的两个匪徒，看到了赵卫东和柳芭，催促他们下车，被伊万制止。

"不要下车！你们有什么事跟我说！"伊万转过身伸手把车门关了。

匪徒并没坚持要他们下车，而是回身朝领头的一个三十多岁的俄罗斯人点了点头，像是确认车上确实有中国人。

赵卫东观察到现在的状况和抢劫并不相同，能看到有协商的空间，让他感到有解决的希望。

那个样子强悍的匪徒头目问菲佳："是中国人买的对吧？"

菲佳无奈地点点头。

匪头继续厉声问："玉石在哪儿？"

菲佳脸色通红，磨叽了半天，在匪徒的追问下说："就在车上。"

"拿出来我看看！"匪徒厉声说道。

菲佳带着匪头到了车后，去开汽车的后门，门锁着没有打开。他转到车前门怯懦地呆立着，等伊万给他钥匙。伊万没有理他，拿了钥匙，开门下车，亲自到车后打开后门。

这时，谁都没有想到，正当匪徒头目探身去看车里包着的玉石的时候，伊万突然出手，一只手像钳子一样地抓住那匪徒头目的手扭在他的背后，将其控制住，另一支手顺手抽出车上放着的猎枪，指向拿着猎枪的匪徒，吼叫道："把枪放下！后退！"

伊万出手快捷、有力、准确，脸上沉着镇定，目光如电，气势逼人，真不愧是久经战阵的老警察，英雄本色。

几个匪徒松松垮垮的，没有防备会有人反击，立刻变得手足无措，手里的猎枪也没敢平端起来。

赵卫东见状，精神振奋，立即窜下车来。他想手里没家伙，上前搏斗起来要吃亏，便到了车后用双手扭住那个头目的两个胳膊，让伊万腾下手来对付另外几个匪徒。

伊万双手举枪对着几个匪徒，绕到汽车的边上，叫着："把枪放下！听到没有？后退！"

几个匪徒愤恨又无奈地把猎枪和刀棒放在了地上，后退了几步，怏怏地垂手站着。

伊万用手指挥着赵卫东把那头目押过去和几个同伙站在一起，他端着猎枪指着几个匪徒说："都给我老实一点儿，大白天的在公路上拿枪抢劫，我是可以击毙你们的。"

伊万叫赵卫东把匪徒放在地上的猎枪拾起来，接着说："胆子不小，大白天打劫，而且敢打我的劫！知道我是谁吗？"

几个匪徒垂头丧气地摇摇头。

"我是伊万！你们不知道我吗？"

几个匪徒面面相觑，又摇了摇头。

伊万气哼哼地说："小毛贼！给我听好了！我是伊万！以后见到我，给我躲得远远的！"

那个头目点着头说："好！我们知道了。伊万叔叔，我们没有抢劫，我们也是奉老大的命令过来的，听说有中国人在这里买玉石，我们就是按规矩收点儿钱，收完钱就走。"

赵卫东听明白了，这是黑社会收钱来了，看来黑社会已经盯上他们，了解他们的行踪。

伊万自然也清楚他们是什么人和来意了，有些蛮横地说："收什么钱？我们为什么给你们钱？"

那个头目说："伊万叔叔，您应该知道，这是我们的地盘，我们只是按规矩收我们该收的钱。"

赵卫东听出这小头目对伊万的身份误解了，伊万自负，自己曾经是让罪犯害怕的警察，而小头目以为他也是黑社会的大哥。

伊万笑了笑问："你们打算要多少钱啊？"

那个头目低声回答说："老大让我们要两万美元。"

伊万对这数目十分惊讶，问："什么？几块石头你们要这么多钱？这不是抢劫是什么！"

头目解释说："这不是跟中国人要吗？！"

伊万想了想问："你们老大是谁？"

头目吞吞吐吐地说："这……这……这我不好说，您应该知道呀。"

伊万哼了一声说："行了！你回去告诉他，一分钱都没有。有，我也不会给！"

几个人阴沉着脸没有说话。

伊万思忖了一下，转头叫赵卫东搜出他们身上的子弹，又去他们的伏尔加车上把猎枪子弹带拿过来。他再把那缴获的猎枪的子弹从枪膛里退了出来，把猎枪扔给了几个匪徒。

然后伊万拿猎枪比划着说："好吧！就这样了，你们走吧，我这次进山，子弹用了不少，这些子弹借给我用了啊。"

两拨人分别上了各自的车。黑色的伏尔加车掉头返回，会车时，匪徒忽然刹车停住，那头目从打开的车窗里探出头来，脸上变成了一副凶相，气急败坏地对着伊万说："老东西！这事没完！你等着！"

然后，开车扬长而去。

伊万没有回呛他，启动汽车沿路驶去。车上的几人都没有讲话。

赵卫东想着这事，这偏僻的城镇来的人很少，来了个中国人就成新闻了。知道他来收玉石的人太多，引起了黑社会的注意，就盯上他了。现在看这件事倒没有什么特别的背景。

菲佳一直心慌不安，在座位上坐不安分，车开出去很久了，他嘴里嘟囔了一句："他们肯定会找我麻烦的。"

伊万一直在思索着，听了菲佳的话，把车停住，点了一支烟，继续思考着。他烟抽了一半，把烟一扔，也不说话，将车启动掉头往回开。

赵卫东悄声问柳芭："伊万这是要去哪儿？"

柳芭伏在他的耳边说："可能去找熟人，把事情解决掉。"

汽车又开回了城镇，穿过街道，到了一栋两层小白楼前，停在路边。赵卫东看到有辆白色的拉达警车停在门口，楼门有警察进出。他知道这是警察局，在中国应该叫派出所。伊万停好车，叫他们在车上等着，就下车径直进了小楼。

赵卫东问菲佳："这是什么地方？"

"警察局和法院都在这里。"菲佳回答说。他看到伊万回来解决这事，脸上有了高兴的表情。

柳芭低声对赵卫东说："这里的局长过去是伊万叔叔的下属。"

赵卫东不解地问："黑社会的事，找警察能解决吗？"

柳芭说："现在这警察和黑社会都勾着，可以通上话。"

过了一会儿，伊万从楼里出来，一个警察把他送到门口。

伊万到车上坐下说："今天不走了，把事情解决了再走。"他把车启动上了路后接着说："咱们要是走也就走了，就怕他们找菲佳的麻烦。另外，我们毕竟下面还有事要做，所以还是协调一下的好……恐怕要给他们点钱。不给也行，但事情就僵了，给点钱，事情就过去了。"

赵卫东心里有些打鼓，忙问："给多少？"

"他们去谈，给不了多少。"

车又开回到菲佳家的院子里。

赵卫东和柳芭在院子里照看卡洛克，它看上去好多了，可以站起来了，只是用三条腿着地，腿要全部恢复可能还要些时间。

中午时，白色的拉达警车来到菲佳的院门口，引起周边一阵狗吠声。伊万透过木栅栏看到，从屋里出来，打开院门，请车上的警察进来。警察没有进来，和伊万在门外说了几句话。伊万返身回来，到屋里当着赵卫东的面向柳芭要了三百美元，说是说好的钱数。他把钱交给菲佳，让赵卫东和菲佳跟他一起走，由菲佳交钱。柳芭留在家里。

伊万开着自己的车跟在警车后边行驶，到了一个咖啡馆门前，他们把车停在了路边。这个咖啡馆看上去很普通，只是门窗和民居不一样，房子高大一些，没什么特意的装修。里面也是一样，有些像北京的单位食堂。几个人进门后找了个位子坐下，伊万给他们做了介绍。

这个局长三十多岁，名叫郭俩，长得不高偏胖，脸长得也没什么特点，一副老实模样，只是眼睛好动，给人机警的印象。肩章上标明是个警察上尉，他很客气地和赵卫东握手问好，对伊万十分恭敬。

酒菜摆上，倒满酒。还是一样的套路，几人先后致祝酒词，碰杯，干杯。然后伊万和郭俩聊着警察局的事情。

喝了会儿酒，聊了会儿天，郭俩起身告辞走了。

局长走后没多久，今天早上的那个黑社会头目就到了，他进门见到伊万他们后非常客气，一直说认错的话，给伊万敬酒。伊万叫菲佳给他三百美元，他不要，菲佳一再坚持给，他只收了一百美元，走的时候还把饭钱给结了。

事情办完，他们开车回到了菲佳家，心情都十分轻松，把经过讲给了柳芭听。

菲佳把退回的二百美元还给了柳芭。

伊万一再说，要不是考虑菲佳的担忧，他绝不会找关系给这个钱的。

赵卫东心里明白，除了这个原因以外，伊万主要是考虑后面那块大的碧玉的开掘，如果不把事情摆平，后面的事会麻烦不断。赵卫东也觉得玉石的事情知道的人越来越多了，警察知道，黑社会知道，这绝不是什么好事，所以应该抓紧把手底下的事办完，尽快开始开掘那块巨大的碧玉。

第二天早晨，他们重新出发返回了伊万家。

二十九

菲佳可能从没见过这么多钱，心情过于激动，点钱的手随着心的狂跳抵制不住地抖动，他那剥起兽皮来异常灵巧的手点起钱来却笨拙得要命。她拿起一张美元放在床上，再拿一张放下，这样点，加上他的数学学得不好，也可能长久不用已经生疏，总是点错，这让他点钱的工作变得异常费力，一个晚上也没点清楚。

赵卫东对结钱答应得挺痛快，实际上他带到伊万家的钱并不够，另外的钱存在伊尔库茨克的银行里。赵卫东私下里让柳芭做伊万的工作，把上次给伊万结的款拿出来，凑在一起还差一些，伊万又去找朋友借才凑齐。所以钱币有美元、有卢布，还有一些零钱，这也给很少与钱打交道的菲佳点钱造成了困难。

钱不够，赵卫东的理由很充分，他没料到这次会有这么大的收获，而且治安不好，不敢带那么多钱上路。伊万一点儿都没犹豫，拿出了家里所有的钱。赵卫东答应明天就去伊尔库茨克取钱，两三天后就回来把钱还上。

对于赵卫东答应的搬运那块大碧玉的前期费用，他也对菲佳许诺一起给带过来。

菲佳指着那堆钱憨笑着说："没事，我先用这个钱，开始用不了多少钱。"

伊万看着菲佳的样子笑着说："这些钱你拿回家，你就成了你们地区的首富了。"

菲佳咧着嘴笑着不住地点头。

伊万接着说："把那个大的玉石再运出来，你就更有钱了。"

菲佳笑得更灿烂了，点了点头。

伊万说："行了，有钱了，又有小孩了，你的生活美满了。"

伊万的话一点儿不假，在菲佳所在的区里，有六七千美元现钱的人家绝无仅有，即使在乌兰乌德和伊尔库茨克这样的城市里也都是极少的。

在柳芭的帮助下，菲佳总算把钱点清楚了，可他又对如何把这些钱带回家犯了愁。这里和俄罗斯其他地方一样治安很糟糕，抢劫经常发生，坐公共汽车回家，很不安全。他把钱包好，放在身上什么地方都不放心，鼓捣了很久，拿不定主意。夜里，他翻来覆去的睡不着觉，更换了几个放钱的地方。到早晨时他把钱分成几包，用针线缝在了内衣里面。为了这事他一宿没睡。

早晨菲佳出发时，伊万叮嘱他，大玉石的事要抓紧时间准备。他答应着，那态度比赵卫东还要积极。

午饭后，赵卫东和柳芭也出发回家，伊万开车把他们送到码头。他们依然坐船驶过那一望无际清澈的湖水，傍晚回到湖边小镇柳芭的家。

他们只拿回来十几块小的和三块大的玉石，其中有一块碧玉和两块白玉，其他的太沉，多了没法带，放在伊万的家里，准备以后一起再用车拉走。

回到家，他们终于彻底放松了。

这次去山里太苦太累，时间也太长，他们一进家门，浑身上下都不由自主地松懈下来，不管不顾地放假休息了。柳芭家有一间桑拿房，他们几乎天天去洗澡桑拿，在蒸汽中舒缓身心。两个人用橡树的枝叶互相给对方拍打身体，让浓郁的树叶清香拂过身体。桑拿房有门直通贝加尔湖，热汽把身体蒸得燥热之后，两个人开门一起跳进贝加尔湖冰冷的湖水里，感受俄式桑拿冷热的急剧改变给身体带来的刺激。他们还在桑拿房里相互玩笑，体会赤裸相戏的乐趣。在二人世界里，他们尽情地缠绵放浪，无拘无束地施展爱的互动，体验爱的甜蜜。他们睡觉，不论白天黑夜，想睡就睡，直到自然醒来；他们采购爱吃的食物，每天换着样地吃；他们喝酒，喝得面红耳赤，喝得热情洋溢。早晨他们在院里观看太阳从贝加尔湖升起，傍晚他们徜徉在贝加尔湖的湖边送走即将落下的红日，还经常一起在湖边闲坐，看那蓝色的闪着水晶般波浪的湖水，呼吸着属于贝加尔湖的清凉的气息。

他们只出去了一次，到伊尔库茨克市里银行给伊万把款汇了过去。这钱包括伊万这次的利润和给菲佳垫的钱，钱还是不够，差两千美元。柳芭说先用上次卖玉石的钱垫上，赵卫东没有同意，他不想动用柳芭的钱。他让柳芭在电话里跟伊万解释一下，过几天从莫斯科拿过钱来就给伊万补上。

赵卫东原来是说带款过去，然后和伊万一起再进山，与菲佳一起搬运那块巨大的碧玉。现在他改变了主意，给伊万打电话，说带款在路上不安全。至于一起进山的事，柳芭在电话里说：他们去帮不上忙，反而添麻烦，其实他们没有必要去了，她叫伊万督促菲佳做就行了。

他们汇钱时顺便到市里租的那间房子里看了看，没什么情况。

他们依然在温柔乡中沉溺，在那世外神仙的地界里逍遥。

然而能拖的事可以拖，不能拖的事还是出现在了赵卫东醉酒后清醒的头脑里：一是要把欠伊万的钱从莫斯科汇过来，还有就是备好后面这块大碧玉的费用和收购款；二是要找崔总，玉石下面的运输销售该操作起来了。

该做生意了！赵卫东提醒自己。

其实他真想让时间停滞，不想让任何事情打扰他们的二人世界，特别是那些烦心事，想起来就有了从天堂坠入泥淖的感觉，但他也明白必须要把眼下的生意完成做好。

两个人一起商量，赵卫东去莫斯科筹钱付款，安排玉石下面的运输销售，柳芭在这里接收汇款督促这块大玉石的事情。当然赵卫东还有一个心思，就是和瓦洛佳的事他并没有死心，他不想善罢甘休就此不了了之。

三十

赵卫东是坐飞机去的莫斯科，他嫌乘火车时间长，一个人太过无聊。他随身带着那三块大的玉石和几块小个玉石，到了莫斯科，他直接打车回到租住的房子。房子依旧，只是感觉更加的冷清落寞。

当他到厨房用水壶做开水准备沏茶的时候，突然电话铃响了，吓了他一跳。是谁来的电话？他怕是萨沙，难道刚回来就被他知道了？接还是不接？他犹豫了半天，直到那铃声快断了时他才拿起听筒。他觉得该面对的事就该面对，况且并没发现萨沙对他有什么恶意。

“是赵卫东吗？你小子干吗去了？失踪了！这么长时间找不着你！”听筒里传来的是李阳的声音。

赵卫东松了一口气。这李阳不是知道他回来，而是以为他没走。赵卫东回答说：“这几天没在这里住。”

“你不是几天，你可有不少日子了。老宋找你找不到，电话打到我这里来了。”

“他说有什么事找我吗？”

“没有，就说找你有急事。”

“是吗？我最近不走了，他要是再来电话，你让他打给我。我没有他国内的电话号码，没法给他打。”

“另外，我也找你有事。”

“什么事？”

“这两天见面再说。”

放下电话，赵卫东想老宋来电话估计是好事，应该还是发货，用货款买玉石的事。

赵卫东喝茶休息了一会儿，估计到了娜达莎下班回家的时间了，就拨打了娜达莎家里的电话。

娜达莎在电话里埋怨他，怎么这么长时间没来电话，这段时间发生了很多事情，找不到他。

接着她就一股脑儿地说起来，先说了老宋的货卖得还可以，上批货基本卖光了，钱全部存入了银行。又到了一批货，她已经收到几天了。风衣开始卖得还可以，集装箱里的货卖了将近一半了，但现在因为那个瓦洛佳大幅度降价，造成他们的货一点儿卖不动了。

听到这里赵卫东打断了娜达莎的话，问：“他降了多少？”

“大约百分之三十。”

“这么多？！”赵卫东清楚这个价格已经是成本价了，他继续问：“他卖得怎么样？”

娜达莎说：“哎呀！卖得太好了！卖得非常多。市场上卖得就很多，听说大宗货的批发都去库房，市场上看不到的。总之卖得非常多！”

赵卫东觉得心脏剜着疼，疼得他捂住胸口，弯下腰，一股不可抑制的冲动撞上他的脑际，使他浑身颤抖。这段时间没有接触这件事，好像心情平静了不少，但一触碰到，他的反应依然还是那么强烈，那么不可遏制！

他咬着牙，要自己平静下来。

娜达莎接着说："达妮娅一直在找你，几乎天天来。她对这件事非常生气。她和咱们一样，开始卖得可以，瓦洛佳一降价，她一点儿都卖不了了。不仅卖不了，原来拿过货的人还反过来找她退货，开始她以为是你降价了呢，现在她知道是瓦洛佳自己降的价。所以她天天来找你，问价格的事怎么办。她那里还有不少货，现在是风衣销售的旺季，再过些天风衣就不卖了。"

赵卫东让娜达莎把电话号码告诉达妮娅，让她明天晚上打电话过来。他和娜达莎约好明天关门后在离市场不远的一个咖啡馆见面，报一下账。

第二天上午，赵卫东给张大姐打电话，恰好崔总在公司，当即让赵卫东过去。赵卫东拿了那三块玉石，就直接打车去了公司办公室。

崔总接待他进了办公室，寒暄几句就迫不及待地让赵卫东拿出玉石，如获至宝地看了起来。崔总不仅用眼看，还用聚光灯打光，用放大镜仔细地看，看了很久赞叹地说："真看不出来与和田玉有什么区别，只是颜色稍白，绿的更绿更艳，不难看。够细也够密，油性差点儿，也说得过去，绝对的好东西，而且这俄罗斯玉有特点，皮少，是吧？你拿来的这些玉石皮子都少。说起来有山流水的特点，总的讲还应该算是籽玉。"

赵卫东告诉他已经拿到了相当数量的货，而且全是籽玉，基本都是这个品质，并说发现了一块巨大的碧玉，描述了那碧玉形状品质的细节，现在正在想办法搬运出来。听得崔总惊喜得站了起来，点着烟激动地在屋里来回踱步。

"这么大！还是在河床里，肯定是山流水啊！这可是宝贝呀！太罕见了！难得！难得！真能弄到手吗？"

赵卫东点着头说："应该差不多。他们想的办法，我觉得可行，现在正在做准备，不过难度肯定不小。”

“好！好！不过现在你手里的货已经相当可观了，而且全是籽料。我马上跟国内联系，咱们把这生意做起来。小赵，这可是大生意啊！”

崔总抄起电话拨了号码，没通。他打算继续再拨时，想了想放下了电话，说：“现在你手里这批货已经付款了，对吗？”

赵卫东点点头说：“是啊，这批籽玉就是我的货了。”

崔总把电话一推，说：“那就不用联系了，咱们就可以操作起来了。把货直接运到国内，这货到国内那价格和这里可就不一样了。”

赵卫东说：“报关进出口的所有手续，还有运输，这些我做不了。”

崔总笑着说：“这个我全包了。我们做易货的，天天做的就是这套工作，没有问题。”

赵卫东坦诚地说：“另外就是下家，我只有一个新疆的朋友，倒腾玉石的，但他生意小，要不了多少。”

崔总依然大包大揽地说：“放心，我找大的客户。这样，咱们的合作明确一下，通关运输我来做，国内的客户我来找，但咱们要说清楚，通关运输费用要由你出。这个钱实付，我一分钱不赚你的。你放心，没有多少钱。”

赵卫东点点头说：“行。那利益上呢？”

崔总笑笑说：“我收些佣金，给点儿提成也行。”

赵卫东问：“那您看多少合适？”

崔总想了想说：“销售额的百分之十吧，怎么样？应该不算高吧。”

赵卫东清楚这个提成比例非常规矩，当即表示同意。

崔总说：“咱们签个简单的合同。你回去就做准备，然后把货的具体的重量体积告诉我。单独通关货太少，玉石也扎眼，我走大货的时候放在里面一起走。走货时我提前通知你，给你准备的时间。”

事情谈妥，赵卫东告辞走了。

玉石的运输通关落实了，赵卫东的心情又变得舒畅。不用细算，即使不算那块巨大的碧玉，现在手里的这些玉石籽料就超出了他在风衣上的损失。这是生意的巨大转机，是他人生走出沉沦的拐点，就像过山车急速坠落后的突然升起，虽然升起和坠落一样地出乎意料，没有预知，还让人糊里糊涂，不知所措。似乎人生的跌宕起伏完全是按照命运的轨迹，和人的才智努力没什么关系。

赵卫东回到家里把玉石放好，再出门去银行把钱给柳芭汇了过去。他多汇了一些，怕运大玉石的费用不够。回家后给柳芭打了个电话，告诉她和崔总谈的结果，还有汇钱的事。

傍晚，赵卫东提前到了和娜达莎约好的咖啡馆，他要了啤酒，边喝边等着娜达莎。等了一会儿，娜达莎来了，赵卫东没想到达妮娅也跟在后面进了门。问好寒暄后，赵卫东请她们在餐桌边坐下，并请她们点菜。

两个健硕的女人坐在有些单薄的木椅上，客套了一下，各自点了份饭和啤酒。娜达莎解释说：关箱子的时候达妮娅来找她，知道了赵卫东在这里，就一起过来了。没等娜达莎报账汇报工作，达妮娅就念叨起了瓦洛佳的事，样子十分生气。她说了很久，想到哪儿说哪儿，有些词赵卫东听不懂，但整个意思都听明白了，也就是昨天娜达莎电话里讲的那些。不过她讲得更详细，还讲了她去找过瓦洛佳几次，以及和瓦洛佳吵架的过程。她问赵卫东这究竟是怎么回事，是不是赵卫东允许降的价。

饭菜上来，他们边吃边说。

赵卫东想，已经都这样了，瓦洛佳已经完全败露，无可挽回，没必要顾虑什么了。他就把事情原原本本地和她们俩人说了，二人听得惊愕不已，目瞪口呆！几乎不能相信还会有这样的事、会有这样的人。不过事情明摆着，不由得人不信。她们更加的气愤，声讨这种恶劣的行径。

达妮娅眼睛瞪得圆圆地说："你为什么不去告他？找警察呀！把货要回来，把钱要回来呀！"

赵卫东解释说："开始不知道。怎么想到他会这么无耻这么坏，直到我被黑社会打了以后，我才明白的。"

"你去告他！找警察。你不是有合同、有手续吗？"达妮娅怂恿他。

"不能就这样了，这是多大的一笔钱呀！要把你的钱要回来！"娜达莎着急地说。

"告他！我可以给你作证，当时有一半货是我签收转给他的。"达妮娅也硬气地说道。

赵卫东思考着问："我应该怎么去做这件事呢？"

"去警察局直接告他，叫警察把他抓起来。让他把钱吐出来，把货退回来。"达妮娅未加思索地说道。

"对！"娜达莎附和着。

赵卫东思考着，他现在不是考虑做不做这事，而是考虑如何做这事。事情已经到了该了断的时刻，不论结果如何，他都要做这事的。只是他对俄罗斯的警察实在是印象不佳，而且不知道警察局会不会受理。不过他也没有其他成熟的想法，既然她们都说这样可行，应该有她们的了解和道理。两个女人的气愤更激起他的情绪，他觉得可做的事情都要试一试，便答应说行，向她们问了警察局的地址和一些具体的事情。又问她们两个人警察局有没有熟人，她们都摇头说没有。

达妮娅说："不用找什么熟人，这事情明摆着，警察肯定要管的。"

赵卫东想，自己的俄语还没达到和警察打交道的程度，便请达妮娅明天陪他去警察局报案。

达妮娅喝着啤酒，满口答应，可能是啤酒喝得痛快，她有节奏地晃动起了身体，兴奋地说："你看吧，明天你一报案，警车马上就出发，'嗡嗡'地叫着，到市场封他的箱子，封他的库房，把他直接押上警车带走，要他退钱。"

几个人都笑了，达妮娅的话让他们兴奋解气。

说做就做，赵卫东和达妮娅约好了明天早晨见面的时间和地点。

然后，娜达莎把账给报了，赵卫东要她们也按瓦洛佳的价格销售风衣。

晚上，赵卫东把与瓦洛佳签字的协议和收条都准备了出来，自己写了一个报案的提纲。

之后他连续接了两个电话。先是老宋，他一上来说话就十分着急。

"兄弟！你去哪了？找不到你，可把我急坏了！"

"遇到一些麻烦事，身不由己，电话里没法说。昨天刚回来，有什么事你说。"

"哟！什么麻烦事？大不大呀？"

"电话里没法说，你也别问了，现在解决得差不多了。有什么事你说。"

"货收到了没有？"

"收到了。娜达莎接的货，你的货卖得还可以。"

"好！我马上再发一批货，你接一下，找不到你，我没敢发。另外，你和那个有玉石的女孩还在一起吗？"

赵卫东明白，一定是老杨告诉老宋他和柳芭同居的事了。他回答说："还在。"

"还有玉石吗？"

“还有。”

“还照过去一样，钱不要给我汇过来了。我叫老杨过去带玉石回来，具体时间我给你电话。”

刚放下老宋的电话，李阳的电话就来了。原来是老宋先给他打的电话，他先问老宋来电话了没有，赵卫东说来过了。

他接着问：“这些日子你都干什么去了？”

“咳！躲事去了。”

“哟！出事了！什么事？”

“电话里没法说。”赵卫东想起李阳在警察局认识人，明天可以让他一起去，便问：“对了，你警察局认识人是吗？”

“是啊！有事啊？”

“我明天要去警察局，你能不能和我一起去？”

“可以呀！什么事呀？”

“明天见面再说。”

他们约好了见面的时间和地点。

第二天早晨，赵卫东提前到了约定的路口。

玉石的收获和玉石生意的落实，彻底改变了赵卫东的心态，让他心情畅快，情绪昂扬，但这并没有削弱他对瓦洛佳这件事的愤恨，反而让怒火更加炽烈。从过去顾虑重重只想着把钱拿回来，到现在结果可以不问，但一定要让瓦洛佳受到惩罚付出代价，这种复仇的火焰在他心中燃烧。

等了很久，达妮娅和李阳都没到。

赵卫东的内心焦急起来，显然他一人没法去警察局。正在他灰心打算返回时，李阳来了，他见面就问赵卫东是怎么回事。在街面上两个中国人讲话，太招警察注意了，而且达妮娅看样子肯定不会来了，赵卫东便拉着李阳到了楼区里面，点上烟，给他大致讲了事情的由来，和今天要去警察局的打算。以前他跟李阳简单地谈过瓦洛佳的事，这次讲得更详细了一些。

李阳抽着烟思考着。

赵卫东又去外面大街上看了一下，达妮娅还是没来。

李阳摆摆手说："她不会来的。当地人，他们不会管这事的，谁愿意惹这麻烦，又是帮中国人。"

"是她们撺掇我来的。"

"那不过就是说说。"

李阳对这事并不看好，他摇着头说："这事吧，关键是打你的人和拿你货的人的关系，你没有证据。如果这事有证据证明是瓦洛佳指使打的你，就好办了。如果单纯是拿你货不给你钱，警察可能不管。"

"如果按经济诈骗报案呢？"

李阳思索着说："这事比较特殊，我有点吃不准，不过可以试一试。你的材料都复印一下，原始的材料让他们看一下就拿回来，别放在那儿。我话跟你说清楚，我可以给你介绍过去，但事办得怎么样，我保证不了。"

"行！李哥，你放心，我不可能就这么白了啊！"

李阳点点头说："也对。"

俩人去了警察局。这是楼区一侧一栋四层的楼房，到一层大厅来办事的人很多，在各个房间门口都有人排队等候。李阳对这里看样子很熟，他直接带赵卫东上了三楼，到一间办公室推门就进，和里面一个少校嘀咕了几句，然后这名少校带他们去了二楼一间办公室，把他们引见给里面的一个大尉，就关上门走了。

大尉坐在有些陈旧的办公桌后面，他三十出头的年龄，头顶的头发已经有些稀疏，惨白的脸色，深陷的眼窝，一双灰色的眼睛直勾勾地看着赵卫东，让人感觉很不舒服。

赵卫东陈述着案情，李阳帮忙补充，让他的俄语叙述得更加清楚完整。大尉听得漫不经心，拿支铅笔在纸上记着，但多数时间是在用手灵巧地摆弄着那支铅笔。

大尉在听到货值钱数时，停住了摆弄笔的手，追问："等等，多少钱？"

"大约六十万美元。"

大尉愣了！盯住赵卫东看，眼珠子瞪得差点从他那明显的眼窝中凸出来，身体也向上提起，屁股离开了座椅……他可能意识到了自己的失态，重新坐好，开始认真地询问和记录，眼珠在眼眶里转着，紧张地思考着。

赵卫东注意到了警察大尉态度上的变化，他想象着接下来会不会出现警车呼啸而出的振奋人心的节目。

问询记录做完了，大尉严肃认真地对他们说："好！就这样，我们马上就开展调查，有结果会告诉你们的。"

警车出动的震撼场面没有出现。出了警局以后，赵卫东和李阳两个人找了个咖啡馆喝起了啤酒。

"怎么样？这警察有戏没戏呀？"赵卫东显得有些灰心。

李阳喝了口啤酒，说："这算是接案了，就算不错。我开始以为他们不接呢。"

"这事明摆着，把人一抓什么都清楚了。"

"咳！他们有他们的程序，等着吧，肯定会有动静的，不可能不处理的。"

赵卫东一想也是，别的还能干什么呢？一步一步走吧，斗争开始了，无论如何要进行到底。不过报警后瓦洛佳肯定也知道了他还在这里，注意安全是必要的。

“你怎么样？跟那个妞还在一起吗？”李阳问道。

赵卫东脸上露出开心的笑，点点头。

“瞧你小子美的，那妞真漂亮。你们还有玉石吗？”

“有啊。”

“这个老陈，总说还要玉石，但一说正事，他又撤步。”

赵卫东明白老陈是不想和李阳打交道。

李阳接着说道：“这玉石我没少跟人说。没人认，都不知道这俄罗斯还有玉石。买这东西得懂玉，一看就知道是好东西，就像老陈这样的。”

两个人喝着啤酒。

赵卫东看李阳的样子，好像有什么事求他，又不好张口，便问道：“李哥，你怎么样？有事吗？”

“咳！我还真有事找你。这几天手背透了，连着输，把手里的钱全输进去了。该交房费了，想从你这儿先拆兑点儿，过几天就还给你。”李阳说着，还是有些不好意思。

赵卫东已经料到了会是借钱，说：“哟！李哥，我这手里就二百美元，用你就先拿走。”

“够了，二百就行。”

赵卫东掏出钱来递给他。

俩人把酒喝光，出了咖啡馆分手时，赵卫东叮嘱说：“警察局的事，李哥你帮我盯着点儿。”

“放心。我问着。不过还是那句话，成不成不好说。”李阳谨慎地答应着。

三十一

两天以后的早晨，赵卫东还没有起床，那个警察大尉廖瓦就打来了电话。赵卫东立刻精神了起来，以为案子有了进展，心想这警察办案效率够高的。电话里廖瓦叫他到警察局去一趟，他立刻穿衣服出门，兴致勃勃地打车去了警察局，直接进了大尉廖瓦的办公室。

大尉坐在办公桌的后面，脸上的表情看不出有让人鼓舞的信息，他伸手请赵卫东坐到他的对面。

他说："我们已经开始调查了，人暂时没有找到。找了瓦洛佳周边的人了解了一些情况，也掌握了他的一些情况。正在准备进行下面的调查。"

赵卫东听他的话未免扫兴，说道："在没找到人之前能不能采取一些措施？"

大尉深陷的眼睛透出疑惑的目光，问道："措施？什么措施？"

"能不能把他的库房和市场上的集装箱封了，还有银行的账号给冻结了。"

大尉笑了。赵卫东第一次看到他笑。他说："我们没有这个权力。法院可以，我们不行，我们要按法律规定的办案程序办。"

赵卫东想了想说："那也就是说，抓不到人，什么事情也办不了是吗？"

"那当然了，我们要按法律规定办事。是这样，叫你过来是这样的，我们的经费非常紧张，我们已经三个月没发工资了，办案是需要经费需要钱的，所以你这个案子要是继续办下去，你需要给我们提供一些经费。"

这个要求是赵卫东没有想到的，他问："你们需要多少？"

"两千美元。"大尉伸出了两个指头。

"两千美元？"这数目让赵卫东吓了一跳！他知道一般警察的月工资只有五十美元，还经常发不下来。这简直就是趁机敲诈！这个金额也不是他现在能承受的，他当即回答说："我现在没有这么多钱。而且我也没带在身上。"

"少一些也没关系，先用着。现在没带，可以明天送过来，如果经费不到位的话，案子我们只能停办了。"

赵卫东心里这个气呀！明说了敲诈，倒是还可以讨价还价，他也不敢回绝，毕竟案子还是要办的。回去以后想了半天，第二天他拿了五百美元给送了过去，大尉见是五百美元也没说什么。赵卫东叮嘱他抓紧办案，他答应得很痛快。

过了两天，警察大尉廖瓦又打电话过来，叫赵卫东去警察局。这次赵卫东可没敢高兴，担心又是要钱，可又不能不去，怕真是案子有了进展，不去会误了事。他到了以后，廖瓦先是说做了多少工作，但瓦洛佳人还是没有找到，最后还是向他要钱，张口还是两千美元。把赵卫东气得心里冒火，可又不敢说什么。第二天又送过去三百美元，这廖瓦也没嫌少表示不满，给多少要多少。

赵卫东约李阳见了一面，跟他说了警察要钱的事，李阳埋怨他不要给，他说为的是办案。李阳要去找认识的警察去说一下，赵卫东拦住了他，怕引起纷扰影响了办案。

李阳把借的二百美元还了，赵卫东明白他还钱是为了显示信用，以后好借更大数额的钱，不过钱还了还是好事。

杨建国来了，还是按上次的路径，他从阿拉木图乘飞机来，再从莫斯科坐飞机回阿拉木图，打车从口岸过境回国。赵卫东把那三块玉石给了他，他看得爱不释手，高兴极了。

赵卫东问他："上次带回去的玉石卖了吗？"

"卖了！"他痛快地回答。

"你卖的时候，告诉人家是俄罗斯产的玉了吗？"赵卫东问道。

老杨笑了，喝了口酒说："哪儿能说这个呀？说了人家就不敢买了，也卖不上价呀。就说是新疆和田玉。"

"这不蒙人吗？"赵卫东笑着说，说完觉得有点唐突，不过老杨并没在意。

老杨又喝了口酒，说："一点儿不蒙人，根本看不出来。有区别是有区别，非常轻微，再说新疆和田玉本身也都有区别呀。你没听说过吗？千种玛瑙万种玉。"他指了指桌上的三块玉石，继续说："买这么大的籽料，这么贵，都是懂行的人买。就是不懂行的，也会带着懂行的人来看。没有上来就买的，都是看几次才买的。所以这都是行家认可的，品质上够得和田玉。"

两个人喝着伊犁大曲，酒是老杨特地给赵卫东带来的。

"那这玉石你们卖多少钱呀？"说完赵卫东又觉唐突，可能是喝酒喝的，说话不过脑子。

老杨果然含笑未答，过了一会儿，可能觉得不妥，说："按克卖，一样的。不过肯定要便宜些，为的是好卖。”

赵卫东没有讲自己亲自去贝加尔湖采玉的经历，也没有讲自己已经握有大量的玉石。老杨要他继续找玉石，还要这样的籽玉。赵卫东答应着，说准备好以后通电话。

杨建国走的第二天，警察大尉廖瓦又来电话了，说案情有了进展，还是叫赵卫东去一趟。赵卫东已经不信这个警察的话了，估计还是要钱，犹豫了半天还是去了。他是想如果不去就半途而废，以前的钱也就白给了。果然去了以后，大尉廖瓦还是那一套，说瓦洛佳去外地了，他们准备出差去找他，云云。廖瓦张口还是要两千美元，赵卫东二话没说，拿出二百美元放在桌子上，扭头就走了。

他下决心这是最后一次给钱了，不管接下来的事什么样，结果如何，这都是最后一次了。不然这钱给起来没有个头，就像是一个越挖越深的坑，没完没了。这哪是执法呀？这是和罪犯一起对受害人的二次加害，是十足的敲诈勒索，和抢劫也差不了多少。一个公职人员竟无耻到这样的地步，不仅是丢自己的脸，连国家的脸也不要了。这件事让他恼火灰心，也更加重了他内心的伤痛。

过两天警察大尉又来电话了，赵卫东拿起电话气得直哆嗦，忍着愤怒，说：“如果你是要钱的话，我就不过去了，因为我没有钱了。你如果真想要钱，你把案子办了，把钱追回来，我给你分百分之三十。”说到这里，他没等大尉回话就把电话挂了。

他放下电话，坐到沙发上很久还气愤难平。抽烟想了一会儿，他给李阳打了个电话，说了和警察通话的情况。

李阳说道：“开始我对这事就不看好，他们那些警察没好儿不干事。再说这个瓦洛佳有根儿，不是个善主儿，不是轻易办得动的人。”

赵卫东依然怒气冲冲地说："就这么明目张胆、肆无忌惮地侵吞你的财物，你就干看着一点儿办法都没有？这就和明抢一样啊！这警察不仅不管，还接着抢你的！这叫什么事呀！"

李阳劝解道："现在俄罗斯就这样，关键现在你要注意你的安全了。我告诉你，这儿的警察两边吃，估计警察已经找过那边，那瓦洛佳可能已经知道你报官了。那孙子要是知道你回莫斯科，肯定用人找你，我看你还是躲一躲吧。不行你还是走吧，别待在莫斯科了。"

赵卫东无奈地叹息着，李阳的提醒是对的，他也只能这样了。

李阳接着说："另外你那儿有没有小块的玉石？大块的玉石，几千美元上万美元的没人敢买，都不认。你要有小的，不太贵的，给我拿几块，我能卖，卖完了我把钱给你。行吧？"

赵卫东答应说："可以吧。"

李阳说："那你赶紧买票，完了告诉我时间，我送你走。到时候你把小块的玉石给我。"

放下李阳的电话，赵卫东立即拨通了崔总的电话。

"崔总，货什么时候起运？"

"正在组货，还要一段时间。玉石不能单独通关，麻烦很大，而且体积太小，没法弄。我们走货都是几十个车皮，把玉石放里面，不显眼，通关好过，得等等。"

"您能告诉我个大概时间吗？"赵卫东问道。

"大概啊，怎么也得一个月以上吧。怎么，你有事？"

"那我就先过去办那大个的碧玉去。"

"你去吧，这事重要。另外，这批货我可能安排在伊尔库茨克起运，走满洲里，你去那儿将来装货正合适。"

"那好，崔总，我先过去，一个月后我给您打电话。"

放下电话，赵卫东就赶紧去买了第二天的机票，他觉得李阳提醒得对，瓦洛佳肯定会对他有行动。这时候是玉石生意的关键时候，不能出岔子，君子报仇，十年不晚！等这笔玉石生意做完，心里踏实了，回来再想办法收拾瓦洛佳。

离开柳芭几天，那种初到俄罗斯时深深的孤寂感又袭扰着他，他想柳芭想得厉害，所以想快些回去。

李阳开车送他去的机场，他拿给李阳三块比鸽子蛋大些的玉石，说了底价，心想这钱估计拿不回来了。不过钱不多，而且李阳也确实帮了他不少忙，将来说不定还用得着他，所以钱不给也就算了。

三十二

赵卫东下了飞机，打车直接去了伊尔库茨克市区内租的房子。开门进屋，柳芭不在，屋里显得冷清。赵卫东满怀热情扑了个空，想着忽然到来给柳芭惊喜的愿望没能实现，心里感受到了莫大的失落。

他在屋里转了一圈，屋里有些乱：床上被子没有叠起来，屋里也没有归置，东西凌乱地摆着。卫生间里堆着该洗的衣服，厨房里有的盘子还没有洗，烟缸里有不少烟头，餐桌下摆着十几个空啤酒瓶和两三个伏特加酒瓶。打开冰箱，里面有几瓶啤酒和一瓶伏特加酒，还有半截肉肠。

他心里冷冷的，坐下点了根烟抽着，这屋里像是有两三天没住过人了。柳芭去哪儿了？会不会去了伊万那里，安排大玉石的事去了？他立即拿起电话拨通了伊万家的电话，是玛莎接的。

他问柳芭在不在那里。

“前几天来过，把钱送过来就走了。怎么，你到伊尔库茨克了？”玛莎在电话里说道。

“是，刚到。”

“她不知道你过来吗？”

“我临时决定过来的。”

“她会不会去奶奶家住去了？”

“不知道。”

“也可能去大学找同学玩去了。”

“有可能吧。”赵卫东敷衍地说道。

“伊万已经走了，和菲佳去弄那块大的玉石去了。他说菲佳那边准备得差不多了，要在下雪之前把玉石先挖出来，等下雪了好运出来。”玛莎说道。

打完电话，赵卫东心情好了些，大玉石的事情在落实，让他欣慰，也鼓舞了他，但他更想快一点儿见到柳芭。对，柳芭有可能在贝加尔湖那里的奶奶家住，应该去那里找她。他看看桌上的座钟，七点半，公共汽车没有了，打车如果顺利的话，十点以前能到。计算一下时间，觉得晚点儿了，路上不大安全，还是不要去了。他又打消了这个念头。

他又想，说不定柳芭一个人在家里闷，出去找同学玩去了，一会儿就会回家，还是在家等吧。他便把从莫斯科带来的柳芭爱吃的两种肉肠放进冰箱，罐头和巧克力放进柜子里，然后收拾屋子。

在收拾床的时候，他发现床上有两个人睡觉的痕迹，一阵心惊！忙仔细观看，两个鸭绒方枕上确实是两个人枕过的痕迹，而且是两床被子。床上经过简单地收拾，但被子并没叠起，毫无疑问有两个人在这床上躺过睡过。

赵卫东一下子血往上涌，头晕目眩，他慢慢地扶住墙走到客厅，无力地跌坐到沙发上。

有男人在这里睡！柳芭在跟别的男人胡搞！现在不在家，肯定是跟别的男人出去了！他脑子里满是对柳芭的胡乱联想，心里抽搐地疼痛。

过了一会儿，他心里一动，心想也许是柳芭的女同学在这里住过，他立即站起来走进卧室，再仔细查看床上的痕迹。看了半天找不出明确的男性痕迹，分辨不出是男是女，他觉得紧缩的心略微轻松了些。

这时已经是晚上九点多钟，他不知道柳芭回不回来，心里还是慌得很。他想喝酒，便从冰箱里拿出了一瓶伏特加酒，切了一盘肉肠，自己喝开了酒，脑子里还是充满着关于这件事的胡思乱想……

赵卫东喝光了一瓶酒。

柳芭没有回来。

他躺在沙发上睡了一宿。

第二天上午，赵卫东仍然在房子里等。他在窗前眼巴巴地看着下面的楼区大门，心想她可能出去玩了一宿，一定困了累了，会回家来休息的。可是到了下午，柳芭还没有回来，赵卫东这时决定走，去贝加尔湖边她奶奶的房子，看看她会不会在那里。

赵卫东来到长途汽车站，车不顺，刚走了一辆车，等了很久他才乘上后面的汽车。到达贝加尔湖的湖边小镇已经是傍晚了，他心急火燎地来到那湖边的木屋院落前，拍打着门，却引来一阵狗的狂吠。他从门缝往里看，那木屋十分沉寂，没有人居住的生活气息。

门开了，但却是隔壁邻居的院门，探出身来的是那位黑头发黑眼珠的列娜，她穿着居家的对襟的蓝条长袍，依然是那副慵懒的神情。见是赵卫东，她脸上露出友好的笑意。“啊，是你！你好！”

“你好！”赵卫东走过来说道：“我来看看柳芭回来没有。”

列娜脸上露出疑惑的神情，反问道：“你们不是在一起吗？”

“啊，不。我去莫斯科办事，刚回来。在伊尔库茨克的房子里没有见到她，我以为她回这里了。”

“噢。你们一起走了以后她就没有回来过。”

“啊，是这样。”赵卫东满脸的失望。

列娜让开身子，请赵卫东进院。“来，进来吧。”

赵卫东犹豫了一下，其实进去已经没有必要了，不过要回去这时候也没车了，今天怎么也要住这里了。他便跟着列娜进了她的院子。他知道列娜有这房子的钥匙，以为她进屋是去给他拿钥匙。列娜却开门请他进屋，他不好推辞，就跟随着进去了。

列娜家木屋的结构和柳芭奶奶家的几乎一样，屋里的家具家什显得有些臃乱，但扑面而来的是浓烈的生活气息。列娜手脚麻利地把沙发上乱放的衣服收拾起来，请赵卫东坐下，又把屋里的东西归置了一下。

赵卫东没有坐，客气地说：“列娜，那屋的钥匙在你这儿吧？”

列娜把桌上用过的茶碗茶壶端去厨房，回头说：“是啊，在这儿。哎呀，我还忘了放哪了，你先坐，一会儿我给你找。”

赵卫东只好坐了下来。一会儿列娜从厨房出来，用茶盘端着沏好茶水的茶壶茶碗和糖罐，放在茶几上。

“先喝点儿茶。那屋这么长时间不住人了，什么都没有。”她说完坐到了赵卫东的侧面，拿起茶壶把茶水倒入茶碗，和糖罐一起放在赵卫东面前。

赵卫东欠身道了谢。他用小勺往茶碗里放了两勺糖，再用小勺在碗里搅动着，说：“家里就你一个人？”

她也低头搅动着茶碗里的糖，说：“是的。”

赵卫东知道她的家庭情况，不想触动人家的痛处，忙问：“你的小孩呢？”

“我妈妈带他去我哥哥家里了。”她微笑着说道。

原来这家里只有她一个人住，这让赵卫东感觉有些拘谨。

两个人喝着茶，聊着天。

“你没有找到柳芭？”她问道。

“啊，也不是。我们在伊尔库茨克市里租了一个房子，我从莫斯科回来，她不在家。我以为她到这里来了，就找过来了。”

列娜思忖着说：“她会不会去了乌兰乌德啊？她的家在那里附近。她在那里长大的，上大学才去的伊尔库茨克。”

赵卫东点着头说：“我知道。她带我去那里看过，房子被烧毁了。”

列娜有些惊讶，说：“你去看过？那他们家的事你也都知道？”她摇着头继续说：“他们家非常不幸！”

赵卫东觉得列娜话里包含的内容，可能不像他了解的那么简单，但他没有继续问下去，而是说：“我给伊万打过电话，她不在那里。”

列娜想起来了，说：“啊，伊万，是柳芭爸爸的同事。对，她经常去那里，不过她也可能去其他人那里了。”

“你知道她可能去的地方吗？”赵卫东问道。

“我不知道。”接着她笑着说，“过去喜欢柳芭的人、追她的人特别多，所以她认识的人很多。”

赵卫东不知道她说这话是出于羡慕还是嫉妒，但和人家的男朋友说这种话，好像不大妥当。赵卫东看天已经黑下来了，就起身说：“天晚了，我拿钥匙过去吧。”

列娜并不想放赵卫东走，说：“你还没有吃饭吧？那屋里什么都没有，你就在这里吃吧。”

赵卫东觉得她的热情有点过度了，便笑着回应说：“谢谢！我包里带了吃的。”

列娜耸了一下肩，表示了一下失望，她从桌子抽屉里拿出钥匙，却没有交给赵卫东，而是和他一起出门去了邻院。她亲自打开柳芭家的门，和赵卫东一起进了木屋。打开灯，两个人在屋里转了一圈，列娜就像到自己家一样，随便翻看着屋里的东西。赵卫东发现这屋里和他们走时一样，没有人进来过。

列娜从厨房出来，瞪着眼睛说："厨房里什么都没有，你吃什么？走吧，到我那里吃吧！"

赵卫东看着屋里实在冷清，心里也孤寂难受，也想喝酒和人聊聊天，况且对列娜也不好拒绝。他就从包里拿出一根肉肠和一瓶伏特加酒，俩人相视一笑，又一起返回了列娜的家里。

列娜对赵卫东能在自己家里吃饭显得欣喜，忙着到厨房做菜热饭，可能是她太过孤独，想着能有人陪一陪，而赵卫东也能感觉到列娜对他的好感。

不一会儿，列娜就把饭菜做好，摆上厨房的餐桌，并招呼赵卫东过去吃饭。赵卫东走到餐桌前坐下，看那桌上摆放的饭菜，有熏制的罗姆鱼、腌制的猪肉、赵卫东带来的肉肠、酸黄瓜、红菜汤和炖鸡腿。菜其实都是常吃的，但所用的碗盘都是金边紫花整套的，盘里的菜都码放得非常整齐，能够让人感到主人对客人的精心招待和做家务方面的能干。

赵卫东对列娜报以感激的微笑，说："谢谢！"

列娜很享受赵卫东赞赏的目光，笑盈盈地说："不客气，请吧！"

两个人慢慢地吃饭、喝酒、聊天。

列娜问道："柳芭平时在家做饭吗？"

赵卫东说："做，做一些简单的。"

"煎鸡蛋，煎鸡蛋裹面包片，对吧？"

"对。"赵卫东点着头。

两个人就从这些生活的话题谈起，谈得很随意，想到哪儿说哪儿，随着酒越喝越多，俩人谈得就更加无拘无束了。

列娜说，柳芭小时候学校放假都到奶奶这里住，她们俩人天天在一起玩，天天又都打架。柳芭长得漂亮，男孩子都围着她转，她性格也特别活泼，就是他们家被烧以后她的性格变了。列娜说："太惨了！爸爸妈妈还有弟弟全都死了！她和依拉当时哭得死去活来的。没过多久，奶奶也去世了，她们就更苦了。姐妹俩每天哭得像傻了一样，当时我们都怕她们受不了。后来她们坚持下来了，真的，她们真够棒的！但是这以后她们脸上没了笑容，再也看不到她们开心的样子了。以后情况好了些，没想到依拉又出车祸死了。亏了碰到了你，要不然她的精神会垮掉的。"

赵卫东听着，感同身受般地心痛难受，他端杯猛干了一口酒，眼圈湿润。

列娜也干了一杯酒，叹息了一声说："社会变了，过去安安稳稳的，生活十分平静。现在这么乱，什么事情都有，过去听都没听说过的事。这人现在怎么这么凶残、没有人性！"

"人凶残？"赵卫东疑惑地脱口问道，他记得柳芭跟他说家里被烧是一次意外事故。怎么会扯上人的行为，难道是人故意制造的？

"是啊！过去的社会哪有杀人的、抢劫的，现在到处都是，天一黑人都不敢出门。"列娜吃着鱼，细心地挑出里面的刺。他们吃鱼不像中国人用筷子夹着吃，而是用手拿着吃。

"柳芭的家人是被人杀害的？"赵卫东诧异地问道。

"是啊！"列娜抬起了头，也诧异地问："柳芭没有和你讲吗？"

赵卫东心里震动了一下，说："她带我去看过她家烧毁的房子，我看她非常伤心，就没有让她说。"

列娜和赵卫东碰了一下酒杯，干了一杯酒。然后她讲述了柳芭家人被害的情况。

柳芭的爸爸是乌兰乌德附近一个行政区警察局的局长，他逮捕了这个地区最大的黑社会组织的头目，但最终法院却没有给这个黑社会头目治罪，而是给释放了。一天夜里，这个黑社会头目带着人，往柳芭家的木屋泼上汽油，点火把木屋烧了。柳芭的爸爸妈妈和弟弟在屋里都给烧死了，柳芭和依拉在伊尔库茨克上学不在家，幸免于难。

赵卫东听得毛骨悚然、浑身沸腾，连喝了几杯酒。这真是骇人听闻！惨绝人寰！他没有想到柳芭的心里竟然承受着这么残酷的事，他觉得自己的心在颤抖、心在痛。

两个人喝完了一瓶酒，都想继续喝。赵卫东便回到柳芭家的木屋，又从包里拿了一瓶过来，俩人继续喝。

列娜又诉说了自己生活的不幸和内心的苦楚，她没有工作，没有固定的收入，靠妈妈微薄的退休金和在院子里种点儿土豆洋葱去卖，维持生计，生活十分困苦。丈夫一去不归，下落不明，感情上也十分落寞凄苦。说着她落下泪来。

赵卫东听了柳芭家的惨案后心里一直沉甸甸的，列娜其他的话就没怎么听进去。

这时他们都喝得有些多了，列娜显得就更明显，说话迟滞，摇头晃脑，一脸憨态。她开始说一些对赵卫东有好感的过头的话，还举着杯，晃着身子站起来，要和赵卫东喝交杯酒。她站不住险些摔倒，赵卫东忙把她抱住，他抱起她去卧室里把她放在床上，又到卫生间拿过来一个脸盆放在床边，然后拎着喝剩的半瓶酒，关好门出去了。

赵卫东来到院子里就打了个冷战，外面冷飕飕的。夜空晴朗，月亮很明亮，照得院里如白昼一样。看那贝加尔湖的湖面，月光下闪耀着粼粼波光，耳边是湖水轻轻拍打滩岸的声响。那湖水吸引着他，他恍惚着朝湖水走了过去，在湖边坐下，出神地望着那月光下摇动的湖面，听着那湖水悦耳的波动。

他抬头看天，今夜的月亮又大又亮，圆圆的挂在天上。这是十五的月亮，是哪个月的十五呢？应该是八月，今天是中秋节！他想起来了。

立刻，他的泪水喷涌而出，泪流满面，瞬间无数的画面蜂拥着展现在他的眼前。他想到了北京的家，想到了爸爸妈妈，想到了自己跌宕起伏的过往，想到了现在的处境，一时百感交集。

他觉得很冷，天气冷，身体冷，心里更冷，他举起酒瓶大口喝着酒，止不住的泪水仍然在月光中飘洒。

柳芭家的惨案让他震惊！柳芭竟然承载着这么沉重的伤痛在度日生活！让他惊叹！他心情同样沉痛。

另一方面，他脑子里依然几乎可以认定柳芭有其他情人在钻牛角尖，内心痛苦。如果说他和柳芭刚在一起时，他很大程度上处于被动，对柳芭的感情和用心也有所怀疑，他沉溺于和柳芭在一起的分分秒秒的时光，但也缺少感情长久的准备和长远的生活规划。但今天不同了，他的感情已经全部倾注在了柳芭身上，他们的人生已经连接在了一起，柳芭是他生命的一部分，是他的世界。所以，他无法忍受。

他连连举瓶喝酒，直到把酒喝光，然后不知不觉地歪倒，在月光如洗的湖滩、在湖水拍打的湖岸边躺下睡着了。

三十三

赵卫东醒来睁眼一看，天已经大亮了，他蜷曲着身体躺在湖滩上，浑身冻得瑟瑟发抖，头又晕又痛。他赶忙爬起来，走回木屋，走路身体仍然打晃，进屋以后，他还是冷得打战，头晕得不能自持，便又躺倒在床上，盖上了厚厚的被子继续睡着了。

他再次醒来已经是下午，他起来以后感觉身体恢复了，便做了一盆热水到卫生间简单地洗了个澡。出来后他有了焕然一新的感觉，他穿好衣服，挎上提包，出发回伊尔库茨克去，他觉得还是回那里等柳芭比较靠谱。

他去列娜的木屋送钥匙，却见列娜靠在木屋外棚子的柱子上站着，看着他走来。他向她问了声好，递上钥匙。

列娜的脸上没有了昨天的热情洋溢，眼神冷冷的，她回了声好，问道：“昨天晚上是你把我抱到床上的？”

赵卫东点点头，回答说：“是的。”

“谢谢！”列娜的表情没有任何变化。

他转身走了，没有再回头。

赵卫东坐最晚的一班车回到了伊尔库茨克，进城时天已经黑下来了。

他打车回家，登上楼梯，到了门口，听到房子里传出音乐声。他心里一喜！柳芭回来了！他用钥匙打开门，冲进门去，却惊呆了！真惊得他目瞪口呆！

屋里竟然有一群人！有男有女，全是年轻人，男的或高大或强壮，装扮怪异，面相生猛，身体上有刺青，匪里匪气；女的描眉画眼，发型奇异，服饰闪亮，个个妖艳。录音机里播放的乐曲声震山响，这些人里有的男男女女在搂抱着随着音乐跳舞，有的在沙发和座椅上歪歪斜斜地半躺半坐地喝酒，全部放浪形骸……

柳芭坐在沙发中间正在仰头对着瓶子喝着啤酒，她穿了一件吊带紧身的蓝色长裙，头发向一侧扎起，身体松松垮垮地靠在男人的身上，完全是一副放荡的模样。她左右的两个男人用手臂搂着她，浪笑着一起喝酒，其中一个男的正在吻她的香肩。

赵卫东的进门打断了他们的狂欢。

他们看到进来一个人，还是一个中国人，便取笑着轰他出去，一个小子还过来拍着赵卫东的肩膀指了指门。

赵卫东没有动，他万万没有想到会看到这个场面，太意外了！他不可想象，甚至不相信这是真的！他真的傻眼了！

柳芭看到了他，也是十分惊讶！她和赵卫东对视了片刻，推开了两边男人的胳膊，坐正身体，低垂着眼皮，阴沉着脸。

轰赵卫东走的那个人，见他不动，声音变高，并且推他。

“嘿！中国人，出去！快点！”

柳芭抬起了眼睛说：“你们都走吧！对不起！”她的声音不是很高。

所有的人都没有听明白柳芭的话，没有人动。往外轰赵卫东的人误以为柳芭说的是让赵卫东走，更提高了嗓门，并拽住赵卫东往门外推。

柳芭提高了嗓门说："放开他！我说的是你们走！"

这些人面面相觑，总算明白了柳芭的意思，看了看赵卫东和柳芭两个人，没再说什么话。他们穿好衣服，拿上包，从赵卫东身边鱼贯而出。

人走屋空以后，赵卫东站在原地没有动，他面色铁青，怒气冲冲，但又不知道如何判断这事，不知道该说什么。事情太过突然，太过意外，他一时不知所措。

柳芭依然坐在沙发上没有动，脸色阴沉，也是一副生气的样子。过了一会儿，她突然气哼哼地站起来，把那依然在喧嚣的录音机按停，冲到赵卫东面前，喊道："你回来为什么不告诉我！"

赵卫东又是一怔！柳芭的态度出乎他的意料。她还有理了？她还生气了？赵卫东让她给吼蒙了！

柳芭狠着脸，继续朝他吼着："你回来之前应该告诉我！你为什么不告诉我！"

难道回家没打招呼是罪过吗？难道这会成为怪罪他的理由吗？这完全是不讲道理的胡搅蛮缠！赵卫东一时找不到准确的话回击她。

不过也用不着回呛吵架了，柳芭说完狠狠地瞪了他一眼，扭身走进里间卧室，"砰"的一下把门关上，留下呆立的赵卫东和一片吃喝狂欢后的狼藉。

赵卫东扫了一眼这纷乱的屋里，走到小房间。这里也很乱，折叠沙发打开着，上面有人躺睡过乱放的被子。他把被子扔到地上，坐到沙发上。他脸色惨白，身体颤抖，他想抽支烟安顿一下情绪，掏出一支，手哆嗦了半天才点上。

赵卫东气愤填膺，这两天他的怀疑落实了，虽然没有见到淫乱的行为，但这场面也差不多了。她居然做出这样的勾当，毫不在乎赵卫东对她全心倾注的感情。

赵卫东空虚惶恐，这事对他精神的打击太大了，他对柳芭的爱，是他的精神支柱，是他生命的一部分。他们的爱情不仅给他带来了快乐和温暖，还给他提供了面对人生挫折奋斗的动能。而柳芭现在所为，是他不能接受的。失去柳芭，他不知道明天的日子该怎么过。

他情绪跌宕，心乱如麻，什么都不想干，索性盖上被子躺倒在折叠沙发上。他听隔壁什么动静都没有，看样子柳芭也躺下睡了。

她居然还冲他发火！她居然还理直气壮！真是岂有此理！想到这里，赵卫东心中的怒气冲了上来。他“腾”地坐起，要立刻过去，揪她起来，要她说清楚！

在他拉门过去时，又停住了脚步，他想起了昨天满脑子转的柳芭遭遇的家庭，立刻把火气压了下去，回身坐下来，点上烟，平复一下情绪。

他想：柳芭已经够不幸的了，不要再去增加她的痛苦了。她就是做了错事，分手就是了，何必再去和她闹。分手的痛苦自己承担好了，谁让自己爱上她了呢！

可是分手以后玉石生意怎么办？这个生意太重要了！如果瓦洛佳那边的钱拿不回来，玉石生意再做不成，他可就死定了！想到这里，他的心里又是一团乱麻，烦躁起来。

柳芭为什么那么理直气壮的？是不是她自己觉得没有办错事呢？但那场面赵卫东亲眼目睹，的确不堪入目，而且这堆人看着都不是什么好人。不过再一想，这俄罗斯人男女之间搂抱亲脸倒是常事，所以也不能完全确定柳芭有其他情人的事情。

赵卫东想到这里心情平稳了一些，这时他真想过去和柳芭好好谈谈，把事情问清楚。他轻轻地拉开门，听隔壁屋里一点儿动静都没有，心想柳芭一定睡着了，就没过去。

他躺在床上，又胡思乱想了一会儿，也睡着了。

第二天早晨，赵卫东醒来，睁眼看见柳芭坐在床边，一副委屈的样子。见赵卫东醒了，她说："对不起！我不知道你回来。要是知道，我就不让他们来了。"

看柳芭的样子，听她的道歉，赵卫东心里的气消了大半，他没有说什么。说什么呢？他是因为家里来客人生气吗？他不能接受这样的道歉？！他没有说话，但他起来开始收拾屋子，柳芭也跟在他的旁边一起归置屋子。

她一边干活儿一边解释说："他们都是我的大学同学和他们的朋友，就是聚在一起办个派对。"

这个解释说到了赵卫东的心坎上，但这些人是大学生？谁信？倒像是一群黑社会。这个解释还是不能让他满意，但是他的气消了许多。

两个人在一起干活儿，手和手几次相碰，身体和身体几次相蹭，每次碰蹭，赵卫东都像触电一样引起体内的电闪雷鸣。他偷眼看柳芭，太漂亮了！光彩夺目！美到极致！他抑制不住地心血来潮，他抗拒不住地感情澎湃。他忽然抱住了柳芭，开启了感情的闸门，狂吻起来。他用力太猛，弄得柳芭几乎窒息，柳芭挣扎着脱开赵卫东的头，喘息着。可没等她缓过劲来，赵卫东一个公主抱，将她抱到床上，不由分说地开始了盼望已久的小别胜新婚的缠绵，将爱的洪流滚滚地发泄了出来。

这一下子就是三天，他们在花团锦簇的二人的花园里，把爱挥霍得淋漓尽致，在温柔乡里泡得神魂颠倒。其他的什么都没干，什么也不想干。

赵卫东也有心里纠结的时候，在潮起潮落的间隙，他责备自己：爱情是有原则的。为什么看到柳芭生活放荡而熟视无睹？为什么知道她有这么多不正经的朋友而不去责备？为什么明白她情感上未必专一还和她这么热烈地做爱？是感情上难于割舍还是心疼她那过于残酷的人生际遇？或是怕和她分手影响了玉石的生意？他回答不出。

到第四天，一个电话把他们从美梦中唤醒。不仅醒了，还让他们大吃了一惊！

三十四

电话是伊万的老婆玛莎打来的，柳芭接的电话，刚说了两句话，就急忙把赵卫东叫了过来。她把听筒放在两个人的耳边一起听，电话里传来的声音十分慌张。

玛莎讲述了今天刚刚发生的事情。

今天上午，家里来了五六个人，进门说是找伊万。伊万几天前进山去弄那块大玉石去了，玛莎告诉这些人伊万不在。这些人没走反而强行进了屋，把她也控制在了屋里。这些人跟她说，他们是黑社会的，上次伊万从乌兰乌德拿走了大量的玉石，没有给他们钱，他们是来拿钱的。他们让她和伊万联系，她说伊万去了很远的地方，联系不上。这些人就在家里翻钱，没翻到钱却把那堆玉石翻到了，然后他们就把玉石全都拿走了。走的时候撂下话，拿十万美元来赎这些玉石，而且只给三天的时间，三天交不上钱，他们说就把玉石卖了。

玛莎说，伊万已经走了几天了，菲佳家里没有电话，没法联系，而且说不定他们已经进山，根本联系不上了，所以她只能给赵卫东和柳芭打电话，让他们赶紧想办法。

挂了电话，两个人全都傻了！这事太意外了！

赵卫东觉得血往头上冲，心情焦灼起来。原来考虑玉石放在伊万家里最安全，没想到出了这样的事。明摆着这事解决不了，十万美元短期内是无论如何也筹不到的。伊万不在，如果伊万在的话，还可以找关系协调，现在一切都指望不上了。想到失去了寄托他全部希望、费尽辛苦得来的玉石，赵卫东心里一阵悲哀！

和赵卫东不同，柳芭却陷入了长长的思索，她吸着烟，脸上十分冷峻。过了一会儿，她说："这事有些怪，伊万是个老警察，在乌兰乌德和周边的城市工作了二十多年，人们都知道他，他在各方面认识的人也多，怎么会有人直接去他们家干这种事？即使是黑社会也不会这么干。这些人知道他的地址，知道他在做玉石生意，这是专门冲着他去的。"

赵卫东叹息着说："我们进山搞玉，知道的人太多了。在菲佳那个镇子里，大概全镇人都知道。现在搞这个大玉石，用了这么多的人，知道的人就更多了。下面这个玉石即使运出来，估计也没戏了。"他充满了悲观的情绪。

他思考的和柳芭思考的并不是一回事。

"不行！我过去一趟。"柳芭掐灭了烟，站起了身。

赵卫东一怔，说："你过去能做什么呢？"

"我要去看看到底是怎么回事。"她转身穿好衣服就准备走。

赵卫东拦住她，说："你去了能有什么用？你说的，黑社会是特地找伊万的。他们连伊万都不在乎，你去了有用吗？而且他们是黑社会，什么事都干得出来，这很危险！"

"不，我一定要去！"柳芭声音不高却十分坚定。

赵卫东惊讶地发现，柳芭的眼睛里闪动着冷峻的光，脸上表现出坚毅的神情，这是他过去从没见过的。显然，他不可能让柳芭一个人过去。

“那好吧，我们一起去。”他也去穿衣服。穿好衣服正要出门时，他想应该带上钱走，便说：“我们先去银行，把钱取出来，带上钱走。”

柳芭愣了一下，说：“银行里没有钱了。”

赵卫东诧异地说：“给完伊万还应该有两千多美元呀，怎么没了？”

柳芭眼珠子转着，说：“我多给了伊万一千。”

“为什么要多给？给的已经够多了，完全够用了！”

“那么远又那么难弄，雇人雇车的，我让他多带些钱走。”她说得理直气壮的。

话有道理，可赵卫东觉得她在说谎。他问道：“那还有一千多美元呢？”

“我花了。”她还是那么理直气壮！

“花了？这么几天你花了一千多美元？”赵卫东生气了。这钱不是小数，特别是现在这么缺钱，又需要钱的时候。

“我就是花了！”她不仅理直气壮还提高了嗓门。

赵卫东心里气得直冒火，可又不是发火的时候。而且钱已经没了，发火也没用。他放低了嗓门，问道：“钱全花了？”

“还有三百美元。”

还有一笔是卖依拉那几块玉石的钱，也存在银行里。赵卫东问道：“那个钱你取没取？”他是怕柳芭连这个钱也用了。

柳芭明白他的意思，摇摇头说：“没有。”

“好吧，那就走吧。”他这才放心了，其他的也不想追问深究了。

两个人是乘火车去的乌兰乌德，再打车去的伊万家，到那里天已经黑下来了。

玛莎把他们让进屋，样子显得惶恐不安，她指点着现场，比划着向他们更详细地介绍了上午发生的事。最后抱歉地说：“对不起！过去我和伊万商量过，把这些玉石藏起来或者埋起来。他说不用，谁敢到伊万家来抢劫呀，而且马上就要运走了，就没有藏，放在了储物室里，所以让他们找到了。”

“他们原来不知道家里有玉石？”柳芭问道。

“不知道。他们是奔伊万来的，进门就找伊万，跟他要上次没给的钱。伊万不在，他们就把我按住，翻箱倒柜地找钱，这样才发现了玉石。”

赵卫东听着这话后悔呀！早把这些玉石拿走就好了。可运走放哪儿呀？也怪崔总，这么长时间没有把货备齐。

“这些人你见过吗？”柳芭问道。

玛莎摇摇头说：“没有见过，但听他们说话，应该是乌兰乌德那边的人。”

“他们要的是十万美元？”赵卫东问道。

“是的。而且还说只给三天时间，三天不给钱，他们就把玉石卖了。”

“报警了吗？”赵卫东问道。

“我拿不准，没敢报。”玛莎摇摇头说。

“不行我们报警吧？”赵卫东扭头问柳芭。他想既然没有任何解决办法，索性报警。反正这样了，说不定能撞出一条解决的路子来。

柳芭立刻否定说：“伊万叔叔就是老警察，这里的警察都认识他。这些来的人指名来找他，就说明了他们根本不怕报警。报警不起作用，还会有麻烦。”

赵卫东想起了和警察大尉廖瓦打交道的经历，不讲话了。

“他们没说怎么给钱吗？”柳芭问道。

“他们留了个电话号码。”玛莎从桌上拿过来一张纸，上面写着一个电话号码。

赵卫东和柳芭都十分惊奇，劫匪敢留电话号码？明目张胆地作案！

“电话都留了，他们还怕报警？”柳芭白了赵卫东一眼，嘟哝着说。

赵卫东想了想说：“打个电话试试。”

“说什么呢？”柳芭问道。

赵卫东思考着说：“就说可以给钱，但钱要的太多，没有。要他们把钱数降下来。”

“谁打？”柳芭问。

赵卫东和柳芭对了一下目光，又都把目光转向了玛莎。

玛莎明白他们的意思，点点头，说：“行！我打。如果他们问可以给多少钱，我怎么说？”

赵卫东想了想说：“两万美元。”

她酝酿了一下，拨通了电话，直截了当地跟对方说了拿钱赎玉石的意思，并报了钱数。

对方当即回绝，说少于十万不行，说完就把电话挂了。

此路不通，门儿都没有！虽然是在意料之中，但还是加重了他们心情的沉重，而且电话是真的，就是市内的电话，说明这帮人根本就没把伊万放在眼里，不在乎他们可能的反制。这让他们更加恐慌。

他们都陷入沉沉的思索，事情明摆着，没有什么办法可想。去找伊万回来？他们做不到，那林子里他们找不到路，进去就会被野兽吃了。就算一切顺利找到伊万，来回也要十几天，什么都晚了。

他们草草地吃了饭，就睡了。柳芭和玛莎睡一起，赵卫东一个人在小屋睡。他根本就睡不着，想着即将到手的收获骤然失去，满怀的希望又被打碎。一天之间从天上跌到地下，他的心情极其痛苦难受。

第二天早晨，赵卫东起来后却找不到柳芭了。玛莎说，她出去了，说是找几个朋友问问，这事到底是谁干的，看看有没有关系，能不能帮忙解决这事。

赵卫东心里焦急起来，这帮人连伊万都不怵，你柳芭一个小丫头能找什么关系、起什么作用。

玛莎看出了赵卫东的担忧，让他不用担心，说柳芭从小在这里长大，认识的人很多，不会有什么事，她自己也会小心的。

整整一天柳芭都没有回来，赵卫东急得坐卧不宁。晚上她才回来，赵卫东这才放心，想发火，可又不是时候，只是低声表达了几句不满。

回来后，柳芭的脸色更加阴沉，几次独自一人到厨房抽烟。赵卫东凑过去和她说话，她也不爱搭理。

赵卫东问："打听到什么消息了吗？"

柳芭摇了摇头没有说话。

"找到什么人了吗？"赵卫东继续问。

柳芭皱起眉头烦躁地说："我找了几个人去帮我打听一下，还没有回话。"说完这话以后，就不再说话了。

半夜，赵卫东听到柳芭两次起来去厨房抽烟，看来这一夜她就没怎么睡，赵卫东也没睡着。

早晨，赵卫东和柳芭商量说："在这里已经没有什么意义了，走吧，待的时间长了可能会有危险的。"

柳芭点头答应了，他们一起吃过早饭，就准备出发。这时电话铃声忽然响了，正要出门的两个人停住了脚步，回过身来，他们都感觉这电话不寻常。

玛莎接起电话，来电话的恰是那帮黑社会的人，玛莎指了指听筒，两个人会意，忙凑过去听。

“怎么样？钱准备好了吗？”对方问道，态度蛮横。

“你们要的太多，我们没有。”玛莎说。

“你们能准备多少？”

“昨天告诉过你们了，只有两万。”

“两万怎么可能！”对方吼叫着。

“多了我们没有。”玛莎回答着。

“两万太少！这样吧，五万美元，再少了不行！”对方放缓了口气。

对方降价了！这出乎他们的意料，也让他们看到了希望。赵卫东忙朝玛莎伸出三个指头。

玛莎会意说：“五万我们凑不上。这样吧，最多三万美元，我们尽量凑。”

对方停顿了一下，回答说：“行！就这样！三万美元。”

赵卫东又朝玛莎比划时间。

玛莎看懂了，说：“这个钱数对我们来说太多了，我们需要时间准备，三天肯定不行。”

“多长时间？”

“需要一个星期。”

“不行！给你加两天，五天时间！告诉你，这是最后的期限！”说完，电话就挂断了。

通完话，他们坐下沉默了一会儿，赵卫东思索着盘算钱的问题，柳芭也在沉思。

过了一会儿，赵卫东有把握地说：“行，我想办法凑齐钱。”

柳芭若有所思地说："就怕他们说话不算话，拿这事钓着我们。"

"什么？"赵卫东没有听明白柳芭的话。

柳芭没再重复，也没有说话。

赵卫东想，难道还有别的办法吗？无论如何要试一试。三万美元确实多，特别是现在这种状况下，但这堆玉石中，一块大点儿的白玉石在国内就能卖到这些钱，是值得这样做的。所以他说："我们不能放弃，怎么着也要试一试。"

柳芭点了点头，算是同意了。

两个人简单地商量了一下，就立即出发了，直接去伊尔库茨克机场，赵卫东坐飞机去莫斯科筹钱，柳芭在伊尔库茨克等着接汇款。

三十五

赵卫东晚上到了莫斯科后，立即给娜达莎打了电话，询问这些天的销售和账目金额。还真如他所料，现在正值旺季，销售非常好，而且秋季和冬季货都在卖。他的风衣降价后已经卖得差不多了，老宋的秋季货基本卖光了，冬季货也卖得不错。他算了一下，这些天的销售款加上银行的存款总共两万五千美元，其中一万五千美元是老宋的销售款。不过没有关系，老宋不要钱，到时候给他玉石就可以了。还差五千美元怎么办？达妮娅那里销售的风衣降价后一直没有结账，估计应该有五千美元。

赵卫东拨通了达妮娅的电话，达妮娅的态度依然热情，仿佛根本没有发生爽约这回事。她果然已经销售了五千多美元了，答应明天给赵卫东结账，两个人又约到了那个小咖啡馆。

钱的事情有着落了，赵卫东立刻给柳芭打了电话，柳芭听了十分欣然，说马上打电话告诉玛莎。

第二天傍晚，赵卫东提早到那个咖啡馆等候。娜达莎先到，两个人先把账结了。达妮娅随后到了，见到赵卫东先是朗笑着问好，然后就是一个拥抱，两个大肉球挤满赵卫东的前胸。

达妮娅把风衣的销售钱给赵卫东付了。

赵卫东要了啤酒和沙拉，三个人喝啤酒聊天。

“你怎么还不能到市场去？”达妮娅问道。

“朋友还是不让我去，怕有麻烦。”赵卫东答道。

“警察局你没去吗？”达妮娅接着问道。

“去了。管我要很多钱，还不办事。”赵卫东叹息地说道。

“怎么会是这样？那天我去中国人那拿货去了，没有陪你去。”达妮娅轻轻地把爽约的事遮掩过去了。

“瓦洛佳的货卖得怎么样？”赵卫东问道。

“好！太好了！卖得太多了。我真后悔当时把货给他，可是当时我真没钱付运费。”达妮娅懊恼地说。

“卖得那么便宜，能卖得不好吗？”娜达莎说道。

赵卫东听着心里那个气呀！血直往头上冲。

“哎！我好像听说瓦洛佳不在市场了。”达妮娅说。

“好像是。”娜达莎附和着说。

“他不在市场？去哪了？”赵卫东问道。

“不知道。可以打听一下。”达妮娅答道。

三个人喝着啤酒，沉默了一会儿。

“对了。如果警察局不行，你就去法院告他。”达妮娅又想出了新招数。

“法院？管用吗？”赵卫东有警察局的前车之鉴，对司法单位已经没什么信心了。

“管用！法院比警察局强。法院只要受理了就可以冻结瓦洛佳的资产，可以保证你的钱呀。警察局做不到，必须要抓住人。”达妮娅讲起话来具有煽动性。

“我一个外国人怎么弄啊？”赵卫东信心不足，犯怵怎么操作这件事。

“咳！你根本就不用管，全交给律师去做。”达妮娅指点迷津，脸上十分得意。

赵卫东动心了，一是对瓦洛佳必须有行动，否则他咽不下这口气；二是他没有钱了。手里的风衣没有几件了，都卖了也没有多少钱了。现在给了黑社会这三万美元后，他欠老宋一万五千美元。如果那块大碧玉运出来，他都没钱付了。如果打官司能拿回钱来，不管多少都能解决现在的难题。

今天是星期六，明天银行关门，取不了钱也汇不了钱。赵卫东晚上回到家，把手里的钱藏好。藏了好几个地方，都觉得不放心，最后还是把阳台上的门板卸下来，把钱放在门的夹层里。在这个国家，身上带钱、家里放钱，你就分分秒秒活在刀尖上。

老宋来电话了，他说前天办完了新护照的手续，公安局说一个月护照下来，再办俄罗斯的签证。他说如果办得快的话，他就自己过来，老杨就不来了；如果办得慢，老杨就再过来一趟。他让赵卫东还是把玉石准备好，又问货销售得怎么样，说北京又发货了，全部是冬季货。

放下电话，赵卫东算了一下，这老宋的货是越发越多。过去每次发货不过是一两万人民币，现在一次货就上十万了，看来玉石的利润确实不错。阴差阳错的老宋顶了他的名被盖了黑章子，他也替老宋历险遭难。一报还一报，没有什么谁对得起对不起谁了，命运就是这么安排的。

星期天，家里有钱赵卫东不敢出门。上午，他给崔总打电话问运货的事，崔总不在，张大姐接的电话，向他说了为什么这次货一拖再拖的原因。去年有一家他们的合作公司违约，经过交涉，答应今年把货给补上，但到现在货也没有到，所以耽误了。现在他们正在与这家公司打官司，也在寻找新的货源，货一落实就立即起运。

打官司？赵卫东想起了昨天达妮娅出的主意，便问起了这方面的事。

张大姐回答说：“我们公司聘了一个当地的律师做法律顾问，这方面的事都全交给他办。”

赵卫东思索了一下，便简单地说了瓦洛佳的事，他征求张大姐的意见，看看能不能打官司。

张大姐说：“我觉得这件事应该通过法院解决，找警察不大合适。如果你的手续都全的话，这里的法院有管辖权，应该受理。”

这让赵卫东感到鼓舞，他和张大姐约好，办完手里的事就去找那位法律顾问咨询。

晚上赵卫东给柳芭打了电话，商量一下明天的事。赵卫东打算明天汇完钱就坐飞机过去，和柳芭一起办付款拿回玉石的事。

柳芭却不让他过去，她说：“这些黑社会的人如果知道是中国人的话，赎金还会加码。你不要露面，先暂时不要回来，把莫斯科的事情办好。瓦尼亚叔叔不久就把那块大玉石弄出来了，需要不少钱。如果再有麻烦的话，需要的钱就更多了。”

赵卫东一想也对，而且他判断那黑社会的人就是为了要钱，估计钱付了，玉石能够返还的。他特地嘱咐柳芭，不要亲自露面，让玛莎出面。

柳芭答应了。

挂电话前，赵卫东又再三叮嘱她注意安全。

第二天早上，赵卫东把钱在身上藏好，小心翼翼地打车到银行，取钱汇钱顺利地办完，松了一口气。

回到家里，他打电话通知柳芭钱已经汇出，再次嘱咐她注意安全。

然后他给张大姐打电话，想今天去向律师咨询，张大姐告诉了他律师的电话号码和地址，并说马上给这位律师打电话，把他介绍过去，打个招呼。

过了一会儿，赵卫东给律师打电话，律师答复说，薇拉（张大姐的俄语名字）打电话跟他讲了，他今天的时间已经全部预约出去了，明后两天都要出庭，请赵卫东第四天下午过去。

时间空下来了，赵卫东心里惦记着柳芭那边的事，什么都不想干。晚上再给柳芭打电话，柳芭说，去了银行钱还没到，明天上午再去。如果钱到了，取了钱直接去办事，事办完了会给赵卫东打电话，叫赵卫东不要再给她打电话了。

这以后他就没再打电话，而柳芭也没来电话，他一直在焦急地等待，脑子里想象着各种可能的情况。时间越长，往坏的方面的想象就越多，内心就更焦灼。他如坐针毡，夜里也根本不能入睡，他拿出那块一直带在身上的白玉，攥在手里，不时拿在眼前看一看，觉得颤抖的心安顿了些，情绪冷静了些。就这样他度过了两天两夜，第四天的中午，柳芭的电话来了。

“怎么样？”赵卫东的心提到了嗓子眼儿。

电话里柳芭的声音十分平静，她说：“事情办完了，钱付了，玉石拿回来了。”

“太好了！”赵卫东大喜！身体立刻松弛了下来，心情瞬间从紧绷变得愉悦。

“这几天，我和玛莎准备把玉石藏好，考虑埋在地里。你放心吧！”

放下电话，赵卫东的心情畅快极了，他拿起手中的玉石亲吻了一下，又揣进了怀里。

时间又空了下来，与律师约定的时间还有一天的时间，他想起了李阳。给他的三块小籽玉不知道卖了没有，卖了还能结三百美元。现在缺钱，三百也不是小数。如果李阳能把钱结了，屋里还有几块，就都拿给他去卖。他便拨通了李阳的电话。

“卖了！三块全卖了。还是小的好卖，你那儿还有没有？有的话，我把这三块的钱给你结了，你再给我拿几块。”李阳话说得十分痛快。

两个人约好在楼下路边见面。

一会儿李阳开车过来，车停靠在路边。赵卫东钻进汽车里，李阳把三百美元交给了赵卫东，赵卫东又给了他几块小块玉石，让他记下每块玉石的价格。

李阳依然乐呵呵地重复说：“还是小的好卖。兄弟，以后我就给你卖玉石吧，这比办签证利润大。”

完事赵卫东推开车门要走，被李阳叫住。“干什么去？这么着急。”

“没事，回家。”

“怎么着，俄罗斯漂亮媳妇等着你呢？”

“没有，她不在。就我一人在家。”

“一人在家待着干吗？走！一块玩会儿去。”李阳不由分说开车就走了，把车开到赌场门外停下。

赵卫东原本满脑子的事，惦记着伊尔库茨克柳芭那边的玉石拿回以后的安排，想着这边找律师打官司的事，根本就没闲心玩，见是赌场更不想去了，便推辞道：“赌场啊，我没带着钱。”

李阳指着赵卫东的衣袋说：“这不是钱吗？”

“就这三百美元？”

“够了。我告诉你，稳赢，新人头一次玩都赢。”

赵卫东还是不想去，推托说：“我没玩过，不会玩。”

李阳招呼赵卫东下车，把车锁好，两个人一起进了赌场。李阳边走边说："看一圈儿就会了。"

他们进了大厅，立刻如沐春风般地有了奢华的感觉，甚至感觉自己的身份都不一样了。厅里全部是高档的装修摆设，往来的穿着暴露性感漂亮的服务小姐，让赵卫东油然产生了想赌的冲动。下午人少，两个人单开了一个台子。李阳坐下用手指叫过来服务小姐，给两个人点上烟，倒上咖啡。发牌的是个漂亮的白头发的俄罗斯小姐。李阳"嘘"了一声，朝赵卫东挤了挤眼，低声说："冲这漂亮妞，咱们今儿得赢啊！"

赵卫东对棋牌从不感兴趣，在北京都很少玩，更别说赌钱了。他想着换个两百美元，输了就不玩了。没料想抓上牌来每把都不错，还有几把高牌，稀里糊涂地就赢了。看得李阳直叫唤："兄弟！你这手太壮了！我说什么来着，今儿你肯定能赢！"

两个小时下来，赵卫东前面两百美元的筹码变成了两千多美元。李阳没输没赢，他拉着赵卫东就走，不玩了。

"兄弟，见好就收，再玩就该输了。"

换了钱两个人出来，高兴得笑了半天。李阳埋怨说："你押的太小，十个二十个美元的玩儿，要是一百二百的玩儿，今儿你得挣两万多美子了。"

李阳启动汽车上了路，说："怎么样？赢钱了请我吃饭吧。"

"没问题。去哪儿你随便。"赵卫东痛快地答应着。

李阳开着车想了想说："咱们去个好地方。没事，去高档的地方，别点贵菜。在这儿点贵菜纯属糟践钱，咱们北京人吃他们这儿的贵菜、便宜菜都是一个味儿。"

李阳开车到了图兰朵餐厅，把车停好。赵卫东听说过这家莫斯科著名的餐厅，进门一看果然富丽堂皇。宏大的厅堂，金碧辉煌的宫殿式的内饰，所有的细节都彰显着高贵的氛围。大厅的一角有演奏员在弹钢琴和伴奏乐器，安静的厅堂里鸣响着优美的乐曲声，让他们今天再次有了奢华的感觉，感受到这萧条冷落的城市中的另一个世界。

两个人找边上偏僻的位置坐下，服务小姐递上菜单，二人都不识俄文。李阳知道几个菜名，就直接点了。过了一会儿，饭菜端上来。两盘沙拉，一人一个汤、一盘炖羊肉米饭，还有两瓶啤酒。菜点得确实简单普通，但这水平的饭菜比北京贵了大约十几倍。俩人喝酒吃菜低声地聊着天，谈着北京和莫斯科餐厅的巨大的价格差距，谈着北京的特色美食。

赵卫东环视着餐厅，看着一个个穿戴讲究、道貌岸然的就餐的男男女女，不经意地看到有四五个人在向外走，他惊讶地发现其中个子最高的那位像是瓦洛佳。仔细看去，真真切切就是瓦洛佳！

赵卫东心中的怒火不可遏制地蹿了上来，一直见不到他，没想到在这里碰到了，岂能放过他！赵卫东立刻浑身紧绷，聚集起了力量，“噌”地站起来，也不管场合了，快步绕过座椅餐桌，直奔瓦洛佳前面拦了过去。李阳不知道发生了什么情况，也跟了过来。

赵卫东到了瓦洛佳跟前，张手拦在了他的前面，怒目而视，低沉而严厉地说道：“瓦洛佳！找你可真难呢！今天终于见面了！”

瓦洛佳见是赵卫东，更是惊讶，目瞪口呆！他几乎不相信自己的眼睛，一句话也说不出来。

“瓦洛佳！该给我结钱了吧！”赵卫东的声调变高。

一个人从瓦洛佳身后冲了过来，插到赵卫东和瓦洛佳之间，并用胳膊架开赵卫东。赵卫东估计是瓦洛佳的保镖。

他们的冲突和喧嚣打乱了大厅里乐曲的节奏，吸引了几乎所有就餐人的目光，转头朝他们看着。

赵卫东用手扒开那保镖的胳膊，两个人都十分用力，纠缠冲撞在一起，同时他也提高了嗓门喊叫起来：“瓦洛佳！把我的钱给我！你这个骗子！匪徒！”

瓦洛佳脸色涨红，异常恼火，但没有讲话。他绕过纠缠在一起的赵卫东和保镖，和一起就餐的几个人朝门口走去，同时几个餐厅保安向他们跑过来。

李阳见状拽住赵卫东，试图将他拉走，但赵卫东仍然和那个家伙纠缠冲撞，想去抓住瓦洛佳，这时几个餐厅保安冲上来将赵卫东和李阳双手反背控制住。一个四十多岁的男领班模样的人跑过来，点头哈腰地送瓦洛佳几个人走，同时摆手叫保安把他们押走。

保安把赵卫东和李阳扭着从侧门押出了餐厅，走过一个过道，进了一间带单人床的办公室，松开手让他俩坐到床上。几个保安商量了一下，留下两个人在这里看守，其他人去前面值班。

留下的两个保安站在门口看着他们，李阳灵机一动，凑上前去，对这两个人说：“嘿！放我们俩走，我给你们二百美元。”

俩保安对了一下眼神，没说话。

李阳掏出两百美元，晃了一下，说：“就说没看住，跑了。告诉你们，警察马上到，这钱你们就得不到了。”

俩保安又对了一下眼神，然后上前一下把李阳举着的两百美元拿过来，攥在手里，然后把门打开，手一指说：“朝这边跑。”

李阳和赵卫东立即钻出屋，穿过过道，从工作人员出入门跑了出去。当他们开车拐上马路时，看见一辆警车停在餐厅门口，两个警察下车走进了餐厅。

李阳踩了脚油门，汽车尖叫了一声，疾驰而去。他笑着说：“差一步，真悬。不过到警察局也没事，今晚肯定能出来，只是钱要花多了。”

赵卫东坐在车里仍然气鼓鼓的，说：“这么点儿屁事，还叫警察，又没打着他。”

李阳有所发现，思索着说：“哎！你没听见吗？在瓦洛佳身旁的一个人，瓦洛佳和其他人都叫他州长。瓦洛佳这人真不能小看他，这孙子白道黑道都通。”

“还不是拿我的钱买的吗？用这些钱什么关系买不来呀。”赵卫东气哼哼地说。

李阳又乐了，说：“你知道吗？这一折腾，餐厅忘了让咱们结账了。咱不亏，这二百美元还不够饭钱呢！”

赵卫东这才想起了钱，掏出二百美元给了李阳，并道了谢。

李阳开车把赵卫东送到住处的楼下，嘱咐他说：“得，这下瓦洛佳知道你没走，恐怕还要对付你，你注点儿意吧。不行还是走吧，找玉石去，咱们卖玉。”

上楼进了屋，赵卫东心里还是气得要命，他从冰箱里拿出肉肠和酸黄瓜，打开一瓶伏特加，又喝了半瓶酒。然后他躺在床上，拿出那块带在身上的白玉，看着用手摩挲着，慢慢地觉得心里平复了许多、冷静了许多。他又想到今天柳芭把那里的事摆平，玉石拿回来了，这可是天大的喜事，心也就舒展了许多。

不过，对于打官司，他的决心更加坚定，绝不能让瓦洛佳这个盗贼用骗来的钱活得这么滋润得意。

三十六

律师四十多岁，秃顶，脑门长得像列宁，面目似乎都和列宁有些相像，只是脸形长了些。他客气地站起来伸出手，和赵卫东隔着办公桌握手，请赵卫东在办公桌前面坐下。

“你好！我是米沙，很高兴为你服务！”

“你好！我叫赵卫东。”

“赵卫东。”他很吃力地重复了一遍，笑着说：“中国人的名字，记住了很困难，没有俄语名字吗？”

“没有。”

“啊，没关系，以后熟悉了就记住了。来，我们开始工作吧，你先介绍一下案情，还有相关的文件。”

赵卫东把案情叙述了一遍，把协议和收条的原件及复印件递给他。

律师米沙用笔指着协议和收条上的几个数字，向赵卫东核对确认。当他知道确实是六十万美元时，惊讶得脱口而出：“这么多！”这以后，他变得全神贯注，认真地倾听询问，仔细地思考。

“您对这个官司怎么看？”赵卫东谨慎地问道。

“你这个官司比较特殊。你们这样的商业合作非常少，协议不很规范，比较简单。”

“您看法院能受理吗？”赵卫东听着一点信心都没有了。

“就看法院对这些证据怎么认定了。”

“他拿了我的货卖了，没有给我结钱，这完全是事实啊。”赵卫东强调说道。

米沙律师抬眼看了他一眼，解释说：“你知道法院断案根本不看事实。法院没法去调查了解事实，比如，你说这衣服是你的，他说不是，法院怎么判断？没法判断。法院断案全看这些文件材料，你这里除了协议简单不规范以外，文件也不全，没有通关文件。没有任何材料证明你这批货已经进口到俄罗斯境内了。”

“通关文件在他手上。”

“这就比较难办了。”

“那看来我这官司打不成了。”赵卫东灰心地说道。

米沙却抬起了头，坚决地说：“打得成，一定要想办法打这官司。这么多钱，怎么能放弃！”

“那打得赢吗？”

“打得赢。要想办法。”他沉吟了一下，继续说：“这案子能不能不走民事，打刑事？”

“这个我不懂，怎么能打赢就打什么。您看着办。”

米沙想了想说：“这样，我再想想，制定一个方案。你呢，还要补充一下证据。”他看了看桌上的台历说：“这两天我的时间都安排出去了，你下星期一上午来。定了以后，我下星期全力以赴办你的案子。”

赵卫东拿起几份原件材料，起身道谢准备走。

米沙律师微笑着说：“今天算你咨询吧，到外面我秘书那里交一百美元的咨询费。另外委托我们打官司，收费的标准按标的的百分之十五收取。”

百分之十五？赵卫东脑子一算是九万美元。他马上皱起了眉头，说：“我现在没有这么多钱。”

律师微笑着说：“没关系，可以先付一半。如果还有困难的话，百分之三十都行，其余的陆续给就行。”

出了门，赵卫东心想，九万美元，这不是抢钱吗？这位米沙律师笑眯眯的比警察大尉廖瓦还黑。他也没地方找这钱去，百分之三十也没有啊。兜里就剩两千美元了，还是在赌场赢的，看来打官司这事也没戏了。赵卫东败兴灰心。

晚上，老宋来了电话，说手里最后一块玉石卖了，有个客户又来要货，所以还要让杨建国过去一趟，问赵卫东玉石落实了没有。

赵卫东回答说：“玉石没有问题，只是放在伊尔库茨克，还没有拿到莫斯科来。”

老宋想了想说：“你可不可以马上去把玉石拿到莫斯科来，或者让人送过来。”

“没有问题，我明天就过去拿。”

“那你什么时间能回莫斯科？”

“三天吧。”

“好，三天以后我给你打电话，拿到手我立刻叫杨建国过去。另外，来回的费用你从销售款里扣。兄弟，让你受累了，哥不会让你白忙，等我过去之后咱们再说。”老宋在电话里说道。

放下电话赵卫东心里一下轻松了很多，杨建国来得正好，这样可以把那一万五千美元的账补上，还可以为后面那块大的碧玉预备下钱。

赵卫东马上给伊尔库茨克的柳芭打电话，说了老杨要来拿玉石的事，告诉柳芭他明天过去取。原以为柳芭会为即将到来的见面感到高兴，可是从电话里简单的对话中赵卫东却没有感受到她有这样的好心情。

第二天赵卫东乘飞机到了伊尔库茨克，打车兴冲冲地跑回家，开门进屋，柳芭竟然不在！

赵卫东的心情立刻跌落下来，他在屋里转了一圈，屋里归置过，并不杂乱，但空寂冷清。

昨天刚打过电话，知道他今天回来，柳芭却没有在家里等他，这让他十分失望。他想柳芭可能临时有事出去了，也可能去买食品了，但等了一个晚上，柳芭也没有回来。

赵卫东弄不明白，猜不透究竟是怎么一回事，他的心里七上八下一团糟。夜里几乎没怎么睡，脑子里胡思乱想，只是早晨时才迷糊了一会儿。

醒来后，他想拿玉石的事是不能耽误的，还是先去乌兰乌德那边去取玉石吧。想到柳芭会不会在伊万家呢？又一想，不会的，打电话时就在家里，不可能知道他回来而去了那里。

赵卫东坐火车去了乌兰乌德，到了伊万家，果然柳芭不在这里，但让他惊讶的可不只是这些。

玛莎见到赵卫东道了好，诧异地问道："柳芭怎么没来？"

赵卫东如实解释了半天，玛莎才明白。她又问："那她去哪里了？"

赵卫东摊开手说："我不知道。"

"你不知道？"玛莎撇了撇嘴，觉得这事不可思议。

"我来拿几块玉石，有个朋友要买。"赵卫东说明了来意。他不想耽误时间，拿了玉石赶紧走，晚上还要赶回伊尔库茨克去。

“拿玉石？拿什么玉石？”玛莎一脸的疑惑。

赵卫东耐心地说：“就是拿用钱赎回来的那些玉石。”

“你是说被黑社会抢走的那些玉石？”玛莎还是一脸的迷茫。

“是啊，不是已经拿回来了吗？”赵卫东有些不解了。

“没有啊！什么时候拿回来了？”玛莎更加糊涂了。

赵卫东愣了。现在轮到他糊涂了，说起话来也结巴了：“没……没……拿回来……真的？”

“没拿回来。谁说的拿回来了？”玛莎问道。

“柳芭……说的。”他心里不相信这是假的。

“柳芭说的？怎么会呢？是她打电话告诉我，不要我管了，玉石的事她去处理。怎么你现在又来找我？”玛莎对这事不仅理解不了，甚至有些恼火。

玛莎的话，赵卫东听得清清楚楚、明明白白，玉石给送回来的事根本就没有发生、柳芭跟他讲的话是假的！随即他脑袋“嗡”的一声，仿佛遭受了电击，打碎了他的思维，他蒙了！傻了一般！

他不明白这是怎么回事，没法判断，想不明白甚至不愿去想这到底是怎么回事。真的就像脑袋受到了电击，这之前的事都变得遥远。现在他的头脑里一片空白，甚至忘了自己干什么来了，该去做什么。他觉得头晕，这几乎是他现在唯一的感觉。

他突兀地道了一声再见，转身就走，碎步走得很快，但走得跌跌撞撞的。到了院门处，他看也没看，直接打开进出人的小门，正要跨步出门，却被眼前的事吓蒙了！竟然有三个壮汉堵在门外！

当赵卫东明白了怎么回事，退后打算关门时，三个匪徒闯进门来。赵卫东见势不好，扭头就朝房子里跑，可是已经来不及了，三个匪徒扑了上来，在院里追上他，一齐动手把他打倒在地上。

玛莎听到动静，推门出屋，见状大喊："住手！我要报警！"

一个匪徒跨步上来，扭住玛莎的脖子，掏出身上带的刀子抵住她的脸，吼叫着带她进了屋里。

两个匪徒对赵卫东一阵拳打脚踢，然后找了根绳子把他手绑了，也拽进了屋里。进屋后，把他拉到墙角推到地上。

一个匪徒问赵卫东："你是什么人？"

赵卫东满脸的死气沉沉，没有回答，头都没抬。

匪徒接着吼："你是什么人？干什么来了？"

赵卫东仍然没有任何回应。

匪徒们嘀咕了一下，不再理赵卫东，一起围住了玛莎。

他们叫着："你答应给我们的钱呢？"

"我们来拿你答应的钱来了，快点拿出来！"

"快！把钱拿出来！"

……

玛莎惶恐地回应着："我没有钱！我没有钱！"

三个匪徒开始推搡玛莎……

"没钱你告诉我们有钱？"

"老娘儿们！你要我们呢！"

"你胆子不小，敢玩我们！"

……

这三个人都是二十出头的年轻人，只是脸上并不细嫩，粗糙且黝黑，面相生猛凶蛮，满口酒气。从他们肆意的情绪发泄和过度的行为上，多少能看到酒精的作用。

他们把玛莎围困在中央，来回推搡，并开始撕扯，几下就把玛莎穿的长袍扯了下来。玛莎变得惊慌失措，她用双手护着前胸，试图冲出他们的包围，但总被他们推挡回来。他们又继续撕扯玛莎的衬衣衬裤，依然喊叫着，但不再厉声厉色，而是变成了嬉弄狞笑。

“伊万去哪了？”

“说不说？伊万去哪里了？”

“告诉我们伊万去哪里了？什么时候回来？”

……

他们撕破了玛莎的衬衣，再一下下地扯掉，把玛莎的上身裸露了出来。玛莎躲避着，哭着叫着，慌乱不堪！他们愈加肆无忌惮，一起上手连拉带拽地把玛莎的衬裤和内裤一起扒了下来。他们狞笑着，享受着施虐的快乐。嘴里说着污言秽语，肆意地在玛莎的乳房屁股身体上蹂躏着。

赵卫东实在看不下去了，他痛苦地闭上了眼睛。过一会儿他再睁开眼睛时却看到了更加触目惊心的一幕：三个匪徒放肆地大声狞笑，正在朝躺在地上的玛莎赤裸的身体上撒尿……

赵卫东再次闭上眼睛，眼前的一切实在不堪入目，这是对人性的亵渎，是禽兽不如的行径！他觉得心里一片黑暗。

又过了一会儿，匪徒把赵卫东拽起来，带他走。玛莎仍然躺在那里，一动不动，像死了一样。赵卫东走过去时，看见几盆花打翻在地上，红色的花朵和绿色的枝叶散落在玛莎的身边，还看见两颗泪珠从玛莎呆滞的眼睛里滚了出来。

赵卫东被带上了门外的汽车，坐到座位上后，匪徒按低他的脑袋，不让他看到窗外。汽车行驶了一段时间，开进了一个四面是波形水泥瓦围成的偌大的院子。劫匪把赵卫东拉下汽车，推进了木屋。

赵卫东看不出这是在城市还是在农村，这里的房子农村和城市都是一个样，屋里也是几乎一样的家具摆设。赵卫东被推到墙角，一个匪徒搜他的身，掏出他衣服口袋里所有的东西，把护照和钱挑出来，递给旁边站着的头目；把烟和那块随身带的玉石放在了旁边立柜的低台上。搜完身把他按坐在了地上。

这个头目二十多岁，俄罗斯人，身高体壮，脸上面相生蛮，给人简单执拗的印象。他点了点拿在手里的几百美元和一叠卢布，嘴角露出一丝满意的笑，把钱塞进兜里。再打开护照，看了看，点点头，嘟囔了一句："中国人。"他转身把护照放在桌子上，拎过来一把椅子，坐下盯着赵卫东看，问道："你是干什么的？"

赵卫东抬起头，用无神的眼睛呆滞地看了看这个匪首，又把头垂下了，没有讲话。

"你认识伊万？"匪首继续问道。

赵卫东听到伊万的名字，抬了一下头，但还是没有说话，又把头垂下了。

"你去伊万那里做什么？"匪首提高了嗓门，显得有些不耐烦。

赵卫东再次抬起了头，眼睛还是聚不起神来，迷迷糊糊的，一副失魂落魄的样子。

匪首和旁边一个匪徒嘀咕："他是不是不会俄语呀？"

匪首点着头，对两个手下说："你们两个看着他。"说完就出门走了。

留在屋里的两个匪徒从冰箱里拿出啤酒，斜坐在方桌旁的椅子上，嘴对瓶喝起了啤酒。两个人都很年轻，二十岁上下的样子，也都是满脸的生蛮。

赵卫东坐在地上，脑袋低垂着，还是那副迷迷蒙蒙的样子。他可不是装的，是表里一致，在伊万家听到的柳芭说谎的事情对他的打击太大了，他思想崩溃，思维全部乱套了，又目睹了玛莎在自己家里受辱的惨况，以至遭到绑架对他心理的冲击都没有多大了。无所谓了，他的脑子混混沌沌的，还有了死猪不怕开水烫的绝念。

柳芭说的话是假的，是用谎言在欺骗他。这太可怕了！对赵卫东的打击比上次看到柳芭和几个男朋友在一起的不堪场面还要严重。感情的失误有可以理解的空间，现在这事的性质完全不同。他对于柳芭的信任全部崩塌！柳芭在他的心里立刻变得遥远，变得他都不认识了。爱情，生活的愿望，人生的转机，生意的唯一希望全面破灭！他怎么可能受得了呢？这比瓦洛佳的欺骗对他的打击要大得多。他的头脑全部乱码，他也已经不愿去想、不愿去思考了，甚至他对死亡都已经不再恐惧了。

两个匪徒连续喝了几瓶啤酒，一个匪徒躺在沙发上睡着了，另一个匪徒把腿架在一张椅子上，还在继续喝着。

天渐渐黑下来了，迷迷糊糊的赵卫东开始逐渐有些清醒，尽管他不愿去想，但事情还是不停地在他的脑海里反映出来。虽然思维缓慢，但思索有时还是在跳动，只是在百思不得其解后又陷入苦闷的迷蒙。虽然也有把事情探究明白的冲动，这时他才想到现在的处境，自己已经被绑架了，于是便又灰心丧气地关掉了思想的闸门，垂下头似睡非睡地闭上了眼睛。

天早已经大黑了，两个匪徒吃着零碎的食物和桌上的面包，没完没了地喝着啤酒。这时，从外面进来一个人，看到桌上的一堆啤酒瓶子，呵斥道："喝点儿得了，喝这么多！醉了没有？"

两个匪徒立刻站了起来，唯唯诺诺地说："这不没事了吗？醉不了。"

"还说没醉呢，脸都大红了。行了！别再喝了！"来人看了看墙角的赵卫东，又说："这就是那个绑来的中国人吗？"

两个人点点头。来人朝赵卫东走过来，还是坐在刚才那个头目坐的椅子上，低头叫道："喂！你是中国人吗？"

垂着脑袋的赵卫东迷迷糊糊地听到有人叫他，而且听着声音有些熟悉，抬起头来，眼前一亮，认出了此人。他竟然是上次在伊尔库茨克火车站接过他们的柳芭的那个朋友吉玛！

吉玛见到他也十分的惊奇，脱口说："是你！"说完马上回头看了看身后还在吃喝的两个人，见那两个人根本没有注意他们，就把赵卫东拽起来带到外面厕所，借口带他去小便。

赵卫东见是吉玛，搞不清楚他们之间的人物关系，是敌是友？是福是祸？见他带自己出去，心里觉得友的可能性大一些。

"你怎么跑这里来了？"到了院子里，吉玛问道。

"我来拿玉石。"这时的赵卫东更认定他是友了。

"拿玉石？你是去伊万家拿玉石？"

"对！"赵卫东点点头。

"咳！你怎么能过来呢？"吉玛责备道。他思考了片刻说："他们绑架你是想要钱，不交赎金的话，恐怕不会放你走。"

"我现在没有钱，而且这种情况下我也没法去找钱。"赵卫东摇头叹息着。

吉玛又思考了一下说："你能不能给你的朋友打电话，叫人把钱送过来。没有钱的话，他们不会放你走的。"

"他们打算要多少钱？"赵卫东问道。

"他们打算要五万美元。你不用管这个，你看能拿过来多少钱？"吉玛一边看屋里的人一边说。

赵卫东想了想说："也就两三千美元。"

吉玛咂了一下嘴，皱着眉头想了想说："少点。没关系，我想办法。走，你去打电话联系。"

吉玛带赵卫东进屋，那两个同伙，一个躺在沙发上，一个趴在桌子上，已经睡着了。他把赵卫东绑手腕的绳子解开，指着一侧柜子上的电话说："快去打电话，过一会儿来人就不好办了。"

赵卫东先给娜达莎打电话，娜达莎说这几天卖了四千多一点美元。他告诉娜达莎，明天李阳找她取这个钱，让她把钱交给李阳。然后他给李阳打电话，直接说遭到了绑架，让他明天到娜达莎那里取钱，坐飞机过来付赎金。李阳挺够意思，二话没说就答应了。

赵卫东告诉吉玛，四千美元去掉路费只能付三千，吉码点了点头说："行！我去和他们说。"他看那两个人睡得很沉，便用手指着椅子让赵卫东坐，问道："你吃点东西吗？"

赵卫东坐下，摇了摇头说："不吃东西，喝点水吧。"

吉玛从冰箱里拿出一瓶水，递给赵卫东。

赵卫东喝了两口水，想问这些都是怎么回事，刚一开口，就被吉玛打断了。

吉玛皱起眉头，摆手说："这里边的事多着呢，跟你说不清楚，和你也没关系。"

说到这里，门外传来狗吠声和汽车声，吉玛忙给赵卫东捆上手腕，让他回到原地坐下，又把两个睡着的人叫醒。这时那个头目进了门，他和吉玛低声嘀咕了一会儿，然后起身叮嘱那两个人把赵卫东看好，就和吉玛一起出门走了。出门时吉玛朝赵卫东眨了一下眼，示意他事情没问题了。

他们走后，那两个年轻的绑匪过来把赵卫东拽了起来，检查了一下他的手腕，看绑得有些松，又重新绑了一下。然后拽他到了里间小屋，把他按到墙角地毯上。赵卫东想：看来要在这里过夜了。

刚才这两个人睡了一会儿，这时候不困了，一边继续喝啤酒一边看起了电视录像。电视开的声音很大，赵卫东听着是李小龙的录像带。

赵卫东原本想思索一下刚才从吉玛那里听到的新情况，把眼前的这一团迷雾理出一些线索来，可这喧嚣的音效又搅乱了他本来就乱套的思维，纷纷扰扰的根本就定不了神。他只是下定了一个决心，出去后一定要找到柳芭，把这事弄清楚。

第二天傍晚，吉玛过来带赵卫东出去，他低声说："事情都已经联系好了。"

赵卫东问："我的护照呢？"

吉玛说："在我这里，一会儿给你。"

赵卫东又用头指向柜子台面上放着的那块玉石，说："把那块石头放我兜里。"

吉玛拿起那块玉石看了看，给赵卫东塞进了衣袋里。出屋门后，还是那两个年轻的匪徒把赵卫东塞进那辆灰色的伏尔加汽车里，两个人一左一右地把他夹在中间，把他的头按得低低的，不让他看到车窗外面。

汽车出了院子，拐了两个弯上了公路，然后在公路上疾驶。赵卫东看不到外面，只是感觉这像是在郊外。汽车走了一段以后拐下了公路，走过了不远的坑洼的地面，就停了下来。两个匪徒把赵卫东拽下车，两边夹住他，连拉带拽地往前走。这下可把赵卫东吓蒙了，这是一片林边的荒地，两人正在把他带往一个有很密灌木丛的洼地。这是不是要处决他？他可听说了在俄罗斯遭绑票的中国人大约三分之二都被杀害了。这下他的脑子一下就空了，身体立刻瘫软了。两个匪徒只得把他架起来，费力地拖进了有灌木遮挡的洼地。

吉玛和那个头目把他们撂下，就把车开走了。

两个匪徒把赵卫东拖进洼地后，就坐在草地上抽起了烟。他们并没有对他动手脚，赵卫东这才喘口气缓过神来，不过他还是弄不明白把他拖到这个隐蔽的地方干什么。

两个匪徒抽了两支烟，站起了身，他们不知从哪拿出了一条绳子，过来要捆赵卫东。赵卫东以为匪徒要动手杀他，拼命挣扎起来。两个匪徒踢打了他几下，用身体使劲将他压住，才把他的腿捆住。捆住后又朝他的身体踢了几脚解气，表达对他挣扎的不满，然后两人把他撂在这里就走了。

赵卫东的手脚被捆着，站不起来，他像蚯蚓一样扭动着身体，把脸朝向两人走的方向，透过树间的缝隙看见那两人在公路边站着，像是在等车。这时他明白了，可能是吉玛他们去和李阳见面拿赎金，然后让李阳到这里来找他。

赵卫东的判断是正确的，吉玛他们从这里走以后，就开车去城边约定的路口，和李阳见面收钱。然后告诉李阳地点，让他自己打车来接赵卫东。

过了一会儿，吉玛他们那辆灰色的伏尔加车开过来，接走在路边等候的两个匪徒，扬长而去。再过了一会儿，一辆拉达车开过来，停在路边。李阳下车，看看手拿的一张纸上画的示意图，又看看地形，朝赵卫东的方向寻找过来。等离得近了，赵卫东喊叫了两声，李阳闻声跑过来，赶紧给他解开绳子，拉他起来，问他受伤没有。赵卫东答了一句“没事”，俩人也顾不上说话，快步朝拉达车跑去。他们上车后，司机把车调头快速往城里开去。

车上，李阳把护照给了赵卫东，然后说：“钱都给了，三千美元。”

赵卫东道了谢，两个人就没再说话。这时天已经黑下来了，车进城以后，李阳问：“咱们去哪儿？”

赵卫东想想说：“直接去伊尔库茨克吧。”

李阳说："这时候哪有车呀？火车也得等到明天早晨。"

"那就找个旅馆吧。"

李阳叫司机找个旅馆。

司机是个五十多岁的俄罗斯人，名字叫阿廖沙，样子十分和善。他说："找什么旅馆呀？去我家住吧。"

李阳问："你家在哪？"

"就在城里，离这里不远。"

"在你家住多少钱？"

"你们两个人，五十美元管吃，酒单算，比旅馆便宜。"

李阳和赵卫东交换了一下眼色，决定去司机家住了。

司机家的房子也是传统的木屋，有一个挺大的用木栅栏围成的院子。家里只有老伴，是一个胖墩墩的俄罗斯妇人。他们有两个孩子，都在伊尔库茨克市，一个打工，一个上学。准备的饭菜都十分传统，菜汤，炖羊肉，腌制的猪肉，酸黄瓜和面包。李阳提议喝酒，说给赵卫东压压惊。

李阳把司机支走，两个人喝着酒。

李阳说：接到电话后，一刻都没耽误，拿了钱直奔机场，最后一分钟上的飞机。到乌兰乌德下了飞机后，就和绑匪联系上了。他说："一听信儿，给哥儿们急坏了，说什么也得把兄弟救出来。也是兄弟你福大命大造化大，这一路上顺利极了。"

赵卫东举起酒杯，敬酒说："李哥，大恩不言谢！兄弟记在心里，记一辈子！"

李阳仰头把酒喝干，说："兄弟言重了！咱们哥儿们过这个，不提那么多。不过，你这到底是怎么回事啊？"

赵卫东也喝干了酒，然后把绑架和绑架背后的故事讲了出来，一边讲一边喝酒。

李阳听着唏嘘不已，连连摇头。听完赵卫东的叙述，他惋惜地说：“她就是骗你呢！三万美金！哎呀，这是多少钱呢？我告诉你，就这一个城市六十多万人口，没一个人拿得出这么多钱的。这些钱可以买十个这样的房子，她跟你好就是贼着机会骗你钱呢！哎呀，兄弟，你怎么一点儿不明白！”

赵卫东闭上眼睛，李阳的话刺痛了他，他忍着心里的难受，默不作声。

李阳还是没完没了的惋惜，继续说：“那边送人几百万，这边又没了几十万。兄弟呀，这事弄的！”

赵卫东心想，当局者迷，旁观者清，可能就是李阳说的这样，他心里不用再去纠结了。

他仰头把酒喝干，待头回位时已是泪流满面。

三十七

天还没有亮，赵卫东和李阳就上了火车。他们买的是去伊尔库茨克的票，准备到伊尔库茨克转乘飞机回莫斯科。

上车不久天就大亮了，车窗外还是贝加尔湖纯净旖旎的风光。赵卫东想起了第一次坐火车路过这里的情景，那时他生意上遭遇风险，从高峰一下跌落泥潭，心情也是糟糕透了。看到这贝加尔湖仙境般的风景，他立刻被吸引，觉得心境变了，和这超凡脱俗的意境融在了一起。

不过现在赵卫东可没有了那个心境，他现在的情况和那时已经完全不同。那时手里还攥着几百万元的货，虽然遭受挫折，却也有着重新崛起的本钱。又到了一个一直向往的国家，心里虽忐忑不安，但也满怀着新的希望。而现在呢？他两手空空，一无所有，欠了几百万元的债务。他完蛋了！彻底完蛋了！走投无路，已经没有了一点儿办法，已经没有了一点儿希望。

李阳在座位上睡着了，昨天两人都没少喝酒，赵卫东也觉得头晕头痛，但他不想睡。他起身到了车厢之间去抽烟，从车窗向外出神地看着贝加尔湖的波光闪闪的湖面。他想起第一次见到柳芭的情形，就是在这样的环境下，就是在这样的风光里，柳芭像仙女一样降临到他的身边。她是那样的漂亮，漂亮得一瞥之下就让你无法忘怀。

他拿出随身带的当时柳芭卖给他的那块玉石，那洁白的玉面已经被他盘得油润，更加的晶莹。玉石总在他身边，仿佛已经和他的身体结成了一体，成为了他生命的一部分。可能正是这块玉石的联系，后来有了和柳芭的结缘，让他有了美好的爱情，有了那天堂般的日子。这美好不仅是一种体验，还让他忘乎所以，还让他倾情投入。没想到现在一切都不可思议地中断了，而结局又是这样的残酷，残酷得摧毁了经历的所有美好。于柳芭而言，赵卫东可能仅是她众多情人中的一个，也可能是她生活中某一时段的临时伴侣，这让赵卫东伤透了心。更让赵卫东痛心的是李阳说的，柳芭是为了钱做的感情投入，是在欺骗他。

与柳芭的交好也是在赵卫东生意遭受断崖之后提供的新的路径和机遇。铺好的新的生意之路就这么莫名其妙地中断了，他长叹了一口气，若玉石没有被抢劫，柳芭骗钱的事会不会发生？这个生意会不会继续做下去呢？他脑子有些乱，想不出这里面的逻辑关系，也不愿去想，一切都已结束，已经没有意义了。现在最要紧的是，老杨马上就到，玉石没有找到，还差了人家一万五千美元，怎么跟人交代？

到达伊尔库茨克后，距飞机起飞还有几个小时的时间，李阳想直接去机场，脑袋里酒劲还没过去，又晕又疼的，他不想到处跑了。赵卫东却是执意要回住处去看看，其实他也没有什么事情，就是想以后不会再来了，回去看看，道个别。弄得李阳挺不高兴。

赵卫东走上楼梯，心里就开始发酸，像是在和过去的一段生命难过地分别。他开门进屋，一抬头，却立刻惊诧得目瞪口呆！

他看见客厅的桌子上，摆着三块比拳头还大的卵石。出乎意料！他定睛一看，这是玉石！他怔了片刻扑了过去，把玉石一块块地抱起来看。看着看着，他的泪水滚了下来，洒在一块块玉石上。

这些都是他们这次亲自采挖的玉石。

这些玉石都被黑社会劫走了，怎么会在这里？

他猛然醒悟！是柳芭！

他闻到了屋里有人的气息！

他扑向里屋推门而入，看到真是柳芭躺在床上睡觉！

一股暖流涌遍他的全身！他浑身瞬间被烘托得松软，又立刻亢奋起来，扑向柳芭亲吻起来。

柳芭在他推门时已被吵醒，这时她推开了他过于强烈没完没了的亲吻，问道："你去哪了？"

赵卫东听到柳芭的问题愣了，一时不知如何作答。

这时柳芭看到了门外客厅站着的李阳，忙遮挡住自己的前胸，问道："怎么还有别人？"

赵卫东指着沙发让李阳坐下，关上里屋的门。

柳芭起来穿衣服，说道："这个玉石太沉了，把我累坏了。"

赵卫东心里热潮涌动，感动地说："柳芭，你太棒了！玉石能拿回来，太棒了！"又搂着柳芭一阵亲吻。

柳芭推开他问道："现在什么时间了？"

"中午十二点了。"赵卫东看了看表说。

柳芭着急了，说："哎呀，都这时候了！我还有事。"她赶紧穿好衣服。

赵卫东一下着急了，忙问："你还要出去？"

柳芭歉意地说："对不起！我有急事，你拿着玉石先回莫斯科吧。"说完，她去了卫生间。

赵卫东一下心凉了，不仅柳芭刚见面就走，这让他不高兴，而且她还在瞒着他干事，更让他难以接受。

柳芭从卫生间出来，赵卫东向她说了伊万家里发生的事情和玛莎的情况。

柳芭听得怒不可遏！她拍案而起，大叫：“我一定要杀了他们！”她满脸怒容，泪水飞溅。

赵卫东估计到柳芭会生气发怒的，但她震怒的神态和话语还是让赵卫东心里颤抖了一下，这是他们两个人共同生活以来从没见过的。

过了一会儿，柳芭抽了支烟冷静下来，说：“我去找人，把玛莎接过来住。”

赵卫东觉得这是个不错的主意，在伊万没回来之前，把玛莎安顿好，免得出事，而且她受了这样的奇耻大辱，精神上需要安慰，需要有人看护。

柳芭再去卫生间洗脸。

李阳抽着烟问赵卫东：“你不是跟我说有几十块大个的吗？就这三块？”

赵卫东以为玉石全从黑社会那里拿出来了，因为不可能仅从黑社会赎出三块，可能柳芭只拿到这里来三块，便说：“我没问，都拿过来，太多太沉她拿不了吧？”

李阳指点着他：“你得问清楚，三万美金，就拿回来三块？其他的呢？”

赵卫东点点头，觉得李阳说得对，应该问一下。

等柳芭从卫生间出来，赵卫东问道：“其他的玉石放在哪里了？”

柳芭停顿了一下，眼珠一转说：“你现在不是就要三块吗？其他的以后再说。”

柳芭的话显然在躲避赵卫东的问题，赵卫东和李阳交换了一下眼神。赵卫东问：“那其他的玉石在哪里呢？”

柳芭坐到柜前对着镜子梳妆打扮，停了一会儿说：“还没有拿回来呢。”

“还在黑社会的手里？”赵卫东问道。这让他诧异，和他的意料不一致，而且奇怪怎么可能只拿回三块呢?

柳芭正在修饰睫毛，没有回答。

赵卫东继续问道：“只拿回了这三块吗？”他的语气很平缓，问得十分小心。

柳芭专心地修饰她的脸，还是没有回答。

“他们不是说三万美元给他们，他们就把玉石全部还给我们吗？”

柳芭停住手，冷冷地看了赵卫东一眼，有些不耐烦地说：“你信他们的话？你以为钱给他们玉石就会给你送回来吗？”

“你没有给他们钱？”赵卫东领会了她话中的意思，十分惊讶。

柳芭继续细致地修饰着她的五官，没有答话。这让赵卫东感觉她是默认了。

“那你是怎么把这三块玉石弄回来的？”赵卫东有些好奇了。

柳芭把梳妆盒“啪”地合上，表达了她对赵卫东问话的烦恼，接着说：“这是我的事，你不用管了！”

赵卫东沉了一下还是憋不住，再问：“那其他那些玉石什么时候能拿回来？”

“告诉你了，这是我的事！你不用管了！”柳芭终于忍不住了，直接用语气表达了她的厌烦，然后再次去了卫生间。

李阳在客厅里听到了他们的谈话，指导赵卫东说：“钱呢？三万美元呢？你得问她。”

待柳芭从卫生间出来，赵卫东追在她的身后问道：“那钱呢？那三万美元呢？”

柳芭杏眼一竖，立刻急了！暴躁地说：“这钱我有用！”

她从衣柜里拿出服装，准备换外出的衣服，然后放低声音说：“那些玉石你还打不打算要了？”说完把里屋门关上，把赵卫东关在了外面。

李阳讪笑着说：“我发现你真有意思，你怎么不敢跟她大声说话呀？你得问清楚啊！我告诉你，这走了说不定就不回来了，以后人都见不着了，三万美金就打水漂了。”

柳芭穿戴整齐开门出来，对赵卫东说：“你准备什么时候回莫斯科？”

“今天就走。”赵卫东答道。

“好吧，后面的事通电话。再见！”柳芭把脸颊凑上去，和赵卫东吻别。

赵卫东吻后，又把柳芭拦在门口，用平静的语调问道：“告诉我，你去做什么？”

柳芭气恼地说：“我的事跟你说不明白，你也帮不了我。让我走！”

赵卫东没有动，继续说：“你告诉我，这样我才放心。”

“以后吧，现在我有要紧的事，让我走！”她更加不耐烦。

赵卫东没有动，也没有讲话。

柳芭变得愤怒起来，厉声说：“让开！让我走！”

赵卫东垂下眼皮，眼睛变得潮湿，说：“好吧，你做的事情我不知道，需要帮助就给我打电话。如果你是去办那些玉石的事，别冒险。如果有危险的话，玉石咱们不要了！”说完，他让开了身体。

柳芭的身体震动了一下，犹豫了片刻，打开门走了。下楼梯时她回看了一眼，眼睛里闪动着感动的泪花。

赵卫东发现，柳芭回看他的眼神和眼中的泪花，似曾相识，他想起来了，和依拉最后走的时候一模一样。赵卫东忽然心里一抽搐，鼻子酸了，泪水盈眶。他感觉到了不祥的兆头。

柳芭走后，赵卫东和李阳俩人坐在沙发上抽烟，沉默了一会儿，还是李阳先说话。

“在这里中国人搞俄罗斯姑娘的特别多，最后成的很少。她们说分就分，说走就走。你看吧，这个不会找你了，三万美金瞎了。我告诉你，我要是能挣到三万美金，我就不干了，回北京这辈子够了。”

赵卫东心情沉重，没有讲话。

李阳接着说：“我看你是动真的了。不过，她在外边干什么事也不告诉你，你也能忍？她们可比中国女孩开放。”

李阳的话像刀子一样刺着赵卫东的心。

赵卫东仰起脸，不想让眼里的泪水流出来。他叹了口气说：“这怎么管？那样就别做老婆，当朋友吧。”

李阳说：“也对。你呀！和别人考虑不一样，我看你都不敢跟她大声说话。”

赵卫东又叹了口气说：“她的全家都死了，只剩她一个人，她的身世太悲惨太不幸了！孤身一人，太苦了。我不是怕她，我是一点儿都不想伤害她。能帮就帮，帮不了也不给她增加痛苦。”

赵卫东找了个帆布提包，用布把三块玉石分别包好，放在提包里。

李阳用手抚摸着玉石羡慕地说：“这三块玉石，你不少赚吧？”

“这是老宋要的，赚得不多。要是卖别人利润就高多了。”赵卫东说道。

李阳说：“玩玉石好，赚大钱，够档次。我跟着你做玉石生意得了，给你打工。说定了啊。”

赵卫东苦笑了一下说：“后边的玉石估计悬了，说不定这是最后一笔了。”

“别价！你还得拽住她。她要是老能给咱们提供玉石，别说低声下气，天天喊她妈，天天伺候她都行。”李阳说笑着。

赵卫东扛起提包，二人出发去机场了。

三十八

赵卫东到莫斯科不久，杨建国就匆匆过来了。

赵卫东这几天心里一直盘算这几块玉石的价格，他现在已经欠了老宋一万五千美元了，这几块玉石又大又好，加起来足有十公斤以上，价格应该定的高一些。国内美元的价格下来了，按人民币计价的话，也应该提高美元的价格。况且从老宋发货的情况看，这几次玉石他没少赚钱，提高一下价格应该不会有问题。

杨建国进门后就兴奋地把这三块玉石挨个端了起来，爱不释手地观赏着、把玩着。他的眼睛放光，充满了渴求。

赵卫东心里有谱了，当老杨问价时，他三块一共要了三万美元。

老杨没有马上答应，再次仔细地用放大镜观看玉石，用聚光灯打光看了看玉肉，又掂了掂分量，然后说："行！这个价格能接受。可是我不知道账上有没有这么多钱。"

赵卫东给他报了一下账，现金有两万多美元，库存货值也是两万多美元，路上还有两万美元的货。

杨建国用商量的口吻说："那就先付这两万多现金，等货卖出钱来再把钱补上，可以吗？”原来他以为是要当时付全款呢。

赵卫东自然是答应了。

杨建国第二天就坐飞机回新疆了，他说客户等着呢。

这下赵卫东心里踏实了许多，老宋的事情打发了，欠债抹平了，加上这几天的销售账上又有了一万美元的进项，只是钱要等货卖出来才能放到口袋里。

回到莫斯科后，赵卫东每天都给柳芭打电话，柳芭总是不在家，没人接电话。只有一次柳芭接的电话，赵卫东听到她的声音，心一下提到了嗓子眼儿，忙问道：“你怎么样？打电话总是找不到你。”

“我去乌兰乌德了。哎！你被他们绑架了，你怎么没有告诉我？”柳芭问道。

“当时你急着要走，没有和你说。你怎么知道的？”

“我当然知道了，是一个朋友转告的。”

赵卫东还想问下去，但话太多，电话里显然没法说。

“他们打你没有？你受伤没有？”

“没有。”

“早晚会找他们算账的，钱也要拿回来的。”柳芭愤恨地说。

赵卫东不知道她是气话还是真有这种打算，但这话还是让赵卫东心里不安，他劝慰道：“事情已经过去，人也安全地出来了，这是最重要的。”又问她玛莎的事情办了没有。

柳芭说已经把玛莎接到了湖边奶奶的房子里，给了她些钱，由列娜照顾她。

赵卫东听后觉得心安了。

柳芭又问了老杨过来购买玉石的事，赵卫东告诉她玉石老杨都给买走了，欠的账也都补平了。

“现在把那些玉石全部弄过来很困难，要过一段时间。”柳芭有些气馁地说道。

赵卫东停顿了一下，平静地说：“如果有危险的话，就算了，不要冒险。”

“怎么能算了呢？就是我们算了别人也未必罢休。我们以后怎么办？另外我们怎么可能把属于我们的这么一大笔财富给别人？”柳芭愤恨的情绪变得高亢。

柳芭着眼于两个人未来生活的共同利益的表态，给了赵卫东一个她坚守俩人爱情关系的信息。赵卫东受到了鼓舞，想想说：“你到莫斯科来吧，我们不能长时间地分开。过来以后我们好好谈谈。”

“我也想过去，但现在不行。我要走了，一切就都完了。你不了解情况。”

赵卫东从电话中能感受到她在忙着或是在坚守着什么事情，这事还不是小事。还感觉到了她的决断，这让赵卫东惶恐不安。他说：“这样，我这里暂时没什么事情，我过去好吗？你一定在家里等我，别让我扑空。”

柳芭没有答复他，只说过几天再说。

两天后赵卫东接到崔总的电话。崔总说这批货基本落实了，车皮已经定好，通关手续正在办理，起运日期也定了。他让赵卫东来公司把玉石的事情谈一下，把合同签了。另外崔总还说，最近经人介绍认识了一位做木材的商人，打算合作。这个商人说他那里也有玉石，崔总说对这里的玉石情况不太了解，让赵卫东过去一起谈谈。

张大姐坐车出来办事，路过赵卫东的住处，正好接他过去。路上张大姐问他官司还打不打了，说那个律师在问呢。赵卫东实话实说，说这个官司打不起，律师费太高付不起。张大姐不解地说："那就白损失了？这么多钱！"

赵卫东无奈地说："现在这律师费我就拿不起，而且这官司打赢的可能性不是太高，我看律师自己也没有多大信心。官司打不赢，钱拿不回来，还要再给一大笔律师费，那我就更赔了。"

张大姐惋惜地说："几百万啊，就白损失了？"

赵卫东长叹了一口气，没有说话。

张大姐又向赵卫东介绍了这个新认识的客户，她说这个人刚选上了议员，也新拿到了贝加尔湖附近林木的配额和开采许可，想和他们的公司合作，做木材生意。上次和崔总见面时提到说，他那里也有玉石，所以崔总叫赵卫东过来一起聊聊。

汽车驶到了红场附近的办公楼前，赵卫东和张大姐下车后一起上了楼，进了办公室。在崔总办公室的外间，一个穿着皮夹克、身体强壮、愣头愣脑的小伙子坐在沙发上。赵卫东估计客户来了，这人一定是这客户的保镖。俄罗斯的富人都这样，出门带保镖，除了防抢劫，主要还是表明身份。

张大姐在前面打开里间的门，果然，崔总的对面坐着一个人，头朝里背对着门，上身穿草莓红的西服，手指上戴一枚偌大的紫金的戒指，手上拿着翻盖手机。听到门响，这人扭过头来。

赵卫东立刻认出了这个人，不禁大吃了一惊！

他是瓦洛佳！

瓦洛佳自然也认出了赵卫东，他的惊讶也不亚于赵卫东，从满脸是笑骤然变得瞠目结舌，不由自主地站了起来。

赵卫东顿时怒火中烧，跨上一步，一把揪住瓦洛佳的衣服领子，大叫一声："瓦洛佳！原来是你！"情急之下他脱口而出的是汉语。

两个人四目相对，怒目而视。

瓦洛佳脸色涨红，爆怒之中多了些窘状，哑口无言。

崔总见状，忙上前从中隔挡他俩，慌忙地问："这是怎么回事啊？"

"这就是骗了我几百万的那个骗子！"赵卫东吼叫的依然是汉语。

门外的保镖闻声窜了进来，将赵卫东抱住，使劲把他拽离瓦洛佳。

赵卫东知道动手打瓦洛佳毫无意义，也不是场合，他没有继续向前冲，只是恨恨地撂下话："瓦洛佳，你别以为事情就这样完了！你别得意得太早了！我早晚会找你算账的！"这些话他用的是俄语。

瓦洛佳道了一声再见，转身就走，出门时气急败坏地回头瞪了赵卫东一眼。

崔总扶着赵卫东坐下，给他点上烟，反复地安慰他别着急，张大姐给他端上茶。

赵卫东气愤难消，他简单地对崔总说，玉石出了些问题，暂时没法起运。他也没作解释，道了句对不起，就起身告辞了。张大姐送他到楼下，嘱咐他，别着急，注意安全。

赵卫东直接打车回家，回到家里，怒气仍在他心中激荡，难抑难平，甚至让他浑身抖颤。他生气自己面对一个骗取他钱财的骗子却束手无策！他生气抓住一个盗窃他钱财的盗贼都无法惩处！他生气一个害他的罪犯在他的面前招摇过市飞黄腾达他竟无可奈何！他真想一刀杀了瓦洛佳！这时他理解了什么叫做苦大仇深，明白了什么叫做不共戴天！

怎么回事？这孙子还当选什么议员了？还做上林木生意了？几天不见，如隔三秋。玩大了！玩嗨了！全是用盗窃别人的钱做起来的！还有什么玉石？怎么回事？

还没容赵卫东往下把这些事想清楚，柳芭来电话了。

“出事了！你马上过来帮帮我。”柳芭的声音不是十分急切，但却有些沉重。

“出什么事了？”赵卫东的情绪这时才从对瓦洛佳的怒气中脱离出来。

“你马上过来，我再跟你说。”

赵卫东穿好衣服要走，发现身上没有多少钱了，就打车先去了市场。这时候他也用不着回避了，瓦洛佳已经不在市场，当议员玩木材去了。市场已经到了下午关门下班的时间了，还好娜达莎正在关箱子。赵卫东把这几天的销售款全部拿走了，他怕柳芭那边需要钱。他在市场附近把卢布全部换成美元，就打车直接去了机场。到机场还是晚了，只得买了第二天上午的机票。他回家睡了一宿，第二天才走。

三十九

赵卫东到达伊尔库茨克后直接打车去住处，这次柳芭在房子里等他。赵卫东开门时，她正坐在客厅沙发上抽烟，她平时只是在厨房抽烟的。见到赵卫东，她没有起身亲吻做亲昵的表示，而是疲倦地抬起眼睛说："玛莎阿姨不见了，娜达莎说，她三天前出门就没有回来。"

赵卫东上前俯身吻了一下柳芭的脸颊，表示了一下对她的安慰，然后问："她会不会回家了？"

"我打电话让人去家里看了，没有。"柳芭吸了一口烟说。即使在情绪沉闷的时候，她吸烟的姿态仍然很美。

"那她会去哪里？"

"我想她去找瓦尼亚叔叔了。"柳芭吐了口烟说道。

"她去菲佳那里找吗？"赵卫东问道。

"我估计她是想去那里找瓦尼亚叔叔，但她没去过那里。路太远，我想她可能找不到。即使找到镇子，她也不可能去森林里找到瓦尼亚叔叔的。"柳芭说话的语气十分低沉。

"那怎么办呢？"

“我想让你去找。我这里的人……”说到这里她抬眼看了一下赵卫东，她知道过去从来没有说过这样的话，不过现在事情紧急也就不避讳了。她接着说，“……都不认识菲佳，只能你去了。”

“好！没关系，我去！”赵卫东没有犹豫。

柳芭继续说：“是这样，你去那里找玛莎，找不到玛莎也一定要找到瓦尼亚叔叔。已经下了两场大雪了，如果顺利他们可能已经把那块大玉石运出来了。你告诉瓦尼亚叔叔，他有危险，叫他躲一躲。那块玉石也要藏起来。”

“好！”赵卫东站起身准备走，又停下来问道：“伊万有什么危险？我怎么和他说？”

“你就说黑社会的人在找他，就行了，他会明白的。”柳芭简单地答道。

赵卫东想了想没有再问，从身上拿出带来的两千美元，数出一千美元递给柳芭，说：“我带一千美元够了，这一千美元给你留下。”

柳芭摆手不要，说：“我这里那三万美元没用多少，钱还够用。”这是柳芭第一次提到那三万美元，不像以前那样隐瞒不提。

赵卫东还是把一千美元留给了柳芭，因为他确实用不着。

赵卫东坐火车当天晚上就到了乌兰乌德，出发前他给司机阿廖沙打了电话，阿廖沙开车到火车站接的他，夜里他就住在了阿廖沙家里。

赵卫东想包租阿廖沙的车去那镇子，但考虑那车是普通的拉达车，虽然车况不错，但路况差，又是雪地，不知这车行不行。阿廖沙却是大拇指一竖，满口应许。他说这车刚换的雪地胎，除了底盘低点，走起来比拉达吉普车不差。俩人谈好了价钱，把车定了下来。

第二天早晨，阿廖沙就开始收拾车，和伊万一样，他也是在家里自己动手维修。修好了一些小毛病，给车做了保养，又预备了防滑链和一些应急工具。把这些事情做完，时间也接近中午了，这时候出发，当天晚上是肯定到不了镇上的。这样的天气下走夜路非常危险，他们只好第二天早晨再出发，所以赵卫东在这里又住了一晚。

晚上下起了雪，下了一宿，到早晨仍然没停，雪飘飘洒洒的，把原本已经有些斑驳的草地和森林又重新覆盖成一片白色。他们一早就出发了，由于下雪，车开得不快，雪下得不是很大，但也必须开动雨刷器才能看清窗外前方。阿廖沙身体前倾，瞪大眼睛，仔细地看着前方地面，费力地在白茫茫的雪原上辨别出道路来。赵卫东也不停地四处张望，尽力扩大视野，试图发现在雪地上艰难跋涉的可怜人影。

一路上天气不好，路也难走，车开得很慢，但还顺利，没遇到什么麻烦。到达镇上已经是傍晚五点，天已经黑了，雪也停了。赵卫东看了一路，没有发现一个在雪地上行走的人，只有几辆汽车交会，没有看到一辆相向行驶的车。

他们把车直接开到菲佳家的院门口，赵卫东下车敲门，里面没有响应。他从木栅栏往里面看，院子里没有马，也没有狗叫。房子里静悄悄的，没有灯光，死一般的沉寂。

这是怎么回事？菲佳可能还没有回来，但是他的妈妈应该在家呀。就是菲佳的妈妈不在家，卡洛克那条救了赵卫东性命的伤了腿的狗不可能出去的，它怎么可能不叫呢？

司机阿廖沙也下了车，两个人议论了一会儿，都觉得奇怪。阿廖沙让赵卫东去问一问邻居。赵卫东便去邻居的院门口敲门。

随着一阵咳嗽声，赵卫东曾经见过面的邻家的俄罗斯汉子打开了门，见是赵卫东却吃了一惊！像见了鬼一样，惶恐地立刻扭身返回屋里，关上门，把门插上，弄得赵卫东错愕不已！

赵卫东和阿廖沙面面相觑，搞不清状况，完全蒙了。

阿廖沙想了想，决定亲自去问，便来到另一侧邻居的院门外敲门。开门的是位俄罗斯中年妇女，赵卫东也曾经见过的，他便躲到了一边暗处。阿廖沙客客气气地问菲佳家的情况，话刚说一半，那俄罗斯妇女也惶恐地“啪”的一下把门关上，慌张地跑回了屋里，弄得阿廖沙一头雾水。

两个人回到菲佳家的院门外，蒙头蒙脑地闹不清楚是怎么回事情。从木栅栏探头朝院里看，这时天已大黑了，又是阴天没有月光，院里黑黢黢什么也看不清。怎么办？赵卫东一时没了主意，但显然不能没弄清情况就走，这里是找伊万和玛莎的唯一地方，除此之外没有其他线索。况且还牵扯到那块大玉石的生意。

赵卫东想不出办法来，气恼地使劲推了一下院门。意外地，门“吱”的一声竟被推开了，吓了他一跳！

原来门没锁！

这是怎么回事？赵卫东与阿廖沙对视了一下，都觉得惊异，莫名其妙！

两个人小心翼翼地进了院子，神色都有些紧张。刚走了几步，赵卫东脚下被一堆软东西绊倒，狠狠地摔在地上。俩人又吓了一跳！

赵卫东爬起来，掏出打火机打着火，朝绊脚的东西看去，不禁大吃一惊！

是一条狗躺在地上，已经死了。是卡洛克！那条曾救过赵卫东性命而摔瘸了腿的狗。有血迹，洇红了覆盖在它身上的一层薄薄的白雪，像是枪伤。

它是被人用枪打死的！

两个人骤然变得非常紧张起来！站起身朝四下观察，黑黢黢的房子和院子瞬间变得恐怖！

二人对视了一眼，眼神中既有惶恐不安也有把事件继续探究下去的坚定。

赵卫东弯腰摸了摸卡洛克的身体，身体是软的没有冻。现在是十月，天虽然下雪，还没有到寒冬的时候，但夜间还是很冷要上冻的。说明卡洛克的尸体没有过夜，是在今天白天被打死的。

俩人继续摸索着往里走，穿过院子中间铺了些碎石头的小路，一直走到木屋的门前，没有再遇到绊脚的东西。

木屋仍然沉寂，来到跟前还能感到阴森森的气氛。两个人打开打火机上下左右照看着屋门。厚重的木门紧闭着，赵卫东握住圆形的门把手，尝试着拉动门，拉了两下没有拉动。阿廖沙嫌赵卫东用力小，推开赵卫东自己上手用力一拉，门开了！

黑洞洞的房屋内部呈现在他们眼前，什么都看不见。只有异味的气息扑面而来，愈加让人感到阴森恐怖！

阿廖沙先进屋，他用打火机照到门边的木墙上钉有电线，顺着电线找到了电灯的开关，打开了电灯。

屋里立刻大亮，顿时里面触目惊心的一幕展现在他们眼前，惊得他们瞪大双眼，吓得他们毛骨悚然！两个人不约而同地后退了几步，站到了门外，把头探进门里看着。

在他们前面有一具尸体头朝门口趴卧在地板上，尸体上有成片的血痕，身下是一摊还没有完全干涸的血迹。虽然头朝下看不到脸，但赵卫东还是可以认定死者是菲佳的妈妈。

他们扫视了一眼屋里，柜倒桌歪，一片混乱。

赵卫东和阿廖沙低声议论着。

“这人像是被枪打死的。”

“屋里的情况像是抢劫。”

“抢劫？这个家庭有钱吗？”阿廖沙疑惑地问道。的确，这个家庭太过普通，想象不出有让劫匪冒险杀人的钱财可抢。

但赵卫东心里明白，菲佳肯定把他给的美元全放在家里了，这个钱财足以让劫匪动杀人的念头。菲佳这个镇子的首富当的，把自己妈妈的命赔上了。

“如果是枪打的，这么大的响动，怎么没人报案？这么长时间警察也没过来，现场没有处理过？”赵卫东疑惑地问道。

“我们走吧，怎么会碰到这样的事情！”阿廖沙没有了刚进门时的冲动，拉着赵卫东转身向外走。

赵卫东出了木屋，走了几步又停住了脚步。他想：菲佳的妻子怎么样？伊万和菲佳又在哪里？他们回来没有？大玉石运回来没有？玛莎来过没有？这些问题在赵卫东的脑海里冒了出来。在这里只看到了一个劫案凶杀现场，来这里想找的人一个都没有找到，一个问题都没有解决。他回身又观察房子和院子，希望有新的发现。

匆忙中，他们没有关上房门，也没有关灯。灯光从门口、窗口照射出来，又有了外面满地白雪的反射，使院子和房子比刚才明亮了许多。他们扫视院子里，地面完全被雪覆盖，没有什么特别的发现。菲佳和妻子住的木屋仍然看不清楚，死一般的寂静。

阿廖沙拉赵卫东往外走。赵卫东没动，犹豫地说：“我要再看看。”

“看什么？肯定不会有活人了。”阿廖沙继续拉他走。

赵卫东没有向外走，而是向里面菲佳的新木屋走去。走到那木屋的台阶底下，觉得脚下被硌了一下，低头一看，发现是一支猎枪！他忙拿了起来，仔细一看，正是这次进山林他用的那支猎枪，是菲佳家的猎枪！

赵卫东心头一震！这里是不是也出事了？他的心紧张得乱跳。他害怕进去，怕看到最不愿意看到的场面，但又不得不进去。他走上木板台阶，推门，门没锁，一推就开了。他进门后立即就闻到了一股血腥味。他打开打火机找到了电灯开关，打开电灯，屋里瞬间大亮。果然不出所料，屋里是惨不忍睹的场面。

就在门前，菲佳的妻子头朝里侧卧在地板地毯上，已经死了。头上中弹，像是猎枪打的，头部血肉模糊，流血浸湿一大片地毯。她的腹部鼓鼓的，比上次赵卫东见到她时大了不少。她死的时间已经够长，想必腹中的胎儿早就死了。

赵卫东不忍再看，悲伤的情感瞬间涌满他的脑际，他的眼眶被泪水盈满，泪珠滚落脸颊。他既为这年轻的生命和她怀着的孩子而悲伤，也为菲佳的不幸而痛心。

赵卫东在木屋里看了一圈，又在院子里走了一遭，看了所有角落，没有其他的发现。

菲佳不在，三匹马和另外两条狗都不在，伊万和玛莎也不在。菲佳和伊万是不是还在山林里没有回来？玛莎的下落他没法判断。

四十

阿廖沙和赵卫东坐在汽车里商量。

赵卫东要去警察局报案，菲佳不在，他要替菲佳担起责任，把这个案子弄清楚，这是朋友应该做的。

阿廖沙不同意，他说："这个案子是白天发生的，是枪案，周围都能听到。这么长时间警察不来处理，说明没人报案。我们不是本地人，不要惹这个麻烦。"

"正因为我们不是本地人，我们有什么可怕的？"赵卫东争辩说。

阿廖沙有些焦躁地说："你是外国人不知道，这个案子肯定是黑社会作案，抢劫还杀人，明目张胆，他们根本就不怕警察知道不知道，报案没用。"

"这么大的案子，死了两个人，必须要警察来处理破案的。"赵卫东觉得阿廖沙有些不可理喻。

"我告诉你，你是外国人不了解，这里的黑社会全和警察勾着。这个案子这么长时间警察肯定知道，很可能是故意不管。"

阿廖沙这个担忧倒是确实的，赵卫东想起来这个镇子的警察局局长，伊万过去的下属。找他应该没有问题，正好可以让他帮忙了解一下伊万的情况和玛莎的下落。他对阿廖沙说："你不用担心，这里的警察局局长我认识，是我朋友过去的手下，我们在一起吃过饭，找他不会有问题的。"

阿廖沙想想点了点头，勉强同意了。

两个人开车到了警察局。警察都已经下班了，只有一个值班的警察，正在吃饭。听他们说找局长，爱答不理地说了句"下班了"。

赵卫东正要说话，被阿廖沙拦住。阿廖沙上前指着赵卫东对警察说："他是局长的外国朋友，刚从外地过来，找局长有急事。"

警察抬眼看了看赵卫东说："去家里找他吧。"

阿廖沙赔着笑说："我们不认识局长家。你把地址告诉我们。"

警察想了想说："是局长的朋友？局长叫什么？"

赵卫东听懂了，直接回答说："郭俩。"

警察点了点头说："局长去咖啡馆吃饭去了，刚去没多久，你们去那里找吧。"他告诉了阿廖沙地址。

两个人开车没走多远就找到了那个咖啡馆，其实不用找，警车就停在门外，还是上次和伊万一起请这个局长的那个咖啡馆。他们停好车，一起进了咖啡馆。

咖啡馆里面用几个方桌拼成了一个长条餐桌，餐桌两侧坐了大约二十几个人，有两三个穿警服的人，还有两三个女人，其他大都是二三十岁的俄罗斯男人。样子很像是朋友聚会，关系都似十分熟悉亲近，说笑起来没有拘谨。宴会还没有开始，正在上菜倒酒。座位也没有完全坐满，警察局局长郭俩穿着警服坐在餐桌把头的中央位置。

咖啡馆里面除了这一桌人以外没有其他客人。

赵卫东走到警察局长郭俩跟前，打了个招呼，郭俩立刻认出了他是谁。他怔了一下，眼珠一转，满脸是笑地拦住赵卫东的话头，叫过来一个警察，拉赵卫东他们坐到桌尾的座位上。赵卫东还要跟局长说话，被这个警察按在座位上。

这个警察说："有什么事吃完饭再说。"

这时入席就座的人们张罗着开始，一起哄笑着给局长道贺敬酒。

赵卫东这时过去和局长说事显然做不到，只能等一会儿再说。

只见郭俩局长将肩章上标明警衔的两个金属星放到倒满伏特加酒的酒杯里，在众人的一片喝彩鼓掌声中仰头把酒和金属星喝到嘴里，再把嘴中的金属星吐到酒杯里。

然后众人才把各自的酒喝干。

赵卫东看得一脸茫然，搞不清楚是怎么回事。

阿廖沙听得清楚，在旁边低声向他解释说："你的这位局长朋友晋升了，从上尉晋升为大尉，今天这个酒席是为他祝贺的。俄罗斯的军官和警察有这么一个习俗，晋升的那颗星要和伏特加酒一起喝进嘴里，再吐出来，才佩戴在肩上。"

赵卫东点点头，表示听明白了。

大家吃菜、说笑，轮流给局长敬酒。他们大声喧哗，无拘无束，喝酒都十分豪爽，没有推脱，逢酒必干。宴会的气氛十分热烈。

阿廖沙催促赵卫东说："你找个空去跟局长说吧。再喝一会儿，全醉了，说什么都不知道了。"

赵卫东一想是这么回事，他端着一杯酒，走到局长的跟前敬酒。局长没有推辞，仰头把酒干了。趁这工夫赵卫东拉了局长离开酒桌席，说道："局长，有急事。出了命案了！有人被杀了！"赵卫东的音调并不低，足以让局长听清楚。

局长一下子皱起了眉头，问："哦！怎么回事？"

赵卫东用最简单的话说了这里发生的抢劫杀人案，他以为局长会大吃一惊，立马扔了酒杯，叫上人开上警车过去。没想到局长想了想，让他等一下。他叫过来一个警察上尉，俯首帖耳地交代了几句。

这个警察上尉回到座位上穿好衣服，带上大壳帽，又大口吃了几口饭菜，喝干了杯中的酒，这才带了赵卫东他们两个人出来。赵卫东还没出门，就又听到局长郭俩大声说笑着喝起了酒。

出了门，赵卫东以为这个上尉会开那辆停在门口的警车走呢，没想到还是坐他们的车。他们开车先去了警察局，上尉一个人进了局里，叫他们在外面等。这次赵卫东又以为上尉会叫上几个警察，带上一堆侦查器材出来呢，没想到仅是上尉一个人挎了把手枪、拿了个手电筒出来，让赵卫东大跌眼镜。

他们开车到了菲佳家的院门口，上尉叫他们在门外等。他一个人进去，在里面转了有十几分钟就出来了。他在汽车里打开内灯，在纸上画了两张两具尸体的位置草图，又写了勘察笔记，就叫阿廖沙开车回警察局。

"这就完了吗？"赵卫东问道。

"对。我的事完了。"上尉跟赵卫东要了根烟，点上抽着，继续说："这么大的案子，我们办不了。回局里打电话，明天让行政区警察局来人办。"

"现场不管了吗？"赵卫东觉得诧异。

"不管了。这怎么管？"

"现场要是被破坏了呢？"

"谁破坏这个？再有破坏就破坏了吧，我们也没办法。"

赵卫东又跌了回眼镜。

回到警察局，上尉让他们两个人都到办公室，对他们做了个笔录。弄得阿廖沙这个烦，背地里埋怨赵卫东多事给自己找麻烦。

这上尉也怪，勘察杀人现场潦潦草草，给证人做笔录却认真得过分。从赵卫东他们来之前问到现在，详细地记了几页纸，末了还让他们签字画押。全完事已经半夜了，最后上尉跟他们说暂时还不能离开，他们当夜就睡在了办公室里。办公室有一张床，赵卫东让阿廖沙睡在床上，他自己拿被褥往办公桌上一铺，忍了一宿。

早晨警察陆续来上班，上尉让他们到了一间空闲的办公室，仍不让他们走。阿廖沙跟上尉说了半天，上尉就是不松口。赵卫东要找局长郭俩，上尉说局长昨晚喝醉了，今天没上班。他又问上尉区里的警察什么时候来，上尉说打过电话了，估计到这里也要晚上了。

赵卫东和阿廖沙只好就在办公室里待着，还好，倒没限制他们的自由，在楼里上厕所接水没人管，外出买东西有警察陪着，吃饭要自己掏钱去商店买。直到下午局长郭俩才上班，过来看他们。阿廖沙跟局长闹着要走，局长答应说，等区里的警察来了问过他们后就让他们走。赵卫东请求局长了解伊万的情况，局长答应说给打听。

区里的警察晚上才到，又重新向他们问了情况，做了笔录。夜里他们还是在办公室里睡的。

第二天上午，局长郭俩过来对他们说可以走了，他又对赵卫东说，他叫人去打听伊万的情况了，这两天会有消息，问赵卫东等不等。

赵卫东没有犹豫，选择留下来等伊万的消息。阿廖沙也没有犹豫，当即和赵卫东结账，开车回去了。

晚上，局长郭俩带赵卫东去吃饭。还是在那个咖啡馆，还是长条餐桌周围坐着一群人，还是不停地敬酒干杯。不过今天局长郭俩让赵卫东坐在他的旁边，人们在给局长敬酒之后，都捎上他，给局长的中国朋友敬酒。

盛情之下，赵卫东不好不喝，在众人的喝彩声中，一杯接一杯地喝。赵卫东酒量不错，但也架不住这么喝，没完没了地干杯。他越喝越糊涂，酒席还没完就钻桌子底下去了。吐的是稀里哗啦，醉的是不省人事。他睡到第二天中午才醒，怎么回到警察局办公室的都不知道。

醒后没多久，局长郭俩过来找他，先笑着问他头还疼不疼，然后告诉他伊万有消息了。他问："你们是不是弄到了一块很大的玉石？"

"对呀！"赵卫东顿时从醉后萎靡中精神起来。过去局长不会知道大玉石的事，现在说出玉石来，说明他的消息靠谱。

"伊万把这块玉石运走了，现在不在这里。"局长用手夹起赵卫东递过来的香烟，点着吸了一口说。

这消息就更确切了，赵卫东急切地问："那他现在在哪里？"

"去乌兰乌德了，他把玉石运到那里去了。"

"运到他家里啦？"

"不是吧。他不希望让很多人看见，好像运到乌兰乌德附近一个安全的地方。"

"你打听到具体地址了吗？"

"我可以给你打听出来，你打算过去找他吗？"

"当然了。"

"这样，我给你把地址打听清楚，找一辆顺路的汽车，把地址告诉司机，让他带你过去。"局长思索着说道。

"太好了！尽快！"赵卫东激动地抱住郭俩的双肩，他和郭俩不是太熟，若是熟人，他会紧紧地拥抱他的。

这以后，赵卫东就在警察局里等着顺路车。

赵卫东的心情变得兴奋起来，伊万和大玉石在一起，并且已经把大玉石安全地运到乌兰乌德了。这消息太让人振奋了，这是经历了一系列悲惨的事件，几乎让人窒息绝望之后的喜讯。他的心脏在连续遭受重大打击之后已经变得脆弱，这个好消息让他的心脏抖动得快蹦出来了。

仅过了一天，局长就给他找到了顺路车，定好第二天早晨出发。

车还是普通的米黄色的三厢拉达车，车况看着还行，也换了雪地胎。司机三十多岁，不苟言笑，看着倒还稳重。两个乘客都是二十多岁的小伙子，俄罗斯人的五官长相，和被晒得黑红的脸皮，也都不爱说话，给人憨厚质朴的印象。

局长郭俩亲自送赵卫东上车，他板着脸对司机说："这是我的中国朋友，一定要给我安全送到。"

赵卫东悄悄问局长："要付多少钱？"

局长摆摆手说："一个卢布都不要给。"

可能私下里局长嘱咐过这几个人，路上他们对赵卫东都十分的客气。只是说话很少，不仅和赵卫东没什么交流，他们之间也很少讲话，气氛十分沉闷。司机对路况很熟，虽然是雪地行车，开得不是很快，但车行驶得十分顺畅。

下午时，车行驶到乌兰乌德的郊外，拐上了另一条路，汽车沿路走进了一个林子。进林子走了两三公里，到了一栋木屋前停了下来。车上三个人看着赵卫东示意说：到了，就是这里。

赵卫东下了车，观看着这木屋和周边的环境。

这木屋很大，有横竖两排房间搭建在一起，而且也很讲究，门和窗框上均有雕刻。这里只有这一栋房子，周边是稀疏并逐渐变密的树林，现在已经完全被白雪覆盖。木屋外用木栏围成了一个很大的院子。院子里停着两辆车，赵卫东认出其中一辆是伊万的拉达吉普。伊万的车在这里，说明伊万肯定也在这里，赵卫东心里踏实了。

院子里立着一座一人多高被包裹着的东西映入了赵卫东的眼帘，引起了他的注意。他觉得这东西的大小和形状很像那个大玉石，他径直快步走了过去。到跟前一看，这东西用绳子捆着，里面用被褥、外面用一块旧的地毯包裹得严严实实。虽然看不到里面，但他从形状上判断，这就是那个巨大的碧玉玉石！

赵卫东激动得心狂跳起来！心想：不行！我一定要看看这玉石的真容！他伸手扯开一块地毯，又扒开里面的棉被，终于，他看到了里面的碧玉的玉面！千真万确！这就是那块巨大的碧玉石！

他看着玉石高兴得心花怒放！

两个同车的小伙子客气地请他进屋，他兴冲冲地走进屋，一眼就看到了屋里的伊万，却大吃了一惊！他转身想跑，但已经来不及了。

四十一

伊万确实在屋里，却双手反背被绳子捆着坐在地上，头上身上都有伤有血痕。当他看清进屋来的是赵卫东时，也是大吃了一惊！想喊，眼见已经来不及了，摇头唏嘘不已。

赵卫东见到伊万这个模样，顿时明白了怎么回事，吓得魂飞魄散。没容他在行动上作出反应，左右两边的匪徒已经抓住了他的双臂，一根绳索将他捆得紧紧的，推到伊万旁边按倒在地上。伊万和他对视了一眼，两个人的眼神中充满了懊恼和沉痛。

赵卫东又体会了心情跌宕的巨大落差，瞬间从云端栽入地狱。他虽然几次遭难，但觉得这次与以往不同。以前的两次都具有偶发性，这次看来是预谋，有目标的，而且计划周密。所以心情异常沉重，觉得这次在劫难逃。

这屋里除了和赵卫东一起来的仨人以外还有三个人，他们见伊万和赵卫东已被完全控制住了，就一起去厨房喝酒吃饭。

伊万和赵卫东挨着坐在地上，聊了起来。

“怎么回事？你怎么到这里来了？怎么让他们抓住的？”伊万问道。

赵卫东缓慢地讲述了事情的来龙去脉。

听说家里被劫，伊万痛恨得咬牙切齿！对老婆的走失又痛惜不已！连叫了几声："这个老太婆！"眼睛中闪出了泪花。听到菲佳妈妈和他妻子双双遇害，更是惋惜得顿足。

伊万也讲述了他们去运这块大玉石的过程和与菲佳分手的情况。

他们这次去运玉石，也是费尽辛苦。他们去的时机正好，天气合适，雪有厚度，便于运输；又不是很冷，太冷了人受不了。他们开始想得还是简单了，一共只去了六个人，结果根本弄不动。又怕强拽把玉石滚落下去磕了碰了。菲佳走不开，伊万就叫菲佳带人给玉石下面铺路，他则开车回镇上，找了警察局局长郭俩，让他帮忙给找了四个人，再回到林子里。他们搬运时非常小心，把玉石被埋的根部清理出来后，就用棉被和地毯把玉石紧紧地包裹起来。十个人拽绳索两边用力，把玉石放倒在现场钉好的雪橇车上。然后拉着雪橇沿着河床上铺好的一条雪道上岸，再穿过森林到达停车的地方。说起来简单，路途也不是很长，但就是这二三十公里，用了几天的时间。这里山坡坑坑洼洼的没有路，需要人工填坑造路，而且要找树木稀疏可通行的地方走，绕了很多路，既费时间也费人工。

伊万慨叹道："我们是费尽了辛苦，小心翼翼啊！我告诉你，这么难弄，我们没让这大玉石磕碰了一点儿。"说到这里，伊万的脸上浮现出了自许和微笑，好像忘记了他们现在的处境。

玉石运到了停车的地方就好办了，他们雇的是带吊臂的卡车，把大玉石直接吊上了车，开了两天到了小镇。这次伊万接受上次的教训，考虑这次动用的人多，估计大半个镇子的人都知道了他们运大玉石这事，黑社会肯定也知道了，所以他决定不进镇子，直接走到乌兰乌德附近找地方把玉石藏起来。他们就在镇外停了下来，雇的人都给了工钱各自回了镇子。菲佳把马和带的所有家什送回家，完事之后再过来，和伊万一起去乌兰乌德。

就在伊万在镇外等菲佳的时候，遭到了袭击。几个匪徒从林子里偷偷地从车后面摸了过来，他们拿了两支猎枪和一把军用手枪，伊万猝不及防被他们用枪顶住，被他们用绳子捆了。卡车司机被他们一枪打死，尸体被拖进了林子。

伊万看清了匪徒一共六个人，其中有两个人是上次曾经拦劫他们要钱的人，包括那个头目。不过这次可不像上次警察局局长郭俩找过他之后那般客气，诚惶诚恐的，他直奔伊万而来，拿枪顶住他又打又捆，极其凶狠。这以后伊万连人带车还有车上载着的玉石一起就被带到了这里。

这时，屋子里的几个匪徒吃饱喝足，带着醉意从厨房出来，一个人过来检查了一下他们身上绑的绳子是否松动，然后几个人分头到几个房间去睡觉，留下一个人在长沙发上躺着，抽着烟看守着他们。

这时天已经入夜了，伊万和赵卫东一点睡意也没有，两个人小声地聊着，探究着这件事背后的令他们怀疑、让他们不解的地方。

他们首先把愤怒的目标集中到了警察局局长郭俩身上，赵卫东完全是他给骗来的，是他亲自设局把赵卫东交到黑社会手上，带到这里来的。他从一开始就在骗赵卫东，从时间上看，菲佳的妈妈和他妻子被杀，家被抢和伊万被劫持是同一天发生的。很明显郭俩了解事件的全部情况，但他一直不露声色，把赵卫东骗得自投罗网。

“叛徒！就是他出卖了我们！”伊万愤恨地骂道。伊万中途曾找过警察局局长郭俩，让他帮忙给找过人，他了解这次运玉石的全过程。现在想起来，郭俩找的人里面可能就有黑社会的人，对他们的行程了如指掌。

“叛徒！这个没有良心的败类！”伊万继续骂着，气得浑身发抖。

赵卫东也是痛恨懊恼，因为有这个局长，认识他、相信他，才去报的案，才有了这后面的受骗上当。要是不认识他、不相信他，赵卫东才不会去报案多这个事呢。

不过整个事件还是有很多让他们想不通的地方。

事件的开始，应该是在伊万家的那次玉石被抢劫。记得当时黑社会的人说，是去要那次拿走玉石没给的钱，也就是警察局局长郭俩通融调解的那次。黑社会反悔了，或者是以此为借口去抢劫的。发生在小镇上的事，却到几百公里外的伊万家中反悔要账，不仅知道伊万家的地址，而且摆明了就是奔伊万去的。现在这些事情又都发生在小镇上，然后转移到乌兰乌德附近。把这些事件联系起来可以看出，这些事不是孤立发生的，而是两地有组织统一部署的行动。

伊万说，小镇上的黑社会是小组织，地方小，没什么钱，一直从属于区里或是乌兰乌德的黑社会。

但一般黑社会对这种情况只是收取保护费或是生意的抽头，像现在这样上来就杀人抢劫的也不多见。他们为什么这么做？他们要达到什么目的？谁在组织这么大规模的行动？警察局局长郭俩显然不是这样的角色。

伊万被绑后就被关在这里，就这几个人看守着他，没人跟他说什么，伊万问什么也没人理他。

这帮黑社会处心积虑地要干什么？要钱？要玉石？还是要他们的命？

他们想了一宿也没想明白。

“会不会是他？”伊万在天亮之后，忽然瞪着眼睛蹦出来这么一句话。

“谁？你说是谁？”赵卫东把歪倒的身体正了过来，头凑到伊万跟前倾听着，却没了下文。

伊万皱起眉头，陷入了沉思，没有讲话。

许久，伊万才从沉思中醒来，跟赵卫东说了他的怀疑，讲了一个故事，赵卫东听得心惊肉跳！

伊万先问赵卫东有没有听说过柳芭家里的事情。

赵卫东回答听说了，但知道的不是很详细，不是柳芭告诉他的，他也没有问过柳芭。

伊万点了点头，目光很深沉，说："她从来不跟人提这件事。"沉默了一会儿，他向赵卫东讲述了这个事情的始末过程。

1991年苏联解体改制后，社会陷入混乱。一夜之间，黑社会在俄罗斯大量兴起，并迅速渗入和控制了社会的很多领域。这些黑社会组织抢劫、绑票、勒索、贩毒，控制矿产、市场、娱乐场所、商业活动，渗入到司法系统，控制选举，参与到政治活动中，几乎无孔不入，到处都能看到黑社会的影子，感到他们的存在。而且黑社会组织为争夺地盘利益、扩大势力范围，相互之间打斗、杀戮、吞并，纷争不断。这里有一个黑社会组织，通过谋杀、收买迅速扩大，成为市里区里最大的黑社会组织，并控制了其他的黑社会组织。

当时柳芭的爸爸是行政区警察局的局长，伊万是副局长。柳芭的爸爸组织了对这个黑社会组织的打击，他收集了大量的罪证，逮捕了这个组织的老大和骨干分子。检察院接案后，认为证据确凿，提起公诉。不料到法院后，所有的嫌犯当庭翻供，所有的证人也全部改口。在物证充分和确凿的情况下，法庭竟然将全部嫌犯当庭释放。

不久柳芭的爸爸被莫名其妙地免去局长的职务，还被解除了公职。

再不久就发生了那件惨绝人寰的纵火杀人案。

谁都知道这个案子是谁干的。

伊万和柳芭的爸爸是二十多年的同事，是情同手足的兄弟，他悲痛至极也怒不可遏，决心为老友报仇！而局里的警察也没有被这个惨案吓倒，反倒激起了大家的义愤。他们做了认真的调查，掌握了纵火案的有力证据，再次将上次被法庭释放的这些人犯抓捕归案。这次伊万做了充足的准备，把证据做足，终于将这伙黑社会罪犯判刑入狱。遗憾的是，有些证据没有被法庭采纳，那个黑社会老大没判死刑，只判了二十五年监禁。

伊万如愿以偿，给老友报了仇，使正义得以伸张，为社会割除了一个毒瘤。他说："这是我这辈子干得最棒的事！办得最好的案子！也是我这辈子最觉得开心的事！"这时讲起来，他的脸上仍浮现出一丝得意，目光中还有自豪。

然而不久，他也被莫名其妙地免去了职务，解除了公职。

伊万跟赵卫东讲完这些，唏嘘感慨了一阵，过了一会儿又摇了摇头说："咳！不会是他干的。他判的是二十五年监禁。证据确凿，板上钉钉！出不来的。也没有听说他出来了。"

赵卫东发现伊万显得苍老了许多，脸上没有了原来的满不在乎的豪爽，而是挂满了疲倦，目光也呆滞了许多，讲话絮絮叨叨的，没有了过去的自信和果断。

隔了一会儿，伊万继续沿着自己的思路说："就是他从监狱里逃了出来，他也没有原来的势力了。他手底下的几个人都被判了重刑，他没有人了，办不成什么事的。你不知道我们这里的黑社会，成年的打打杀杀，老大一年能换好几个，谁有钱谁敢杀人谁就是老大。自从把那个老大送进监狱之后，这黑社会老大已经换了好几拨了。"

伊万费力地活动了一下身体，换了一个舒服点的姿势，他的身体似乎也到了疲倦的极点。他想了想又接着说："这里的黑社会都知道我，一般都不会和我过不去，这次看来是有点儿冲着我来的。搞不清楚是谁，究竟是为什么。”

这时已过了中午，听到外面有汽车声，接着屋门打开了，几个人簇拥着一位戴黑色羊皮鸭舌帽、身穿黑色长皮衣的人走了进来。屋里几个看守立刻站了起来，对来人毕恭毕敬，那架势像是老大来了。

伊万和赵卫东朝来人望去，外面亮屋里暗，门开时外面的亮光射进来，只能看到来人的身体轮廓，看不清脸庞。待这人来到跟前，他们才看清这人的面目，立刻认出了此人，两个人不禁大吃了一惊！

这个人的出现完全出乎伊万的意料之外！

赵卫东也认识这个人，因此惊愕不已！

四十二

来人径直走到伊万和赵卫东的跟前站住，俯视着墙脚地上的他们，面露微笑，显得心情不错。

这人中等身高，身体强壮，是个俄罗斯人，面目长相蛮横，他的眉骨凸出，眉毛稀疏不十分明显，鼻头大嘴唇厚，面皮粗糙有许多凸起，使他脸上的凶蛮兼有丑陋的特点，多了让人厌恶的感觉。

赵卫东当然认识这个人，正是在家里绑架他的那个匪首！是萨沙为他约见在咖啡馆而溜走的那个老大！也应该是依拉被车撞死背后的罪魁祸首！他以现在这样的面貌和身份出现，赵卫东的惊诧是自然的了。

伊万对这个人可是太熟悉了，他就是伊万刚刚念叨过的、最怀疑的、又是最不可能的那个人。所以伊万就像见了鬼一样，一脸的错愕！

这个人就是伊万讲的那个黑社会老大，纵火杀害了柳芭全家，被伊万逮捕治罪，判二十五年监禁入狱的罪犯，名叫别佳。

别佳俯下身，脸对脸地看着伊万。看到伊万吃惊的样子，他笑了，笑得很开心。“……伊万·维克托罗维奇副局长，你好啊！”他问过好后，笑得更开心了。

伊万没有讲话，他收拢起吃惊的表情，垂下了眼睛，黯然神伤，心情沉痛又无奈。

这匪首又挨近赵卫东的脸说："你也是老朋友啊！这次可不是我找的你，是你自己找来的。"

别佳招了一下手，手下给他拿过来一把椅子。他坐到椅子上，掏出烟拿嘴叼了一支，旁边的手下用火柴给他点上。他又拿出一支烟，递到伊万的嘴边，伊万冷笑了一声，摇头拒绝了。

"伊万·维克托罗维奇副局长，我们将近两年没见面了。"别佳依然保持着好态度。

伊万抬起头，冷笑着说："你还记得很清楚啊！"

"那怎么能忘呢！你收买了我的手下，暗算了我。你亲自给我戴上的手铐，亲自审讯我！打那以后你就深深地刻在我的脑子里。出狱以后我就一直盼望着和你的再次见面。我等了这么久，费了这么大的劲，终于把你给请来了。"别佳把脸上的笑容收拢了许多，眼睛中露出了阴冷的光。

"我现在真是佩服你了，居然能从监狱里逃出来。"伊万的话很平静，说的也是心里话。

"逃出来？你以为我是逃出来的？"别佳仰头大笑，接着说："现在是法治社会，我是依法被释放的。"他仍然低头很近地看着伊万，微笑着，一副很享受的样子，甚至舒缓了他蛮横的面相。

伊万则闭上了眼睛，他不能接受这张丑陋的脸得意洋洋地在他的眼前，他说："你这样的恶棍！杀人犯！依法释放？"

"没想到吧？伊万·维克托罗维奇副局长。哼！行！我都跟你说了吧，也让你死个明白。我们两个人可算是知根知底的老朋友了。我呢，也没人可以聊天，跟你聊聊，我也痛快痛快。"说完，他把手里的抽剩的过滤嘴烟蒂放到伊万的头顶上，慢慢地按熄。做这动作时他脸上的表情没有任何变化，仿佛把烟蒂按在烟缸里。

伊万头发稀疏的头顶立刻出现被烟灰覆盖的烫伤的伤口，冒起淡淡的烟，散发出皮肉烧焦的气味。

一旁的赵卫东看的是皮肉发紧，脊背发凉，心惊肉跳。

伊万在烟头烫触头皮的瞬间身体抖了一下，皱了一下眉头，尔后就舒展开了眉，不动声色，默默地忍受。

别佳站起身，脱去黑色长皮衣，摘下帽子，交由手下挂到衣架上，露出里面草莓红的西服和脖子上戴的粗粗的紫金项链。他看着地上的伊万，脸上还是开心的微笑。他来回慢慢踱步说道："其实非常简单，法院对我的案件做了复核，所有证人都改变了证词，物证经过斟验，有些也不真实，所以法院依法改判我两年监禁。我刑期已满，被依法释放。"

伊万闭上了眼睛，别佳的话刺痛了他，他知道柳芭的爸爸经历的那幕又再次上演。他服务过并引以为豪的司法机关失去了执法的功效，不去主持正义，反而助纣为虐。他感受到了巨大的失落。

别佳继续说："俄罗斯现在真好，什么事都可以商量，都可以通融。什么事情都有价码，只要出钱什么都能办到。"说到这里他低头看着伊万，脸上还是得意洋洋，嘴角挂着嘲笑。

伊万默不作声，脸上依然可以看到悲伤的情感，而且明显的精神变得有些衰弱。

"只有你，还有你的那个局长，你们两个笨蛋，不懂得商量，不会交朋友。"别佳直起身子，伸出两个指头。旁边的手下马上拿一支烟放在他的指间，又给他点上。

赵卫东一直萎缩在墙脚听着、看着，他知道别佳说的是柳芭的爸爸。

别佳并没有理会赵卫东，只是偶尔扫他一眼。

别佳抽着烟继续说：“跟我们合作有什么不好？出了事我们顶着，我们处理，利润少不了你们的。你们当老大，我们做小弟，还不行吗？你们不仅不合作，还把我们一网打尽！我们可是从来没有惹过你们的。”他低下头嘲弄地朝伊万头上吐了一口烟，“所以我要杀了他！而且我要杀了他全家！你以为只有我想杀他吗？错了！有人比我还想杀他，因为他是个笨蛋！你也是个笨蛋！像石头一样的笨蛋！”

赵卫东原以为别佳就是个恶棍打手，没想到说起话来还滔滔不绝，心想这黑社会老大倒是名副其实。

别佳继续说着：“我早就想见你了，一出来我就想找你。我的兄弟有的在狱里，没入狱的都散了，跟了别人，弄得我孤身一人，地盘也没了。帮我出来的人让我暂时不要在这里出现，我只能远走他乡。那时候我惨着呢，幸亏一位朋友收留了我……”

赵卫东想，他说的这位朋友莫不是瓦洛佳？赵卫东立刻打了一个冷战。若是这样，岂不是落在了瓦洛佳手里？那会是比死还要难受的事了。赵卫东觉得心脏紧抽，浑身血液倒流。

别佳再次坐到伊万的跟前，低头看着伊万的头，这次他的脸上没有了笑容，眼睛里闪出了一道凶光。他把那个吸剩下的烟蒂又放在伊万的头顶上，慢慢地按灭，眼睛看着，欣赏着那火星在伊万头上烫噬着皮肉，闻着那皮肉烤焦的味道。

伊万仍然不动，就像对疼痛失去了感觉一样，只是面容愈加显得萎靡。这时从他头顶的伤口流出了一股血，从头顶流过脸颊，给他的脸划下一道鲜红。

赵卫东看得头皮发麻、心紧绷，他对伊万头上烟头烧烤的疼痛感同身受，却又感到伊万内心的疼痛远比皮肉上的疼痛更重。他不忍再看，闭上了已经潮湿的眼睛。

“所以我一直就盼着见到你，盼着见到你的这一天，终于我盼到了今天。现在的情景和我设想的几乎完全一样，甚至和我做的梦都一样。”别佳仰头哈哈大笑，站了起来，继续在伊万的前面踱步，“其实我们黑道人啊，办事很简单也很明确：恩仇分明，有恩报恩，有仇报仇。就这么简单，不像你们那么啰唆。”

这时外面又传来汽车声，别佳到门口迎候来人。

赵卫东的心一下悬了起来，心想莫不是瓦洛佳来了。

果然，大洋马到了，瓦洛佳那大高个一到门口就被赵卫东认了出来。赵卫东心里猛地抽紧，他最害怕的局面真的来了。在跟在瓦洛佳后面的几个人中，赵卫东还发现了另一个熟人吉玛。吉玛见到赵卫东和伊万暗暗地吃了一惊，立刻躲到了一边角落里。

瓦洛佳进门后就和别佳说：“你怎么找的这个地方？司机不认识路走岔了，又往回走，现在才到。”

别佳说：“这地方多好，周围没有人家，多隐蔽啊。房子也好，我已经买下了。”

瓦洛佳看了看房子，说：“房子不错。多少钱买的？”

别佳笑着说：“我买还能贵吗？”

瓦洛佳会意地笑了笑，他脱去外面的半大浅黄色皮衣交给旁边的手下，里面露出的是草莓红的西装，脖子上挂的是很粗的紫金项链，上身穿的西服颜色和别佳一样，只是西服的款式有些差异。

瓦洛佳看了一眼赵卫东，问别佳：“我的中国朋友怎么样？你们没有亏待他吧？”

别佳笑着说："你的朋友，我们哪敢亏待呀。"

瓦洛佳来到赵卫东跟前，低头微笑地看着赵卫东的脸，说："你好！赵先生！"

赵卫东没抬眼皮，没有讲话。

瓦洛佳直起了身子，对别佳说："赵先生对我来说是个神奇的人。我曾经三次设局，想请赵先生回中国去，安排得天衣无缝，赵先生居然逃脱了。其中一次还是你帮的忙，阴差阳错的，太不可思议了。"

别佳笑着说："对，是的。那时候我们还没有沟通过，不过我们建立合作，成为好朋友，也是这位中国人牵的线，没有他也没有我们的今天。"

瓦洛佳说道："是的！所以你们不能亏待了他。"

别佳装模作样地说："那是一定的，我们不会亏待朋友的。"

瓦洛佳弯腰问道："赵先生，他们对你怎么样啊？"

赵卫东听得出来他们这些要弄他的话语，这些话他感觉像刀子一下一下地划在他的肉体上，疼痛难熬！他自然没有讲话，连眼皮也没有抬。

"赵先生生气了。"瓦洛佳直起身子，装模作样地说，"赵先生不要生气，我也是没有办法呀！其实我们本来是可以成为好朋友的。说实在话，你是对我帮助最大的人。在我最需要钱的时候，你给我送来了钱。这么多的钱，我做梦都没想到。天赐良机啊！一辈子都难碰到这么一次，我怎么可能放弃呢？你帮助我发的财。我只是让你走，绝对没想伤害你的性命。对不对，别佳？"

别佳笑着点头说："是啊。"

瓦洛佳又低下了他那偏高的头，和颜悦色地说："你不走，而且威胁到了我，这就不好了，我们就成不了朋友了。告诉你，我当选为议员了，我要照顾我的声誉，毕竟在商界、政界还要发展。”

“而且可能前途无量啊！”别佳嬉笑着说。

“所以就对不住了。不过这次可是你自己找上门来的，不是我找你来的，其实我找你还挺难的。这是老天的安排，你可别埋怨我。”瓦洛佳还是拿话在消遣着赵卫东。

赵卫东表面木讷，心里可是翻江倒海般的难受，难受得他想吐想喷。正是他的一个仓促的决定，把这几百万元的货拱手送人，给这两个恶魔天大的机会发迹做大了势力，祸害社会，祸害朋友，还害得他自己落了个现在死囚般的下场。瓦洛佳说的每个字都像用刀在刮他的肉，每句话都像用刀在捅他的心。他心里翻腾的是悲愤的气，是淌出的血。他体会到没有比绑在侵害自己的仇人面前受辱更大的痛苦了。

“对了！你说有块大个的玉石让我看。”瓦洛佳转身问别佳。

“在院子里你没看见？”别佳拉瓦洛佳到门口，打开门指给他看。

“那么大？我没想到会这么大。”瓦洛佳惊喜地叫道。他回身又走到赵卫东跟前，笑着说：“我真得谢谢你！谁知道这玉石还能赚钱呢，你又给我指出了一条发财的路。不仅如此，还把玉石给我送过来了。”他开心地大笑着。

说完他兴奋地返回门口，望着那块竖着的巨大玉石。

这时已是傍晚，原本就是阴天，所以天已经黑了。

瓦洛佳指着玉石命令说：“把裹着的布全部打开，把几辆车对着玉石打开车灯。”

别佳在旁边劝阻说：“明天白天再看吧。”

瓦洛佳说：“我一会儿就走，还有事呢，不在这里住。另外我们不是还要把他们俩的事办了吗？今天全弄利落了。”

几个手下人按瓦洛佳的吩咐，解开捆着玉石的绳子，扯开上面包裹的地毯和棉被，把几辆汽车全部摆成了一个扇面，车头对准玉石。

瓦洛佳走到赵卫东跟前，说："赵先生，走！我们一起去看看这块巨大的玉石。这件事我很佩服你，你居然能深入到这大森林里弄到这么巨大的玉石。我是当地人，都不知道这里有玉石，而且你们中国人那么喜欢。谢谢你呀，送给我这么大的礼物。"

赵卫东听瓦洛佳说到玉石，心里更加悲愤。这时的瓦洛佳跟他旧有印象里的瓦洛佳已经完全不同，恬不知耻，丧心病狂，而且肆无忌惮，完全丧失了做人的底线。活生生的一个强盗！一个魔鬼！赵卫东一动没动，他没想动，也动不了。坐的时间久了，身体被捆早已麻木，根本挪不动。

瓦洛佳指使两个手下拉起赵卫东，但赵卫东的腿脚直不起来站不住，那两个手下只好把他架到门外。两个人放手后，他还是站不住，一下坐到了雪地上。

同时别佳也叫两个人架起伊万到了门外，伊万的情况比赵卫东严重得多，他的身体已经极其虚弱，像个重病人一样，瘫靠在墙脚，神志看上去已经不是十分清醒。他被架到门外后，也瘫坐在雪地上，身体靠在木板台阶上。

瓦洛佳招手命令汽车开灯，几辆汽车一起把远光灯打开，院内瞬间大亮，全部的灯光聚集在了那巨大的玉石上。

立刻，所有人都被眼前的景物惊呆了！

那玉石巍峨矗立，通体明亮，晶莹润泽，色彩碧绿，散发出璀璨的光芒。

赵卫东震惊地直起了身子，瞪大了眼睛，呆望着玉石。

伊万也被那亮光所惊醒，强硬地支起身体，看着玉石。

灯光打在玉石上，仿佛光源出自玉石的内部，里外通透，熠熠生辉，凸显出晶莹润泽的玉色，那让人惊叹的世间难觅的神奇光亮。碧玉的绿色也更显娇艳，华彩四溢，明丽夺目。玉石鬼斧神工般天然雕琢成的峻峭的山岩形状，坐落在清洁闪亮的皑皑白雪上，背衬黑暗的夜空，更加巍峨壮丽，蔚为壮观！

所有围观的人都用惊奇的目光看着玉石，赞叹它那超凡脱俗的美丽。

“太美了！”瓦洛佳赞叹着。

其他人也都在赞叹。

他们看了很长时间。

瓦洛佳拉起了赵卫东，赵卫东的腿麻劲退了些，可还是不能站立走动。过来两个人把他架到了玉石前，瓦洛佳又把他推坐到玉石的一边，让他的身体躲开照射玉石的灯光。

瓦洛佳扑到玉石上，双手抚摸着玉石，惊喜地看着、乐着，他慨叹玉石的美丽，又欣喜收获了一笔巨大的财富。

赵卫东坐在雪地上，仰头看着近在咫尺的玉石，他觉得跟在远处看的感觉略有不同，更能看清这玉石细腻纯净的玉质，晶莹润泽的玉色和蕴含着的绿色莹秀的宝光。

他不能忍受瓦洛佳趴在玉石上的抚摸，在他眼里这是肮脏在玷污圣洁！这是魔鬼在涂鸦神明！这是恶棍在强暴圣女！他觉得浑身的血在沸腾。他明白今天凶多吉少，怕是在劫难逃。他害怕、惶恐不安，但当他看见了这一幕之后，生死却被置之度外。仇恨在他胸中燃烧！血液在他身体里沸腾！他想站起来，冲上去！但他的身体被捆着站不起来，做不到，憋得他怒发冲冠，怒吼道：“滚开！畜生！滚开！混蛋……”他用汉语和俄语轮换着吼着、骂着。

瓦洛佳气恼地看着赵卫东，想发怒，又强忍住了，他冷笑着吼道："这块玉是我的！是属于我的！"说完转身退回到了门口，站了一会儿后，坐到了他的奔驰车上，像看戏一样看着前面发生的一幕。

别佳叫两个人把伊万架到玉石前，他们试图让伊万站在玉石前，但是他已经站不住了。两个人便把他按着靠在玉石上，几辆汽车的大灯照在玉石前他的身上，非常明亮。

伊万尽量把腿绷直支撑住自己的身体，他的身体已经虚弱到了极点，面色惨白，就像危重的病人一样，面容苍老了很多，添了很多皱纹。脸颊上的血流的痕迹已经发暗，看上去十分委顿，看不到一点儿气力和精神，只有从他低垂的眼皮下射出的两道目光才能看出他的神志还清醒。

按住伊万的人，发现伊万的上衣胸前的口袋里，装有一件硬皮的东西，以为是钱包，掏了出来，原来是一个证件，便递给了别佳。别佳拿过来一看，是红皮的共产党员的党证，里面有伊万的照片，是赵卫东曾经见过的伊万的党证。

别佳看着哈哈大笑，嘲笑着说："共产党员的党证。"他回头把党证扔给了手下人。手下人没有接到，掉在了雪地上。他嘲弄地对伊万说："现在不是老苏联了，现在是俄罗斯，是新俄罗斯，属于新俄罗斯人。你个老古董！"

别佳从旁边手下人的手里拿过一把四指连环的铁环，套在右手的四指上。攥起拳来拳头上就有了四个铁连环，每个环上还有钉子一样的凸起，这样拳头就成了伤人的铁器。他左手又从手下人手里拿过了一把匕首，然后对伊万说："伊万，我跟你说了，我们黑道做事简单明确，有仇必报！所以……"

正在这个时候，谁也没有料到，伊万的身体强烈地震动了一下，头向前伸，张口竟怒喷出一股血来。那鲜红的血液像火舌一样扑向别佳。

别佳猝不及防，鲜血喷了他满脸满身。

伊万几乎是竭尽了最后的力量，喷完血后，他抬眼看了一眼别佳，眼睛闭上，脑袋耷拉，死了一般。他的嘴上和身上也洒满了鲜血。

别佳暴怒！他用戴了铁环的右拳直接砸在伊万的脸上，左手握匕首捅在伊万的腹部，然后把铁环和匕首扔在地上，转身回屋洗脸换衣服去了。

众人一片欢呼喝彩，歇斯底里地吼叫。

伊万的脸上被打得皮开肉绽，他耷拉着脑袋，没有什么反应，身体全靠两边的人支撑。他真的已经死了。

上来一个匪徒从地上拿起沾满鲜血的铁环和刀子，右手戴环左手持刀，和别佳一样，朝伊万的脸上和肚子一拳一刀，众人又是一片嘈杂的欢呼和吼叫。连续又换了三个人，都是这样操作。这几个人都是和伊万有仇的人，有的人被伊万抓过，有的人的兄弟还在狱中。他们在强光的照射下，在纯净晶莹的玉石前，在众人的喝彩欢呼声中，完成了他们的杀人游戏。

目睹这一幕惨剧的赵卫东悲怆地闭上了眼睛。

两个按住伊万的人松开手，伊万像布袋一样倒在地上。他的脑袋被打得血肉模糊，身体沾满鲜血，染红了地上的皑皑白雪。

伊万身后的玉石也溅上了许多鲜血，但玉石依然光灿夺目，在夜空的衬托下巍峨壮丽！

赵卫东睁开眼睛，他明白该轮到他了，知道今天必死无疑！心中的悲怆瞬间传遍他的全身，浑身变软变迟钝，神志也变得迷糊了。

两个人将赵卫东架起，把他也按着靠在玉石傍站立。

人群中走出一个人，高叫了一声："行了！把他交给我吧！"提了一把刀子，朝赵卫东走过来。

逆着灯光赵卫东看不清楚来人，到了跟前才看清是吉玛。

吉玛手里拿着不知从哪儿找来的一顶礼帽，上来就扣在赵卫东的脸上，不由分说提刀就捅。赵卫东立刻觉出肚子被刀刺破，感到肚皮撕裂的痛，但同时又感觉刀刺破肚皮就停了，并没有往里继续深刺。正当吉玛要刺第二刀时，被几个同伙哄叫着拦拽住了。

“不能你一个人包办呀。”

“说好了一人一刀嘛！”

“来，你去休息吧，我们一人一刀。”

几个人拽走了吉玛。

又上来一个人，在众人的欢呼和吼叫声中也是提刀就捅，这次赵卫东觉出那刀刺穿了他的肚子，剧烈的疼痛瞬间覆盖了他身体的全部感觉，他知道马上就要死了，在混乱的欢呼和叫喊声中，一阵昏厥使他失去了知觉……

四十三

突然，从半空中连续传来“砰砰”的两声枪响，左右两个拽住赵卫东的匪徒随着枪声栽倒在地。这枪声也惊醒了赵卫东，拉回了他即将沉沦的意识，他睁眼低头看去，两个匪徒都是脸上中弹，中的是猎枪弹，满脸是血，当即毙命。

正当所有的人惊愕和不知所措的时候，两条硕大的高加索犬从汽车后面的黑暗处猛冲了过来，喉咙里发出沉闷的吼声，风驰电掣般地扑向汽车大灯照射下聚集的匪徒。

赵卫东眼前一亮，他认识这两条狗，是菲佳的狗。菲佳来了！这两枪肯定是菲佳打的！他见那条和他们一起进山林采玉的黄黑杂毛的高加索犬扑了过来，便大叫一声：“别斯！”

别斯闻声看到了赵卫东，号叫了一声，扑了过来，直接扑倒了赵卫东前面拿刀准备捅他的匪徒，一下咬住了这匪徒的喉咙，用嘴扭扯了几下将喉咙咬断，这匪徒蹬了几下腿便丧了命。

另一条狗也扑倒了一个匪徒，扯咬着他的脖子……

这时只听一声马的长嘶，一个手持猎枪的骑手跃马跨过院子的围栏，冲到车灯照射的院子中央。赵卫东看得清楚，这骑手正是菲佳！但这时的菲佳与过去已经大不相同，面容里没有了淳厚、拘谨和怯懦，眼中燃烧的是仇恨的火焰，脸上是腾腾的杀气和猎手的冷峻。菲佳抬手朝四窜的匪徒又是两枪，两个匪徒满脸是血倒地身亡。

这群匪徒惊恐万状，四散奔逃，或钻进车里，或躲到车后，或跑向木屋躲避……别佳正好站在木屋门口，立即窜进了木屋。

趁着混乱，吉玛用刀割断赵卫东身上捆绑的绳子，指着背后林中雪地覆盖的道路说："快跑！朝这条路跑！跑远一点儿，到路边等着！"

解脱了的赵卫东朝吉玛指的方向，捂住肚子猫着腰，忍着剧烈的疼痛，艰难地走去。他钻出了院子的栏杆，回过头看，没有人注意他，没人发现他逃走。他艰难地走着，走几步回头看看。

菲佳骑在马上在院子中间转着，追逐着匪徒抬枪就打，枪声响起，弹无虚发，两个匪徒立刻前仆毙命。两条狗也在疯狂地追人，见人就扑，往死里咬。

趁菲佳装填子弹的间隙，瓦洛佳和他的司机启动了奔驰车，汽车呼啸着拐弯朝门口冲去，撞开了栅栏门，转弯上了路，加速驶去，逃之夭夭。

汽车出门前，菲佳打了两枪，击中了奔驰车但没伤着车里的人。赵卫东远处看见，摇头遗憾道："这个恶魔，让他跑了！"

菲佳骑在马上继续追杀着四处逃窜和在角落躲藏的匪徒，他的脸上仍然是不动声色的冷酷。两条硕大的高加索犬也像是领会了主人的意图，野兽一样凶猛地追咬着仓皇奔逃的匪徒，残暴地咬断他们的喉咙，咬扯下面皮……

短短两三分钟，十几个匪徒毙命，雪地上到处是横卧的尸体，到处是成片的血迹。

这时木屋的门忽然开了，别佳端着一支AK-47突击步枪，出门就朝菲佳开枪射击，

菲佳骑在马上背对着木屋，后背连中数枪，他身体震动了几下，拽紧缰绳掉过头来，抬眼死盯着别佳，费力地用单臂抬起猎枪。他的猎枪还没有对准别佳，别佳再次开枪向他射了一个连发，菲佳和马又中数枪，一起轰然倒下！倒在雪地上，倒在那巨大的碧玉前。

两条高加索犬不顾一切地扑向别佳，别佳后退了两步，朝它们一阵扫射，两条高加索犬也一起倒在了血泊中。

远处的赵卫东目睹了这个惨剧的结局，心里腾起巨大的悲怆，泪流满面。他感到了巨大的失落，菲佳悲壮的复仇最终还是没能将瓦洛佳和别佳杀死，反而死在了他们手里。赵卫东咬住牙，心里恨极了！他扶住一棵树，怕自己晕倒。他现在手里没有枪，若是有枪，他肯定冲过去击毙这个恶魔，即使拼掉了自己的性命也在所不惜！

赵卫东期望的局面没有出现，他意识到自己的危险。这里虽然离木屋别墅有些距离，但还是太近。他的逃跑没有被发现，一旦被发现，他身受重伤，跑是来不及的。他想起了吉玛说的话，叫他离远一些在路边等。他相信吉玛是想救他的，虽然在吉玛提刀捅他的时候他有过误解。

赵卫东打算向远处走，刚一挪步，腹部剧烈的疼痛又让他身体战栗着停住了脚步。他这才发现腹部的衣服已经湿透，还有裤子的裆部及裤腿外都湿透了。他抬起捂住肚子的手一看，手掌上满是血，原来是伤口流出的血浸湿了衣服。这让他惊慌起来，他记得那第二刀刺得很深，看来伤得很重，流了这么多的血。死亡的恐惧袭扰他的心绪，但同时坚持住活下去的欲望和信念在他的心中也越来越强烈。

赵卫东继续用手捂住伤口，没有办法包扎，只有这样尽力去抑制血液

的流出。他强忍住剧痛，挪步向远处走去，走得踉踉跄跄，走几步就要用手扶树停一下。他走了很长时间，直走到看不见那间木屋别墅的地方。他觉得足够远了，也觉得身体越来越虚弱，体力不支，走不动了，这才手扶着树停了下来。

赵卫东又想起了吉玛的话，不知道让他在这里等什么，是不是等吉玛脱身后过来救他？刚才他看见吉玛放走他之后，和两三个匪徒跑进了木屋里。吉玛怎么脱身？什么时候来救他？他搞不清楚。但他只能在这里等，他没有也不可能有其他的选择。腹部的疼痛仍然在持续，捂住伤口的手感觉血还在流，他知道这样下去是坚持不了多久的。寒冷也逐渐侵入他的身体，让他越来越感到坚持不下去了。他想坐下，但这里到处是雪，寒气逼人，没有可以坐的地方。他也怕自己坐下后失去知觉，倒在雪地里就再也起不来了。所以他抱住白桦树，把身体倚靠在树上，全力坚持着。

周围是黑黢黢的森林，眼前有一条起伏不定的土路，地上满是白雪，整个世界只有黑白两个颜色。森林黑暗而深邃，他感到了环境的压力，孤独感加重了他内心的恐惧。现在虽然是十月份，但毕竟是西伯利亚，而且遍地是雪，他虽然穿了防寒服，但没戴帽子，寒冷越来越严重地侵蚀着他的身体，消耗着他身体里越来越微弱的热量。他苦苦地坚持着，但周边没有出现救援他的任何信息，他感觉到了时间的漫长。

终于，赵卫东衰弱得站不住了，双腿被冻得已经失去了知觉，头脑也变得萎靡模糊，一下子从抱着的树上滑落下来，坐到了雪地上。他知道他已经站不起来了，死亡在迫近，而他没有别的选择，灰心和恐慌笼罩了他的心绪。他想把身上的玉石拿在手里，手却打不开皮夹克的拉锁了，只好隔着衣服摸了摸。他想到了柳芭，眼中溢出了两滴泪水……

一阵昏迷掠过他的脑际，他的身体歪倒在了雪地上……

这时他隐约听到有汽车声，越来越近，他迷迷糊糊地以为是幻觉，又有人脚步的踏雪声逐渐接近，越来越快，来到他的跟前。有人抱起了他的上身，急切地呼叫着他。

他费力地睁开眼睛，认出了抱他的人，但不相信这是真的，以为是幻觉。他吃力地叫道："柳芭？是你？"

他眼前看到的真的是柳芭，柳芭抱起他的头，哭着说："你还活着！太好了！"

赵卫东知道自己得救了，但万万想不到是柳芭救了他！难以置信，又千真万确！瞬间暖流流遍他的全身，内心一片光明。这感觉让他终生难忘！

他一下又昏过去了。获救了，他的心里松懈了，就真的昏迷了。

他醒来是在医院里了，医生已经给他做完了手术，正在和柳芭交代病情。

见到他醒了，柳芭打断了医生的话，欣慰地说："他醒了。"柳芭俯下身，两眼湿润，微笑着看着赵卫东，问道："你怎么样？"

赵卫东咧嘴露出一丝笑意，垂了下眼皮，给了肯定的答复。

医生继续说道："这个伤员十分幸运。两个伤口，一个只刺破了腹部软组织，没有伤到内脏；一个刺得深，但也只伤到了肠子，没有伤到其他内脏。送来还算及时，在野外如果再多耽误几分钟的话，可能就抢救不过来了。失血很多，一共给他输了一千毫升的血，现在没有大的问题了。后面还需要拆线两次，每天按时吃药，两天换一次药，注意不要感染。"

柳芭往医生手里塞了几张大额卢布。

最后医生劝说柳芭最好还是住院，柳芭推脱了，说他们要赶去伊尔库茨克。她其实是考虑安全。

他们连夜就出发了，坐的还是刚从野外救他过来的那辆伏尔加汽车。赵卫东在后座躺在柳芭的怀里，前边司机和副司机座位上是赵卫东曾见过的两个俄罗斯男青年。在车上赵卫东了解了他被救的情况。

在那林中木屋别墅的枪声停息之后，吉玛随着别佳和几个在菲佳的枪口下逃生的匪徒就开车返回了乌兰乌德。吉玛到了乌兰乌德后就脱身出来，给正在乌兰乌德的柳芭打了电话。然后他们一起开车赶到林中，救了赵卫东，将他送到医院。医院没有外科医生值班，医院的院长恰是柳芭爸爸的老朋友，柳芭给他打了电话，找来了外科医生，给赵卫东动了手术。

赵卫东躺在柳芭的腿上，想到了之前发生的震撼的悲壮的一幕，泪水奔涌而出，说道："他们都死了！"

柳芭没有讲话，她的脸上异常的冷峻，牙关紧咬，却也泪流满面。

他们到达贝加尔湖湖边小镇柳芭家的木屋时已经接近中午了。

他们吃了些东西，把赵卫东安排在床上休息，就各自找地方睡了。赵卫东手术时曾打过麻药，但在车上一直没怎么睡，这时一切安顿安全了，不由自主地也睡着了。

赵卫东醒来时已经入夜，睁眼一看以为柳芭在身边，却没在。他挣扎着慢慢站起来，在房间里转了一圈，屋里没人。柳芭他们已经走了。

这时列娜走进房里，端来水照料赵卫东吃药。端来晚餐放在桌上，按医生嘱咐，碗里是流食。

赵卫东问："柳芭呢？"

"她走了。"列娜的态度冷冷的。

赵卫东脸上挂满了遗憾，接着问："她说什么了？"

"她说你哪儿也不要去，在这里等她回来。"

"她说什么时间回来？"

列娜摇摇头。

“她还说什么了？”

“她说让我照顾你，每天吃药，两天换一次药。”说完，列娜就出门走了。

柳芭走了，又让赵卫东心里没着没落的。

他有一肚子的话要对柳芭讲，他有满腔的情感要对柳芭倾诉，但柳芭走了。他的心又悬了起来。

他把身上的那块玉石拿在手里看着，这样心灵才安顿些。

其实细想起来，他也不知道自己该对柳芭说什么。

说爱，把这爱字说千遍万遍？都那么苍白。

他现在负债几百万，没有前途，走投无路。他给不了柳芭任何东西，他没有爱的资格，如果他真是爱柳芭的话。

况且柳芭有他不了解的感情生活，他的爱可能对柳芭仅仅是一个插曲。他说什么呢？说我的爱虽然仅仅是一个插曲，但这个爱是我真心的吟唱。太没劲了！这又怎么能表达他对柳芭满怀的感情！

说经历了生死后的人生感悟？这些对他来讲太深刻了，可对柳芭又不知从何说起。

其实他最想说的是谢谢，但觉得太轻了，又怎能表达肝脑涂地无以为报的心情？他想不出用什么语言可以表达。

他天天都在等柳芭到来，可柳芭一直没有回来。

列娜对他关照得很好，按时给他做饭、换药，但态度一直冷冷的，不多说一句话。还有安德烈，每次换药、拆线都是他开车带着去的。

赵卫东时常把身上那块玉石拿在手里看着，不敢让这玉石离开他的身体，只有这样，才能安顿经历生死之后一直惶恐不安的心。

他每天都去湖边看贝加尔湖，看那雪的环境中湖面闪动的水晶般通透的细碎的波纹。下雪时，看纷纷扬扬的雪花落入镜面一样清静的水面。湖面结冰后，看那冰清玉洁的冰雪世界，听冰的声音，看冰的运动，和冰的运动不停地在岸边产生的美丽而奇异的冰花冰凌。

他每天都盼着柳芭的到来，可柳芭一直没有回来。

这天，他听到门外有响动，接着又传来敲门声。

他以为是柳芭回来了，立刻跑出屋去开院门，门外站的却是吉玛。

“吉玛？”他十分意外，诧异地叫了一声。

吉玛也是他的救命恩人，他一下子泪眼充溢，扑上去和吉玛紧紧地拥抱在一起。

“谢谢你！兄弟！你救了我的命啊！”他流着泪说道。

吉玛问道：“伤口怎么样？”

“好了，已经拆线了。”

“太好了！当时想不出其他办法，只能蒙着来。我真怕掌握不好轻重，把你伤重了。后来没办法，他们把我拉走了。亏了菲佳……哎！”吉玛感叹地说道。

“你干得非常棒！是你救的我。来，进屋说。”他拉着吉玛往屋里走。

吉玛却推开他的手，指了指身后一辆带吊臂的卡车说：“你看那是什么？”

赵卫东抬眼看去，立刻诧异得瞪大了眼睛，紧接着激动得热血奔腾。

卡车上拉着一块用棉被和地毯完全包裹着的巨石，从形状上看分明是那块巨大的碧玉！这怎么可能？

他跑过去爬上车，扯开包着的地毯被子，露出里面的碧玉玉石。毫无疑问！千真万确！就是那块巨大的碧玉玉石！在车厢里还有几个编织袋，装着那些他们在深山里采集的被黑社会抢走的玉石。

赵卫东抚摸着那巨大的碧玉玉石的表面，百感交集，泪水喷涌而出。当他看到玉石上残留的伊万的血迹时，更是恸哭失声。

那悲惨的一幕又重现在他的眼前……

赵卫东自脱险之后，这一幕就总在他脑海里重演，挥之不去。开始他不明白，伊万为什么在被打之前嘴里就喷出血来，而且那么多。后来想明白了，伊万是气炸了肺！气伤了五脏！愤怒使他肝胆俱裂！在拉他到玉石前面时，他的内脏已经受伤，积满了血。伊万是用最后的气力将血喷出的，之后他就死了。

赵卫东仍然抑制不住地痛哭，为那死的尊严！为那死的悲壮！为那语言表达不出的情感！

他脸贴着玉石，用手抚摸着玉石表面，表达着内心的情感。

吉玛拉他下来。

他问："这是怎么回事？你怎么知道我在这里？谁叫你把玉石送到这里的？"

吉玛回答说："是柳芭叫我送来的。"

他张望着四外，急切地问："柳芭在哪儿？"

吉玛答道："她没有来，你不用看了。"

赵卫东想了想问："别佳呢？"

"死了。"

"死了？怎么死的？"

"被枪打死的，AK-47突击步枪打的。"

"谁把他打死的？"

“他身边的人打的，一共打死了几个人。后来这个人又被别佳的人给打死了。”吉玛说道，脸上露出一丝神秘的笑。

赵卫东又问：“瓦洛佳呢？”

“也死了。”

“怎么死的？”

“车祸死的。车被撞了之后起火，他被烧死在车里了。”吉玛的脸上又现出那神秘的笑。

“谁干的？”

“他们强取豪夺地占了人家的林木生意，人家报复吧。”吉玛答道。

这些消息对赵卫东太意外了！太具爆炸性了！他犯了蒙，这惊天大逆转让他难以置信，仿佛在梦中。

“柳芭呢？柳芭怎么样？”赵卫东急切地问。

“柳芭……柳芭现在是我们的老大。”吉玛有些迟疑地回答道。

又是一个让他震惊的消息！他心里对这一系列的逆转有些明白了。他焦急起来，叫着：“柳芭在哪里？我要见她！柳芭在哪里？我要见她！……”他摇动着吉玛的肩膀，样子歇斯底里。

吉玛用力拦住他，大声喊住他：“冷静！现在要赶快把玉石运走，运走以后你再回来找她。”

赵卫东冷静下来了，他明白吉玛的话是对的。

一个月之后，这些玉石顺利运到了满洲里。

四十四

赵卫东回国后，玉石销售得很顺利。国内正值和田玉价格的疯涨期，销售价格比预期理想很多。

几个月后赵卫东还清了所有债务。

然后，他去俄罗斯寻找柳芭。

柳芭已经向警方自首，犯有组织犯罪、故意杀人罪，获刑二十年。

赵卫东去监狱探视柳芭，柳芭拒绝见面。

赵卫东后来知道，吉玛的弟弟被别佳这伙黑帮杀害，他是为了报仇和柳芭合作筹划实施的这些行动。赵卫东从玉石的销售款中拿出五万美元给了吉玛，感谢吉玛的救命之恩。吉玛用这笔钱做本钱，从事中俄民间贸易，彻底脱离了黑社会。

赵卫东叫来李阳帮助他照料这些玉石，玉石售完后，李阳开始自已做，往来于中俄之间倒腾玉石，收获颇丰，后来成了玉石行有名的俄罗斯玉供应商。

赵卫东找到了玛莎，是在东正教的教堂里。玛莎已经不认识他，不仅不认识他，谁都不认识，她只认识一个人，和她同名的圣母玛利亚（玛莎的名字是玛利亚，玛莎是小名）。玛莎每天都在玛利亚像前祷告，祷告什么，没有人知道。剩余时间，她在教堂里摆弄些花花草草，做些清洁工作，夜里就栖身在教堂院里的小房子里。赵卫东给教堂捐了一笔钱，嘱咐教堂管理从中拿出一部分用于玛莎的生活。

赵卫东找到了伊万和菲佳的遗体，在陵园里重新安葬了他们。

他给伊万特地挑了一块有着碧玉般颜色和玉石般光泽的花岗岩作墓碑，选了一张伊万穿警服的照片镌刻在上面，并要求刻上镰刀斧头的共产党员的标志，要让伊万心中的荣耀与他永在。

那块四吨多重的巨大的碧玉山流水玉石，卖了一亿元人民币。本来还可以卖高些的，但他要求买主不能分割，将来做个完整的雕件。

赵卫东从此不再经商，他的心再也受不了天堂地狱的拉扯折腾，他把这钱分几笔存入银行，所有存单的密码都是柳芭的生日。

他恐惧俄罗斯，那里有深不可测的人性黑洞；他留恋俄罗斯，那里有旷目的美景、人格的高贵和他刻骨铭心的爱情。

他每年都去俄罗斯监狱探视柳芭，柳芭一直拒绝见他。

他想：你刑满出狱的时候，我在监狱门口等你，看你还能躲开我吗？那时候我绝不会再让你离开我。

那块随身带的白玉被他盘得更加温润莹秀，他一直带在身上，拿在手里，须臾不能离开，离开了心里就不安分。

他还经常劝别人，弄块可手的玉，心情不好的时候，拿在手里，管用的。

图书在版编目（CIP）数据

俄罗斯玉 / 马吝著. — 北京：北京日报出版社，2017.10
ISBN 978-7-5477-2437-8

Ⅰ. ①俄… Ⅱ. ①马… Ⅲ. ①长篇小说—中国—当代
Ⅳ. ①I247.5

中国版本图书馆CIP数据核字(2017)第031277号

俄罗斯玉

出版发行：北京日报出版社
地　　址：北京市东城区东单三条8-16号东方广场东配楼四层
邮　　编：100005
电　　话：发行部：（010）65255876
　　　　　总编室：（010）65252135
印　　刷：廊坊市博林印务有限公司
经　　销：各地新华书店
版　　次：2017年10月第1版
　　　　　2017年10月第1次印刷
开　　本：787毫米 × 1092毫米　1/16
印　　张：23.5
字　　数：291千字
定　　价：58.00元